Das Buch

Was fällt diesem Psychotherapeuten eigentlich ein, seine Patientinnen zu dritt (!) stundenlang (!!) im Wartezimmer sitzen zu lassen – und sich dann auch noch derweil in aller Seelenruhe zu erhängen?

Lea, Tine und Vivien finden das nicht gut, jede auf ihre Weise: Lea könnte ausrasten, weil ihre Wuttherapie ausfällt. Denn die braucht sie dringend, wenn sie ihren Job als Moderatorin behalten will. Vivien vermisst eher ihr Antidepressiva-Rezept als den Therapeuten (der ihre Kleptomanie sowieso nicht heilen konnte, weil sie mit ihm nie darüber sprach), und die verzagte Tine ist überzeugt, dieses Unglück mal wieder persönlich angezogen zu haben. Wer würde sich nicht lieber umbringen, als sie zu therapieren?

Als sich die drei über ihre Macken austauschen, wird ihnen klar, dass Schluss sein muss mit all den Therapien. Sie gründen eine Psycho-WG und werfen sich ab jetzt geradeaus ins Leben.

Die Autorin

Jennifer Bentz ist Jahrgang 1980, studierte Publizistik und Filmwissenschaft und lebt mit ihrem Sohn in Mainz. Bekannt wurde sie für ihren autobiographischen Roman »Einfach mal klarkommen«, in dem sie ihr Burnout verarbeitete.

Jennifer Bentz

Wenn alle Stricke reißen

Roman

Ullstein

Besuchen Sie uns im Internet:
www.list-taschenbuch.de

Originalausgabe im Ullstein Taschenbuch
1. Auflage November 2014
© Ullstein Buchverlage GmbH, Berlin 2014
Umschlaggestaltung und Titelabbildung:
bürosüd GmbH, München
Satz: LVD GmbH, Berlin
Gesetzt aus der Berling
Papier: Holmen Paper Hallsta, Hallstavik, Schweden
Druck und Bindearbeiten: CPI books GmbH, Leck
Printed in Germany
ISBN 978-3-548-28647-1

*Für alle, die sich schon mal gefragt haben,
ob sie eigentlich noch normal sind*

Erstes Kapitel

»Ich habe jetzt auch ein Facebook.«

»Wer ist da?« Vivien blickte auf ihr Handydisplay. »*Helga*« stand darauf, ihre Mutter. Daneben die Uhrzeit, 8.oo Uhr. Keine gute Kombination.

»Der Schmitz vom Elektroladen hat mir eins verkauft. Er hat es auch auf meinem Computer installiert und mir erklärt, wie's geht. Das Ding war gar nicht so teuer, wie ich dachte.«

»Na, das ist doch spitze, Mama.«

»Hast du gesehen, dass der Robert dir ein Bild auf dein Facebook gemalt hat?«

»Das hat er nicht *gemalt*, Mama, das hat er irgendwoher kopiert und draufgesetzt.«

Schlimm genug, dass ihr Mann seit Wochen Postkarten mit Kalenderblattweisheiten und YouTube-Links zu Herzschmerz-Songs auf Viviens Pinnwand pappte und damit den gesamten Bekanntenkreis über den aktuellen Stand seiner Trennungsverarbeitung in Kenntnis setzte. Dass er an der Sache selbst die Schuld trug, schrieb er nicht dazu. Alle Trauerphasen, von Leugnung über Schock bis hin zu Orientierungslosigkeit ließen sich anhand der Sprüche und Songtexte anschaulich nachvollziehen. Und ab sofort sollte auch noch ihre Mutter alles mitbekommen. Vivien seufzte und legte den Kopf in den Nacken. Über ihr bogen sich die

Wedel einer Plastikpalme unter zu viel Staub. Sie saß, wie jeden Freitag, im Wartezimmer ihres Therapeuten. Auf ihrem Schoß lag eine aufgeschlagene Frauenzeitschrift.

»Du kannst das Bild noch gar nicht gesehen haben, weil es erst eine halbe Stunde alt ist. Da steht eine Uhrzeit dabei.« Vivien wusste, dass auf eine altkluge Erklärung ihrer Mutter meist eine Aufforderung im Befehlston folgte. »Geh mal an den Computer und guck!«

»Mama, ich sitze im Wartezimmer und muss gleich zum Zahnarzt.« Für einen kurzen Moment schämte sich Vivien ihrer Notlüge, dann entschied sie sich für die nächste. »Ich hab hier keinen Computer.«

»Ich weiß genau, dass du dein kleines Kompakt-Computer-Ding immer mit dir rumschleppst. Bitte, Schatz, das Bild gefällt dir bestimmt.«

Vivien seufzte erneut und zog ihr Tablet aus der Tasche, auf dem die Facebook-Pinnwand bereits geöffnet war.

»*I'm soooo sorry!!!*«, stand auf einem blinkenden Luftballon, den eine quietschgelbe Ente im Schnabel hielt.

»Ja, schönes Bild.« Schön, wenn ein Zehnjähriger sich damit bei seiner Mutter entschuldigte, weil er ihre Lieblingsvase zerdeppert hatte. Nicht schön, wenn ein promovierter Luftfahrtingenieur sich bei seiner Frau entschuldigte, weil er seine Kollegin gevögelt hatte. *Pling*. Das Chat-Geräusch war Vivien so verhasst wie früher die Schulhofklingel.

»*Oh, du bist da* ☺«, tippte Robert.

»*Ja ...*«, tippte Vivien.

»Hast du ihn denn schon angerufen?«, fragte Helga.

»Was? Wieso denn angerufen?«

»*Wie findest du den Song?*«, tippte Robert.

»Na, angerufen, um dich für das Bild zu bedanken«, sagte Helga, während Vivien »*Welchen Song?*« tippte.

»Oh, Mama! Man bedankt sich doch nicht telefonisch für ein Bild auf der Facebook-Seite.«

»Ich hab dir doch einen Link gepostet.«

»Das sind aber keine guten Manieren«, sagte Helga. »Nur weil sich mit dem modernen Zeug schlechtes Benehmen durchsetzt, musst du da nicht mitmachen. Wir haben dich anders erzogen, mein Fräulein.«

Tatsächlich, unter der Ente befand sich, wie jeden Morgen, ein YouTube-Link von Robert. Diesmal: *Church on Sunday* von Green Day.

»Okay, Mama, ich bedanke mich bei nächster Gelegenheit für die Ente«, sagte Vivien ins Telefon.

»So ist gut.« Helga klang fröhlich.

»Danke«, tippte sie anschließend. *»Kenne das Lied.«*

»Es geht nicht um das Lied, sondern um den Text«, tippte Robert. *»Ich will dir damit etwas mitteilen. Und würde gerne wissen, was du dazu denkst.«*

Er wollte von ihr wissen, was sie dazu dachte, dass er die Worte eines anderen benutzte, um auszudrücken, was er über Vivien dachte. Konnte denn in Zeiten von Copy-and-Paste niemand mehr seine Gedanken in eigene Worte fassen? Vielleicht sollte irgendein Komitee mal Roberts Doktorarbeit checken.

»Glaub mir, was ich dazu denke, willst du nicht wissen«, tippte Vivien – und löschte es wieder. *»Ich hör's mir an, dann schreibe ich dir.«*

»Und dann red noch mal mit ihm«, fuhr Helga fort. »Das mit der Trennung kannst du unmöglich durchziehen. Gerade jetzt, wo ihr euch an die Familienplanung machen wolltet.«

»Was?«, fragte Vivien. »Er hat seit *Jahren* was mit einer anderen Frau, Mama, und du kommst mir mit Familienplanung?«

»Okay ☺«, tippte Robert.

»Ich verstehe ja, dass du beleidigt bist, Mäuschen«, sagte Helga. »Aber jetzt hast du ihn doch lange genug zappeln lassen, oder? Er bereut es und bemüht sich doch so um dich. Da kann man über so was auch mal wegsehen. Das kommt doch in den besten Kreisen vor. Und da sogar noch häufiger.«

»Ich kann über *so was* nicht wegsehen, Mama.«

»Ach Kindchen, du warst schon immer so übersensibel«, sagte Helga. »Ich mach mir Sorgen um dich. Du hast doch gar keinen richtigen Beruf, wie willst du denn auf Dauer alleine klarkommen?«

Wenn Helga wüsste. Vivien hatte nicht nur keinen richtigen Beruf, sondern war in letzter Zeit auch noch wiederholt beim Stehlen erwischt worden. Kleptomanische Phasen hatte sie schon seit ihrer Teeniezeit. Aber niemand wusste davon – und außerdem hatte man sie noch nie so oft erwischt wie in der letzten Zeit. Sie war deshalb zu einhundert Stunden gemeinnütziger Arbeit und einer Therapie verdonnert worden. Vivien war am absoluten Tiefpunkt. Wieder einmal.

»Außerdem kannst du ja nicht ewig bei Susanne wohnen«, meinte Helga. Das stimmte. Durch den überhasteten Auszug bei Robert und ihre finanzielle Schieflage war Vivien keine andere Möglichkeit geblieben, als vorübergehend zu ihrer Cousine nach Oestrich-Winkel zu ziehen. In ein stickiges Kellerzimmer, das Susanne enthusiastisch als »Souterrain-Gästewohnung« bezeichnete.

»*Bist du noch da?* ☺«, tippte Robert.

»Denk auch mal an uns, du bist unsere einzige Tochter, und wir hätten gerne Enkelkinder«, fuhr Helga fort.

»*NEIN!*«, tippte Vivien.

»Wiederhören, Mama«, sagte sie ins Telefon.

»Verstehe«, war Helga noch zu hören, dann schaltete Vivien Handy und Tablet ab und stopfte beides in ihre Handtasche zurück. Auf ihrem Schoß lag immer noch die aufgeschlagene Frauenzeitschrift. Sie schloss kurz die Augen, dann schaute sie auf die Uhr. Seit zwanzig Minuten wartete sie auf ihren Therapeuten. Das war zwar unüblich bei Herrn Friede, aber Vivien hatte es nicht eilig. Zu Hause erwartete sie nur ihr Kellerloch und der schlechtbezahlte Aushilfsjob, bei dem ihr zweimal täglich telefonisch Stichpunkte diktiert wurden, die sie dann in ausformulierte Briefe verwandeln und per E-Mail versenden musste. Wegen des problematischen WLAN-Empfangs im »Souterrain« sah das so aus, dass sie den Laptop am ausgestreckten Arm aus dem Kellerfenster hielt und bereute, ihr Studium abgebrochen zu haben. Aber all das war ihr ansonsten besorgniserregend egal. Sie war ohnehin sehr gleichgültig geworden. Solange sie ihre Antidepressiva hatte, war sie zufrieden. Und zwar nicht den rezeptfreien, antiautoritären Pflanzenmist, den man ihr in der Apotheke ans Herz gelegt hatte, sondern die ordentlichen Pillen, die von denen man fröhlich hüpfende, bunte Farbtupfen sieht. Die Psychotherapie hielt sie für Humbug, aber die Pillen waren ein guter Nebeneffekt. Vivien erzählte ihrem Therapeuten immer genau so viel, wie nötig war, um regelmäßig an ein neues Rezept zu kommen. Bisher hatte Herr Friede nichts bemerkt und ihr jedes Mal eins ausgestellt.

* * *

»Leute, ...«, sagte Lea.

»Habt ihr noch andre Themen?«, fragte Redaktionsleiter Klaus und zwirbelte sich den Bart, wie immer, wenn er unschlüssig war.

»Ich hätt noch den jährlichen Schultüten-Bastel-Tag für

Mütter und Kinder in ... äh, Dingens, Finthen, oder irgendwo, muss ich nachgucken«, sagte Steffen, der Lea am Konferenztisch gegenübersaß.

»Leute!« Lea trommelte mit der flachen Hand auf die Tischplatte.

»Schultüten? Niedlich. Mach 'nen Neunzigsekünder draus. Noch was? Die Sendung übermorgen ist fast leer.«

»Wie wär's mit der Kürbis-Hertha?«, sagte Udo, der Aufnahmeleiter. »Sie hat wieder den größten gezüchtet. Außerdem isse grad hundert geworden. Also doppelt ein Thema, hä, was meint ihr?«

»Leuteeee!« Lea wurde ungeduldiger.

»Joaaa, müsst man halt nach Ginsheim raus zum Drehen dann.« Klaus zwirbelte sich immer noch den Bart.

»Dafür gibt's bei der Kürbis-Hertha immer den guten Selbstgebrannten«, sagte Steffen.

»Hast recht.«

»LEUTE!«

»Lea, mein Gott, was ist denn los?«, fragte Klaus.

»Leute, ihr vergesst das wichtigste Thema: Morgen wird über die Klage gegen die Landesregierung verhandelt, wo es um die Sache mit der ...«

Klaus schüttelte den Kopf.

»Was denn?« Lea fuhr herum.

»Nein.«

»Warum?«

»Weil's keiner sehen will.«

»Aber euer spießiges Mutti-Kind-Gebastel schon, oder was?«

Klaus blickte Lea an.

»O Gott, jetzt geht das wieder los.« Steffen ließ den Kopf in die Hände sinken.

»Warum müssen wir dir jeden Tag dasselbe erklären, Lea?« Klaus hörte auf zu zwirbeln. »Steffen, willst du?«

»Meinetwegen«, sagte Steffen. Dann begann er mit monotoner Stimme zu sprechen, als würde ein Vierjähriger ein Gedicht aufsagen. »Wir sind ein regionales Mittagsmagazin. Ein solches Format *unterhält*, es *informiert* nicht. Klaus hat Angst, dass du uns mit deinem Krawall-Journalismus die lieben Mamis und Rentner verstörst.«

»Kra... *was*? Ich will doch nur ...«

»Du kennst doch unsere Auswahlfaktoren, Lea«, sagte Klaus. »Babytiere, Kinder, lebensfrohe Rentner plus Servicethemen wie ...«

»... Diätkram, Produktvergleiche *teuer gegen billig* und Haushaltstipps, ich weiß«, vervollständigte Lea den Satz, bemüht um eine sachliche Stimmlage. Heute durfte sie auf keinen Fall wieder türknallend die Redaktionskonferenz verlassen. Man hatte sie wegen einiger solcher Vorfälle ohnehin schon auf dem Kieker. »Aber habt ihr schon mal was von *informativer Unterhaltung* gehört? Man muss sich immer nur den richtigen Ansatz überlegen, wie man die Leute ...«

»Ach, hör doch auf mit diesem möchtegern-intellektuellen Quatsch«, unterbrach Steffen sie und warf sich ein Gummibärchen in den Mund.

»Lea, es ist zwar nett von dir, dass du dich so engagierst«, mischte Klaus sich ein, »aber als Moderatorin musst du dir um die Themen gar nicht so viele Gedanken machen, weißte? Wie wär's denn, wenn du dich einfach darauf konzentrierst, die Beiträge in der Sendung schön zu präsentieren, hm?«

»Was soll das denn jetzt heißen?« Leas Miene wurde finster. »*Schön* präsentieren? Ich soll nett aussehen und den Leuten eure Beiträge verkaufen, aber habe kein Mitspracherecht oder was?«

»Jap«, sagte Steffen.

»Wa...?« Lea stand so abrupt vom Tisch auf, dass der Stuhl hinter ihr zu Boden krachte. »Sogar Udo darf hier mitreden, und der ist von der Produktion! Aber ich hab nix zu melden? Wollt ihr mich verarschen?«

»Lea, jetzt raste bitte nicht wieder aus ...«, sagte Klaus.

»Ich bin hier die Einzige, die sich Gedanken um ordentliche Inhalte macht, und ihr missbraucht mich als so 'ne Art Lottofee mit mehr Text?« Lea hastete durch den Konferenzraum zur Tür. »Und der Text ist auch noch beschissen, weil ihr ein minderbemittelter Sauhaufen seid, dem die grauen Zellen mit dem ganzen Selbstgebrannten davongeschwommen sind!«

Lea rauschte nach draußen und knallte die Tür hinter sich zu. Mit großen Schritten stampfte sie durch den Flur zu dem kleinen Stehtisch neben dem Kaffeeautomaten und schmiss ihre Tasche darauf. Am liebsten hätte sie die sauber aufgestapelten Kaffeetassen neben dem Automaten eine nach der anderen an die Wand geschmettert. Sie durchwühlte ihre Handtasche nach dem Autoschlüssel. Als sie ihn nicht sofort fand, kippte sie den Tascheninhalt auf den Stehtisch, dabei rollten Blackberry und Haarbürste vom Tisch und krachten zu Boden.

»Ohhhhh Mann!« Lea bückte sich nach ihren Utensilien. Die gegenüberliegende Bürotür flog auf, und Sonja, Leas ältere Kollegin aus dem Sekretariat, trat mitsamt ihrem klassischen Vorwurfgesicht auf den Flur. Blitzschnell schloss sie die Tür hinter sich.

»Lea, ich hab hier drin ein Praktikanten-Bewerbungsgespräch«, zischelte sie. »Was ist denn schon wieder los? Wäre es vielleicht möglich, dass du nicht im Flur herumrandalierst, solange fremde Menschen im Haus sind?«

»Ich hab doch gar nicht ...«, setzte Lea zu ihrer Verteidigung an, aber Sonja war so schnell wieder in ihrem Büro verschwunden, wie sie aufgetaucht war. Lea seufzte. Im gesamten Kollegenkreis war sie mittlerweile als Zicke und Furie verschrien. Steffen hatte sie in der letzten Woche sogar als »emotional labil« und »typisches Mädchen« bezeichnet. Das würde nach einer Grundsatzdiskussion über Sexismus schreien, wenn überhaupt noch jemand dazu bereit wäre, ihr zuzuhören. Man warf ihr vor, durch ihre ständigen Wutausbrüche die »Abläufe im Team« zu stören. Dabei wollte sie nur politisch oder gesellschaftlich relevante Inhalte in die Sendung bringen. Vielleicht auch nicht ganz uneigennützig – strenggenommen sah sie ihre Sendung als Mittel zum Zweck, um ihr langfristiges Ziel zu erreichen, als Sprungbrett in die Redaktion eines Politmagazin oder sogar der Nachrichten. Und wie sollte man dort schon auf sie aufmerksam werden, wenn sie nur über neue Zwillingsfrettchen im Wildpark berichten durfte? Im Augenblick allerdings waren ihr langfristiges Ziel und sogar ihr aktueller Job akut gefährdet: Einen Tag zuvor hatte Lea einen förmlich zugestellten Brief mit Vorladung zum Chef erhalten. Dass man sie bei diesem Termin kündigen wollte, musste ihr niemand erklären. Sie hatte aber den Entschluss gefasst, das Ruder noch einmal herumzureißen. Ab sofort wollte Lea die Kollegen mit einer völlig neuen Persönlichkeit überraschen: sachlich, souverän, professionell. Dass sie ausgerechnet von einer Horde versoffener Lokaljournalisten ernst genommen werden wollte, war ohnehin paradox. Im Grunde genommen konnte es ihr egal sein, was sie von ihr dachten. Sie würde sie mit dem Konzept ihrer neuen Persönlichkeit an der Nase herumführen. Nur hatte das neue Konzept noch nicht mal fünf Minuten des ersten Arbeitstages überstanden. Es war nicht mehr allzu viel Zeit bis zum Vorladungstermin – bis ihr Chef in zwei Wochen vom Urlaub zurück war, musste Lea eine Verbesserung vorzuweisen haben. Post-it an linke Gehirnhälfte: Kollegen als minderbemittelten Sauhaufen zu bezeichnen könnte dem aktuellen Plan etwas abträglich sein. Zum Glück bekam sie ab sofort Hilfe: Sie hatte sich, unmittelbar nachdem sie den Brief erhalten hatte, zu einer Wut-Therapie angemeldet. Genauer gesagt hatte sie durch penetrantes Diskutieren am Telefon ein Erstgespräch für den nächsten Tag erzwungen. Ein paar Expertentipps zum Lockerbleiben konnten nicht schaden. Zudem sollte die Therapie ihrem Chef signalisieren, dass sie ihr Problem erkannt hatte und bereit war, daran zu arbeiten. Bei so viel Einsicht und Eigeninitiative wäre eine Kündigung schlicht unmenschlich. Soweit der Plan. Lea hielt ihn für ziemlich ausgefeilt. Und etwas durchtrieben. Erster Therapietermin war heute in ihrer Pause zwischen Redaktionskonferenz und Maske.

Lea warf einen Blick über den Flur zur verschlossenen Tür des Konferenzraumes. Dann ging sie.

Zehn Minuten später fuhr sie durch das prunkvollste Viertel der Stadt. Pompöse Ein- und Mehrfamilienhäuser mit polierten BMWs in der Einfahrt und fachmännisch gestalteten Feng-Shui-Gärten auf der Rückseite. Die Buddhas hinter dem Haus sollten vermutlich den Stress ausgleichen, den das Heranschaffen der ganzen Statussymbole davor und des Hauses selbst mit sich brachte. Die Menschen waren eben wahnsinnig. Deshalb war Psychotherapie wohl auch so eine ertragreiche Sache, und der Therapeut Herr Friede konnte sich eine solche Wohngegend leisten. Hoffentlich beherrschte er sein Handwerk. Lea hatte bisher nur einmal mit einem Therapeuten gesprochen, damals in der schulpsychologischen Beratungsstunde, aber selbst ihr Dönermann hatte bessere Tipps und Weisheiten parat gehabt. Sie erreichte endlich ein Haus, das zwar zu viel Sandstein und zu viel Klinker, aber die richtige Nummer hatte. An der Vorderseite war ein Metallschild angebracht:

Dr. Markus Friede
Ärztlicher Psychotherapeut
Patienteneingang um die Ecke

Lea stieg aus dem Auto und betrat einen Kiesweg, der sich neben dem Haus durch die Reste einer einst ordentlich angelegten Strauch- und Buschlandschaft im möglicherweise einzigen Garten des Viertels schlängelte, der ohne Buddha auskommen musste. An der Hinterseite des Hauses fungierte ein Mischling aus Wintergarten und Holzanbau laut weiterem Metallschild als *Wartezimmer*. Als sie eintrat, fiel ihr Blick auf eine bereits anwesende Patientin, die unter einer Kunstpalme saß und gleichgültig in einer Frauenzeitschrift blätterte. Sie erinnerte Lea an eine Elfenkönigin aus einem Fantasy-Epos – mit welligem hellblondem Haar und einem zerbrechlich, beinahe kindlich wirkenden Körperbau. Sie blickte nicht auf, als Lea laut »Tach!« sagte.

»Hm«, gab sie geistesabwesend von sich.

Das Wartezimmer war klein und von der Anzahl der Sitzgelegenheiten nicht für mehrere Patienten ausgerichtet. Neben der Palme und der Elfenkönigin gab es noch einen weiteren Stuhl, gegenüber stand eine hölzerne, lehnenlose Sitzbank, vermutlich eher Dekoration. Lea entschied sich für die Bank, so weit wie möglich von der anderen Patientin entfernt. Sie nahm Platz, räusperte sich hörbar und schaute argwöhnisch zu der anderen Patientin hinüber. Sollte die jetzt auch noch vor ihr drankommen? Ein Therapietermin dauerte fünfzig Minuten, das wusste Lea vom telefonischen Vorgespräch. Was dachte sich dieser Dr. Friede eigentlich, wie viel Zeit sie mitgebracht hatte? Wut stieg wieder in ihr auf, und nach dem Räuspern seufzte sie hörbar laut und vorwurfsvoll. Die andere Patientin schien das nicht weiter zu bemerken. Stoisch las sie in ihrer Zeitschrift. Was die wohl für ein Problem hatte? Diät-Keks-Rezepte in Frauenzeitschriften zu kompliziert zum Nachbacken? Vielleicht schluckte sie auch einfach zu viele Antidepressiva. Das würde ihre Gleichgültigkeit erklären.

* * *

»Schatz, du hast dein Frühstücksbrot vergessen.« Tine riss schwungvoll die Tür zu Thomas' Büro auf. »Und die kleine Überraschungstüte erst nach dem ...«

Abrupt blieb sie stehen und blickte in vier Gesichter, die alle denselben Ausdruck zeigten: eine Mischung aus Erstaunen und Missmut. Ihr Freund Thomas saß mit seinem Chef und zwei Kollegen in der kleinen Besprechungsecke neben seinem Schreibtisch.

»Oh!« Tine fuhr sich durch die Haare. »'tschuldigung. Ich wusste nicht, dass ihr eine Konferenz habt oder so was?«

Thomas räusperte sich und setzte zum Sprechen an.

»Ich leg's hierhin, ja?«, sagte Tine schnell und platzierte Thomas' Frühstückstüte umständlich auf einem halbhohen Sideboard neben der Tür. »Rufst du mich später an?« Sie wandte sich zum Gehen. Thomas atmete ein und setzte zu einer verzögerten Antwort an.

»Ach nee, lass mal.« Tine fuchtelte mit beiden Händen in der Luft herum. »Musst nicht anrufen. Ich warte einfach draußen, bis du deine Pause machst, okay? Ich sitze einfach vor deinem Büro. Also das heißt nicht, dass du dich beeilen musst! Äh, redet in Ruhe weiter, so lange ihr wollt. Also nicht, dass das nicht sowieso selbstverständlich wäre. Ich will ja nicht stören. Also, äh, ich bin, äh, draußen.«

Viel zu laut fiel die Tür hinter ihr ins Schloss. Dann stand sie im Foyer. Was war da gerade passiert? Keiner der Anwesenden hatte etwas zu ihr gesagt, sie hatte sich ohne jegliches Zutun irgendeines Gesprächspartners um Kopf und Kragen geredet. Das war eine ihrer Spezialitäten, wenn sie unsicher war. Und das war sie in Thomas' Anwesenheit in letzter Zeit immer öfter. Irgendetwas stimmte nicht. Tine ging steif zu einer kleinen Sitzgruppe im Foyer, die für wartende Kunden vorgesehen war, und ließ sich auf einen der Stühle fallen. *Wie Sie in der Beziehung das Feuer wieder entfachen*, versprach eine der Frauenzeitschriften auf dem Foyertisch in fünf einfachen Schritten aufzuzeigen. Tine schlug die Seite auf.

»Wenn das Feuer zu erlöschen droht, müssen Sie schnell handeln und eine einzige, wichtige Sache für Ihre Beziehung tun: gar nichts. Konzentrieren Sie sich auf sich selbst. Richten Sie den Fokus auf Ihre eigenen Interessen. Nichts wirkt so anziehend auf einen Mann wie eine Frau, die zielsicher ihren eigenen Weg verfolgt. Unabhängig von ihm.«

Tine legte die Zeitschrift zurück. Immer dasselbe Märchen vom Jagdinstinkt der Männer, der von einem Minimum an weiblicher Fürsorge chronisch unterfordert würde. Wieso sollten *alle* Menschen Egoisten sein und sich selbst an erste Stelle setzen? Außerdem gab es bei Tine nichts, auf das sie sich konzentrieren konnte. Sie sah sich nicht als Menschen, auf den man den Fokus richtet, sie war eher schlicht. Vom

Gemüt, vom Aussehen, ihr ganzes Leben war schlicht. Sie hatte auch schlicht keine Lust dazu, *zielsicher* irgendeinen *Weg* zu verfolgen oder sich zu einem Alibi-Hobby zu zwingen, um dabei stundenlang nicht erreichbar zu sein – das mache eine Frau *interessanter*, hatte ein anderer Ratgeber empfohlen. Spielchen waren ihr zuwider. Vielmehr wollte sie unverhohlen ihre ganze Energie auf ihre Beziehung ausrichten. Immer wenn es einen Mann an ihrer Seite gab, hatte endlich alles einen Sinn. Ihr ganzes Dasein einen Zweck. So war es jahrelang mit Lars gewesen – bis er sie für einen Urlaubsflirt verlassen hatte. Und so war es nun seit sechs Monaten mit Thomas. Diesmal durfte es nicht schiefgehen, noch so ein schmerzliches Beziehungsende würde Tine nicht verkraften.

»Tine, was war das eben grade?«, hörte sie Thomas' Stimme und schreckte hoch.

»Was war was?« Tine spürte, dass ihre Lippen zitterten, als sie versuchte zu lächeln. Thomas' Zornesfalte über der Nase ließ vermuten, dass er entweder wütend oder nachdenklich war. Momentan wahrscheinlich beides.

»Du weißt, dass wir jeden Mittwoch ein Klinikleitungs-Meeting haben.« Thomas setzte sich Tine gegenüber.

»Tommy, es tut mir wirklich leid, dass ich euch gestört habe, wirklich, wirklich leid!« Tine streckte die Arme über den kleinen Tisch, um Thomas' Hand zu fassen. »Sei mir bitte nicht böse!«

»Ich bin nicht böse.« Thomas tätschelte kurz Tines Hände und ließ sie dann wieder los. »Nicht weil du ins Meeting geplatzt bist. Zumindest ist es nicht das eigentliche Problem.«

»Was? Es gibt ein Problem?« Tine nestelte nervös an ihrer Haarspange herum.

»Ich wollte schon länger mit dir sprechen«, antwortete Thomas, »zum Beispiel die Frühstückstüte. Es ist ... du ... also ... ich weiß nicht, wie ich es sagen soll, weil es eigentlich sehr nett von dir ist, aber es ist ...« Er seufzte. »Es ist einfach zu viel.«

»Wie meinst du das?«

»Ich meine, dass ich mich selbst um meine Dinge kümmern kann, Tine. Du musst mir kein Essen machen, meine Wohnung putzen oder meine Wäsche sortieren.«

»Ich weiß doch, dass du das kannst.« Tine lachte nervös auf. »Aber jetzt hast du eben mich, um dir diesen Kram aus dem Weg zu räumen. So hast du mehr Zeit für deinen Job und mich! Freust du dich nicht, dass ich das alles für dich tue?«

»Doch, Tine, glaub mir. Aber ich habe eben ein ungutes Gefühl dabei. Was ist denn mit dir? Willst du dich nicht auch mal um deine Karriere kümmern?«

Nein. Wie denn auch? Wegen ihrer Prüfungsangst hatte Tine weder das Abitur gemacht noch eine Berufsausbildung abgeschlossen. Nach einem freiwilligen sozialen Jahr beim Rettungsdienst hatte man sie auf der Wache zwar trotzdem angestellt, aber nur als Hilfskraft. Um welche Karriere sollte sie sich also kümmern?

»Du bist mir eben wichtiger als mein Beruf«, sagte Tine.

»Siehst du, Tine, das klingt schön, und trotzdem fühlt es sich für mich falsch an. Du bist wirklich toll, und ich kann dir für nichts einen Vorwurf machen. Aber ich weiß einfach nicht, ob wir zusammenpassen. Lass uns mal eine kleine Beziehungspause machen.«

»Was?« Tine wusste, was *Pause* bedeutete. Eine *Pause* hatte damals auch Lars vorgeschlagen. Nachdem die von ihm verlangten drei Wochen um waren, hatte er sich nicht mehr gemeldet und all ihre Versuche ignoriert, mit ihm in Kontakt zu treten. Im Nachhinein war aufgeflogen, dass er zu dieser Zeit bereits mit seiner neuen Freundin zusammengewohnt hatte. Und das obwohl er mit Tine nie zusammenziehen wollte. Der Schmerz darüber kam nun wieder an die Oberfläche. »Wie kommst du denn darauf, dass wir nicht zusammenpassen? Wir haben uns noch nie gestritten, Thomas! Noch nie!«

»Genau da liegt das Problem. Wir haben noch nie gestritten, weil du nie etwas an mir auszusetzen hast. Und wenn ich etwas an dir auszusetzen habe, bemühst du dich sofort, alles zu ändern. Weißt du was? Ich würde gerne mal mit dir streiten, Tine! Das würde nämlich zeigen, dass du einen eigenen Kopf hast. Ich weiß nicht, was du denkst oder was für Ansprüche du an diese Beziehung hast, weil du es nicht sagst. Ich weiß noch nicht mal, wann und ob es dir gutgeht.«

»Mir geht es gut, wenn es dir gutgeht.« Tine drückte Thomas' Hand. Kalter Schweiß ließ die sorgsam ausgewählte, geblümte Bluse an ihrer Haut kleben. Thomas zog seine Hand aus ihrer Umklammerung und hob sie in die Luft.

»Das ist ja genau mein Problem! Lass mich mal eine Zeit lang nachdenken, Tine. Ich melde mich bei dir, okay?«

Eine halbe Stunde später stieg Tine aus der Straßenbahn. Wie in Trance ging sie den üblichen Weg über die Straße und durch den Garten zum Wartezimmer ihres Therapeuten Herrn Friede. Alle paar Minuten entschuldigte sie sich auf Thomas' Mailbox für Dinge, von denen sie gar nicht wusste, ob sie sie getan hatte. Nur mal so, zur Sicherheit. Sie wusste genau, wie die Therapiesitzung heute ablaufen würde. Herr Friede würde sie fragen, wie sie sich mit der neuen Situation fühlte. Traurig, würde sie antworten, ängstlich und haltlos. Dann würden sie darüber sprechen, warum sie sich immer dann besonders ängstlich und haltlos fühlte, wenn sie nicht in einer Beziehung war. Davon wiederum würden sie auf ihre Schüchternheit, die Nervosität im Umgang mit Menschen und ihre ständige Angst, sich falsch zu verhalten, kommen. Alles Auslöser für ihr Hauptproblem: die Prüfungsangst. In der Theorie hatte sie diese Themen mit Herrn Friede und mit einigen anderen Therapeuten bereits zur Genüge beackert. »Austherapiert« hatte Herr Friede sie schon mehrmals genannt, aber sie war trotzdem immer wieder gekommen. Sie hatte sich nämlich nicht *austherapiert* gefühlt. Zumindest nicht so, als könne sie allein in der Welt zurechtkommen. Und das müsste schließlich das Ziel einer Therapie sein, oder nicht? Tine betrat das Wartezimmer und hielt inne – es war schon jemand da. Direkt neben der Tür, auf der Holzbank, die, wie Tine wusste, Herr Friede mühevoll restauriert und nur zu Dekozwecken aufgebaut hatte, saß eine Frau mit feuerroten Locken und verschränkten Armen, die durch die Glasfront nach draußen blickte.

»Morgen!«, sagte die Rothaarige. Dann zog sie einen Blackberry aus ihrer Handtasche und begann darauf einzutippen. Auf dem Klappstuhl unter der Kunstpalme, sonst Tines Platz, saß eine blasse, zierliche Blondine und blätterte in einer Zeitschrift. Sie sagte nichts und blickte auch nicht auf. Tine erwiderte den Gruß der Rothaarigen mit einem zaghaften »Hallo«, schloss die Tür hinter sich und blieb verunsichert stehen. Dass ein anderer Patient, geschweige denn mehrere, im Wartezimmer anwesend waren, war noch nie vorgekommen. Durfte es auch nicht, wie Tine wusste. Da sie aus einer traditionsreichen Psychotherapeuten-Dynastie kam, hatte sie früh mitbekommen, dass die Identität der Patienten zu schützen war. Das hatte in der Praxis ihrer Eltern nur ein einziges Mal nicht funktioniert: Direkt unter Tines Kinderzimmerfenster waren sich ein amtierender Mainzer Faschingsprinz und ein bekannter Star-Büttenredner begegnet und aus Verlegenheit über die Situation nach dem üblichen Small Talk in eine gepflegte Prügelei übergegangen. Die meisten Psychologen hatten deshalb Wartezimmer und Ausgang auf verschiedenen Seiten der Praxis, so war auch die Aufteilung bei Herrn Friede. Aus irgendeinem Grund war es heute allerdings zu einem Patientenstau im Wartezimmer gekommen. Tine hätte die anderen Patientinnen gern gefragt, ob sie mehr wussten, traute sich aber nicht, die anonyme Stille zu durchbrechen. Sie setzte sich auf den letzten freien Platz und blickte verstohlen zu den anderen beiden. Die eine starrte so stoisch in ihre Zeitschrift, als hätte sie mit der ganzen Welt nichts am Hut, die andere hackte so manisch auf ihren Blackberry ein, als müsste sie die ganze Welt koordinieren. Und dazwischen sie, Tine, das gestörte Mauerblümchen. Warum die beiden wohl in Therapie waren? Die Rothaarige wirkte wie eine Businessfrau, die gerade dabei war, ordentlich Karriere zu machen. Wahrscheinlich irgendein trendy Stressbewältigungsproblem. Oder irgendwas mit unterdrückter Aggression. Die andere, möglicherweise ein Model, vielleicht auch Theaterschauspielerin oder Künstlerin, der die Männer scharenweise zu Füßen lagen, wirkte gebrochen. Depression wahrscheinlich. Obendrauf vielleicht noch was zwanghaft Neurotisches. Und ein paar Süchte: Alkohol, Zigaretten, Psychopharmaka. Wie es sich für eine Diva eben gehörte. Auf alle Fälle vermutete Tine bei den beiden anderen eher Kleinigkeiten im Vergleich zu ihr. Neben Frauen wie diesen fühlte sie sich immer unzulänglich. Eine Außenseiterin wie eh und je. Sie schaute auf die Uhr. Ihre Sitzung sollte in zehn Minuten beginnen, und die beiden anderen waren vermutlich noch vor ihr dran. Oder waren sie aus einem ganz anderen Grund hier? Ein Test, den Herr Dr. Friede für Tine organisiert hatte? Manchmal hatte er seltsame Therapieansätze. Vielleicht wollte er wissen, wie lange sie für die Überwindung brauchte, die unbekannten Frauen anzusprechen? So oder so, irgendwas stimmte nicht, und sie musste die beiden fragen. Nervös nestelte sie an ihrer Tasche herum. Dann begann die Rothaarige zu sprechen.

* * *

»Dauert das immer so lange hier?«

»Nein! Eigentlich nie!« Tine war erleichtert. Es gab ein Gespräch, aber sie hatte es nicht eröffnen müssen. »Normalerweise sitzt auch nie jemand im Wartezimmer außer mir. Also außer dann, wenn ich keinen Termin hab natürlich! Dann sitzt wohl jemand anders hier. Aber der sitzt dann auch alleine hier, so hab ich's gemeint. Also so wie jetzt, also mit so vielen Leuten hier drin, das ist nicht normal. Ich heiße Tine!«

»Aha!« Die Rothaarige schien irritiert. Wie die meisten Leute, die erstmals auf Tine trafen. »Lea«, sagte sie knapp.

»Vivien«, murmelte die Blonde, ohne aufzuschauen. Sie hatte überhaupt noch kein einziges Mal von ihrer Zeitschrift aufgeblickt.

Lea wandte sich ihr zu. »Entschuldigung, weißt du vielleicht mehr?«

»Nö.« Wieder blickte sie nicht auf. »Ist mir auch egal.«

Lea räusperte sich und sah auf ihre Armbanduhr. »Also ich sitze jetzt seit einer guten halben Stunde hier.«

»Ich seit zehn Minuten«, sagte Tine.

»Weiß ich doch.« Lea wandte sich wieder der anderen Patientin zu. »Und du? Wie lange bist du schon hier?«

Vivien blickte zwar auf ihre Uhr, hob aber gleichzeitig die Schultern. »Keine Ahnung.«

Lea hob eine Augenbraue. »Lass mich raten: Ist dir auch egal.«

»Korrekt.«

Es folgte eine angespannte Stille. »Also, das ist mein erster Termin bei Herrn Friede, und es läuft absolut inakzeptabel«, sagte Lea. »Ich sollte mir vielleicht einen Therapeuten suchen, der meine Zeit mehr respektiert.«

»Nein, Sie dürfen da nicht so vorschnell sein.« Tine hatte vergessen, Luft zu holen, und sprach mit erstickter Stimme. »Ich denke, heute stimmt irgendwas nicht.«

»Ach ja?«, fragte Lea.

»Das ist ungewöhnlich, dass mehrere Patienten aufeinandertreffen, außerdem ist er normalerweise immer gleich da, es dauert immer höchstens ...«

»Ich schau mal nach«, unterbrach Lea. Sie stand auf und zeigte auf die Tür neben ihrer Sitzbank. »Hier geht's doch zum Behandlungszimmer, oder nicht?«

»Ja! Nein!« Tine schüttelte heftig den Kopf. Lea fuhr herum und schaute sie an. »Also ja, hier geht's zum Behandlungszimmer. Aber Sie können da nicht einfach so reingehen!«

»Na ja, also wenn das alles so ungewöhnlich ist, was hier grade passiert, können wir doch mal schauen, woran es liegt.« Lea legte das Ohr an die Tür und lauschte. »Also hören kann ich schon mal überhaupt nichts.«

»Das ist auch ein riesiges Zimmer, und man sitzt ganz hinten«, erklärte Tine. »Sogar in einer Nische drin, und es gibt viele Teppiche und Pflanzen, die den Schall dämpfen können, und außerdem spricht Herr Friede sehr leise, er ...«

»Ich hab's verstanden.« Lea deutete Tine mit einer erhobenen Hand an, still zu sein. Dann schlug sie mit der geschlossenen Faust lautstark an die Tür und hielt kurz inne. Nichts geschah.

»Kann es sein, dass er gar nicht da ist?«, fragte sie. »Vielleicht hat er 'nen Tag Urlaub und uns vergessen?«

»Kann ich mir nicht vorstellen.« Tine blickte Lea mit großen Augen an. Lea drückte kurzerhand die Türklinke herunter. Tine hielt die Luft an. Die Tür ging nicht auf. »Abgeschlossen.«

»Was?« Tine stand auf und ging auf die Tür zu. »Das ist ungewöhnlich.«

»Scheinbar ist heute alles ungewöhnlich.«

Jetzt blickte auch Vivien von ihrer Zeitschrift auf. »Normalerweise ist die wirklich offen«, sagte sie. »Herr Friede kommt immer durch diese Tür, wenn er die Patienten abholt.«

Tine fasste an die Klinke und drückte sie ebenfalls herunter. »Tatsächlich zu.«

»Was sollte das denn jetzt?« Lea blickte Tine an. »Wolltest du kontrollieren, ob sie wirklich zu ist? Glaubst du, ich bin zu doof, 'ne Türklinke zu bedienen?«

»Nein, ich ...«, sagte Tine. »'tschuldigung, ich wollte ...«

»Ich ruf mal in der Praxis an«, schlug Vivien vor, die als Einzige immer noch auf ihrem Platz saß. Lea und Tine drehten sich zu ihr um, während sie etwas auf ihr Smartphone eintippte und es schließlich ans Ohr hielt. »Wählt.«

Im gleichen Moment ertönte ein Telefonklingeln aus dem Behandlungszimmer.

»Also das Telefon geht«, stellte Tine fest. Dann sprang der Anrufbeantworter an:

»Hallo, lieber Anrufer der Psychotherapiepraxis Dr. Friede. Meine Praxis ist ab dem einundzwanzigsten Juni unwiderruf-

lich geschlossen. Die Vertretung übernimmt Dr. Daniel Obermayer, Sie erreichen ihn unter der ...«

»Habt ihr das gehört?«, fragte Lea.

»Pst ...«, sagte Tine und hielt das Ohr an die Tür, um die Ansage besser hören zu können.

»... kann Ihre Nachrichten leider nicht mehr entgegennehmen. Ich wünsche Ihnen noch einen angenehmen und guten Tag.« Dann piepte es. Vivien legte auf und steckte ihr Smartphone wieder in die Tasche. »Der einundzwanzigste Juni ist heute.«

»Also jetzt reicht's, wahrscheinlich hängt er gechillt auf dem Sofa rum. Ich geh jetzt zum Wohnhaus rüber und sag ihm meine Meinung.«

Lea ging ein paar Schritte zur Eingangstür des Wartezimmers, riss sie auf und hetzte die Stufen zum Garten nach unten. »Gestern gibt er mir einen Termin, und heute schließt er seine Praxis? Keine Sau auf dieser Scheißkugel nimmt mich ernst, noch nicht mal mein Therapeut!«

»He, warte, ich komme mit.« Tine tippelte Lea hinterher, holte sie aber erst am Vordereingang des Klinkerhauses ein, als Lea unentschlossen auf zwei unterschiedliche, nicht beschriftete Klingelknöpfe neben der Haustür blickte. Kurzerhand drückte sie beide mehrmals hintereinander. Unmittelbar danach hämmerte sie mit den Fäusten lautstark an die Tür. »Hallo!«, rief sie.

Aus dem Hausinnern hörte man ein kurzes Poltern, es folgten gleichmäßige, schnelle Schritte, als würde jemand eine Treppe herunterrennen. Noch während Lea zum zweiten Mal kräftig anklopfte, flog die Haustür auf.

»Ja?«, fragte eine strohblonde Frau mittleren Alters mit Wischmopp und flauschigen Hausschuhen.

»Wo ist Dr. Friede?«, fragte Lea.

»Patienten bitte Eingang hinten gehen, ja? Ich bin Mimi, bin Putzfrau.« Die Dame lächelte freundlich und war im Begriff, die Tür wieder zu schließen.

»Halt, stop!«, rief Lea und trat mit einem Fuß in den Hausflur. »Hinten ist er nicht. Ist er hier im Haus? Ich muss dringend mit ihm sprechen.«

»Nein, Dr. Friede ist in die Praxis rübergegangen.«

»Dort ist er aber nicht, hab ich doch gerade erklärt!« Leas Stimme steigerte sich zu einem lauten Kreischen.

»Schreien Sie mich nicht, liebe Frau«, antwortete Mimi und stellte den Wischmopp neben der Tür ab. »Ich merke, Sie habe große Problem, Sie müsse mehr Geduld, ja? Herr Friede kann helfe, bald wieder gut, ja? Warten kurz, ich komme hinten, ja?« Bevor sie im Hausinneren verschwand, tätschelte sie Leas Schulter. Lea blickte ihr irritiert nach.

»Jetzt werd ich schon ersatzweise von der Putzfrau therapiert. Kann der Tag noch besser werden?«

»Ich würd mich nicht drauf verlassen«, antwortete Tine, während Mimi zu den beiden nach draußen kam. Sie zog die Haustür von außen zu. Lea und Tine folgten ihr über den bekannten Weg durch den Garten. Im Wartezimmer saß unverändert Vivien mit ihrer Zeitschrift.

»Gute Morge«, grüßte Mimi und ging an ihr vorbei zur Tür des Behandlungszimmers.

»Die ist zu«, sagte Tine, während Mimi die Klinke herunterdrückte.

»Hm.« Mimi zog einen Schlüsselbund aus ihrer Kitteltasche, schloss die Tür auf und wandte sich noch einmal an Lea: »Ich gehe für Ihnen gucke, liebe Frau.«

»Danke«, murmelte Lea, als Mimi bereits im Inneren des Behandlungszimmers verschwunden war. Es ertönte ein schriller Schrei.

Zweites Kapitel

»Unser Therapeut ist ein Psycho.«

»War«, korrigierte Vivien Lea.

»Was?«

»Er *war* ein Psycho.«

»Hm.«

Als die Putzfrau Herrn Dr. Friede erhängt über einem Stapel sorgfältig gefalteter Abschiedsbriefe gefunden hatte, war alles ganz schnell gegangen. Die Polizei und ein Kriseninterventionsteam waren angerückt, es wurde sehr viel Absperrband verbraucht, und die drei Frauen wurden von mehreren uniformierten Menschen befragt. Den ersten Schock hatten sie überwunden und waren soeben im Warteraum der Polizeistation angekommen, wo sie sich für eine weitere Befragung bereithalten sollten.

»Tja, wieder ein Wartezimmer.« Lea blickte sich um. Der Warteraum war rundherum mit Stühlen und einem Tischlein mit zerlesenen Zeitschriften ausgestattet.

»Und diesmal im Amt.« Vivien ließ sich auf einen der staubigen Polsterstühle fallen. »Das kann dauern. Auch wenn alle am Leben bleiben.«

»Ich werde Jahre brauchen, um zu verarbeiten, dass mein Therapeut sich erhängt hat«, sagte Tine.

»Wenn hier einer was zu verarbeiten hat, dann ja wohl ich.« Lea war die Einzige gewesen, die Herrn Friede tot gesehen hatte. Sie war der Putzfrau wegen des Schreis gefolgt und hatte daraufhin die beiden anderen davon abgehalten, das Behandlungszimmer zu betreten.

»Du hast ihn vielleicht tot gesehen, aber du kanntest ihn nicht«, erwiderte Tine und nahm neben Vivien Platz. »Warum hat er das gemacht? Man bringt sich doch nicht so einfach um. Das tut man doch einfach nicht.«

»Hm.« Vivien durchsuchte den Zeitschriftenstapel. »Vielleicht hatte er ja selbst psychische Probleme.«

»Sag ich doch, *Psycho*.« Lea setzte sich neben Tine. »Vielleicht ist er ja deswegen Therapeut geworden. Ist doch so ein Klischee, dass man Psychologie studiert, weil man selbst einen an der Klatsche hat.«

»Ist kein Klischee.« Tine stellte ihren Rucksack vor dem Stuhl ab. »Meine komplette Familie – alles Therapeuten. Und entweder sind sie schon in Therapie oder hätten es bitter nötig.«

»O mein Gott!«, sagte Lea.

»Genau.«

»Kein Wunder, dass du selbst 'ne Therapie brauchst«, meinte Vivien.

»Aber da beißt sich doch die Schlange in den Schwanz«, sagte Lea.

»Die Katze.«

»Was?«

»Die Katze beißt sich in den Schwanz«, korrigierte Vivien.

»Ist mir doch egal, wer sich in den Schwanz beißt, ich will ja nur sagen: ›Da schließt sich der Kreis.‹«

»Das hat Herr Friede auch gesagt«, bestätigte Tine. »Also dass ich Abstand von dem ganzen Therapie-Zeug brauche und deshalb auch gar nicht mehr zu ihm kommen soll.«

»Wieso bist du dann hingegangen?« Vivien hatte sich eine Zeitschrift ausgesucht und rutschte auf ihrem Stuhl zurück.

»Weil ich einfach nicht klarkomme.«

»Womit?«, fragte Lea.

»Mit der beschissenen Welt, schätz ich«, murmelte Vivien hinter ihrer Zeitschrift hervor. »Verständlich.«

»Nee, es ist nicht die Welt, ich bin's«, sagte Tine. »Ich und meine dämlichen Ängste.«

»Wovor hast du Angst?«, wollte Vivien wissen.

»Herzinfarkte, Schlaganfälle, bösartige Tumore, Seuchen, Autoimmunerkrankungen, Naturkatastrophen, Unfälle, Terroranschläge, Serienkiller, durch die Gegend fliegender Atommüll ...«

»Ist gut.« Vivien hob die Hand.

»Also Angst vorm Sterben?«, fragte Lea.

»Nicht nur«, antwortete Tine. »Aber wenn ich wüsste, dass ich mit hundert an Altersschwäche sterbe, wär schon alles einfacher. Dann könnte ich auch mal was riskieren. Abends im Park joggen, Kuchen mit Industriezucker essen, eine Kreuzfahrt machen ...«

Lea riss die Augen auf. »Du traust dich nicht, mit 'nem Schiff zu fahren?«

»Also ich find das mit dem Kuchen krasser«, murmelte Vivien.

»Weißt du, was für ein furchtbarer Tod es ist, wenn ein Schiff sinkt und man stundenlang weiß, dass man bald stirbt?«

»Nee, du?«

»Geh doch einfach mal davon aus, dass du mit hundert an Altersschwäche stirbst«, sagte Vivien.

»Hm.«

»Also bist du hypochondrisch?«, fragte Lea.

»Ein bisschen. Und ich arbeite ausgerechnet beim Rettungsdienst, das bringt mich noch zusätzlich auf Ideen.«

Vivien kicherte.

»Aber es ist nicht nur die Hypochondrie«, fuhr Tine fort. »Dazu kommen noch Panikattacken und Prüfungsangst. Deswegen konnte ich nie 'ne Ausbildung oder das Abi machen und hab nur einen Aushilfsjob. Echt toll, wenn man bald dreißig wird und noch bei seinen Eltern wohnt. Und seit heute bin ich auch noch Single.«

Vivien ließ ihre Zeitschrift sinken und blickte Tine an.

»Single sein ist eins der besten Dinge, die man tun kann«, sagte Lea. »Aber kein Job und noch bei den Eltern wohnen? Mein Gott, was hast du gemacht, seit du achtzehn bist?«

»Jetzt hack nicht auf mir rum, das machen meine Eltern schon oft genug! Ich hab eben versucht, die Probleme loszuwerden, ich war ja in Therapie bei verschiedenen Spezialisten, seit ich zehn bin, und ...«

»Therapie ist einmal die Woche«, unterbrach Lea.

»Ja, aber dazwischen soll man ja die Dinge auch umsetzen.«

»Und das hat nicht geklappt?«

»Nee.«

Lea runzelte die Stirn.

»Was kann ich denn dafür?«

»Nichts. Aber vielleicht hat Herr Friede ja recht, und du solltest nach zwanzig Jahren mal einsehen, dass Therapie nichts bringt.«

»Vielleicht.« Tine blickte ins Leere. »Aber wenn ich das einsehe, habe ich ja gar keine Perspektive mehr.«

»Stimmt, ist doof.«

Vivien räusperte sich. »Ich würd ja 'ne Runde Happy-Pillen schmeißen, aber ich hab keine mehr.«

»Hab ich's doch gewusst.« Lea schlug sich mit der flachen Hand auf den Oberschenkel.

»Hä?« Vivien blickte auf.

»Na, ich hab von Anfang an gewusst, dass du Psychopharmaka schluckst.«

»Pfff. Und? Ein neues Rezept für meine Pillen war heute Morgen sogar der einzige Grund für mich, das Haus zu verlassen. Und jetzt hab ich keins. Nicht mein Tag, schätze ich.«

Tine verzog das Gesicht. »Jemand ist tot, und du denkst nur an deine Pillen?«

»Er wollte doch tot sein. Und ich wollte ein Rezept für Antidepressiva. Jetzt verrat mir mal bitte, für wen der Tag erfolgreicher war.«

»Und wofür brauchst du die Pillen?«, fragte Lea.

»Wofür braucht man denn landläufig Antidepressiva?« Vivien seufzte und legte ihre Zeitschrift beiseite. »Ich hasse mein beschissenes Leben. Ich weiß aber auch nicht, was ich sonst will. Vielleicht bleibe ich einfach für immer in diesem gottverdammten Wartezimmer sitzen und lese die – was ist das hier? Die ›Bild der Frau‹. Vom letzten Jahr.«

»Oh«, sagte Tine. »Depressiv.«

»Nee«, sagte Vivien. »Desillusioniert.«

»Und warum?«, fragte Lea.

Vivien seufzte erneut. »Liebe Lea, liebe Tine, ich erzähle euch hier ja mehr, als ich Herrn Friede in fast zehn Sitzungen erzählt habe.«

»Macht nix«, sagte Lea. »Hat Unterhaltungswert. Lass die Kröte aus dem Sack.«

»Die Katze.«

»Was?«

»Es ist die Katze, die man aus dem Sack lässt.«

»Es ist immer die Katze.«

»Es ist meistens die Katze.«

»Na gut, dann lass sie jetzt raus.«

Vivien schaute auf den Boden. »Hmmm.« Als müsste sie mit sich selbst ringen, um die Energie aufzubringen, ihre Geschichte zu erzählen. »Na gut, ich sehe euch ja wahrscheinlich nie wieder. Ich fang mal optimistisch an, den Tipp hab ich von Herrn Friede, Gott hab ihn selig. Außerdem sind Optimisten ja so beliebte Leute. Und Optimisten fangen immer mit der Haben-Seite an, also: Ich *habe* ein abgebrochenes Studium, ich *habe* einen Ehemann, der seine Luftfahrtingenieur-Kollegin vögelt, sich aber nicht von mir scheiden lassen will, ich *habe* eine Mutter, die mein Problem damit nicht versteht, ich *habe* eine Strafanzeige am Hals, und ich *habe* ein stinkendes Kellerzimmer bei meiner Cousine, einer ungekämmten Buddhisten-Hexe, die mich jeden Morgen zwingt, Entschlackungstee zu trinken.«

»Ihhhh.« Lea verzog das Gesicht.

»Entschlackungstee ist super«, sagte Tine.

»Du hast dir deine Depression echt verdient«, sagte Lea.

»Danke.«

»Und ich danke dir, Vivien«, sagte Tine.

»Wofür?«

»Es hilft mir, wenn's anderen dreckig geht. Dann fühle ich mich nicht so alleine auf der Welt.«

»Gern geschehen. Wenn's wenigstens einem hilft.«

»Erzähl deine Geschichte in den Therapie-Wartezimmern der Nation, und lass die Psychos Geld in einen Hut werfen«, schlug Lea vor.

»Warum nicht. Ich hab gehört, Studienabbrecher müssen oft mit Hüten arbeiten.«

»So ist es.«

»Alles klar bei Ihnen?« Ein Polizeiinspektor mit buschigem Schnauzer, der die drei Frauen schon zur Polizeistation gefahren hatte, lehnte im Türrahmen.

»Ja«, sagte Vivien.

»Nee«, sagte Lea.

»Was jetzt?«

»Ich werde langsam nervös.« Lea deutete auf ihre Armbanduhr. »Ich muss in spätestens fünfzehn Minuten zur Arbeit. Wenn ihr mich noch verhören wollt, dann bitte jetzt.«

»Das wird nix.«

»Wie bitte?«

»Das wird nix.« Der Polizeiinspektor lehnte bewegungslos im Türrahmen.

»Muss aber! Meine Sendung fängt bald an, und ich hab vorher noch Maske. Wie gesagt, ihr habt noch fünfzehn Minuten, dann bin ich weg.«

»Frau Kronberger, Sie sind Zeugin in einem Todesfall. Sie dürfen die Wache nicht so einfach verlassen.«

»Ihr könnt mich doch hier nicht einsperren!« Leas Stimme wurde laut. »Es war jetzt eine halbe Stunde lang Zeit, mit mir zu sprechen, was kann ich denn dafür, wenn ihr das nicht auf die Kette kriegt?«

»Wir müssen uns an die Abläufe halten«, erwiderte der Polizeiinspektor. »Wir wissen noch nicht, wann die Verhöre stattfinden. Und wenn wir damit anfangen, ist sowieso zuerst Frau Hase dran.«

»Was? Warum das denn?«

»Weil sie im Alphabet vorne ist.«

»Aber das könnte man doch umstellen, wenn ich zur Arbeit muss, aber Frau Hase noch Zeit hat, oder?«

»Wir können doch nicht einfach so das Alphabet umstellen.« Der Inspektor lehnte noch immer im Türrahmen.

»Ich meine doch auch gar nicht das Alphabet, Himmelherrgott noch mal!« Lea wurde noch lauter. »Ich meine die Reihenfolge! Das wäre doch ...«

»Halten Sie sich bitte einfach bereit, Frau Kronberger.« Er wandte sich zum Gehen.

»Ich sag's doch, Amt«, murmelte Vivien, die wieder ihre Zeitschrift vor sich ausgebreitet hatte.

»Soll das jetzt heißen, weil ihr keinen Plan habt, kann ich heute nicht zur Arbeit?« Lea stand auf, der Inspektor drehte sich noch einmal um. »Ist doch kein Wunder, dass es mit der Wirtschaft den Bach runtergeht! Einer stirbt, und drei können deswegen nicht zur Arbeit! Dann sind's schon vier, die den kompletten Tag nichts Produktives tun! Und von euch hier will ich gar nicht reden, ihr steht ja auch nur rum und guckt zu, was die *Abläufe* und das *Alphabet* so treiben.«

»Ich dachte, die Wirtschaft wäre gerade im Aufschwung?«, fragte Vivien.

»Dann liegt's aber nicht an dem Puff hier.« Lea warf sich ihre Tasche über die Schulter, bereit zum Gehen. »Ich bin jetzt jedenfalls weg.«

»Bitte machen Sie uns, in Ihrem eigenen Interesse, keinen Ärger.« Der Inspektor sprach in aller Ruhe. »Ich muss Sie darüber informieren, dass Sie sich strafbar machen, wenn Sie die Wache unerlaubt verlassen.«

»Hallo, Kollegin«, murmelte Vivien. »Bock auf 'ne Knast-Band?«

Lea holte Luft und blickte noch einmal den Inspektor

an, der wortlos im Türrahmen stehen blieb. Sie sagte nichts, atmete dafür aber betont laut aus.

»Komm, setz dich, Lea.« Tine deutete auf den Platz neben sich. Lea verschränkte die Arme und nahm Platz.

»Am besten rufen Sie in Ihrer Firma an und geben Bescheid«, sagte der Inspektor.

»Und was sage ich denen? *Mein Therapeut hat sich erhängt, ich bin Zeugin?* Macht ja 'nen super Eindruck.«

Vivien kicherte.

»Wär aber die Wahrheit, Frau Kronberger, wär die Wahrheit.« Der Inspektor räusperte sich und fuhr sich durch den Schnauzer. »Ich kann auch für Sie anrufen und die Sachlage erklären, wenn das besser ist, ne?«

»Um Gottes willen, nein! Wieso sollte es besser sein, wenn die Polizei bei meiner Firma anruft und erklärt, dass es 'nen Toten gab und ich mit drinhänge? Meine Kollegen halten mich sowieso schon für den Grund allen Übels der Welt.«

»Oh, das tut mir leid.« Der Inspektor sah ernsthaft betrübt aus.

»Muss es nicht.«

»Hm.«

Während Lea ihr Blackberry aus der Tasche zog und anfing zu tippen, entfernte sich der Inspektor endgültig aus dem Türrahmen.

»Gott, bist du unentspannt«, sagte Vivien zu Lea.

»Immer noch besser, als im angeborenen Energiesparmodus festzustecken«, gab Lea zurück.

»Man müsste euch einfach mal kräftig durchmischen, dann wärt ihr beide normal«, sagte Tine.

»Egal welchen Grund ich meinen Kollegen jetzt sage, sie werden glauben, dass es eine Retourkutsche ist«, murmelte Lea beim Tippen.

»Wieso das?«, fragte Tine.

»Gab heute Stress bei der Arbeit.«

»Was arbeitest du denn?«, wollte Vivien wissen.

»Ich bin Moderatorin und Redakteurin bei *Rheinhessen TV*. Wobei ... der redaktionelle Teil wurde mir grade aberkannt. Jetzt bin ich nur noch ein Requisit, das aufgehübscht vor die Kamera gestellt wird und seinen Text aufsagen soll.«

»Cool.« Vivien war beeindruckt.

Tine ebenfalls. »Moderatorin! Das ist doch mal ein aufregender Job!«

»Für gescheiterte Schauspieler und Ex-Big-Brother-Bewohner, ja.« Lea sah wieder auf ihr Blackberry, die E-Mail wurde versendet. Dann blickte sie auf. »Ich wollte mal Weltklasse-Journalistin werden. Jetzt berichte ich von Schildkröten, die in Mülltonnen überwintern, und drehe die Beiträge noch nicht mal selber.«

»Und deswegen gab's heute Stress?«, hakte Tine nach.

»Unter anderem.« Leas Blackberry fiepte auf ihrem Schoß. »Das ging ja schnell.« Lea las vor: »*Kein Problem, Anja kann einspringen.* Was? Ausgerechnet die dürre Anja mit dem Pferdegesicht von den Kurznachrichten?«

»Sei doch froh, eben hattest du noch Angst, dass dir jemand was übelnehmen könnte.«

»Ich bin aber nicht froh.« Lea donnerte ihr Blackberry auf den Stuhl neben sich. »Die kommen offensichtlich jetzt schon ohne mich aus, die warten noch nicht mal, bis ich offiziell gekündigt bin!«

Vivien faltete ihre Zeitschrift zusammen und legte sie neben sich. »Jetzt steigt für mich auch der Unterhaltungswert.«

»Das freut mich ungemein.«

»Wieso gekündigt?«, fragte Tine.

Lea blickt noch mal zu der E-Mail auf ihrem Blackberry. »Bin mehrfach bei der Arbeit ausgerastet. Zu Recht natürlich, ich muss mit lauter sexistischen Vollpfosten ohne nennenswerte Arbeitsmoral zusammenarbeiten. Wenn ich deswegen aber mal sauer werde, heißt es, *ich* würde die Abläufe im Team stören! *Ich!* Stellt euch das mal vor! Deshalb wollte ich ja zu Herrn Friede. Muss ja irgendwie möglich sein, trotz allem souverän zu bleiben. Ich glaube, damit könnte ich sie am meisten ärgern. Und außerdem sollte es 'nen guten Eindruck bei meinem Chef machen.«

»Seit wann macht es einen guten Eindruck, wenn man ein Psycho ist?« Vivien schüttelte den Kopf. »Ich habe meine Therapie überall verheimlicht.«

»Kommt auf die Situation an, bei mir ...«

»Also ich finde es nicht okay, dass ihr ständig das Wort *Psycho* benutzt«, unterbrach Tine sie. »Man wird ja mit psychischen Krankheiten sowieso schon an den Rand der Gesellschaft gedrängt. Da muss man nicht auch noch diskriminiert werden.«

»Hab ich dich damit tatsächlich diskriminiert?«, fragte Vivien.

»Ja.«

»Hm.« Vivien dachte nach. »Frauen werden auch auf der halben Welt an den Rand der Gesellschaft gedrängt. Fühlst du dich auch diskriminiert, wenn ich dich eine *Frau* nenne?«

»Nein.«

»Gut. Und wie soll ich *Psychos* nennen, damit der Ausdruck deiner Meinung nach politisch korrekt ist?«

»Mitmenschen mit seelischer Beeinträchtigung, die eine Abweichung von der Normalität im Denken, Fühlen und Verhalten aufweisen.«

»Alles klar.«

»Danke. Du bist sicher auch froh, wenn ich dich nicht einfach *Straftäterin* nenne.«

»Mach ruhig.«

»Weswegen hast du eigentlich die Strafanzeige bekommen?«, fragte Lea nach.

»Mhhhh.«

»Raus mit der Katze.«

»Lass gerne mal was mitgehen«, murmelte Vivien.

»Was?«, fragte Tine.

»Sie klaut«, sagte Lea.

Vivien räusperte sich und strich ihre Haare zurück.

»Ah«, sagte Tine. »Was denn so?«

Vivien zuckte mit den Schultern. »Bevorzugt Schuhe und Schmuck. Seit Jahren eigentlich. Manchmal werde ich erwischt, meistens aber nicht. In letzter Zeit allerdings ein paarmal öfter. Und noch dazu gab es eine Sache, die etwas stärker ins Gewicht fällt.«

»Und die war?«, fragte Lea.

»Ich habe euch doch von meinem Mann erzählt?«

»Der fremdgegangen ist?«, fragte Tine.

»Mit seiner Copilotin«, fügte Lea an.

»Ist er also selbst Pilot?«, fragte Tine.

»Ist doch logisch«, meinte Lea.

»Er ist kein Pilot, er ist Luftfahrtingenieur«, korrigierte Vivien.

»Wieso hat er denn dann 'ne Copilotin?«, wunderte sich Lea.

»Hat er doch gar nicht, er ..., egal, jedenfalls hab ich das rausbekommen und danach seinen Firmenwagen vom Parkplatz geklaut und in den Rhein gefahren. Irgendwo hört's ja auch auf, wir sind seit zwei Jahren verheiratet, und er hat seit eineinhalb Jahren nebenbei eine andere. Ich meine, was hättet ihr getan?«

»Ich bitte dich, ich hätte sein Scheißflugzeug gleich mitversenkt«, antwortete Lea.

»Ich hätte mir wahrscheinlich alles gefallen lassen und wäre zu allem Überfluss noch zu dem Schluss gekommen, dass ich selbst dran schuld bin«, sagte Tine.

»Du weißt ja schon ziemlich genau, was deine Probleme sind«, sagte Lea.

»Ich weiß.«

»Und was passiert jetzt mit der Strafanzeige?«, erkundigte sich Lea.

»Ach, halb so wild.« Vivien winkte ab. »Mir wurde Psychotherapie und gemeinnützige Arbeit aufgebrummt. Die Therapie war rückblickend betrachtet ein Segen, wie gesagt, ich liebe meine Antidepressiva. Und die Sozialstunden kratzen mich wenig, davor kann man sich drücken. Hab ich schon mal gemacht. Ich glaube, ich war beim Amtsarzt und hab ein bisschen rumgehüstelt, kein großes Ding.«

»Pssst«, flüsterte Tine, »ich würd das auf 'ner Polizeistation nicht so rumposaunen.«

»Hat dir die Therapie denn auch bei deinem Problem geholfen?«, fragte Lea.

»Welches Problem?«

»Na, die Kleptomanie-Sache.«

»Ach Unsinn, darüber wollte ich mit Herrn Friede gar nicht sprechen. Dafür brauche ich auch keine Therapie. Ich müsste nur die Entscheidung treffen, nichts mehr zu klauen.«

»Und? Hast du dich schon entschieden?«

»Nee.«

»Hier bin ich noch einmal.« Der schnauzbärtige Polizeiinspektor betrat das Wartezimmer, sein Blick war auf mehrere DIN-A5-große Briefumschläge gerichtet, die er in den Händen hielt.

»Wer von Ihnen ist Frau Hase?«

»Ich.« Tine blickte auf.

»Hier ist ein Brief für Sie von Herrn Dr. Friede.« Er händigte ihr den Umschlag aus. »Er hat Abschiedsbriefe an seine Familie und seine Patienten geschrieben. Hier, bitte sehr.«

»Was?« Tine schnappte nach dem Brief. »Das ist ja ..., damit hätte ich ...« Dann verstummte sie und nestelte am Klebestreifen ihres Briefes herum.

»Wer ist Frau Kronberger?«

Statt zu antworten, blickte Lea den Polizeiinspektor voller Missfallen an.

»Ach so, ja, das waren Sie, bitte schön.« Der Inspektor räusperte sich und gab Lea ebenfalls einen Umschlag.

»Und Frau Linder werden dann wohl Sie sein.«

Vivien bekam den dritten Brief. Während der Polizeiinspektor wieder aus dem Wartezimmer trottete, öffneten Lea und Vivien ihre Briefe. Tine war bereits in den Inhalt vertieft:

»Liebe Frau Hase,
entschuldigen Sie bitte die unerfreulichen Umstände, die dazu geführt haben, dass Sie diesen Brief von mir erhalten. Das alles muss ein großer Schock für Sie sein.

Als Ihr Therapeut möchte ich ein paar Worte an Sie richten, die mir sehr am Herzen liegen. Glauben Sie mir bitte, dass Sie austherapiert sind. Sie haben durch Ihre jahrelange psychologische Betreuung mehr Wissen angehäuft, als Sie jemals brauchen werden. Nur setzen Sie nichts davon um. Sie müssen den Zustand der theoretischen Analyse verlassen und zur Praxis übergehen. Handeln Sie!

1. Um unabhängig zu werden, müssen Sie bei Ihren Eltern ausziehen.

2. Um Ihre Ängste, insbesondere die Prüfungsangst, zu besiegen, müssen Sie sich Prüfungen stellen.

Sie sind im Wartezimmer Frau Kronberger und Frau Linder begegnet. Ich denke, es könnte für Sie alle drei ein Gewinn sein, sich etwas näher kennenzulernen.

Viel Erfolg auf Ihrem weiteren Weg wünscht Ihnen von Herzen Ihr Torsten Friede.«

»O Mann«, flüsterte Tine und blickte zu den anderen beiden, die ebenfalls in ihre Briefe vertieft waren.

»*Liebe Frau Kronberger,
entschuldigen Sie bitte die unerfreulichen Umstände, die dazu geführt haben, dass Sie diesen Brief von mir erhalten. Es tut mir sehr leid, dass wir uns nicht persönlich kennengelernt haben. Eine Sache soll Sie aber trösten: Sie wären bei mir ohnehin falsch gewesen. Die Wut, die Sie mir beim telefonischen Vorgespräch beschrieben haben, hat ihre Wurzeln in der Kindheit. Ja, ich weiß, das sagen Psychologen immer. In Ihrem Fall ist es aber so. Aus diesem Grund sind Sie bei einem Tiefenpsychologen sehr viel besser aufgehoben als bei mir, ich bin Verhaltenstherapeut.*
  Sicher fragen Sie sich, warum ich Ihnen das nicht gleich am Telefon mitgeteilt habe. Frau Kronberger, Sie haben mir gesagt,

Sie würden an diesem Tag nicht lockerlassen, bis Sie einen Therapietermin für den Folgetag haben, egal bei welchem Psychologen. Ich kann Ihnen ziemlich sicher sagen, dass Sie das nicht geschafft hätten. Therapieplätze sind rar und die Wartelisten lang. Vielleicht kann ich Ihnen aber nun auf eine andere Weise helfen, möglichst zeitnah einen Therapeuten zu finden: Sie haben im Wartezimmer Frau Hase kennengelernt. Frau Hase kennt die Psychotherapeutenszene der Stadt in- und auswendig und hat sehr gute familiäre Kontakte. Sie kann Sie sicher auf die Schnelle bei einem geeigneten Tiefenpsychologen unterbringen.

Viel Erfolg auf Ihrem weiteren Weg wünscht Ihnen von Herzen Ihr Torsten Friede.

»Der hat das scheinbar geplant, dass wir uns begegnen«, sagte Lea. Tine nickte. Die beiden blickten zu Vivien, die mit dem Lesen ihres Briefes noch nicht fertig war.

Liebe Frau Linder,
entschuldigen Sie bitte die unerfreulichen Umstände, die dazu geführt haben, dass Sie diesen Brief von mir erhalten.
Ich möchte Ihnen hier zunächst ein paar organisatorische Dinge mitteilen: Die Bescheinigung über Ihre abgeleisteten zehn Therapiestunden habe ich fertiggestellt und an die zuständige Stelle versandt. Für mein Ableben kurz vor Ihrer letzten Sitzung können Sie schließlich nichts.
Nun möchte ich noch ein paar persönliche Worte an Sie richten. Mir ist nicht entgangen, dass Sie die Therapie überwiegend als Mittel zum Zweck betrachtet haben, um an Psychopharmaka zu kommen. Diesem Schreiben liegt ein Stapel Rezepte bei, werden Sie glücklich damit.
Meiner Meinung nach brauchen Sie keine weitere Therapie,

ich gebe Ihnen aber eine Handlungsempfehlung: Nehmen Sie die Konsequenz aus Ihrem Handeln diesmal an und leisten Sie Ihre Sozialstunden ab. Sollten Sie sich für die Zusammenhänge zwischen Ihrer Depression und Ihrem zwanghaften Handeln interessieren, fragen Sie Frau Hase, die Sie im Wartezimmer kennengelernt haben. Sie weiß es.

Viel Erfolg auf Ihrem weiteren Weg wünscht Ihnen von Herzen Ihr Torsten Friede.

»Krass.« Vivien ließ den Brief auf die Knie sinken. »Ich dachte immer, er wüsste nicht, dass ich nur die Pillen will.«

»Ich soll so schnell wie möglich ausziehen!« Tine blickte entgeistert zu den anderen beiden. »Wie soll ich das denn machen? Ich hab ja schon Angst, alleine mit der Straßenbahn zu fahren! Ich kann ja auf keinen Fall alleine wohnen, wenn ich umkippe und sterbe, findet mich ja niemand! Aber ich kann auch nicht in eine WG ziehen, ich hab Angst vor den Besichtigungen ... Da sind ja immer dreißig Leute, die sich für ein Zimmer bewerben. Und das sind alles Studenten und ... ich bin die Älteste und ... traue mich nichts zu sagen. Wie soll ich mich denn da durchsetzen? Ich ... ich ... weiß überhaupt nicht, was ich jetzt ... jetzt bin ich in einer Beziehungspause, mein Therapeut hat sich erhängt, und ich sitze auch noch auf der Straße!«

Tine ließ den Kopf in die Hände sinken.

»Hm.« Vivien legte Tine die Hand auf den Arm. »Ich versuch's mit bewährten Mitteln: Mir geht's auch total dreckig, schau mal, ich bin nicht nur in einer Beziehungspause, sondern kurz vor einer Scheidung. Und was den Umzug betrifft: Ich muss auch dringend raus bei meiner Cousine, sonst passe ich mich noch meiner Umwelt an und fange selber an zu schimmeln. Du hast aber leider absolut Recht – man findet mit über dreißig kein WG-Zimmer. Und ich kann auch nicht alleine wohnen, mir reicht das Geld nicht. Ich war noch nicht mal mit zwölf so pleite wie heute.«

Tine seufzte. Den Kopf noch immer in den Händen vergraben.

»Und, besser?« Vivien tätschelte Tines Arm.

»Nee«, antwortete Tine. »Diesmal hat's nicht geholfen.«

»Schade.«

»Vielleicht hättest du das mit dem Schimmel irgendwie drastischer rüberbringen müssen«, meinte Lea.

»Hm.«

»Ich hätte ein WG-Zimmer frei«, sagte Lea. »Sanierter Altbau mit Aufzug im trendy Teil der Neustadt. Meine ehemaligen Mitbewohner sind ein Pärchen geworden und ausgezogen. Hab's zwar nicht eilig, aber ein Zimmer davon will ich sowieso wieder untervermieten, sind sogar beide noch möbliert. Meine Ex-Mitbewohner waren so verliebt, die konnten gar nicht schnell genug ausziehen, da haben sie einfach alles dagelassen. Wahrscheinlich wollten sie nicht auf das klassische Pärchen-Ikea-Gedöns verzichten. Wie dem auch sei, vielleicht hat ja eine von euch Interesse?«

»Ich!«, sagten Vivien und Tine gleichzeitig.

»Äh ...« Lea blickte von einer zur anderen. »Da halt ich mich jetzt raus. Das müsst ihr unter euch klären.«

Vivien blickte zu Tine. »Ich schlag dir 'nen Deal vor: Ich nehme das Zimmer bei Lea und helfe dir, was Passendes zu finden.«

Tine antwortete nicht.

»Ich wohne nur *übergangsweise* bei meiner Cousine, auf Dauer ist das absolut nicht tragbar«, argumentierte Vivien weiter. »Bei dir kommt es auf ein paar Tage oder Wochen auch nicht mehr an, du wohnst ja offensichtlich schon immer bei deinen Eltern, oder?«

»Ja, aber das ist auch nicht tragbar«, erwiderte Tine. »Außerdem muss ich sofort ausziehen! Von Herrn Dr. Friede aus!«

»Der ist tot.«

»Aber er meinte, ich muss mich endlich mal mit den Dingen konfrontieren, vor denen ich Angst habe, und er hatte recht! Und jetzt ist genau der richtige Zeitpunkt.« Tine wunderte sich über sich selbst. Die ganze Zeit wollte sie nicht ausziehen, aber jetzt, wo sie offensichtlich darum kämpfen musste, war sie ganz versessen darauf. »Ich könnte ja auch dir beim Suchen helfen, wenn ich das Zimmer bei Lea bekomme.«

»Mädels, hört auf«, unterbrach Lea. »Eigentlich wollte ich ja eins der freien Zimmer als Büro nutzen. Aber was soll's, ich weiß sowieso nicht, wie lange ich den Job noch habe. Zieht doch einfach beide ein, dann sind's auch nur dreihundert pro Kopf.«

Tine und Vivien blickten Lea an.

»Hallo? Ich hab gesagt, ihr könnt beide einziehen, wenn ihr wollt.«

»Wann?«, fragte Vivien.

»Äh ...«, antwortete Lea, »lasst mich wenigstens noch aufräumen ..., äh ... morgen Abend?«

»Deal«, sagte Vivien.

»Meinst du das ernst?« Tine starrte Lea an.

»Klar«, antwortete Lea. »Klingt wie der Anfang von 'nem schlechten Witz: ›Eine Kleptomanin, eine Hypochonderin und eine Cholerikerin ziehen in eine WG ...‹«

»Frau Kronberger, kommen Sie bitte in zehn Minuten

zum Verhör?« Unbemerkt war der schnauzbärtige Polizeiinspektor wieder im Türrahmen aufgetaucht.

»Was? Wieso denn ich? Frau Hase ist doch im Alphabet vorne.«

»Sie wollten doch zuerst drankommen. Ich habe Ihr Anliegen vorgetragen, und wir haben es umgestellt.«

»Sie haben das Alphabet umgestellt?« Vivien schlug die Hand vor den Mund.

»Nein. Die Reihenfolge.« Der Inspektor blickte ausdruckslos in den Raum.

»Ist Ihnen klar, dass ich das vorhin deswegen vorgeschlagen habe, weil es noch möglich gewesen wäre, rechtzeitig zur Arbeit zu kommen?« Lea schaute ihn an und wartete auf eine Antwort, die er aber nicht gab. Stattdessen blinzelte er mehrmals nervös.

»Vergessen Sie's.« Lea winkte ab. »Ich bin in zehn Minuten bei Ihnen. Vielen Dank für Ihre Mühe.«

Der Inspektor nickte und verschwand wieder.

»Danke, dass du uns bei dir einziehen lässt«, platzte es aus Tine heraus. »Damit löst sich für mich ein riesiges Problem.«

»Für mich auch.« Vivien nickte.

»Jetzt muss ich nur noch Thomas zurückgewinnen, Herrn Friedes Tod verkraften und meine Prüfungsangst besiegen.«

»Ein abwechslungsreiches Leben hast du«, sagte Vivien.

»Mach dich nicht darüber lustig«, gab Tine zurück. »Vor allem das mit Herrn Friede ist wirklich schlimm für mich. Nicht nur, weil ich ihn gerne mochte. Er war auch zugezogen und der Einzige, bei dem ich noch nicht in Therapie war oder den niemand von meiner Familie kannte. Jetzt kann ich nirgends mehr hingehen.«

»Ich kenne jemanden, der mal bei Melissa Ruhr war«, sagte Lea.

»War ich auch schon, taugt nichts«, antwortete Tine.

»Und Dr. Dreher?«

»Meine Tante.«

»Heute Morgen hat noch Ingo Höfler bei mir zurückgerufen, bei ihm schrumpft wohl die Warteliste.«

»Mein Schwager.«

»Herr Kunze?«

»Studienfreund meines Vaters.«

»Mein Gott, ihr seid ja 'ne richtige Mafia, Leute.«

»Wem sagst du das.«

»Du sollst doch sowieso nicht mehr in Therapie«, sagte Vivien. »Hat doch dein Therapeut gesagt.«

»Ja, aber das muss ich erst mal verarbeiten. Und dabei brauche ich Hilfe.«

»Du brauchst Hilfe dabei, keine Hilfe mehr anzunehmen?«, fragte Lea.

»Ja.«

»Und wieder schließt sich der Kreis«, sagte Lea.

»Ich will jetzt nicht mehr drüber sprechen.« Tine verschränkte die Arme.

»Da beißt sich die Katze in den Sack.«

Drittes Kapitel

Am Samstagabend war Leas Wohnung sauber und ordentlich wie nie zuvor. Sie hatte auf- und umgeräumt, entrümpelt, entstaubt, gewischt, poliert, das Leergut der letzten Monate abtransportiert, schichtweise Flusen hinter den Möbeln entfernt, die Fenster geputzt, den Ofen repariert und die Kaffeemaschine entkalkt. Zum Schluss hatte sie neue Deko-Kissen auf der Couch verteilt, den Flickenteppich davor gewaschen und wäre Tine nicht zwei Stunden zu früh aufgetaucht, hätte sie noch die beiden Kolonialstil-Vitrinen neben dem Esstisch gestrichen. Nun war jeder Winkel blitzblank, auf dem Wohnzimmertisch standen frische Blumen in einer Vase und auf der Theke der offenen Küche drei gefüllte Sektgläser. Lea und Tine saßen am Esstisch und warteten auf Vivien, die zwanzig Minuten nach der verabredeten Zeit noch immer nicht aufgetaucht war. »Zwei neue Mitbewohnerinnen, und keine davon kann die Uhr lesen.«

»Mein Gott, ist euer Aufzug eng«, hörten sie Vivien auf dem Flur schimpfen. Dann schob sie sich mit zwei Reisetaschen über der Schulter und zwei Rollkoffern, die sie hinter sich herzog, durch die bereits geöffnete Wohnungstür. Tine sprang ihr entgegen und begrüßte sie.

»Ist ein Ein-Mann-Aufzug«, sagte Lea. »Wenn man den BMI-Richtwert unterschreitet und nichts gegen Körperkontakt hat, passen aber auch zwei Männer rein.«

»Oder 'ne Frau mit ihrem halben Hausstand.« Vivien warf ihre beiden Schultertaschen auf den Boden, begrüßte Tine mit einer Umarmung und blickte sich um. »Schön ist es hier!«

»Du hast ja ganz schön viel Gepäck.« Tine deutete auf die riesigen Rollkoffer.

»Wie meinst du das?« Vivien schloss die Wohnungstür hinter sich. »Vier von den Koffern stehen noch unten im Flur. Der Rest an Krimskrams ist im Auto, und morgen muss ich noch zwei oder drei Wagenladungen aus dem Keller meiner Cousine abholen.«

Tine starrte Vivien an.

»Hast du wieder jemanden ausgeraubt?«, fragte Lea.

»Nee, ich hab Roberts Haus leer geräumt, als ich ausgezogen bin.« Vivien ließ ihre Rollkoffer stehen und ging ein paar Schritte ins Innere der Wohnung. »Na ja, und da kam so einiges zusammen. Ich hab zum Beispiel seine ganzen Elektrogeräte mitgehen lassen. Und die DVDs, CDs, Bücher, Silberbesteck und das Profi-Premium-Angeber-Geschirr.«

»Also doch die Kleptomanie.« Tine nickte.

»Nee, in dem Fall war's Rache.« Vivien fuhr sich durch die langen, seidigen Haare, auf deren Ansatz eine mit Strass besetzte Sonnenbrille saß. »Der blöde Sack hat nicht mal mehr 'ne Ersatzzahnbürste zu Hause, und ich fühl mich gut damit.«

»Recht so«, sagte Lea.

»Jetzt profitiert unsere WG davon.« Vivien blickte sich noch immer in der Wohnung um. »Unten im Auto sind ein nagelneuer Monster-Flat-TV und ein Kaffeevollautomat mit Mahlwerk, kommt alles noch hoch.«

»Arrogante Ärsche«, sagte Lea.

»Was? Wer?«

»Flatscreens und Kaffeevollautomaten.«

»Wieso das?«

»Halten sich für was Besseres.«

»Als wer?«

»Mein Röhrenfernseher und die altersschwache Filtermaschine«, antwortete Lea.

»Schmeiß sie weg.«

»Na gut. Auch wenn ich etwas ehrwütig darauf hinweisen möchte, dass die Kaffeemaschine gerade frisch entkalkt ist.«

»Sollen wir mit dir runterkommen und dir beim Ausladen helfen?«, fragte Tine.

»Nö«, antwortete Vivien. »Im Treppenhaus lungert ein Freak mit Comic-Shirt rum und spricht mit den Wänden. Ich glaube, er hat sich in mich verliebt. Er bringt alles hoch.«

»Der ist mir auch schon begegnet«, sagte Tine. »Ich finde ihn gruselig. Seine Augen gucken in verschiedene Richtungen.«

»Wie hast du es geschafft, hinter diesen meterdicken Brillengläsern irgendwas zu erkennen?«, wollte Vivien wissen.

»Das ist Lukas«, sagte Lea. »Der Sohn vom Vermieter. Die wohnen direkt unter uns. Obwohl speziell Lukas eher im Treppenhaus wohnt. Er ist tatsächlich etwas, äh ... anders. Aber harmlos.«

»Und hilfreich«, fügte Vivien an.

»Und wer sind die Männer mit den vielen Leichenteilen auf den T-Shirts?«, fragte Tine. »Die finde ich nämlich auch gruselig.«

»Ich ziehe meinen Hut, Tine. Du hast innerhalb der ersten halben Stunde alle Randgruppen unseres Gebäudes aufgespürt«, sagte Lea. »Die Jungs gehören zu *Aggressive Slaughter*. Das ist die Death-Metal-Band vom fünften Stock.«

»'ne Band?«, fragte Vivien. »Wie cool!«

»Sie heißen Christian, Andreas, Thorsten und Steffi, ist nämlich auch ein Mädel dabei, nennen sich aber Death, Dark, Skully und Bone und sind alle nett. Allerdings wurde ihnen grade vom Vermieter gekündigt. Hat mir Christian diese Woche beim Wäscheaufhängen im Keller erzählt.«

»Ist Christian Death, Dark oder Bone?«, fragte Vivien.

»Ich habe absolut keine Ahnung.«

»Ist das der gleiche Vermieter wie bei uns?«, fragte Tine.

»Ja, der Vater von Lukas, der Familie gehört das ganze Haus.«

»Hm.«

»So, jetzt mal los. Zur Wohnungsbegehung bitte hier entlang.« Lea machte eine ausschweifende Geste mit den Armen. Vivien ließ ihr Gepäck erst mal hinter sich, folgte ihr und blickte sich um. Die Wohnung bot einen großzügigen, offenen Wohnraum mit Couch, Tischlein und ein paar Regalen, daneben gab es einen verglasten Erker mit Blick auf den Gartenfeldplatz, in dem ein wuchtiger Holztisch stand, und gegenüber befand sich die offene Küche mit einem Balkon zum Hinterhof.

»Und hier geht's zum Flur mit unseren Zimmern und dem Bad.« Lea öffnete eine Tür, die vom Wohnraum gegenüber der Couchecke abging.

»Ich hab dir das größere Zimmer überlassen«, sagte Tine zu Vivien, während die beiden Lea in den Flur folgten. »Dachte mir schon, dass du mehr Kram hast.«

»Dank dir.« Vivien folgte Lea und Tine in ihr neues Zimmer. »Oh, Wahnsinn!« Es war mit einem Himmelbett, einem Spiegelschrank und einem Schreibtisch aus Milchglas eingerichtet. Auf dem Boden lag ein flauschiger weißer Teppich mit roten Herzen, und vor dem Fenster hingen geraffte Vorhänge.

»Das ist ja perfekt!«, sagte Vivien. »Perfekt, perfekt, perfekt!«

Tine lächelte. Sie hatte sich mit Lea bereits im Vorfeld darauf geeinigt, dass das mädchenhaftere Zimmer besser zu Vivien als zu ihr passte. Tine hatte sich das etwas kleinere, mit schlichten Holzmöbeln eingerichtete Zimmer von Leas Ex-Mitbewohner ausgesucht. »Aber gibt es denn keinen Zimmerschlüssel?« Vivien hielt die Türklinke in der Hand.

»Hm.« Lea blickte die Zimmertür von beiden Seiten an. »Keine Ahnung. Der muss wohl irgendwann abhandengekommen sein.«

»Na ja«, sagte Vivien. »Ich schätze mal, es gelten die normalen WG-Regeln, und man klopft immer an, bevor man reinkommt?«

»Aber klar.«

In dem Moment klopfte es an der Wohnungstür.

»Das ist wahrscheinlich Lukas mit dem Gepäck.« Vivien ging durch den Flur zur Wohnungstür und öffnete sie mit einem einnehmenden Lächeln. Davor standen aber nur zwei weitere Rollkoffer. »Huch? Wie ist er so schnell wieder verschwunden?«

Tine tauchte wieder im Wohnzimmer auf. »Ich sag's ja: gruselig.«

»Dann können wir ja jetzt feierlich anstoßen.« Lea hastete vom Flur durch den Wohnraum und nahm die Sektgläser von der Küchentheke. »Auf den ersten Abend in unserer WG.«

»Ja, Prost.« Vivien nahm Lea eins der Gläser aus der Hand. »Auf ein gutes Zusammenleben.«

»Prost.« Tine nahm das dritte Glas. »Was bin ich froh, dass ich hier einziehen kann. Ich fühle mich so elend im Moment, das hier ist mein einziger Lichtblick.«

»Hast du deshalb unangekündigt zwei Stunden zu früh mit deinem Köfferchen auf meiner Fußmatte gestanden?« Lea zwinkerte und schlug ihr Glas klirrend an das der anderen beiden.

»Wenn's dir so scheiße geht, teile ich gerne meine Happy-Pillen mit dir«, sagte Vivien, als sich die drei Frauen an den Tisch setzten. »Ich hab so viel Rezepte von Herrn Friede bekommen, die reichen bei meinem ungesunden Lebensstil, bis ich ins Grab falle. Und ich kann locker noch was davon abgeben.«

»Lieb von dir, aber ich hab meine eigenen.«

»Schluckt ihr alle beide durchgehend Antidepressiva?«, fragte Lea. »Das kann doch nicht gut sein.«

»Ich will ja auch weg von dem Zeug«, erwiderte Tine. »Aber jetzt mit der Beziehungspause ..., also wenn ich jetzt auch noch die Antidepressiva absetze, dann implodiere ich vor lauter Melancholie.«

»Dito«, sagte Vivien. »Oder magst du es etwa, wenn sich Leute in deinem Umfeld umbringen, Lea?«

»Gott bewahre.«

»Immerhin ist es bei dir nur eine Pause«, sagte Vivien. »Bei mir ist es endgültig.«

»Ach, kommt doch am Ende auf das Gleiche raus.« Tine legte den Kopf auf den Tisch. »Wenn ich es nur verstehen würde! Es war doch immer alles gut bei Thomas und mir. Immer! Alles! Es kam wie der Blitz aus heiterem Himmel. Wie soll man so was denn bloß überwinden?«

»Wen fragst du das?« Vivien schob ihr Glas auf der Tischplatte hin und her.

»Wenn alles gut war, was hat er denn dann für einen Grund genannt?«, fragte Lea.

»Ach, ich weiß es nicht.« Tine richtete sich wieder auf. Ein paar vereinzelte Haare hatten sich aus ihrer Haarspange gelöst und standen wirr vom Kopf ab. »Ich weiß es nicht, und ich komme auch nicht drauf, obwohl ich vierundzwanzig Stunden am Tag darüber nachdenke. Ich hab verdammt noch mal alles für ihn getan! Unsere Beziehung war für mich das Allerwichtigste. Ich habe ihn bei allem unterstützt, wir hatten nie Streit, ich habe mich nie über irgendwas beschwert. Aber genau das hat er kritisiert! Das macht doch überhaupt keinen Sinn.« Tine stieß ein wimmerndes Schluchzen aus und nahm einen Mammut-Schluck Sekt.

»Hast du schon mal davon gehört, dass moderne Partnerschaften besser auf Augenhöhe funktionieren?«, fragte Lea.

»Ach, komm mir nicht mit dem Mist«, entgegnete Tine. »Das ist doch alles widerlegt.«

»Wider *was*?«, fragte Lea. »Wie bitte schön kann man so was denn widerlegen? Und wer?«

»Ich.«

»Aha? Hast du noch ein paar Naturgesetze oder Menschenrechte widerlegt?«

»Ach, ist doch alles sinnlos.« Tine kippte den Rest ihres Sekts in einem Zug hinunter. »Ham wer noch von dem Zeuchs? So langsam begreif ich erst, was passiert ist: Ich hab an einem Tag die beiden wichtigsten Männer in meinem Leben verloren! Und wenn ich nicht schon eine Psycho-Macke hätte, würde ich mir spätestens jetzt eine zulegen.«

»Du hast *Psycho* gesagt!« Vivien sprang vom Stuhl auf.

»Nein, ich habe Psycho-*Macke* gesagt«, sagte Tine.

»Da steckt *Psycho* drin.«

»Ja.«

»Also darf ich das Wort jetzt auch benutzen? ›*Mitmenschen mit seelischer Beeinträchtigung, die eine Abweichung von der Normalität im Denken, Fühlen und Verhalten aufweisen*‹ ist mir auf Dauer zu lang.«

»Nee, du darfst nur Psycho-*Macke* benutzen.«

»Tzzz.« Vivien setzte sich wieder hin.

»Ham wir jetzt noch was zu trinken oder nicht, Lea?«, fragte Tine erneut.

»Klar.« Lea holte die Sektflasche aus dem Kühlschrank. Es klopfte wieder an. Vivien sprang auf und öffnete die Wohnungstür. Davor stand aber nur ein großer Karton mit dem Flat-TV und daneben zwei Reisetaschen. »Unfassbar.« Vivien streckte den Kopf ins Treppenhaus. »Der kann sich echt in Luft auflösen.«

»Gruselig«, sagte Tine.

»Wo waren wir stehen geblieben?« Lea kam mit Tines aufgefülltem Sektglas zum Esstisch.

»Viviens kaputte Beziehung«, sagte Tine.

»Stimmt doch gar nicht!«, wehrte sich Vivien.

Tine schnappte nach ihrem Sektglas.

»Genau, Viviens Pilot.« Lea setzte sich hin. »Was ist denn jetzt mit ihm?«

»Er ist Luftfahrtingenieur«, verbesserte Vivien.

»Wofür ist das jetzt bitte relevant?«, fragte Lea.

»Gar nicht.«

»Und was ist jetzt mit ihm?«

»Nichts, ich will die Scheidung«, sagte Vivien. »Der soll seine Midlife-Kacke woanders ausleben.«

»Dann wär die Sache mit der Copilotin aber nicht ganz stimmig«, sagte Lea.

»Hä?«

»Bei einer Midlife-Crisis suchen sich die Männer ja eher untergeordnete Weibchen. Ärzte haben was mit Krankenschwestern, Manager mit Sekretärinnen und Piloten mit Stewardessen.«

»Lea!« Tine schlug mit der flachen Hand auf den Tisch.

»In diesem Fall haben Piloten wohl etwas mit Piloten«, sagte Vivien.

»Ist er also doch Pilot?«, fragte Lea.

»Nein.«

»Lea!«, wiederholte Tine. »Es geht doch nicht, jemanden als *untergeordnet* zu bezeichnen, nur weil er einem schlechter bezahlten Berufsstand angehört!«

»Natürlich geht das. Es ist nur nicht besonders nett.«

Vivien verschluckte sich.

»Was ich sagen will«, fuhr Lea fort. »Bei der Sache mit der Kollegin muss man eben in Betracht ziehen, dass das Verhältnis nicht rein sexueller Natur war und er sie tatsächlich interessanter fand als Vivien.«

»Um Himmels willen, Lea!« Tine erhob beide Hände. »So was darf man doch nicht sagen! Vivien hat doch sowieso schon Probleme mit ihrem Selbstwert.«

»Ich hab *was*?« Vivien reckte den Hals.

»Probleme mit deinem Selbstwert«, wiederholte Tine.

»Na, das wüsste ich aber.«

»Ich bitte dich, Vivien.« Tine nippte an ihrem Sekt. »Muss ich euch denn hier die einfachsten Dinge erklären? Kleptomanie wurzelt immer in Selbstwertproblemen!«

»Soso.«

»Tiefenpsychologisch betrachtet, ist das Stehlen eine Art Ersatzbefriedigung für unterdrückte Wünsche, meistens das Angenommen-Sein in der sozialen Ordnung. Die Patienten wollen mit dem Diebstahl ihre gefühlte Bedeutungslosigkeit aufwerten, und die erbeuteten Objekte weisen auf verdrängte Bewusstseinsbereiche hin.«

Lea lachte auf. »Klingt, als hättest du 'nen Psycho-Duden verschluckt.«

Vivien hob eine Augenbraue. »Und ein paar fragwürdige Ratgeber hinterher.«

»Wie bitte? Ich weiß schon, wovon ich spreche. Meint ihr vielleicht, dreißig Jahre in einem Therapeuten-Haushalt gehen spurlos an einem vorbei?«

Lea und Vivien blickten sich an.

»Lasst uns doch einfach mal sehen, ob ich recht habe«, fuhr Tine fort. »Vivi, warum hast du denn gestohlen, was hat es dir gebracht?«

»Keine Ahnung.« Vivien hob die Schultern. »Man kennt ja die ganzen Erklärungen zur Kleptomanie: der Kick beim Stehlen, das Glücksgefühl, wenn's geklappt hat, und so weiter.«

Tine nickte. »Gab es Phasen, in denen du besonders viel gestohlen hast?«

Vivien nickte.

»Und welche Phasen waren das?«

»Hm. Immer wenn's mir nicht so gutging, eigentlich.«

»In welchen Situationen ging es dir denn nicht so gut?«

»Mein Gott, du bist ja schlimmer als Herr Friede.«

Tine schwieg.

»Na gut, ähm, nach Trennungen zum Beispiel«, fuhr Vivien fort. »Oder wenn eine Beziehung nicht gut lief.«

»Also wenn du dich *ungeliebt* gefühlt hast, kann man sagen?«

Vivien verdrehte die Augen. »Warum klingt das bei dir immer gleich so rührselig?«

»Weil du deine eigene Gefühlswelt ins Unbewusste verdrängt hast und es dir deshalb unangenehm ist, wenn du im Außen damit konfrontiert wirst.«

»*Bitte, was?*«, fragte Vivien.

»Du bist emotional verkrüppelt«, übersetzte Lea.

»Ach so.«

»Man kann also festhalten, in Zeiten, in denen du dich geliebt und aufgefangen gefühlt hast, hast du nicht oder kaum gestohlen. Richtig?«, fragte Tine.

»Hmm, jaaa, kann man so festhalten.«

»Sobald das nicht der Fall war, hattest du eine emotionale Lücke. Dann hast du eine Strategie entwickelt, um die Lücke mit künstlich erzeugten Glücksgefühlen von außen zu schließen. Eins der Hauptmerkmale eines gesunden Selbstwertes ist es aber, emotionale Lücken von innen heraus schließen zu können. Beweisführung abgeschlossen.«

Vivien blickte Tine an. Lea blickte Vivien an.

»Tinchen, du könntest locker Therapeutin werden«, sagte Lea.

»Oder Anwältin«, fügte Vivien an. »Auch wenn du gerne mal übertreibst.«

»Geht nicht, ich traue mich nicht vor Leuten zu sprechen.«

»Wir sind Leute, und du hast gesprochen«, wandte Lea ein.

»Ihr seid zwei betrunkene Psychos.«

»Also jetzt hast du das Wort definitiv benutzt«, sagte Vivien.

»Sogar in der Mehrzahl«, bestätigte Lea.

»Zählt nicht, ich bin ja auch betrunken.« Tine richtete sich noch mal an Vivien: »Eine Sache würde mich zu der Kleptomanie noch persönlich interessieren.«

»Ja?«

»Hattest du nie Angst, dass du erwischt wirst und im Gefängnis landest oder so?«

»Ach Quatsch, Gefängnis. Meistens passiert einem gar nichts.« Vivien setzte ihre Sonnenbrille ab und legte sie neben sich auf den Tisch. »Im schlimmsten Fall 'ne Geldstrafe oder Sozialstunden. Nicht der Rede wert.«

»Hattest du Geldprobleme, oder wieso hast du überhaupt dauernd was mitgehen lassen?«, fragte Lea.

»Also, aktuell bin ich zwar pleite, aber sonst war ich das nie, und das war auch nicht der Grund fürs Stehlen.«

»Leute, die aus Geldmangel oder Hunger stehlen, werden ja auch nicht als Kleptomanen bezeichnet«, erklärte Tine. »Bei Kleptomanen haben die gestohlenen Dinge vielmehr einen symbolischen Wert. Es gibt Millionäre, die im Supermarkt den Käse klauen.«

»Das ist ja echt krank«, sagte Lea.

Tine nickte.

»Also krank würde ich es nicht nennen«, sagte Vivien. »Im Gegensatz zu euch habe ich ja keine *echte* Störung.«

»Wie meinst du das denn jetzt?«, fragte Lea.

»Na, unkontrollierte Wutattacken und Angststörungen sind ja wohl mehr psycho, als ab und zu mal was mitgehen lassen.« Vivien hob die Schultern. »Das würde ich eher als eine Art illegales Hobby bezeichnen.«

»Also ich finde, du solltest deine Krankheit nicht so verharmlosen, wie ich vorhin erklärt habe, ist es ja so, dass ...«, begann Tine.

»Es *ist* keine Krankheit«, sagte Vivien, während Lea klirrend ihr Glas auf dem Tisch abstellte.

»Vivien, meinst du jetzt ernsthaft, wir sind verrückter als du?«

»Ach Unsinn, *verrückter* würde ich nie sagen«, antwortete Vivien. »Aber zumindest mal habt ihr, ähm ..., ernsthafte psychische Probleme und ich nicht. Ich hab euch ja nicht umsonst beim Therapeuten kennengelernt.«

»Du warst doch selber dort!« Lea Stimme klang schrill.

»Weil ich *musste*.«

»Aber das beweist doch gerade, dass du den größeren Knacks hast!«

»Leute, hört auf«, mischte sich Tine ein. »Vivien, du solltest mal überlegen, warum du Gesprächen zu deiner Krankheit immer ausweichst. Und, Lea, du solltest hinterfragen, warum du dich schon wieder so aufregst.«

»Es *ist* keine Krankheit!«

»Ich soll was?«, keifte Lea. »Ich reg mich auf, weil ich mich aufregen will! Warum regst du dich eigentlich nicht auf, wenn sie uns als Vorzeige-Irre beschimpft?« Dann wandte Lea sich Vivien zu: »Dabei hast du ja wohl von uns dreien als Einzige 'ne echte Straftat begangen! Du bist doch schon mit einem Bein in der Psychiatrie!«

»Und du mit einem Arm in der Zwangsjacke«, nuschelte Vivien.

»Mann, das reicht mir für heute Abend.« Lea stand auf und stampfte in Richtung Flur. »Hier sind doch alle voll psycho.«

»Dann kann ich ja auch gehen«, rief Vivien Lea hinterher.

»Hat jetzt jeder mit jedem Krach?« Tine blickte sich verwundert um.

»Mach doch.« Lea knallte die Wohnzimmertür ins Schloss.

»Lea, reg dich doch nicht auf, keiner ist hier psycho!«, rief Tine Lea hinterher.

»Das würden Außenstehende aber ganz anders beurteilen.« Vivien kippte den letzten Schluck Sekt hinunter und stand auf. »Mit 'ner Cholerikerin zusammenzuziehen war ja wohl die dümmste Idee, die ich seit langem hatte.«

»Aber ...«, setzte Tine an.

»Ich wünsch dir viel Glück, Tine.« Vivien schnappte nach ihrer Sonnenbrille und warf sich ihre Weste um.

»Nein.« Tine stand ebenfalls auf. »Ihr könnt doch unmöglich schon am ersten Abend alles hinschmeißen!«

»Vielleicht ist es besser so«, erwiderte Vivien und ging in Richtung der Wohnungstür. »Lea und ich passen nicht so ganz zusammen, wie man unschwer erkennen kann.«

»Das stimmt doch gar nicht, ihr passt wunderbar zusammen.« Tine folgte Vivien. »Wenn eine nicht dazu passt, dann bin das ja wohl ich! Ich meine, guckt euch an, hört euch zu! Ich bin hier die Außenseiterin.«

»Aber mit dir kann man nicht streiten.« Vivien öffnete die Wohnungstür, dann drehte sie sich noch mal zu Tine um. »Tinchen, ich habe zu lange mit Leuten zusammengelebt, mit denen ich nicht hätte zusammenleben sollen. Du wirst es nicht schaffen, mich da zu bequatschen.« Dann verließ sie die Wohnung.

Tine folgte ihr. »Vielleicht ja doch.«

* * *

Als Lea die Wohnungstür ins Schloss fallen hörte, stand sie von ihrem Bett auf und verließ das Zimmer.

»Mann, das war ja mal echt unnötig, ich ...«, begann Lea. Zwischen Flur und Esszimmer hielt sie inne und blickte sich um. Tine war nicht mehr da. War sie zusammen mit Vivien gegangen? Hieß das, sie war auf Viviens Seite? Und bedeutete das wiederum, dass beide nicht bei ihr einziehen würden? Lea streifte ziellos durch die Wohnung. Im Spiegel neben der Flurtür sah sie ihre vor Wut geröteten Wangen und eine Zornesfalte, die sich zwischen ihren großen blauen Augen gebildet hatte. »Tzzz.« Lea trat gegen einen Stuhl, der vom Esstisch weggeschoben worden war, sodass er wieder an seinen Platz rutschte. Als die Lehne des Stuhls an die Tischkante stieß, klirrten die drei leeren Sektgläser.

Es klopfte. Lea öffnete die Wohnungstür und blickte auf zwei weitere Kisten, die Lukas abgestellt hatte.

»Kannst damit aufhören«, rief Lea in den Hausflur. »Die ist nicht hier.« Dann warf sie die Tür wieder zu. Es klopfte erneut. Lea streckte den Kopf in den Flur. »Ich habe doch grade gesagt ...«

Vor der Tür standen Vivien und Tine. Tine hob einen Zeigefinger in die Luft. »Ich möchte klarstellen, dass ich das *so* nicht akzeptiere, geh mir aus dem Weg«, sagte sie und drückte sich so eng an Lea vorbei, dass ihre weiße Hemdbluse raschelte. Dabei zog sie Vivien hinter sich her, die Lea anblickte und mit den Schultern zuckte. »Ich habe es eben schon Vivien erklärt, und jetzt erkläre ich es dir: Wir werden diese WG-Sache nicht wegen so eines sinnlosen Streits aufgeben. Diese lächerliche Sache wird jetzt aus der Welt geschafft. Hinsetzen, alle beide.«

»Äh ...« Lea stand immer noch in der Tür, während Tine und Vivien bereits an ihren vorherigen Plätzen saßen.

»Hinsetzen, hab ich gesagt!«

Lea schloss die Tür und nahm Platz.

»So, und jetzt sagt hier jeder, was ihn stört, aber bitte nach den Regeln der gewaltfreien Kommunikation. Haben wir uns verstanden?«, begann Tine. »Das heißt, es wird hier weder ausgerastet, liebe Lea, noch wird vor den Problemen davongelaufen, liebe Vivien. Und für euch Anfänger: Gewaltfrei kommunizieren bedeutet *keine Vorwürfe* und *keine Schuldzuweisungen*. Und verdammt noch mal gesittete Sprache und ruhiger Ton!«

Vivien blickte auf die Tischplatte. Lea schwieg.

»Aha!« Tine schaute von einer zur anderen. »Wenn ihr euch wie zivilisierte Menschen aufführen sollt, wisst ihr gleich gar nichts mehr zu sagen, sehe ich das richtig?«

Vivien und Lea schwiegen weiter.

»Dann fang ich eben an«, sagte Tine. »Bei psychischen Störungen sollte man niemals Vergleiche anstellen. Niemand kann beurteilen, wie sich ein anderer Mensch fühlt und wie schlimm die Situation für jemanden individuell ...«

»Pfff, wir sind doch nicht in der Waldorfschule«, unterbrach Lea.

»Wie bitte?«

»Natürlich wird hier verglichen! Außerdem gibt es wirklich härtere Fälle als uns, da muss man auch mal die Katze im Dorf lassen und nicht alles so todernst ...«

»Wieso die Katze?«, fragte Vivien dazwischen.

»Sprich bitte für dich, Lea, für mich ist meine Verfassung eine ernste Sache und ...«, sagte Tine.

»Wieso nicht die Katze?«, fragte Lea.

»Weil es die Kirche ist, die man im Dorf lässt.«

»Du hast gesagt, es ist immer die Katze.«

»Ich hab gesagt, es ist *meistens* die Katze. Hier ist es aber die Kirche.«

»Ich bin nicht so sakral.«

»Deswegen kannst du nicht einfach Gebäude mit Tieren vertauschen und alles im Dorf lassen, was dir passt.«

»Kann ich wohl.«

»Hallo?« Tine hob beide Hände. »Ich versuche hier mit euch ernsthafte Dinge zu besprechen!«

Vivien und Lea blickten zu Tine.

Tine ließ die Hände wieder sinken und schüttelte den Kopf. »Ach, egal, ich geb's auf, streitet von mir aus weiter. Irgendwann werdet ihr mich verstehen. In unserer Welt geht es sowieso nicht darum, ob und wie verrückt man ist, sondern darum, inwieweit man gesellschaftlich noch kompatibel ist.«

»Na, das ist doch prima«, sagte Lea. »Dann vergleichen wir die Gesellschaftskompatibilität. Das macht mich ohne Umweg zum Sieger, ich habe einen ernsthaften Job und eine Wohnung. Tadaaa.«

»Den Job bist du bald los«, entgegnete Vivien.

»Und ich überwinde hoffentlich meine Prüfungsängste und werde dann einen richtigen haben«, sagte Tine. »Seht ihr? Wir sind alle noch viel zu sehr in der Entwicklung, um das vergleichen zu können.«

»Dann vergleichen wir eben die Entwicklung«, schlug Lea vor. »Wer innerhalb einer bestimmten Zeit seine Macke am besten in den Griff kriegt, hat gewonnen. Ist doch fair!«

Vivien schaute Lea an.

»Kommt Mädels, wir tragen das jetzt aus!« Leas Gesichtsausdruck hellte sich auf. »Wir könnten doch 'nen Wettkampf draus machen?«

Tine blickte auf.

»Hast du einen Veterinär in der Familie?«, fragte Vivien.

»Nee, wieso?«

»Mein Onkel ist einer«, erzählte Vivien. »Und meiner Cousine wurde mal von ihrem Bruder ein Streich gespielt, indem er ihre Anti-Akne-Pillen mit Testosteron-Tabletten für Zuchtbullen ausgetauscht hat.«

»Was soll das denn jetzt heißen?«

»Ach, gar nichts.«

»Ich finde Leas Idee gar nicht so verkehrt«, mischte sich Tine ein. »Ich nehme mir immer alles Mögliche vor und mache dann einen Rückzieher. So ein Wettkampf könnte ein Ansporn sein.«

»Siehste«, sagte Lea. »Macht doch auch viel mehr Spaß, wenn man ein bisschen Druck hat.«

»Mir nicht«, sagte Vivien.

»Das Gute daran ist: Wir könnten uns immer über unsere Fortschritte und Probleme austauschen«, sagte Tine. »Dann ist man nicht so alleine damit.«

Vivien rümpfte die Nase. »Also ich hab keinen Bock, dass das hier so 'ne Art geschlossene Selbsthilfegruppe wird.«

»Nee, aber eine WG ist doch sowieso wie so 'ne Art Familie, oder nicht?«, fragte Tine. »Wo man sich gegenseitig hilft und immer über alles reden kann.«

»Danke, ich hab schon eine Familie, die mich in den Wahnsinn treibt, ich brauch nicht noch eine«, entgegnete Vivien. »Bequatscht den Kram mit euren Eltern.«

»Hab keine«, antwortete Lea.

»Und meine reden aus pädagogischen Gründen nicht mit mir über meine Probleme«, sagte Tine.

»Komm Vivien, gib dir 'nen Ruck.« Lea fasste Vivien an der Schulter. »Du bist doch sowieso der Meinung, dass du die Einzige ohne respektablen Knacks bist, dann kannst du ja nur gewinnen.«

»Und wie stellst du dir denn das Ganze konkret vor?«, fragte Vivien.

»Wir müssen doch sowieso Herrn Friedes Anweisungen umsetzen«, mischte sich Tine ein. »Dann könnten wir schauen, wer's am besten hinkriegt.«

»Sehr gute Idee«, sagte Lea. »Eine Woche Zeit. Ab Montag.«

»Eine Woche?« Tine tippte sich an die Stirn. »Das ist doch viel zu wenig! Man muss ja bedenken, dass sich psychische Grundmuster über Jahre festgesetzt haben und ...«

»Wenn wir so was schon machen müssen, finde ich eine Woche auch völlig ausreichend«, sagte Vivien.

»Außerdem muss es bei mir jetzt sowieso schnell gehen«, sagte Lea. »Und euch schadet's auch nichts, mal 'nen Gang zuzulegen.«

»Sklaventreiber«, erwiderte Vivien.

»Na gut«, sagte Tine schnell. »Machen wir's so. Eine Woche. Ich habe ja mit dem Einzug in die WG schon eine von Herrn Friedes Anweisungen umgesetzt. Dann hätte ich sowieso einen Vorsprung.«

»Nee, die Competition gilt ab jetzt«, entgegnete Lea.

»Unfair.«

»Nimm's sportlich.«

»Wir brauchen mehr Sekt«, sagte Vivien. Lea schnappte nach den Gläsern.

»Und wie genau sollen wir uns vergleichen?«, fragte Tine, während Lea aufstand. »Wir haben ja komplett unterschiedliche Probleme und Anweisungen?«

»Bleib ganz ruhig, Tinchen.« Lea torkelte zur Küche. »In meinem Kopf befindet sich bereits ein vollständig ausgereiftes, geniales Punktesystem, das sich auf diesen Spezialfall reibungslos anwenden lässt. Bei Vivien gibt ein Tag ohne Diebstahl einen Punkt, bei mir gibt ein Tag ohne Ausrasten einen Punkt und bei dir, Tine ... äh ... ich bin jetzt zu betrunken, aber uns fällt bestimmt was ein.«

»Vollständig ausgereift hört sich aber anders an«, flüsterte Vivien Tine zu.

»Pssst.« Tine legte den Zeigefinger an den Mund. »Mach sie nicht sauer.«

»Das ist vielleicht 'ne bahnbrechende, neue Behandlungsform.« Lea stand an der Küchentheke und füllte die Sektgläser auf. »Die Projekt-Therapie.«

»Finde ich gut«, sagte Tine.

Lea verteilte die Gläser und ließ sich wieder auf ihren Stuhl fallen.

»Prost!«, sagte Vivien. »Ich wär eher für 'ne Prosecco-Therapie. Das wär mal was Neues.«

»Das wäre überhaupt nicht neu«, sagte Tine. »Jeder zweite Psycho kommt früher oder später auf die Idee, seine Probleme zu ersäufen.«

»Was waren denn überhaupt noch mal eure Anweisungen?«, fragte Lea.

»Ich soll mich Prüfungen stellen«, antwortete Tine.

»Ich soll Sozialstunden ableisten«, sagte Vivien.

»Und ich soll zum Tiefenpsychologen.« Lea holte Zettel und Stift. »Gut, dann hätten wir ja schon mal die Grundpfeiler der Psychoschlacht.«

»Kann ich auch was anderes machen als Sozialstunden?«, fragte Vivien.

»Willst du 'nen Punktabzug, noch bevor wir angefangen haben?«, fragte Lea.

»Neeee.«

»Dann tu, was Herr Friede befohlen hat.«

»Der wird es eh nicht mehr kontrollieren.«

»Aber wir.«

* * *

Am Sonntagmorgen war der große Esstisch feierlich gedeckt. Auf silbernen Platztellern standen drei Müslischalen mit frischem Obst, Nüssen und Rosinen, daneben je ein Glas mit frisch gepresstem Orangensaft. In der Mitte des Tisches ein Korb mit Croissants und frischen Brötchen, daneben Marmelade.

»Was ist denn hier los?«, fragte Lea, als sie vom Flur aus das Esszimmer betrat. Ihr Blick schweifte vom gedeckten Tisch hinüber zu Tine, die mit einer Schürze in der Küche stand. »Hast *du* das alles gemacht?«

»Jep.« Tine rührte mit einem Schneebesen in einer Schüssel. »Pancakes gibt's auch noch.«

»Wow!« Lea starrte auf den Tisch. »Frühstück.«

»So nennt man es landläufig, ja.«

»Wo hast du denn die Brötchen her?«

»Vom Bäcker.«

»Sonntags?«

»Der da unten hat bis zwölf geöffnet.«

Lea rieb sich die Augen. »Ich habe Platzteller?«

»Du hast Platzteller.«

»Aber ich habe definitiv kein frisches Obst.«

»Nee, das Essen habe ich selbst mitgebracht.«

»Ist Vivien schon wach?« Lea streifte ziellos durch die Küche.

»Na ja, zumindest etwas, was früher mal Vivien war, sitzt draußen auf dem Balkon und raucht.«

»Oh!« Lea blickte um die Ecke auf den Balkon. Sie sah ein Knäuel aus nachlässig zusammengestecktem platinblondem Haar, den Zipfel eines cremefarbenen Bademantels und ein schlankes, nacktes Bein, das am Balkongeländer lehnte.

»Sprich sie besser nicht an«, sagte Tine. »Sie kann morgens vor zehn Uhr nicht reden, sagt sie.«

»Wie hat sie das dann gesagt?«

»Sie hat es gebrummt.«

Lea griff ein Glas Milch von der Küchentheke. »Also die sieht komisch aus.« Dann nahm sie einen großen Schluck und verzog das Gesicht. »Schmeckt auch komisch. Nicht wie Milch. Total wässrig.«

Tine drehte sich zu Lea um. »Das ist keine Milch. Das sind meine positiven Darmbakterien.«

Lea, die gerade einen weiteren Schluck getrunken hatte, riss die Augen auf und spuckte die Flüssigkeit hektisch zurück ins Glas. Die Hälfte ging daneben und platschte lautstark auf den Küchenboden.

»Das sind *was*? Ich hab deine Darmbakterien getrunken?« Leas Stimme klang schrill, und bevor sie Tines Antwort abwartete, hetzte sie zur Spüle, überrannte dabei beinahe Vivien, die vom Balkon wieder nach drinnen gekommen war, und hielt ihren offenen Mund unter einen Wasserstrahl. »Ahhhhhhhhhhh!«

»Was ist denn hier los?«, fragte Vivien.

»Also strenggenommen sind es ja nicht *meine* Darmbakterien«, erklärte Tine. »Sondern einfach Bakterien, die sich gut auf meine Darmflora auswirken. Jetzt allerdings auf deine.«

»Wie bitte?« Lea schnaufte und drehte den Wasserhahn zu. »So einen Mist habe ich ja noch nie gehört! Warum stellst du so was in der Küche auf?«

Vivien stand mit ihrer Kaffeetasse in der Hand in der Küche und lachte.

»Man muss das Pulver fünfzehn Minuten in Wasser einwirken lassen«, sagte Tine. »Ich hatte ja keine Ahnung, dass einem hier die Mikroorganismen vor der Nase weggetrunken werden.«

»Kommt nie wieder vor.« Lea spuckte noch mal in die

Spüle und wischte sich dann mit dem Ärmel den Mund ab. Vivien lachte noch immer.

»Vivien, du bist ein schadenfroher Mensch«, sagte Lea.

»Das ist richtig. Wer auch immer gesagt hat, Vorfreude wäre die schönste Freude, war ein Idiot.«

»Na, wenigstens kannst du jetzt vollständige Sätze bilden«, sagte Tine.

Vivien nickte.

»Dann können wir ja jetzt frühstücken«, fuhr Tine fort. »Setzt euch.«

Lea ging als Erste zu ihrem Platz am Esstisch und warf sich schon beim Hinsetzen eine Rosine aus ihrem Obstschälchen in den Mund. Danach sortierte sie die Haselnüsse aus ihrem Schälchen. »Allergisch.«

»Hab ich mich gestern echt auf 'ne *Psycho-Battle* eingelassen?« Vivien setzte sich Lea gegenüber und reckte sich ausgiebig.

»Wir alle haben das.« Lea stopfte sich einen überladenen Löffel mit Obstsalat in den Mund.

»Das würde ich gerne rückgängig machen«, fuhr Vivien fort.

»Geht nicht.« Tine stand noch am Herd. »Aber 'nen Pancake kannst du haben, grade fertig.«

»Und wie muss ich da jetzt vorgehen?«, fragte Vivien.

»Gib mir einfach deinen Teller.«

»Im Vertrag steht, dass wir die Details noch aushandeln«, sagte Lea mit vollem Mund und streckte Tine ihren Teller entgegen.

»Wo ist der Vertrag überhaupt?« Tine warf Lea einen Pancake auf den Teller.

»Wir haben einen Vertrag?« Vivien fuhr sich durch die zerzausten Haare.

»Na klar.« Lea ertränkte ihren Pancake in Ahornsirup, legte ihn zusammen und stopfte ihn auf einmal in den Mund.

»Hier ist er doch.« Tine hob ein Blatt Papier vom Boden neben einem Kartonstapel auf und brachte es an den Tisch. Vivien schnappte danach. Es war der schief gefaltete Lieferschein eines Stabmixers, auf dessen Rückseite jemand mit dickem Filzstift »*Die Psychoschlacht*« geschrieben hatte. Es folgte der Satz: »*Details sind am Sonntag, dem 15. Juni 2014, im Einverständnis mit allen drei Parteien auszuhandeln*«, darunter hatten alle unterzeichnet. Vivien sogar mit jeweils einem Herzchen auf den Is.

»Oje«, sagte sie und legte das Blatt neben sich.

»Ja.« Lea erhob den Zeigefinger. »Da kommste nich mehr raus.«

»Hmmm.« Vivien stocherte in ihrem Obstschälchen herum.

»Du willst dich nur wieder vor deinen Arbeitsstunden drücken.« Tine setzte sich Vivien gegenüber und blickte sie an.

»Ach kommt, Leute.« Vivien legte ihren Löffel neben dem Obstschälchen ab. »Das ist doch Kinderkacke.«

»Ich kann mir ja schon denken, warum Herr Friede dir diese Aufgabe gegeben hat«, sagte Tine.

»Weil er ein Sadist ist«, schnauzte Vivien. »Er will, dass sich die Menschen hier unten schön weiterquälen, während er vom Himmel aus zusehen und sich darüber totlachen kann. Pardon, scheckiglachen. Oder schieflachen.«

»Quatsch, der ist doch gar nicht im Himmel«, warf Lea ein. »Laut katholischer Vorschrift ist es verboten, sich umzubringen. Also ist er wohl in der Hölle zugange. Ich meine, wo kämen wir denn hin, wenn Menschen frei über ihr Leben entscheiden dürften.«

»Du meinst über ihren Tod«, sagte Vivien.

»Gehört dazu.«

»Warum könnt ihr nie, nie, nie beim Thema bleiben?« Tine warf ihren Löffel auf den Tisch und stand auf.

»Was war denn das Thema?«, fragte Lea. »Hast du noch Pancakes?«

»Wir waren beim Thema, warum Herr Friede Vivien die Arbeitsstunden aufgebrummt hat.« Tine nahm die Pfanne vom Herd, kam zurück zum Esstisch und warf Lea einen weiteren Pancake auf den Teller. »Wie wir ja schon erörtert haben, ist das Stehlen eine Ersatzbefriedigung für den Wunsch nach sozialer Anerkennung und einem größeren Selbstwert, deshalb ...«

»Das hast *du* erörtert, nicht wir«, unterbrach Vivien, während Tine sich wieder an den Tisch setzte.

»Vielleicht meint sie sich und ihre *internen* Persönlichkeiten«, sagte Lea und warf sich eine aussortierte Nuss an die Stirn.

»Jetzt hört doch mal auf mit dem Quatsch und konzentriert euch.« Tine klopfte mit der flachen Hand auf die Tischplatte. »Soziale Anerkennung und Selbstwert bekommt man ja auch durch die Einbettung in die Gesellschaft mit Hilfe eines Jobs, der einen ...«

»Dann läuft bei mir aber gewaltig was schief«, fiel Lea ihr ins Wort.

»Das wissen wir doch, Lea.« Tine klang ungeduldig. »Aber jetzt geht's um Vivi, kurz gesagt: Das Stehlen muss ersetzt werden durch etwas sozial Anerkanntes, das ihr auf eine konstante Art Selbstwert gibt. In einer sozialen Einrichtung mitzuhelfen, könnte da eine sehr gute Möglichkeit sein.«

»Ich verstehe kein Wort«, sagte Vivien.

»Das macht nichts.« Tine strich die Tischdecke glatt. »Tu's einfach.«

»Würde ich ja«, sagte Vivien. »Aber wie soll ich denn bitte schön bis morgen eine soziale Einrichtung finden, in der ich mitarbeiten kann?«

»Mein Bruder arbeitet im Seniorenheim in der Altstadt, da fehlt immer Hilfe«, sagte Tine. »Ich ruf ihn später an und kläre das.«

»Danke.« Vivien blickte ausdruckslos auf das Mainzelmännchen, das auf ihrer Kaffeetasse einen Zebrastreifen überquerte.

»Äh ... Tine«, begann Lea, »ich glaube, ich müsste auch deine Hilfe in Anspruch nehmen. Herr Friede hat mir in seinem Brief den Tipp gegeben, dich nach einem Tiefenpsychologen zu fragen. Und jetzt, da es ja wegen der Competition extraschnell gehen muss, wären Kontakte doppelt von Vorteil.«

»Auch kein Problem.« Tine bestrich ein Croissant mit Marmelade. »Du kannst zu meinem Onkel, er therapiert überwiegend Promis und kassiert fünfstellige Beträge pro Stunde. Deswegen muss er verhältnismäßig wenig arbeiten und hat immer ein paar Ersatztermine frei. Da kann ich dich unterbringen.«

»Was?« Lea richtete sich auf ihrem Stuhl auf. »Ein Promi-Therapeut? Das ist ja der Wahnsinn!«

»Promis haben die gleichen Schäden wie alle anderen, behauptet Onkel Heinrich immer.« Tine biss in ihr Croissant. »Aber sie zahlen besser.«

»Ich kann aber keine fünfstelligen Beträge bezahlen!«

»Musst du auch nicht«, antwortete Tine. »Er kann mir ruhig mal einen Familiendienst erweisen.«

»Dank dir, das hilft mir wirklich weiter«, sagte Lea. »Aber ... ähm, dein Onkel Heinrich ist nicht zufällig akut suizidgefährdet oder so?«

»Keine Sorge«, sagte Tine. »Er ist der beste Therapeut, den ich kenne, und der ausgeglichenste Mensch der Welt. Er wird sich auf keinen Fall erhängen, das versichere ich dir.«

»Das beruhigt mich.«

»Hast du vielleicht noch einen Schwager, der uns gratis Hyaluron unterspritzen könnte?«, fragte Vivien dazwischen.

»Nee, würde ich auch nicht unterstützen so was.«

»Sieht dir ähnlich«, sagte Vivien.

»Was soll das denn heißen?«, fragte Tine.

»Ach, gar nichts.«

»Vivi, was ist eigentlich mit dem ganzen Kram hier?« Lea zeigte auf die Kartons, die Lukas am Vorabend aus Viviens Auto nach oben gebracht hatte. »Gehört doch dir, richtig?«

»Nee, gehört der WG«, antwortete Vivien.

»Haste schon vergessen?«, mischte sich Tine ein. »Vivi hat es ihrem Ex gemopst und uns geschenkt.«

Lea stand auf und beäugte den Kistenturm etwas genauer. Manche der Kartons waren von Online-Versandhäusern, andere namenlos.

»Das meiste ist originalverpackter Elektrokram.« Vivien tauchte mit ihrer Kaffeetasse in der Hand neben Lea auf. »Robert ist ein Technikfreak und hat wahllos Krempel angehäuft. Manchmal hat er es noch nicht mal ausgepackt. Sein ganzer Keller ist voll von dem Zeug. Pardon, *war*. Jetzt hab ich's.«

»Und das ist alles für uns?« Lea strich sich die ungebändigten Locken aus der Stirn.

Vivien hob die Schultern. »Was ihr gebrauchen könnt. Ich hab beim Rumstöbern noch viel mehr gefunden, auch nagelneue Dessous, in die ich zweimal reinpasse. Müssen wohl für seine Kollegin gewesen sein.«

»Die ist älter *und* dicker als du?«, fragte Lea. »Der Mann hat echt keinen Plan von 'ner fachkundig ausgeführten Midlife-Crisis.«

Tine tauchte neben den beiden auf und stieß Lea unbemerkt in die Seite.

Lea räusperte sich. »Sollen wir mal schauen, was sonst noch so in den Kisten ist?«

»Wie wäre es denn, wenn wir immer nur eine Kiste auspacken?«, fragte Tine. »Wie ein tägliches Überraschungsei.«

Vivien hob die Schultern.

»Von mir aus«, sagte Lea. »Dann nehmen wir heute aber die da, die sieht interessant aus.« Sie zog eine anthrazitfarbene, mehrfach mit Klebeband umwickelte Kiste zwischen den anderen Kartons hervor. Tine stellte ihre Kaffeetasse auf dem Esstisch ab und half Lea dabei, das Klebeband und den Deckel abzureißen.

»Was ist das denn?« Tine hob mit Lea ein flaches Gerät aus der Schachtel.

»Sieht aus wie 'ne Flunder auf Rollen«, antwortete Lea.

»Scheint einer von diesen Staubsauger-Robotern zu sein«, sagte Vivien.

»Echt?« Lea riss Tine das Gerät aus den Händen. »So ein Ding wollte ich schon immer mal haben, das ist ja der Wahnsinn!«

»Sollen wir ihn mal anschmeißen?«, fragte Tine in Viviens Richtung.

»Klar, warum nicht.«

Lea zog die Folie von dem flachen Rücken des Staubsauger-Roboters und stellte ihn neben die Tür. »Hier kann er ja direkt mal den Staub von den ganzen Kisten aufsaugen.« Sie drückte einen silbernen Knopf an der Seite. Mit einem sanften Brummen fuhr der Staubsauger in Richtung Wohnzimmer.

»Er saugt!« Lea schlug die Hände vor den Mund.

»Das ist sein Job.« Vivien blickte dem Staubsauger ausdruckslos nach.

»Den kann man jetzt praktisch durchgehend rumfahren lassen, dann müsste ja die Wohnung immer sauber sein«, sagte Tine.

»Wie ein kleines Haustierchen, das immer da ist und rumläuft«, sagte Lea. »Wir könnten ihn Staubi nennen.«

Tine wandte sich an Vivien. »Wieso habt ihr den zu Hause nicht benutzt?«

»Wir hatten 'ne Putzfrau, die dreimal die Woche kam«, erklärte Vivien. »Keine Ahnung, wofür Robert das Ding gekauft hat.«

»Vielleicht für sein Flugzeug«, sagte Tine.

»Oder für die Zweitwohnung, die er zusammen mit seiner Kollegin gemietet hatte.« Viviens Stimme klang gereizt.

»Nee, er hatte nicht im Ernst 'ne Wohnung mit ihr, oder?«, fragte Lea.

Vivien nickte geistesabwesend.

»Na ja.« Lea winkte schnell ab. »Das Ding hat 'nen Knopf, und er ist ein Mann. Mehr Erklärung braucht's manchmal gar nicht.«

»O Mann!« Tine blickte Vivien mitfühlend an. »Und jetzt, wohnt er dort mit ihr zusammen?«

»Nein, angeblich hat er die Beziehung beendet und die Wohnung gekündigt. Ich glaube diesem Idioten aber kein

Wort mehr. Ich will nichts mehr von ihm hören oder sehen. Aber nicht mal das akzeptiert er! Er versucht ständig anzurufen und postet täglich bei Facebook irgendwelche Kommentare zu unserer Trennung. Das ist mir total peinlich, vielleicht sollte ich mich einfach dort abmelden.«

»Ach was«, sagte Lea. »Schreib ihm noch *eine* böse Nachricht, und danach blockierst du ihn. Das ist die moderne Art, jemanden anzubrüllen und sich danach im Zimmer einzuschließen.«

»Er will dich zurück, obwohl du sein Auto kaputtgemacht hast? Das ist aber auch irgendwie ehrenhaft«, warf Tine ein.

»Von mir aus kann er sich seine *Ehrenhaftigkeit* in den Allerwertesten schieben.«

Lea nickte. »Da ist sie sicher gut aufgehoben.«

Miep, miep, miiiiiiiep machte der Staubsauger, der nun bis ins Wohnzimmer gefahren und an der Teppichkante hängengeblieben war.

»Oh, er kommt nicht alleine hoch.« Tine eilte auf den Roboter zu.

»Lass mal.« Lea hielt sie an der Schulter zurück. »Ich will sehen, was er jetzt macht.«

Die drei Frauen standen mit ihren Tassen neben dem Esstisch und sahen dem Staubsauger-Roboter zu, wie er sich rückwärts wieder von der Teppichkante entfernte. Nach einem halben Meter blieb er stehen, heulte kurz auf und fuhr wieder auf die Teppichkante zu.

»Er probiert's noch mal.« Tine nippte an ihrem Kaffee.

»Staubi ist ein ganzer Kerl.« Lea reckte die Faust in die Luft. »Der gibt so schnell nicht auf.«

»Er ist ja auch ein, äh, *Power-Robot*«, las Vivien aus der Bedienungsanleitung vor.

»Staubi, Staubi, Staubi!«, feuerte Lea ihn an, als er weiter auf die Teppichkante zufuhr.

Der Roboter blieb erneut an der zu hohen Teppichkante hängen. Miep, miep, miiiiep machte er. Dann begann sein Rücken rot zu blinken.

»Was ist das denn?«, fragte Tine.

»Ein Katastrophenwarnsystem?«, vermutete Lea.

Der Roboter stieß eine riesige Staubwolke aus und schaltete sich ab.

»Hä? Was hat er jetzt?«, fragte Lea.

»Er ist beleidigt«, antwortete Vivien.

»Vielleicht haben wir ihn bei seinem ersten Einsatz überfordert«, fragte sich Tine.

»Super Vivien, dein Staubsauger hat uns die Wohnung eingesaut.« Lea zeigte auf eine kleine, runde Fläche, die nun vollständig mit Staub bedeckt war.

»Ist mir schleierhaft.«

Die drei setzten sich wieder an den Esstisch.

»Jetzt haben wir alle unsere Projekte bis auf dich, Tine«, sagte Lea.

Tine blickte auf. »Ich weiß schon eins. Zum Glück habe ich ab morgen Urlaub. Das passt ganz gut, damit ich mich ganz meinem Projekt widmen kann.«

»Mein Gott, mach es nicht so spannend«, sagte Vivien.

Tine atmete ein. »Ich werde mich darauf konzentrieren, Thomas zurückzugewinnen«, sagte sie schnell. »Ich weiß zwar noch nicht genau wie, aber das ist mein Projekt.« Dann atmete sie mit einem Stoß aus und nahm einen Schluck Orangensaft. Vivien und Lea blickten sie an.

»Willst du uns verarschen?«, fragte Lea nach einer kurzen Pause. »Das hat doch überhaupt nichts mit deiner Psychosache zu tun! Du sollst dich Prüfungen stellen. Was soll das denn für 'ne Prüfung sein, verzweifelt einem Kerl hinterherzurennen? Da wär ja 'ne Diät noch sinnvoller!«

»Was soll das denn bitte heißen?« Tine strich sich über den Bauch. »Ich hab vielleicht ein paar Kilos zu viel, aber ich bin auch klein und hab schwere ...«

»Tine!« Leas sommersprossige Arme schossen in die Höhe. »Kein Mensch braucht hier eine Diät, das war nur ein doofes Beispiel!«

Vivien setzte ebenfalls zum Sprechen an.

»Hört mir erst mal zu.« Tine hob eine Hand. »Ich weiß schon, dass das nicht meine Anweisung war, aber ich kann mich erst darauf konzentrieren, meine Ängste zu bekämpfen, wenn mit mir und Thomas alles in Ordnung ist. Das ist nun mal das Wichtigste, sonst habe ich den Kopf nicht frei.«

»Das ist Bullshit«, sagte Lea. »Es ist umgekehrt: Du musst erst mal dich in Ordnung bringen, bevor du wieder an die Beziehung denkst.«

Vivien nickte. »Geht echt nicht klar, dass du bei uns penibel drauf achtest, dass wir uns an Herrn Friedes Anweisungen halten, und selbst einfach dein eigenes Ding durchziehst.«

»Außerdem ist doch deine Beziehung genau deswegen kaputtgegangen«, fügte Lea an.

»Weswegen?«, fragte Tine.

»Na, weil du dich zu sehr auf ihn konzentriert hast! Und jetzt willst du es schon wieder tun.«

»Ich will doch einfach nur ein bisschen Sicherheit in meinem Leben.« Tine blickte Lea aus traurigen grünen Augen an. »Ich dachte, unsere Beziehung ginge langsam in eine ernsthafte Richtung, aber jetzt bin ich von meinem Ziel noch weiter entfernt als vorher, ich verzweifle noch.«

»Was ist denn bitte schön eine *ernsthafte Richtung*?«, fragte Lea.

»Ich dachte, dass er mich bald fragt, ob wir zusammenziehen wollen.« Tine wischte sie mit dem Blusenärmel über die Augen. »Das wäre schon mal ein Schritt in die richtige Richtung. Und dann eben, ja, keine Ahnung, was man nach dem Zusammenziehen eben so macht. Ein romantischer Heiratsantrag, eine Hochzeit, zusammen in die Flitterwochen fliegen, schwanger zurückkommen ...«

»Ich kotz gleich«, sagte Lea.

»Brauchst du nicht, es klappt ja sowieso nicht.« Tine verschränkte die Arme vor der Brust und blickte auf die Tischplatte.

»Kopf hoch!«, sagte Vivien. »Selbst wenn du denkst, du hast so was gefunden, kann es von einer Sekunde auf die andere weg sein.«

»Ich will doch nur ein ganz normales Leben führen!« Tine stampfte unter dem Tisch auf. »Ist das denn zu viel verlangt?«

»Ja«, sagte Lea. »Den Luxus, über so einen Hausfrauen-Prestige-Kram nachzudenken, kann man vergessen, solange man so viel Psychokacke am Hals hat wie wir.«

»Stimmt«, sagte Vivien.

»Tine, lass mich dir mal aus deinem romantischen Anfall helfen«, sagte Lea. »Fünfzig Prozent der Ehen werden sowieso geschieden. Von den anderen fünfzig sind es nur drei Prozent, die die Entscheidung, diesen Partner zu heiraten, nie bereut haben. Das heißt, man hat eine Chance von eineinhalb Prozent, den Richtigen zu finden und für immer zufrieden zu sein.«

»Statistisch gesehen sind wir also am Arsch.« Vivien zuckte mit den Schultern.

»Eben.« Lea beschmierte ein Croissant mit Marmelade. »Ich würde sagen, wir leben damit und werden trotzdem glücklich.«

Tine presste die Lippen aufeinander.

»Ich glaube, jetzt haben wir ihr die Hoffnung fürs Leben genommen«, sagte Vivien.

»Irgendeiner musste es tun.« Lea schob sich ein halbes Croissant in den Mund. Tine blickte von Lea zu Vivien und zurück. Dann stand sie auf und ging in die Küche. »Wenn ihr mich überhaupt nicht verstehen wollt und mich nicht so nehmt, wie ich bin, dann kann ich genauso gut wieder nach Hause gehen.« Sie donnerte ihren Teller auf die Küchenplatte.

»Tine, jetzt werd doch nicht gleich sauer.« Vivien stand auf. »Wir ...«

»Lasst mich einfach in Ruhe.« Tine schluchzte laut auf und zog sich die Küchenschürze über den Kopf. »Mein Zeug hole ich später.« Dann verschwand sie durch die Wohnungstür.

»Tinchen ...«, rief Vivien ihr hinterher, aber Tine hatte die Tür schon hinter sich zugeworfen.

»Was sagt es über uns aus, dass wir es nicht schaffen, mal eine Stunde an diesem gottverdammten Tisch zu sitzen, ohne dass irgendjemand auszieht?« Lea schlug mit der flachen Hand auf den Tisch.

»Dass wir an Tines sogenannter *Gesellschaftskompatibilität* ein paar Mängel aufzuweisen haben«, erwiderte Vivien.

»Also nichts Neues.«

Vivien stand auf, um Tine zu folgen.

»Lass mal.« Lea winkte ab. »Also lass sie mal von selbst drauf kommen, was sie verbockt hat.«

»Es ist aber doof, sie jetzt alleine zu lassen, sie ist doch total aufgelöst.« Vivien ging zur Tür.

»Bleib hier, sie kommt sowieso gleich zurück, ihr ist die WG-Sache von uns allen dreien am wichtigsten.«

»Darum geht's doch gar nicht. Aber sie ist mir gestern auch hinterhergegangen.«

»Bleib hier!«, wiederholte Lea, diesmal lauter.

»Das hast du doch nicht zu entscheiden!«

»Hört auf zu streiten und lasst mich rein«, kam eine Stimme vom Flur. Vivien öffnete die Tür, und Tine stürmte herein. »Ich seh überhaupt nicht ein, jetzt nach Hause zu gehen!«

Lea drehte den Kopf zu Vivien. *Hab ich's dir nicht gesagt?*, sagte ihr Blick, während Tine ihren Teller aus der Küche holte und sich wieder an ihren Platz setzte.

Na und?, antwortete Vivien mit gehobener Augenbraue.

Lea wandte sich an Tine. »Du sollst ja auch gar nicht nach Hause.«

»Eben«, sagte Vivien. »Wir wollen beide, dass du hierbleibst.«

Für den Bruchteil einer Sekunde umspielte ein Lächeln Tines Mund. »Ich hätte da noch eine Projektidee. Ich würde gerne Autofahren lernen.«

Lea hob den Kopf.

»Ich hab doch wegen meiner Prüfungsangst nie den Führerschein gemacht«, fuhr Tine fort. »Auf dem Weg zur Arbeit sehe ich aber jeden Tag das Schild *Zum Führerschein in sieben Tagen* von der Fahrschule Isenfeld. Und jeden Tag denke ich darüber nach, dass ich es gerne versuchen würde.«

»Großartig!« Lea legte ihr Besteck neben dem Teller ab.

»Das sind sogar mehrere Prüfungen«, sagte Vivien.

»O Gott, mehrere Prüfungen, stimmt ja ...«

»Ich denke, das wäre genau das, was Herr Friede gemeint hat«, fügte Lea schnell an und warf Vivien einen strengen Blick zu. Vivien räusperte sich und strich ihren Bademantel glatt.

»Ja, Herr Friede fände es sicher gut«, sagte Tine. Dann schluckte sie. »Aber ich kriege schon Panik, wenn ich nur an die erste Fahrstunde denke. Ich habe sogar schon ohne Prüfung Angst vor dem Autofahren, versteht ihr?«

»Wieso?«, fragte Vivien.

»Habt ihr eine Ahnung, was einem beim Autofahren alles passieren kann? Sogar wenn man ganz langsam fährt! Die ganzen Crashtests werden mit fünfzig Kilometer pro Stunde gemacht, und ihr wollt nicht wissen, wie die Dummies teilweise aussehen, das ist ...«

»Tine, hör sofort auf damit!«, griff Lea ein.

Tine schluckte. »Ich kann mir einfach nicht vorstellen, dass ich das hinkriege.«

»Jetzt rede mal nicht direkt davon, dass es nicht klappt«, sagte Lea.

»Genau.« Vivien füllte Tines Kaffeetasse auf. »Schau mal, wie viele Totalausfälle da draußen mit dem Auto rumfahren.«

»Ich bin aber ein Totalausfall mit Panikattacken.« Tine fasste sich an die Stirn. »Seht ihr? Ich schwitze jetzt schon.«

»Ach, du redest dich bloß schlecht«, sagte Lea.

Tine seufzte. »Ihr kennt mich nicht.«

»Du musst visualisieren.« Lea führte die Handflächen neben ihren Kopf. »Stell dir vor, wie es ist, wenn du Auto fahren kannst, wie viel freier du bist, was du alles machen möchtest. Stell dir möglichst konkrete Situationen vor, das ist das absolute Erfolgsgeheimnis.«

Tine ließ den Löffel neben ihre Obstschale sinken und blickte gedankenverloren auf die Tischdecke. »Ich stelle es mir sehr schön vor«, sagte sie schließlich und nickte langsam.

»Konkreter?« Lea blickte Tine an.

»Na ja, also wenn ich später mal verheiratet bin und auf die Kinder aufpasse, während mein Mann arbeiten geht, könnte ich meinen Sohn vom Fußball und meine Tochter vom Ballett abholen.«

Lea ließ den Kopf hängen. »Ich dachte jetzt an einen Road-Trip durch Osteuropa mit einem zehn Jahre jüngeren Mann oder so was. Stattdessen steckst du vier Rollenklischees in einen Satz. Wirst du von der CSU bezahlt?«

»Ich werde mich gleich morgen früh bei der Fahrschule anmelden.« Tine nahm ihren Löffel und aß weiter. »Also das Visualisieren hat geholfen.«

»Da bin ich aber froh.« Lea schüttelte den Kopf.

»Und das Wichtigste für diese Woche ist: Ich darf nur keinen Rückzieher machen«, sagte Tine.

»Ich darf nur nicht ausrasten«, sagte Lea.

»Ich darf nur nicht in die Schmuckabteilung bei Karstadt«, sagte Vivien.

»So wie's aussieht, haben wir alle unsere Projekte«, sagte Lea.

»Dann würde ich sagen, wir treten dem ganzen Psychoscheiß mal ordentlich in die Eier.«

»Ich hab keinen Psychoscheiß«, widersprach Vivien.

»Und meiner hat keine Eier«, sagte Tine. »Deswegen wird er ab sofort den Kürzeren ziehen.«

»Möge die Schlacht beginnen«, sagte Lea.

Viertes Kapitel

»Noch zwanzig Sekunden«, schrie Aufnahmeleiter Udo.

Lea nickte. Zwanzig Sekunden Zeit, die Anmoderation über die hundertjährige Kürbis-Hertha gedanklich noch mal durchzugehen. Lea schaute auf ihre Karteikarte.

»Sag mal, stehe ich schief?« Michael, der neue Praktikant, riss sie aus ihren Gedanken. Er bediente zum ersten Mal die Kamera eins, mit der Lea aus der Nähe gezeigt werden sollte, und schaukelte unsicher mit dem riesigen Gerät auf der Schulter vor ihrem Moderationspult hin und her.

»Äh, nein«, sagte Lea, »alles gut, Micha.«

»Was heißt, der Kürbis-Beitrag läuft nicht, verdammt noch mal?«, schrie Regisseur Hans-Jürgen, während er mit hochrotem Kopf quer durch das gläserne Studio in den Schnittraum eilte.

»Was bitte soll ich dann anmoderieren?«, rief Lea ihm hinterher.

»Noch zehn Sekunden«, schrie Udo, während die Maskenbildnerin auftauchte, Leas Kopf in eine riesige Haarspray-Wolke hüllte und wieder verschwand. Der metallische Geruch stieg Lea in die Nase, blockierte ihre Atemwege und löste einen heftigen Hustenreiz aus.

»Jetzt mal ohne Scheiß, ich steh doch schief!« Michael blinzelte nervös. Um die Last der riesigen Kamera auf der rechten Schulter auszugleichen, stemmte er seinen langen, schlaksigen Oberkörper weit nach links, während er vergeblich versuchte, Leas Kopf durch das Objektiv zu sehen.

»Mach dich nicht verrückt, Micha.« Lea hüstelte und neigte ihren Kopf unmerklich im Winkel der Kamera, sodass Michael trotz Schieflage ein gerades Bild haben müsste – und die Zuschauer nicht seekrank würden.

»Der Beitrag kommt doch!«, rief Hans-Jürgen.

»Gut«, sagte Lea.

»Noch fünf Sekunden.«

»Ah nee, doch nicht.«

»Steh ich jetzt grade?«

»Lea, du bist drauf.«

Lea lächelte professionell in die Kamera.

»Hier sind wir wieder, und wenn Sie die Lösung für unser Waschbär-Rätsel haben, können Sie noch immer unser umwerfendes, dreißigteiliges Ess- und Kaffeeservice gewinnen! Rufen Sie uns an, die Nummer ist eingeblendet.« Lea versuchte noch immer mit Kopf und Oberkörper Michaels Bewegungen zu folgen, der nun dem Gewicht der Kamera langsam nachgab und immer mehr nach rechts kippte. Gleichzeitig blickte sie zu Hans-Jürgen, der ein großes Schild beschrieb – vermutlich mit einer Regieanweisung, die Lea unauffällig darüber in Kenntnis setzen sollte, welcher Beitrag anstelle der Kürbis-Hertha anmoderiert werden sollte.

»Und weiter geht es jetzt mit ...«, begann sie schon einmal eine Einleitung. Dann versuchte sie das Schild zu entziffern, das Hans-Jürgen nun hochhielt. Nachdrücklich deutete er mit dem Zeigefinger auf das darauf notierte Wort: »SM3 N«. Was sollte denn S-M-3-N sein? Oder meinte er »SMEN«? Auch das ergäbe keinen Sinn. Hatte sie in der Redaktionskonferenz nicht richtig aufgepasst?

»Ja, also weiter sehen Sie jetzt bei uns ... äh ... verschiedene ... äh ... Dinge.«

Lea schüttelte so unbemerkt wie möglich den Kopf und zeigte unter ihrem Moderationspult hervor mit dem Finger auf das Schild. Hans-Jürgen beugte seinen Kopf darüber – hektisch und umständlich drehte er das Schild um. Nun war deutlich »NEWS« zu lesen.

»Um verschiedene Dinge geht es jetzt jedenfalls in den Nachrichten«, versuchte Lea ihre misslungene Anmoderation zu retten. »Ich verabschiede mich bis morgen, dann geht es weiter mit vielen spannenden Themen. Unter anderem gehen wir der Frage auf den Grund, wo es auf dem Mainzer Johannisfest die beste Weinschorle gibt. Machen Sie's gut, wir sehen uns.«

Dann blickte sie auf den kleinen Monitor neben sich, die Nachrichten wurden eingespielt. Lea atmete auf. Aus der Tonregie drang das typische Feierabend-Gemurmel. Ein Glas kippte um, Gelächter war zu hören. Michael sackte mit seiner Kamera eins auf dem Boden zusammen. Hans-Jürgen blickte fragend sein Schild an. Lea wiederum blickte zu Hans-Jürgen. Was zur Hölle hatte er sich dabei gedacht, wenige Sekunden vor der Live-Moderation einen Beitrag platzen zu lassen und ihr einen Praktikanten hinzustellen, der zu dünn war, um die Kamera zu halten? Offensichtlich wurde Lea auch von den Kollegen aus der Produktion wie ein Accessoire behandelt, das man gedankenlos herumschubsen konnte – genau wie von den Redakteuren. Es heißt, Gleichberechtigung wäre erst erreicht, wenn eine unfähige Frau einen verantwortungsvollen Posten bekäme, nur weil sie gut blufft. Nun, mit fortschreitender Desillusion würde Lea ein Status als vollwertiges Teammitglied schon ausreichen. Schließlich war sie es, die sprichwörtlich den Kopf hinhalten musste. Eine stammelnde Moderatorin wird vom Zuschauer schlicht für inkompetent gehalten. Vor dem Fernseher wusste niemand, dass für manche Cutter Privatgespräche vor Pünktlichkeit rangieren oder dass das Diplom der Berliner Filmakademie den Regisseur nicht zwangsweise befähigt, ein Schild richtig herum zu halten. Von außen betrachtet blieb sie der Idiot, und darauf ruhte sich der Rest des Teams aus. Lea entschied sich aber dafür, die Sache nicht anzusprechen. Es stand außer Frage, dass sich die Kollegen gleich bei ihr entschuldigen würden. Und sie würde sie freundlich anlächeln, ihnen sagen, es sei alles nicht der Rede wert, voller Kulanz, wohlwollend, gönnerhaft.

»Wat war'n des mit *verschiedene Dinge?*«, fragte Aufnahmeleiter Udo, der bereits mit vollen Backen seinen Feierabend-Donut kaute.

»Micha und Hans-Jürgen haben mich eben mit vereinten Kräften aus dem Konzept gebracht«, antwortete Lea und zwinkerte Hans-Jürgen zu, der gerade dabei war, die Studiotechnik aufzuräumen.

»Meine reizende Lea, ich würde ja gerne noch mit dir plaudern«, erwiderte Hans-Jürgen, »aber wie du siehst, habe ich noch schrecklich viele *Dinge* zu erledigen.«

Dann lachte Hans-Jürgen laut. Udo und die anderen Kollegen fielen mit ein. Lea hielt inne. Anstatt sich zu entschuldigen, zogen ihre Kollegen sie auch noch auf. Sie schluckte. »Kommt ihr mit in die Kantine?«, fragte sie.

»Klar komm ich mit«, rief Udo von der anderen Ecke des Studios herüber. »Ich muss dir eh was erzählen, Lea. Gestern ist mir nämlich ein *Ding* passiert, das glaubst du gar nicht.« Wieder lachten alle Kollegen.

»Jetzt reicht's!« Lea klopfte abrupt und so laut auf ihr

Moderationspult, dass alle Teammitglieder ihre Aufräumarbeiten unterbrachen und sie anstarrten. »Ja, guckt nicht so!«, fuhr sie fort. »Ich war heute ordentlich vorbereitet und habe mir, wie immer, Mühe gegeben, professionell zu wirken. *Ich habe aber nicht professionell gewirkt!*«

»Unsinn, Lea.« Udo winkte ab. »Du warst super, reg dich doch nicht auf. So was merkt doch keiner.«

»Nicht aufregen?« Das war exakt der Ratschlag, der bei ihr am wenigsten half. Und in den meisten Fällen sogar das Gegenteil bewirkte. »Hältst du die Zuschauer für minderbemittelt? Sind sie nicht! Und deswegen halten sie *mich* für minderbemittelt!«, schrie Lea, während sie hektisch ihre Sachen in die Handtasche stopfte und sich den dunkelblauen Blazer, den sie für die Sendung getragen hatte, von den Schultern riss. »Dabei ist es in Wirklichkeit so, dass der Praktikant keine Kamera und der Regisseur kein Schild halten kann! Aber das wird mir draußen natürlich keine Sau glauben!«

»Lea, ich finde, du solltest ...« Hans-Jürgen ging mit einem ausgestreckten Arm auf sie zu.

»Nein, Hansi.« Lea hob beide Hände in die Luft. »*Du* sagst mir ganz bestimmt nicht, was ich *sollte*! Ich sag dir mal, was du solltest! Und zwar beim Kindergartenfest Regie führen, aber verdammt noch mal nicht hier!«

Lea warf sich die Handtasche über die Schulter und hastete in Richtung Drehtür.

»Kinski könnte einpacken«, murmelte jemand im Studio.

»Was?« Lea drehte sich abrupt um. Die Teammitglieder standen verteilt im ganzen Studio, niemand rührte sich. Es herrschte betretenes Schweigen. Die meisten wichen ihrem Blick aus. Auch Hans-Jürgen sah auf den Boden.

»Na dann«, sagte Lea noch und verschwand durch die Drehtür.

* * *

»Moin, ich bin der Uli, dein Fahrlehrer.« Ein fülliger Mann Ende vierzig mit dunklen, zerzausten Locken und breitem Gesicht ließ sich mit einem lauten Plumps auf den Beifahrersitz fallen und schmetterte die Autotür zu. Tine zuckte zusammen. Gerade hatte sie zum ersten Mal ihre Hände auf ein Lenkrad gelegt; sofort war ihre Stirn schweißnass geworden, und ihr Herz hatte angefangen wie wild zu pochen. In dem Moment, indem sie realisiert hatte, dass sie jetzt noch weglaufen konnte – und musste –, hatte Uli mit einem Rumms die Beifahrertür aufgerissen. Überhaupt ging hier alles viel zu schnell: Sie war am Morgen zur angegebenen Büro-Öffnungszeit mit einem Umschlag voller Bargeld in der Fahrschule aufgetaucht, zehn Minuten später hatte sie bereits eine Quittung von einem freundlichen Fahrschulbesitzer und einen etwas eng getakteten Stundenplan für die Woche in der Hand gehalten und war auf die Fahrerseite eines der weißen Fahrschulautos verfrachtet worden, die sie seit Jahren tagtäglich ordentlich geparkt neben dem Bürgersteig in der Straße ihres Elternhauses gesehen hatte.

»Guten Morgen, ich bin ...«, begann sie zu antworten.

»Sag mal, Mädchen, wie alt bist du?«, fiel Uli ihr ins Wort.

»Wie bitte?« Tine ließ den Mund offen stehen, um ihrem Fahrlehrer seine Indiskretion vor Augen zu führen. Ohne Erfolg. »Wie alt du bist, hab ich gefragt!«, wiederholte Uli. Nur diesmal lauter. Tine war so überrumpelt, dass sie einfach antwortete: »Äh, fast dreißig?«

»Also zwölf Jahre zu spät hier aufkreuzen, aber dann isses eilig, ne?« Uli schüttelte den Kopf. »Tzzzz.«

»Äh, ww ...«, stammelte Tine erneut.

»Ich war schon aufm Weg in meinen Urlaub, und dann kreuzt du auf, Mädchen! Und ich werd vom Chef zurückgepfiffen, weil mitten in der Sommerzeit außer mir keiner 'nen Sieben-Tage-Kurs schmeißen kann.«

»O Gott, das tut mir leid, ich wusste ja nicht, dass ...«, begann Tine. »Ich, ähh, habe immer so viel Angst gehabt, deswegen wollte ich es jetzt schnell hinter mich ..., ähh ... O Gott, vielleicht war das alles eine dumme Idee ... Ich glaub ...«

»Schon gut, schon gut, Mädchen.« Uli unterbrach sie mit viel ruhigerer Stimme als zuvor. »Meine Hütte an der Ostsee kann locker noch 'ne Woche warten. Und Angst brauchste net ham, Mädchen, ich hau dich da durch, ne? In 'ner Woche fährst mit deinem Führerschein durch die Stadt und ich in meinen Urlaub, wirste sehen, ne?«

Tines Handy klingelte. »Augenblick«, sagte sie zu Uli und zog es aus der Hosentasche.

»Ja? Hallo, Freddy. – Ja. – Was? Sie ist nicht aufgetaucht? Hast du sie angerufen? – Ach so, ja, dann versuch ich's später noch mal bei ihr. – Ja, ich frag sie dann und geb dir Bescheid, okay? – Was? Nein, ich kann grade schlecht reden, ich, äh, habe einen Termin. – Ja, bis nachher.«

Tine steckte ihr Handy wieder ein. »Das war mein Bruder«, sagte sie. »Eigentlich sollte meine Mitbewohnerin heute bei ihm im Seniorenheim helfen. Sie ist nämlich Kleptomanin und muss unbedingt weg von der Straße, sonst klaut sie alles, was sie auftreiben kann. Und weg von den Antidepressiva müsste sie auch. Sie hat einen ganz schönen Schaden, aber sie weiß es nicht. Aber das ist ja oft so, wissen Sie. Ich kenne sie noch gar nicht lange, erst seit wir uns beim Therapeuten begegnet sind. Der hat sich aber aufgehängt.«

»Ähm ...?«

»Und wie Ihnen sicher aufgefallen ist, habe ich auch einen Psychoschaden, und jetzt möchte ich lieber aussteigen, bevor ich Sie da noch mehr mit reinziehe«, sagte Tine. »Noch ist es nicht zu spät für Sie ... und Ihren Urlaub, wissen Sie.«

»Das kommt ja gar nicht in Frage! Psychoschaden hin oder her, ich sitz doch nicht umsonst hier! Wir fahrn jetzt los. Anschnallen, Handbremse lösen, Motor starten.«

»Was?«

»Oh, Jesses, da hammer ja wirklich 'ne blutige Anfängerin, he?« Uli lachte auf. Dann erklärte er Tine ausführlich die ersten Schritte. Nach mehreren Wiederholungen war Tine bereit zum Losfahren.

»Gut, dann kannste jetzt Gas geben, Mädchen.«

Tine nickte. Aber ihr Kopf blockierte den rechten Fuß.

»Was ist los?«

»Ich hab Angst.«

»Wovor?«

»Vor einem Unfall.«

»Ich bin seit zehn Jahren Fahrlehrer und hatte noch nie einen Unfall. Trau mir einfach.«

»Und ich bin seit zehn Jahren psychisch gestört. Ich kann dir nicht so einfach trauen.«

Uli lachte erneut auf. »Du bist wirklich unterhaltsam, Mädchen. Du bist deine Zeit wert.« Dann wurde seine Stimme energischer. »Also los jetzt, Kupplung, Gas, anfahren!«

Tine traute sich nicht zu widersprechen und schon gar nicht, seine Anweisungen nicht zu befolgen. Sie fuhr an.

Langsam rollte der Wagen vom Bürgersteig auf die ruhige, breite Straße.

»O mein Gott, ich fahre auf der Straße Auto.«

»Ja, wo denn sonst, Mädchen?«

Das Handy klingelte erneut. »Könntest du das Ding mal ausschalten?«, fragte Uli.

»O Gott, wie halte ich denn an?« Tine fuhr mit zehn Stundenkilometern unsicher und in leichten Schlangenlinien die Straße entlang. »Ich hab gar nicht gefragt, wie ich wieder anhalten kann, *ich weiß es nicht!*« Ihre Stimme zitterte und wurde immer höher.

»Bleib ruhig, Mädchen.« Uli griff ihr ins Lenkrad und fuhr an den Straßenrand. »Jetzt bremsen, rechter Fuß, mittleres Pedal.«

Der Fahrschulgolf kam zum Stehen. »O mein Gott, wenn das so weitergeht, brauche ich Valium.« Tine wischte sich mit dem Ärmel über die Stirn.

»Du bist doch nur zehn Meter gefahren, Mädchen.«

Das Handy klingelte noch immer. »Augenblick«, sagte Tine und zog es wieder aus der Hosentasche. »Hallo? – Hallo, Onkel Heini – Was? Abgehauen? – Ach so, und warum? – Sie hat dich angebrüllt? – Oh. – Ja, ich rede mit ihr. – Danke, Onkel Heini, ich geb dir dann Bescheid. – Ja, bis später.«

Tine legte auf. »Das ging um meine zweite Mitbewohnerin, sie sollte heute bei meinem Onkel Heini in ihre erste tiefenpsychologische Behandlung gehen, ist aber nach fünf Minuten wieder abgehauen.« Tine hielt noch das Handy in der Hand. »Ich frage mich echt, was da los war.«

»Was ist das denn für eine Wohnung, die ihr euch da teilt? Gibt es vielleicht ein paar Gummizellen da drin? Oder parken ein paar grüne Busse davor?« Uli lachte so laut, dass er dabei grunzte.

»Nee.« Tine steckte ihr Handy wieder ein. »Aber so gesehen könnte es nicht schaden.«

* * *

Eigentlich hätte Vivien im Seniorenheim auftauchen sollen. Am Vortag hatte sie sogar für einen kurzen Moment ernsthaft darüber nachgedacht. Am Morgen aber, als sie unter Tines wachsamem Blick tatsächlich ins Auto gestiegen und davongefahren war, hatte sie den Plan wieder verworfen, ihr Handy ausgeschaltet und in der nächstbesten Apotheke ein paar von Herrn Friedes Rezepten eingelöst. Mit einer Handtasche voller Antidepressiva ließ sich der Morgen schon viel besser ertragen. Der letzte Tag war ohnehin ungewohnt tatenreich gewesen. Nach dem Frühstück waren Vivien und Tine in ihren Zimmern verschwunden, um ihre Sachen auszupacken und sich vollständig einzurichten. Anschließend hatte Vivien mit dem Auto jede Menge Gepäck aus dem Keller ihrer Cousine geholt, während Tine mit ihrem Bruder und ihrem Onkel die Arrangements für Leas und Viviens Projekte getroffen hatte. Vivien war nun zum Frühstücken am Ballplatz gewesen und hatte mit den Croissant-Resten die Enten am Rhein gefüttert. Während sie auf einer Parkbank saß und aufs Wasser blickte, überkam sie das altbekannte Gefühl, nichts Sinnvolles mit sich anfangen zu können. Sie erinnerte sich an die Zeit ihres Studiums, als sie tagelang durch die Stadt gestreift war, sich in Kaufhäusern umgesehen und ihre Strategien ausgefeilt hatte. Anstatt, wie ihre Kommilitonen, in Vorlesungen zu sitzen und für Klausuren zu lernen. Vielleicht hatte Tine Recht, und sie brauchte eine *echte* Aufgabe. Vielleicht war das Studium von Anfang an nicht das Richtige für sie gewesen. Wieso studiert man auch BWL? Weil man nichts Besseres weiß. Es heißt, wenn eine BWL-Studentin nicht bis zum sechsten Semester ihren Doktor hat, muss sie ihn selber machen. Da Vivien ihren Doktor gerade in die Wüste geschickt hatte, sah es so aus, als müsse sie ihren inneren Schweinehund direkt hinterherjagen. Ewig konnte sie sich mit ihrem Minijob nicht über Wasser halten. Aber was war das Richtige? Vielleicht Verkäuferin in einer schicken Modeboutique. Dumm nur, dass Vivien keinerlei Berufserfahrung vorzuweisen hatte. Sie seufzte auf. Gedanken an ihre Zukunft waren ihr schon immer unangenehm gewesen und verstärkten das Gefühl, bisher nichts im Leben erreicht zu haben.

Wenig später betrat sie ihr Lieblingskaufhaus. Endlich wieder. Sie fuhr die Rolltreppe hoch in Richtung Schmuckabteilung. Hier war ihre Homebase. Was würde es heute sein? Eine Kette vermutlich. Oder ein paar Ohrringe. Tine hatte schließlich bald Geburtstag. Am besten nahm sie einfach das Teuerste, was aufzutreiben war. Sie schlängelte sich um die großen Kästen mit ausgestelltem Schmuck. Alles gut gesichert. Noch.

»Na?«, sagte jemand laut, und Vivien zuckte zusammen. Uwe stand vor ihr, mit seinen ganzen zwei zehn, die Hände bereits vorwurfsvoll in die Hüften gestemmt. Er war Kaufhausdetektiv und hatte schon so oft mit Vivien zu tun gehabt, dass sie sich mittlerweile duzten.

»Was willst du denn hier, ich hab doch noch gar nichts gemacht«, sagte Vivien. Meistens war ihr nichts nachzuweisen. So wie heute.

»Hab ich's doch gewusst!«, sagte eine weitere laute Stimme. Vivien drehte sich um und sah Lea, die von der Rolltreppe aus auf sie und Uwe zueilte.

»Was machst du denn hier?«, fragte Vivien.

»Tine hat mich angerufen, weil du nicht im Seniorenheim aufgetaucht bist.« Lea atmete, angestrengt vom schnellen Laufen, mehrmals hintereinander ein und aus. »Außerdem ist dein Handy aus. Da hab ich mir schon gedacht, wo du dich rumtreibst!«

»Und wer sind Sie?« Uwe blickte Lea irritiert an.

»So was wie ihre Bewährungshelferin«, antwortete Lea. »Und Erziehungsberechtigte. Und Sie?«

»Detektiv«, sagte Uwe. »Vivi wollte mal wieder was einstecken.«

»Wollte ich gar nicht!«

Lea hob die Augenbrauen so weit nach oben, dass mindestens drei unterschiedliche Farbschattierungen zu sehen waren, die ihr die Maskenbildnerin zum Kaschieren der Schlupflider verpasst hatte.

»Aha!«, sagte Uwe. »Und was machst du dann hier?«

»Darf man sich nicht mal umsehen?«

»*Man* schon. Aber dich kenne ich anders.«

»Und selbst wenn du dich nur umsehen wolltest«, begann Lea und hielt sich, immer noch nach Luft japsend, die Seite. »Wir haben unseren ersten Projekttag. Was fällt dir eigentlich ein, noch nicht mal an deinem Arbeitsplatz aufzukreuzen? Du hast so was von Punktabzug, Fräulein!«

»Ich hab sowieso keinen Bock auf dieses infantile Projekt.«

»Herr Detektiv«, Lea wühlte in ihrer Handtasche, zog eine Visitenkarte heraus und hielt sie Uwe hin. »Vivien muss in den nächsten Tagen Sozialstunden ableisten, sollten Sie sie noch einmal irgendwo erwischen, wo sie nicht hingehört, dann geben Sie mir bitte Bescheid.«

Uwe nahm die Karte entgegen und nickte.

»Seid ihr bescheuert?« Vivien fasste sich an den Kopf. »Wollt ihr mich jetzt permanent kontrollieren oder was?«

»Ruhe!« Lea schob Vivien in Richtung Rolltreppe. »Und ab nach Hause.«

* * *

»Ich hatte meine erste Fahrstunde und hätte sowieso schon vor Aufregung sterben können. Habt ihr eine Ahnung, wie viel Überwindung es mich gekostet hat, in dieses Auto zu steigen?« Tine lief wild gestikulierend in der Küche auf und ab. Vivien und Lea waren gerade nach Hause gekommen und saßen am Küchentisch. »Und dann bimmelt am laufenden Band das Telefon, weil ihr noch nicht einmal die Termine wahrnehmt, die ich für euch organisiert habe!«

»Ich hab meinen Termin sehr wohl wahrgenommen.« Lea hatte die Arme verschränkt und blickte stur geradeaus.

»Du hast Onkel Heini nach fünf Minuten angeschrien und bist abgehauen!« Tine drehte sich zu Lea um. »Das nennt man nicht unbedingt eine erfolgreiche Therapiestunde, Lea.«

»Immerhin bin ich dort angekommen, wo ich hinsollte, das ist ja wohl schon mal viel mehr, als Vivi ...«

»Ist das hier ein Wettkampf oder was?«, fragte Vivien. Die langen blonden Haare fielen ihr heute in ordentlich gestylten Wellen über die Schultern.

»Äh ...«, sagte Lea, »ja?«

»Was war denn los, Vivi?« Tine blieb vor den beiden stehen. »Warum warst du nicht im Seniorenheim?«

Vivien seufzte. »Ich weiß es nicht«, sagte sie schließlich. »Keine Ahnung, ich hab mir meine Pillen geholt und mich dann irgendwie treiben lassen.«

»Also nachdem ich dich zum Auto gebracht habe, bist du

einfach woanders hingefahren?« Tine blickte Vivien mit großen Augen an, als könne sie es nicht fassen, auf solch eine Weise betrogen worden zu sein. Vivien nickte.

»Vielleicht hättest du sie direkt bei deinem Bruder absetzen sollen, damit wir sichergehen können, dass sie dort ist«, sagte Lea.

»Ich konnte ja nicht wissen, dass sie sich so bockig anstellt«, entgegnete Tine. »Aber du hast recht, morgen bringe ich sie einfach direkt dorthin. Und ich hole sie auch ab.«

»Hallo? Werde ich jetzt von allen Seiten kontrolliert oder was?«, fragte Vivien. »Ich glaub, es geht los! Das haben ja früher noch nicht mal meine Eltern getan!«

»Und genau das ist dein Problem.« Tine setzte sich gegenüber an den Esstisch.

»Bei uns läuft das so nämlich nicht«, erklärte Lea. »Wir haben eine Abmachung, und jeder hat sein Soll zu erfüllen, später wirst du es uns danken.«

»Ich glaub, ihr tickt nicht ganz richtig!« Vivien tippte sich mit dem Finger an die Stirn. »Ich bin ein erwachsener Mensch, ich lass mir doch von euch nichts vorschreiben! Ich hab es vorhin schon gesagt: Ich hab keinen Bock auf eure Kinderkacke, macht doch dieses dämliche Projekt alleine.«

Vivien stand auf und verschwand im Flur. Keine Sekunde später schmiss sie ihre Zimmertür so laut ins Schloss, dass Tine zusammenzuckte.

»Und jetzt?« Lea warf den Teebeutel aus ihrer Tasse auf den Unterteller.

»Haben wir sie vergrault«, sagte Tine. »Mist!«

»Dann können wir die ganze Psychoschlacht eh gleich lassen«, sagte Lea. »Die Sache ist am Ende, bevor sie angefangen hat: Vivi ist raus, ich hab's mit deinem Onkel vermasselt, und außerdem hatte ich die Idee sowieso nur aus einer Laune heraus. Mit etwas zu viel Sekt intus.«

»Nein!«, erwiderte Tine. »Für dich war's vielleicht eine Schnapsidee, aber ich habe mich heute überwunden, in ein Auto zu steigen, Lea! Und weißt du, warum? Weil ich das Gefühl habe, dass ich nicht alleine bin, wenn wir alle ein Projekt haben. Wir müssen den ganzen Kram doch sowieso angehen, warum also nicht zusammen? Wir können doch auch zu zweit weitermachen, bitte!«

»Es war eigentlich nicht als Gemeinschaftsprojekt, sondern als Wettkampf gedacht, Tine, und ...«

»Es ist irgendwie beides.« Tine ging in die Küche, um frischen Tee aufzusetzen.

»Ich würde dir zuliebe sogar mitmachen, aber dein Onkel Heini hat gesagt, dass das bei mir wahrscheinlich alles gar nichts bringt.«

»Ich bin mir ziemlich sicher, dass er das nicht gesagt hat.« Tine stellte den Wasserkocher ab und blickte zu Lea. »Da hast du irgendwas missverstanden. Was waren denn genau seine Worte?«

»*In einer Woche lässt sich ein solches Problem für gewöhnlich nicht auflösen, ich kann nicht zaubern und so weiter*«, zitierte Lea. »Deswegen bin ich auch ausgerastet. Also echt, dafür, dass er Promi-Therapeut ist, fand ich das sehr unmotiviert.«

»Unsinn, das ist ganz normal.« Tine kam mit den Tassen zum Tisch. »Therapeuten können nie versprechen, dass sie helfen können. Und selbst wenn, dauert es oft sehr lange.«

»Ich bitte dich! Stell dir mal vor, ich würde in der Redaktion so arbeiten«, wandte Lea ein. »*Ja, liebe Politiker, wir können nicht versprechen, dass wir das Thema in den Medien bringen, vielleicht brauchen wir Monate, oder sogar Jahre, um den Beitrag zu drehen. Und eine Garantie, dass es am Ende wirklich gesendet wird, geben wir schon gar nicht.«*

»Das kann man doch nicht miteinander vergleichen, Lea.«

»Doch, kann man. Er wollte sich einfach nur im Vorhinein schon dagegen absichern, falls seine Arbeit nichts taugt. Wäre er von sich als Therapeut überzeugt ...«

»Lea!« Tine blickte Lea an. »Jeder Therapeut wird dir am Anfang so etwas sagen. Dass du wegen so einer Formalität ausrastest, zeigt umso mehr, wie nötig du die Therapie hast.«

Lea legte den Kopf auf den Tisch. »Es war nicht meine Schuld«, brach es aus ihr heraus. »Die Sendung war 'ne mittelschwere Katastrophe.«

»Das heißt?«

Lea hob den Kopf so weit vom Tisch, dass sie Tine in die Augen blicken konnte. Ihr Augen-Make-up war verschmiert, und auch die Puderschicht löse sich langsam auf, sodass ihre Sommersprossen auf der Nase zum Vorschein kamen. »Ich hab im Studio rumgebrüllt. Und bin danach mit 'nem gewissen Grundpegel an Pissigkeit bei deinem Onkel aufgekreuzt. Wenn ich schon mal so angespitzt bin, raste ich wegen jeder Kleinigkeit aus.« Lea legte den Kopf wieder auf die Tischplatte.

»Du hast im Studio rumgebrüllt? Mein Gott, Lea, grade dort wolltest du doch ruhiger werden!«

»Ja, aber wie denn?« Lea setzte sich wieder aufrecht hin. »An einem Tag, wo ich ohne Thema live auf Sendung muss, der Kameramann und der Regisseur zu dünn beziehungsweise zu doof für ihren Job sind und sich danach auch noch die ganze Produktion über mich lustig macht! Selbst Buddha hätte da 'nen Puls gekriegt!«

»Buddha? Ich dachte, du bist nicht religiös.«

»Vielleicht gibt es ja doch einen Gott! Und in meiner Welt ist er ein sarkastischer Clown, der mich ständig in Situationen jagt, in denen ich ausrasten muss, obwohl ich es nicht will!«

»Das ist ja gerade der Punkt, du *musst* es eben nicht«, entgegnete Tine. »Merkst du's endlich? Du brauchst die Therapie wirklich!«

Lea schluckte.

»Geh bitte morgen noch mal hin, und hör Onkel Heini erst mal zu.«

»Er ist bestimmt sauer und lässt mich gar nicht mehr rein.«

»Ach was, er ist egozentrische Persönlichkeiten gewohnt. Außerdem kommst du ja zu ihm, weil du deine Wutanfälle therapieren lassen möchtest. Da wäre es doch paradox, wenn er dich wegen eines Wutanfalls nicht mehr therapiert, oder?«

Lea musste lächeln.

»Versprich mir aber, dich ihm gegenüber ein bisschen besser zu benehmen. Du musst dir eins klarmachen: Er ist auf *deiner* Seite.«

»Versprochen.«

* * *

Am späten Nachmittag war Vivien noch immer nicht aus ihrem Zimmer gekommen. Tine und Lea saßen am Esstisch, das Küchenradio lief. Lea brütete über ihren Moderationen für den nächsten Tag, Tine hatte mehrere Übungsbögen für die theoretische Führerscheinprüfung ausgebreitet. In dem Moment klingelte es Sturm.

Lea blickte zur Wohnungstür.

»Lukas?«, fragte Tine.

»Unsinn, jetzt ist doch alles oben«, antwortete Vivien, die in der Tür zum Flur auftauchte. Sie trug nur ein langes weißes T-Shirt und wirkte durch ihre hochgewachsene Figur mit den langen Beinen und schlanken Armen darin beinahe etwas schlaksig. »Ich bin übrigens nicht hier, falls jemand fragt.«

Lea ging zur Türsprechanlage. »Hallo?« Nach einer kurzen Pause drückte sie den Türöffner. »Kommen Sie rauf, dritter Stock.« Dann wandte sie sich Vivien zu. »Deine Mutter.«

Vivien starrte Lea an. »Ich hab doch gesagt, ich bin nicht hier!«

Lea blickte von Vivien zur Türsprechanlage und wieder zurück. »Äh, ich dachte, das gilt für deinen Exmann oder so, äh, und dass engste Familienmitglieder grundsätzlich willkommen sind?«

»Sind sie nicht!«

»Gut zu wissen.«

Vivien lief ziellos durch die Wohnung. »Jetzt kann ich mich auf was gefasst machen.«

»Hast du was ausgefressen?«, fragte Tine.

»Ich muss doch nichts ausfressen, damit meine Mutter an mir rummäkelt!«

Es klopfte an der Wohnungstür. Lea öffnete und streckte Helga die Hand entgegen. »Tag, Frau Linder, ich bin Lea, die Mitbewohnerin Ihrer Tochter, kommen Sie doch rein.«

»Guten Tag.« Helga schüttelte ihr die Hand und musterte sie von oben bis unten, dann trat sie ein.

»Und ich bin Tine.« Helga nickte ihr zu.

Vivien stand neben dem Esstisch. »Hallo, Mama.«

»Kindchen.« Helga ging auf Vivien zu, dabei schüttelte

sie den Kopf und ließ ihren Blick durch die Wohnung schweifen. »Hier wohnst du jetzt also?«

Vivien nickte und starrte ins Leere, während Helga sie umarmte.

»Trinken Sie eine Tasse Tee oder einen Kaffee?«, fragte Tine.

»Nein, danke.« Helga wandte sich an Vivien. »Susanne hat mir deine neue Adresse gegeben. Wir machen uns Sorgen um dich, Kindchen.«

»Setz dich doch, Mama.« Vivien nahm am Esstisch Platz und wies Helga den Stuhl neben sich.

»Wir verziehen uns mal und lassen euch ein bisschen quatschen, ja?« Lea und Tine deuteten mit einem Kopfnicken den Weg in Richtung Flur.

»Nein, nein.« Vivien sandte Lea einen flehenden Blick zu. »Setzt euch doch zu uns.«

Helga räusperte sich.

»Gut, Mama, was gibt's?«, fragte Vivien, während sich Lea und Tine setzten.

»Also wenn Sie beide nun sowieso schon einmal da sind, können wir ja offen sprechen.« Sie deutete mit der Hand auf Lea und Tine. Dann lachte sie auf. »Wir sind ja nicht verklemmt, nicht wahr?«

»Äh, nee? Sind wir nicht.« Lea blickte verständnislos zu Vivien, die wiederum zu Helga blickte. »Worum geht's denn?«

»Also, ähm, verstehen Sie das nicht falsch«, begann Helga. »Sie beide sind sicherlich ganz entzückend, und ich habe wirklich nichts gegen Menschen, die, ähm, anders sind ...«, Helga räusperte sich. »Aber um ehrlich zu sein, also ..., wissen Sie ..., mein Vivimäuschen hier lässt sich sehr leicht beeinflussen, und da mache ich mir eben Sorgen, dass sie, na ja, Sie wissen schon, dauerhaft auf die falsche Spur gerät.«

»Wie bitte?« Leas Stimme erhob sich von der einen auf die andere Sekunde. »Menschen, die *anders* sind? Vivien, hast du deiner Mutter etwa auch erzählt, wir seien vollkommen geistesgestört, oder was? Obwohl du hier diejenige bist, die ...«

»Das tut nichts zur Sache«, fiel Vivien Lea ins Wort. »Ich hab meiner Mutter überhaupt nichts erzählt! Mama, wie kommst du denn auf so was?«

»Um Himmels willen, ich glaube doch nicht, dass Sie geistesgestört sind.« Helga lachte auf. »Diese Ansicht über Homosexuelle mag es ja geben, aber ich ...«

»Was?« Lea riss die Augen auf. »Sie halten uns für Lesben?«

»Wie gesagt, mit mir können Sie offen sprechen«, wiederholte Helga. »Ich bin da ganz tolerant. Aber ich möchte nicht, dass meine Vivien in eine Richtung beeinflusst wird, die nicht ihrem Naturell entspricht, und ...«

»Was?« Lea fuchtelte mit beiden Armen in der Luft herum. »Ich ...«

Tine drückte Leas Arme sanft auf den Tisch und wandte sich Helga zu. »Frau Linder, das ist ein Missverständnis. Wir sind eine *Hetero*-WG, ich zum Beispiel bin in einer festen Beziehung mit einem Mann.«

»Wie bitte?«, zischelte Lea und befreite ihre Arme aus Tines Umklammerung. »Hast du jetzt schon einen imaginären Freund?«

»Wir sind noch nicht offiziell getrennt.« Tine flüsterte ebenfalls, aber so laut, dass man es gut hören konnte.

Lea hob die Augenbrauen und drehte sich zu Helga. »Selbst wenn wir Lesben wären, würden wir doch Ihre Tochter nicht aufnehmen, um sie zwangsweise umzuerziehen! Was haben Sie denn für ein Bild von homosexuellen Menschen? Und fürs Protokoll: Ich führe generell keine Beziehungen, weder mit Männlein noch mit Weiblein, da können Sie ganz beruhigt sein.«

»Darin sehe ich übrigens auch was Pathologisches, wenn du mich fragst«, zischelte Tine wieder. »Können wir uns bei Gelegenheit gerne mal darüber unterhalten.«

»Ich kann's ja kaum erwarten.«

Helga blickte irritiert von Tine zu Lea und zu Vivien. »Dann habe ich da wohl etwas falsch verstanden.« Sie räusperte sich. »Als mir meine Nichte erzählt hat, dass mein Vivimäuschen zu zwei Frauen zieht, war mir ..., also ich dachte ..., ich meine, Frauen in diesem Alter unter sich, das ist ja nun nicht unbedingt ..., wie soll ich sagen ..., normal.«

Lea legte die Stirn in Falten. »Nicht *normal*?«

»Na ja, dass gleichgeschlechtliche Menschen in eurem Alter zusammengepfercht wie in einem Studentenwohnheim leben.« Helga blickte flehend zu Vivien. »Schätzchen, ich dachte, dass du bei Susanne wohnst, wäre eine Übergangsphase, und danach würdest du zu Robert zurückgehen. Aber jetzt, hier, so beengt, und dass du dir Geld dazuverdienen musst, herrjeh, Kindchen! Robert würde dich doch vor alldem beschützen. Wir machen uns Sorgen um dich.«

»Beschützen?«, fragte Lea. »Vor *Arbeit*?«

»Mama, hör bitte auf, mich wie einen Sozialfall zu behandeln«, sagte Vivien. »Glaubst du, ich kann nicht für mich selbst sorgen?«

Aus Helgas Handtasche ertönte ein Telefonklingeln in voller Lautstärke. »Augenblick, bitte.« Sie wühlte in ihrer Tasche.

»Sind sicher die Fünfziger«, flüsterte Lea. »Wollen ihr verkorkstes Frauenbild zurück.«

»Ja, ich bin gerade bei ihr«, sprach Helga ins Handy. »Genau, am Gartenfeldplatz. Die Nummer weiß ich jetzt auch nicht, aber ihr Auto steht direkt vor dem Hauseingang.«

»Wem verklickerst du hier grade meine Adresse?«, fragte Vivien.

»Pssst.« Helga hielt die Hand vor das Telefon. »Robert ist dran. Du reagierst ja nicht auf seine Anrufe oder E-Mails, hat er gesagt.«

»Na, super.«

Lea zwinkerte Vivien zu und deutete ihr mit Hilfe einer Geste an, dass sie Robert niemals hereinlassen würde.

»Ja, mach es auch gut, und viel Erfolg in Lissabon.« Helga klappte ihr Handy wieder zu. Dann wandte sie sich an Vivien. »Er hat im Moment ein unglaublich erfolgreiches Projekt. Vivilein, du kannst so stolz auf ihn sein. Er ist noch bis Mittwoch auf Geschäftsreise.«

»Wunderbar«, sagte Vivien. »Da kann er ja ein paar übergewichtige Portugiesinnen vögeln, und ich hab meine Ruhe.«

»Vivien!« Helga donnerte das Handy auf den Tisch.

»Wieso müssen die Portugiesinnen übergewichtig sein?«, fragte Lea.

»Du solltest mal seine Copilotin sehen.«

»Stimmt ja. Die Oversize-Unterwäsche.«

»Wo waren wir stehen geblieben?« Helga wirkte ungeduldig.

»Was normal ist für Frauen unseres Alters, warum wir es nicht sind und dass Vivien es wieder werden soll«, fasste Lea zusammen.

Helga atmete laut hörbar aus. »Es soll ja jeder mit seinem persönlichen Lebensentwurf glücklich werden, aber denk auch mal an mich, Vivimäuschen! Wenn ich nach dir gefragt werde, muss ich lügen, sonst weiß am Ende jeder, wie sehr du gescheitert bist!«

»Bezeichnen Sie uns gerade als einen Haufen gestrandeter Existenzen?« Leas Stimme wurde schrill. »Sie meinen, weil wir mit über dreißig in einer WG wohnen, sind wir im Leben gescheitert?«

»Was denn sonst?« Helga zog die Schultern nach oben.

Leas Mund stand offen.

»Ich weiß ja nun nicht, wie die Situation bei Ihnen genau ist«, fuhr Helga fort. »Es ist ja schlimm genug, wenn man ohne Partner und ganz auf sich allein gestellt ist. Aber verstehen Sie, mein Vivimäuschen hätte ja schon ein geregeltes Leben, sie müsste sich nur ...«

»Einem Fremdgänger an den Hals werfen?«, platzte es aus Lea heraus. »Wenn Sie ihr schon überall reinreden, konzentrieren Sie sich doch bitte schön mal auf die essentiellen Dinge, Herrgott, Vivien ist eine Straftäterin und dazu noch ...«

»Lea!«, rief Vivien über den Tisch. »Mann, das ist echt nicht cool!«

»Straftäterin?« Helga schlug die Hand vor den Mund.

»Sag mal, weiß deine Mutter überhaupt nicht, was mit dir los ist?«

»Nein, und es geht auch niemanden was an!«

Tine stieß Lea in die Seite. Lea hielt die Hand vor den Mund und blickte Vivien entschuldigend an.

»Mäuschen, meine Güte, was hast du denn angestellt?«, fragte Helga.

»Lea meint die Sache mit Roberts Auto.« Vivien warf Lea

und Tine einen strengen Blick zu. »Das war eine Überreaktion. Sonst habe ich nichts angestellt.«

Lea nickte heftig.

»Ach so, das.« Helga atmete auf. »Robert will die Strafanzeige sofort zurückziehen, sobald du zu ihm zurückkommst.«

Lea blickte auf. »Er erpresst sie damit?«

»Wir versuchen nur mit allen Mitteln, Vivien zur Vernunft zu bringen«, sagte Helga. »Wenn du noch lange zögerst, musst du Sozialstunden ableisten, Mäuschen! Willst du das?«

Vivien stand abrupt auf, und ihr Stuhl schob sich knirschend über das Parkett. Sie ging mit großen Schritten durchs Wohnzimmer und verschwand im Flur. Dann hörte man ihre Tür ins Schloss fallen.

»Das macht sie heute einmal pro Stunde«, sagte Lea. »Etwas postpubertär, könnte man meinen.«

»Ich bitte Sie beide inständig, mit mir zusammenzuarbeiten«, sagte Helga. »Sie kennen sie nicht so gut wie ich, aber auf die Dauer braucht sie ihren Mann. Und wenn sie noch lange zögert, wissen Sie, also ein Mann wie Robert hat viele Angebote.«

»Und das arme Vivilein bleibt übrig, oder wie?« Lea stand auf, stützte ihre Arme auf die Tischplatte und beugte sich zu Helga vor. »Aber machen Sie sich keine Sorgen um Ihre Tochter, Frau Linder, bei uns ist sie in besten Händen! Wir männerloses, zusammengepferchtes Homo-Gesindel haben mit der Zeit gelernt, für uns selbst zu sorgen. Wir haben noch ein paar tote Ratten im Kühlschrank. Hoffentlich kriegen wir keine Tollwut davon, das ist der Nachbarin passiert, die hat nämlich auch keinen Mann!« Lea zeigte auf die Küche, und ihre Stimme schallte schrill durch den

Raum. Helga blickte sie entgeistert an. Lea fasste sich an die Stirn. »Zum Glück können wir die Miete bezahlen, weil wir uns nachts im Treppenhaus prostituieren dürfen. Vivi hat auch schon 'ne Arbeitserlaubnis! Die Jungs finden sie total geil, Helga! Was soll sie auch sonst tun? Sie ist ja 'ne Frau!«

»Lea, das reicht!« Tine drückte Lea unsanft auf ihren Stuhl zurück. »Jetzt weiß ich, was du mit Ausrasten meinst, Gott, du bist ja nicht mehr gesellschaftsfähig.«

Helga hatte jegliche Gesichtsfarbe verloren.

»He, lass mich zufrieden!« Lea schob Tines Hand weg. »Ich finde es unhöflich, wenn Leute scheiße sind und man es ihnen nicht sagt! Ich will das jetzt klären!«

»Unsinn, du willst nur mit Obszönitäten um dich werfen. Du bekommst Punktabzug, wenn du nicht sofort aufhörst zu schreien.«

»Aber ich ...«

»Nein!«

»Dann klär du das doch, wenn du es so viel besser kannst!« Lea machte eine harsche Armbewegung in Helgas Richtung. Tine wandte sich an Helga, die nervös blinzelte. »Frau Linder, Sie müssen das verzeihen, Lea hat ein kleines Problem mit Wutanfällen, sie meint das nicht so.«

Lea schnaubte und schwieg.

»Aber zu Ihrem Problem mit Vivien, ich verstehe Sie sehr gut, Frau Linder.«

»Wirklich?« Helga blickte auf.

»Aber natürlich, welche Mutter macht sich denn keine Sorgen um ihr Kind?« Helga nickte und deutete ein Lächeln an. »Trotzdem sollten Sie bei einer erwachsenen Tochter keine Mutterrolle übernehmen. Schätzungsweise ist bei Ihnen und Vivien der Abnabelungsprozess noch nicht ganz abgeschlossen. Man muss Kinder loslassen, damit sie sich zu erwachsenen und selbständigen Menschen entwickeln können. Oft schaffen die Eltern diesen Sprung nicht und machen sich Sorgen, weil die Kinder dauerhaft unselbständig sind. Sehen Sie den Widerspruch?« Helgas Lächeln gefror. »Deswegen war auch Leas Assoziation an die Pubertät vorhin gar nicht abwegig. Vivien rebelliert, weil sie nun von sich aus eigenständig werden möchte, verstehen Sie? Ich würde Ihnen empfehlen, Ihrer Tochter zu vertrauen, dass sie von selbst den richtigen Weg findet. Wenn Sie sich etwas tiefer mit dem Thema befassen, können Sie auch für Ihr eigenes Leben davon profitieren. Oft lässt sich dieses Schema über Generationen hinweg beobachten. Wie ist denn Ihre Beziehung zu Ihrer eigenen Mutter?«

»Äh, wie bitte?« Helga blickte Tine an, als wäre sie ein beängstigendes Insekt.

»Ich wollte genau das Gleiche sagen«, murrte Lea.

»Äh, es ist ja auch schon spät.« Helga stand etwas umständlich von ihrem Stuhl auf. »Ich seh dann mal nach Vivien.« Sie verschwand im Flur. Wenige Sekunden später hörten Lea und Tine Stimmen durch die angelehnte Tür aus dem Flur. »*Dann sind sie eben nicht, äh, homosexuell, aber sie sind beide vollkommen geisteskrank. Ist dir das aufgefallen?*«

»*Durchaus.*«

»*Du weißt es?*«

»*Ich weiß es.*«

»*Und was sagst du dazu?*«

»*Was soll ich dazu sagen?*«

»*Pass mir bloß auf, Schätzchen. Wenn man sich mit diesen Leuten umgibt, kriegt man ganz schnell selber einen an die*

Schüssel. Ganz schnell! Und dann ist man ruckzuck abhängig von Psychopharmaka, du weißt ja, deine Tante Ilse, Kindchen. Also pass gut auf. Das wäre ganz furchtbar.«

»Ja, Mama, das wäre ganz furchtbar.«

Tine und Lea sahen sich an. »Die weiß echt nicht, was bei Vivi los ist, oder?«

»Offensichtlich nicht.«

Helga lief mit großen Schritten durchs Wohnzimmer und verabschiedete sich im Vorbeigehen. »Auf Wiedersehen, Lena. Auf Wiedersehen, Tina.« Dann verließ sie die Wohnung. Vivien schloss laut seufzend die Tür hinter ihr.

»Deine Mutter ist ja echt geisteskrank«, sagte Lea.

Vivien nickte. »Danke dafür, dass ihr noch irrer seid. Die kommt so schnell nicht wieder.«

Lea lachte. »Gern geschehen.« Dann erst sah sie, dass Vivien Tränen in den Augen hatte. »Vivi?«, fragte Tine. »Ist alles okay?«

»Nein.« Vivien verschwand in ihrem Zimmer.

* * *

Erst am Abend kam Vivien aus ihrem Zimmer und marschierte mit einem Päckchen Zigaretten in der Hand durch die Wohnung. Tine und Lea tauschten einen kurzen Blick aus und folgten ihr schweigend auf den Balkon. Vivien lehnte an der Brüstung und zündete sich eine Zigarette an. Tine setzte sich auf den einzigen Balkonstuhl, und Lea stellte sich neben Vivien. Die drei Frauen blickten gemeinsam in den dämmrigen Hinterhof und auf die benachbarten und gegenüberliegenden Gebäude. In manchen Wohnungen waren durch Vorhänge nur Silhouetten zu erkennen, andere wiederum ließen einen ungehinderten

Blick nach drinnen zu. Gegenüber saß ein Pärchen bei Kerzenschein am Tisch und aß zu Abend.

»Tut mir leid, dass ich die Sache mit der Strafanzeige ausgeplaudert habe«, sagte Lea. »Ich wusste nicht, dass deine Mutter keine Ahnung hat.«

Vivien zeigte auf das Pärchen gegenüber. »Bei denen gibt's Pommes mit Rotwein.«

»Nee, ich glaub, das sind Muscheln.«

»Und wir drei Singles stehen hier, begaffen und beneiden sie um ihren romantischen Abend«, sagte Tine.

»Jetzt bist du plötzlich doch wieder Single?«, fragte Lea. »Ich beneide niemanden. Ich verstehe sowieso nicht, was die ganze Welt so *romantisch* an so 'nem Abendessen findet. Es ist Nahrungsaufnahme mit 'ner Kerze in der Mitte. Und um die künstliche Atmosphäre nicht zu zerstören, muss man ständig aufpassen, dass man keine zu großen Bissen nimmt, keine Soße am Kinn hat und nicht rülpst. Total anstrengend.«

»Mir fehlt es.« Vivien blies eine Rauchwolke in die Luft und starrte auf das Pärchen. Die Frau warf Messer und Gabel neben den Teller und begann über den Tisch hinweg zu gestikulieren. Der Mann schmiss seine Serviette auf den Teller und schüttelte den Kopf.

»Oh!«, kommentierte Tine.

»Jetzt wird's interessant«, sagte Lea.

Tine quetschte sich zwischen Vivien und Lea an die Brüstung, und die drei Frauen starrten in das Fenster gegenüber. Nachdem sich der Mann dreimal mit der Faust an die Stirn gehauen hatte, warf ihm die Frau ihre zusammengeknüllte Serviette an den Kopf. Er stand auf und lief um den Tisch zu der Frau. Dabei ruderte er mit den Armen.

»Immer noch neidisch?«, fragte Lea.

»Im Augenblick hält es sich in Grenzen«, antwortete Tine.

»Ich bin gespannt, was sie jetzt macht«, sagte Vivien. »Dass er ihr grade den Stinkefinger gezeigt hat, kann sie ja wohl nicht auf sich sitzen lassen.«

Die Frau schubste den Mann von sich und fegte in einer Armbewegung beide Teller, die Kerze und eine große Schüssel vom Tisch. Daraufhin warf der Mann gleich den ganzen Tisch um, nahm ein Messer aus der Schublade und hielt es sich an die Kehle. Er streckte die Zunge heraus und hampelte von einem Fuß auf den anderen.

»Die machen uns ja richtig Konkurrenz«, sagte Tine.

»Die sind vollkommen wahnsinnig.« Vivien drückte ihre Zigarette aus und steckte sich sofort eine neue an.

»Hab mal gehört, dass zwei von drei Leuten heutzutage einen Psychoknacks haben«, sagte Lea.

»Es werden ja auch ständig neue Krankheiten erfunden«, fügte Tine an. »Mittlerweile ist es schon eine Störung, wenn man nachts regelmäßig zum Kühlschrank rennt.«

»Kann ich auch 'ne Krankheit erfinden?«, fragte Lea.

»Wenn die Pharmaindustrie schnell und einfach Pillen dafür entwickeln kann, hast du gute Chancen«, antwortete Tine.

»Das ist ja mafiös.«

Tine nickte. Die Frau in der Wohnung hievte den Tisch wieder nach oben.

»Jetzt räumen sie wieder auf«, kommentierte Vivien.

Die Frau winkte ihren Mann zum Helfen zu sich, der sich allerdings mit dem Zeigefinger an die Stirn tippte und den Raum verließ. Sie sprang auf und folgte ihm, beim Verlassen der Küche schaltete sie das Licht aus.

»Mist!«, sagte Tine.

»Die können uns doch nicht einfach ausgrenzen!« Lea trommelte mit den Fingern auf das Balkongeländer.

»Falls die Zwei-von-drei-These stimmt, zählen die beiden zu den Gestörten«, sagte Vivien.

»Ich glaube schon, dass sie stimmt«, sagte Lea. »Schaut euch doch mal um, irgendwie hat doch jeder einen an der Waffel.«

»'ne Freundin von mir hat sich bei ihrem Ex mit Borderline angesteckt«, sagte Vivien. »Darunter leidet jetzt wiederum ihr aktueller Freund.«

Lea lachte auf. »Eine seelische Geschlechtskrankheit.«

»Man kann sich mit psychischen Krankheiten nicht *anstecken*«, verbesserte Tine. »Es wird dann vielmehr so gewesen sein, dass sie durch den Umgang mit ihrem Exfreund, äh ...«

»... selbst einen Knacks abbekommen hat?«, beendete Vivien den Satz.

»Genau. Danke.«

»Also kann man sich doch anstecken«, sagte Vivien.

»Ja«, antwortete Tine und schüttelte gleichzeitig den Kopf. »Aber man nennt es eben nicht so.«

»Aber jetzt mal ernsthaft, mindestens 'ne Durchschnittsneurose ist doch heutzutage völlig normal«, sagte Lea. »Ich meine, wer in unserer Welt ohne Psycho-Macke wegkommt, muss doch irgendwie 'nen Schuss haben. Schon alleine bei mir auf der Arbeit haben wir eine Volontärin mit Klaustrophobie, eine Putzfrau mit Spinnenphobie – ausgerechnet! –, und ein Kollege aus der Produktion ist seit Monaten im Schlaflabor verschwunden. Generell sehr beliebt sind Morgendepressionen, zwanghafte Unpünktlichkeit und Sexismus.«

»Sexismus ist keine psychische Krankheit«, korrigierte Vivien.

»Doch, sind Muttersöhnchen«, erklärte Lea. »Da ist irgendwas mit Ödipus am Werk.«

»Man sollte aber auch nicht jede Kleinigkeit fatalisieren«, sagte Tine. »Wie gesagt, wenn man diesen Katalogen glauben würde, gäbe es keine normalen Menschen mehr.«

»Das würde die Welt aber bunter machen«, entgegnete Lea. »Stellt euch mal vor, anstatt dieses fortwährend dämlichen *Und, was machst du so?*, würde man sich fragen: *Und, was hast du so für 'ne Psychokacke am Hals?* Wär doch viel interessanter.«

»Würde nicht funktionieren«, sagte Tine. »Die meisten Leute wollen nicht offen über ihre psychischen Probleme sprechen.«

Lea blickte zu Vivien. »Vor allem depressive Kleptomaninnen, hab ich gehört.«

»Pfff.« Vivien zog an ihrer Zigarette.

»Wollt ihr mal meine peinlichste Geschichte von der Hypochondrie hören?«, fragte Tine.

»Unbedingt!«, sagte Lea.

»Einmal bin ich beim Krankheitenrecherchieren auf den Fuchsbandwurm gestoßen«, erzählte Tine. »Und als ich gelesen habe, was der so für Beschwerden auslöst, war ich mir sicher, dass ich so einen habe. Alle meine Symptome haben sich plötzlich von selbst erklärt! Schwindel, Übelkeit, Vergesslichkeit …«

»Hör auf, sonst steigerst du dich wieder rein«, unterbrach Lea sie.

Tine räusperte sich. »Und dann habe ich mich auch noch dran erinnert, dass ich als Kind mal beim Wandertag Wildbeeren gegessen habe. Davon kriegt man so 'nen Wurm nämlich. Und speziell die Fuchsbandwürmer setzen sich ans Hirn und zersetzen dort ...«

»Bitte nicht so genau!«, ging Vivien dazwischen.

»Jedenfalls war ich dann bei meinem Hausarzt, der zu dem Schluss kam, dass ich keinen Wurm habe. Ich habe ihm kein Wort geglaubt, so überzeugt war ich von meiner Eigendiagnose. Das Gespräch sah dann so aus:
Er: Sie haben keinen Hirnwurm!
Ich: Doch!
Er: Sie haben keinen Hirnwurm!
Ich: Doch!
Zwischenzeitlich hatte er mich in Richtung Tür bugsiert, und eine Arzthelferin kam rein, während er gerade noch einmal sagte: *Lassen Sie bitte Ihre Hypochondrie behandeln, Frau Hase, aber Sie haben keinen Hirnwurm!* Das Wartezimmer ist bei meinem Hausarzt in den Flur integriert, und alle Patienten haben mich angeguckt.«

Lea lachte auf. Vivien kicherte.

»Und dann habe ich unter den Patienten auch noch den Typen gesehen, in den ich die ganze Schulzeit über verliebt war«, fuhr Tine fort. »In einer Kurzschlussreaktion bin ich dann zur Ausgangstür der Praxis losgerannt. Die Arzthelferin hat mir noch hinterhergeschrien: *Frau Hase, Ihr Kärtsche!*, und ich hab zurückgeschrien: *Egal, ich bestell ein neues bei der Krankenkasse!* Und bin zur Tür raus, so schnell es ging. Mann, war das ein Abgang.«

Lea verschluckte sich vor Lachen.

»Kann ich mir bei dir richtig gut vorstellen.« Vivien blies Rauch aus.

»Seither bin ich was Dr. Google angeht etwas vorsichtiger geworden«, sagte Tine.

»Ich hab auch eine peinliche Geschichte«, sagte Lea.

Tine stemmte die Arme auf das Balkongeländer.

»Es war der kälteste Winter in der Geschichte des Winters«, begann Lea mit dunkler, gesetzter Stimme zu erzählen.

Vivien blinzelte. »Ich sehe eine Charles-Dickens-Schneelandschaft vor mir.«

»Und eines Tages wurde ich sehr, sehr krank«, fuhr Lea fort. »Dick angezogen, so dick, dass ich mich kaum bewegen konnte, wagte ich mich in die Kälte. Ich lief die gesamten zweihundert Meter bis zur Gartenfeld-Apotheke, um mich über fiebersenkende Medikamente und lebensverlängernde Maßnahmen zu informieren.«

»Übertreibst du nicht ein bisschen?«, fragte Tine dazwischen. Vivien grinste.

»Ich war nicht die Einzige, die wegen des unsagbar harten Winters der Seuche anheimgefallen war«, erzählte Lea weiter. »Die Apotheke war berstend voll mit hustenden, niesenden und naseputzenden Menschen. Ich hatte viel zu lange mit dem Apothekenbesuch gewartet, und es ging mir so schlecht, dass ich mich kaum auf den Beinen halten konnte. Trotz allem wartete ich geduldig, bis ich an der Reihe war. Ich kratzte die letzten Funken Lebensenergie aus den hintersten Winkeln meiner geschundenen Knochen zusammen, um die drei notwendigen Schritte nach vorn zu gehen. Exakt in diesem Moment kam eine Frau zur Tür herein und rannte an mir vorbei zum freien Schalter.«

»Frechheit!« Vivien zündete sich eine neue Zigarette an.

»Die Apothekerin hatte all das gesehen«, fuhr Lea fort. »Aber sie bediente die Frau, ohne ein Wort darüber zu verlieren. Ich war sprachlos.«

»Du?« Viviens Zigarette knisterte, als sie daran zog.

»Als ich mitbekam, dass die Vordränglerin noch nicht

mal krank war, sondern nur ein paar zuckerfreie Gummibärchen kaufen wollte, habe ich mich mächtig geärgert.«

»Oje«, sagte Tine. »Ich weiß, wohin das führt.«

»Ich ging zu ihr, um sie über meine prekäre Situation zu informieren und ihr mitzuteilen, wie höchst unpassend ich ihr Verhalten fand. *Ich hab's aber eilig und muss zur Arbeit, Sie sind ja sowieso krank, da haben Sie ja den ganzen Tag Zeit,* hat sie geantwortet.«

»Pissnelke«, sagte Vivien.

»*Haben Sie das gehört?*, fragte ich die Apothekerin. Aber sie ignorierte mich und bediente die Vordränglerin wortlos weiter. Da ist mir der Kragen geplatzt.«

»Ich kann die Geschichte auch zu Ende erzählen, wenn du willst«, schlug Tine vor.

Lea fuhr fort: »Ich war aufgebracht. *Ich bin dem Tode nahe und stehe hier seit einer Dreiviertelstunde!*, begann ich. Dann kam eine weitere Apothekerin aus dem Hinterraum und fragte mich: *Wie können wir Ihnen denn helfen?* Die andere Apothekerin und die Vordränglerin ignorierten mich weiterhin und gingen ihren Geschäften nach. *Gar nicht!*, schrie ich. *Sie gehen ja furchtbar mit den Kunden um! Und Ihre Kunden sind ebenfalls furchtbar! Asoziales Pack, alle miteinander! Ich will überhaupt nicht, dass Sie mir helfen!* Ich wollte nach draußen stürmen und vollführte eine theatralische Drehung, von der mir schwarz vor Augen wurde. *HELFEN SIE MIR!*, habe ich noch gerufen, dann hat es mir die Füße weggezogen, und ich bin mitsamt dem Teeregal auf den Boden gedonnert. Ich glaube, ich war kurz bewusstlos. Zumindest bin ich mit einem Päckchen Magen-Darm-Tee auf der Stirn wieder aufgewacht. Die Apothekerin hat mir aufgeholfen, und ich bin aus der Tür gestampft. Seitdem brauche ich immer ein Auto zum Medikamentekaufen, weil ich diese wunderbar nahegelegene Apotheke meiden muss.«

Vivien lachte laut.

Tine blickte mit großen Augen zu Lea. »Du hast *asoziales Pack* durch die ganze Apotheke geschrien?«

»Ideal war's nicht, ich weiß.«

»Die Tussis waren aber auch doof«, sagte Vivien. Sie lachte immer noch. Dann holte sie Luft. »Ich habe mal unter riesigem Aufwand Schuhe geklaut. Schicke Designer-Schuhe, die ein Vermögen wert waren.« Tine und Lea wandten sich Vivien zu.

»Ich habe mindestens zwei Wochen aufgewendet, um alles zu planen, den Laden immer wieder zu beobachten und zu analysieren, welche Verkäuferin wann ihre Pausen hat.«

»Du bist echt schwer kriminell«, sagte Tine.

»Zick mich nicht an!« Vivien drückte ihre Zigarette aus. »Jedenfalls wurde ich ausgerechnet an diesem Tag zum ersten Mal erwischt. Wahrscheinlich weil ich so nervös war und mich tatsächlich doof angestellt habe. Ich habe dann die Flipflops ausgehändigt, die ich in die Tasche gesteckt hatte, aber die anderen Schuhe hatte ich in einer Geheimtasche im Mantel. Hat zwar keiner gemerkt, aber ich bin, während die mich durch die Stadt kutschiert haben und später bei so 'nem Mini-Verhör, vor lauter Panik um Jahre gealtert. Als ich dann zu Hause war, hab ich gesehen, dass ich mich vertan hatte. Statt der Designer-Pumps hatte ich ein billiges Sonderangebot für neunundzwanzig neunzig geklaut. Totale Kacke, Mann.«

Tine und Lea lachten laut auf. Vivien steckte sich eine neue Zigarette an.

»Da könnte ich jetzt gar nicht sagen, welche Geschichte die beste ist.« Tine kicherte.

»Nett, was man als Psycho so alles erlebt«, sagte Lea. Dann wandte sie sich an Vivien. »Also Tinchen und ich natürlich, du bist ja keiner.«

»Du musst nicht ständig sticheln.« Vivien presste die Lippen aufeinander. Schweigend lehnten die drei Frauen an der Brüstung und blickten in die dunkle Wohnung gegenüber. Dort war niemand mehr zu sehen. Es war so still, dass man das Knistern beim Abbrennen des Papiers hören konnte, als Vivien an ihrer Zigarette zog.

»Vielleicht hab ich ja doch 'nen klitzekleinen Schaden«, sagte Vivien schließlich.

Lea blickte auf.

»Dass du es dir bewusst machst, ist ein wichtiger Schritt«, sagte Tine.

»Vivi hat 'nen Knahacks, Vivi hat 'nen Knahacks«, sang Lea.

»Ach halt doch die Klappe.« Vivien blies Rauch aus.

»Lea!« Tine fuhr herum. »Vivien hat es viel Überwindung gekostet, sich das einzuge ...« Lea hörte gar nicht zu und stieß Vivien in die Seite. »Kopf hoch! So ein kleiner Tick kann doch ganz sympathisch sein.«

»Genau. Neurotisch ist das neue Sexy.« Vivien räusperte sich.

Tine wandte sich an Vivien. »Und wie bist du zu der Einsicht gekommen?«

»Na ja, obwohl ich Antidepressiva schlucke, habe ich jeden Tag schlechte Laune. Und nicht nur jetzt! Wenn ich mich an die letzten zehn Jahre erinnere, war es immer so. Ich war schlecht drauf und habe nichts anderes getan, als mein Studium vor mir herzuschieben.«

»Hast du es deswegen abgebrochen?«, fragte Lea.

»Nee. Robert meinte vor ein paar Monaten, ich solle

doch aufhören, da wir ja ohnehin bald Kinder wollten. Also hab ich damit aufgehört.«

»Um was zu tun?«, fragte Lea. »Vollzeit-Küchenmutti zu werden?«

»Was wäre daran so schlimm?«, entgegnete Tine.

»Nichts.« Lea hob die Schultern. »Wenn man mit fünfzig depressiv werden will, weil die Kinder aus dem Haus sind und man nie etwas Eigenes hatte. Aber Vivi kann sich den Umweg sparen, sie ist ja jetzt schon depressiv.«

»Stimmt«, sagte Vivien. »Ich weiß auch nicht, wie ich mich so beeinflussen lassen konnte. Wahrscheinlich, weil ich sowieso nicht wusste, was ich machen soll. Und meine Mutter hat auch auf mich eingeredet. Sie würde mich am liebsten als gluckige Gebärmaschine sehen.«

»Jetzt reicht's aber mal!«, sagte Tine.

»Was?« Vivien und Lea blickten gleichzeitig zu Tine.

»*Küchenmutti, Gebärmaschine* – warum sind denn bei euch die weiblichen Prinzipien so negativ besetzt?«, fragte Tine. »Klingt mir beinahe so, als hättet ihr Angst vor eurer naturgegebenen Rolle und springt deshalb auf eine populäre Gegenmeinung auf.«

Vivien schaute zu Tine. »Was tun wir?«

»Was soll denn bitte schön unsere *naturgegebene Rolle* sein?«, fragte Lea.

Tine schüttelte den Kopf. »Zu heikel. Da lass ich mich auf keine Diskussion ein. Am Schluss zieht wieder irgendeiner aus.«

»Tine hat 'nen sarkastischen Witz gemacht«, sagte Lea.

»Der erste, seit wir sie kennen«, antwortete Vivien.

»Darwin wäre stolz, sie passt sich langsam ihrer Umwelt an«, fügte Lea an.

Tine verdrehte die Augen.

Vivien atmete tief ein. »Wenn der Friede meint, es hilft, dann mach ich eben diese erbärmlichen Sozialstunden.«

»Was, echt?« Tine riss die Augen auf.

Vivien nickte.

»Juhuuu«, rief Tine. »Ich dachte schon, das Projekt wäre gestorben, und jetzt sind wir sogar wieder vollzählig!«

Vivien brummte.

»Helga würde durchdrehen, wenn sie das wüsste«, sagte Lea.

»Meinste echt?« Vivien konnte sich ein Lächeln nicht verkneifen. Die drei blickten wieder in den Hinterhof. Eine Frauenstimme drang aus dem Küchenradio nach draußen. *I'm the queen of my world.*

Tine summte. »Super Lied.«

»Passt zu uns«, sagte Vivien.

»Wer von uns ist bitte schön die Königin ihrer Welt?«, fragte Lea. »Wir haben noch nicht mal die Kontrolle über unser Leben. Mit viel Glück sind wir in unserer Welt 'ne schmutzverkrustete Hühnermagd.«

»Pssst«, sagte Tine. »Wir kriegen ja jetzt die Kurve.«

Die drei schwiegen wieder. Vivien ließ den Blick durch den dunklen Hinterhof schweifen. »Alles so ruhig.«

»Schön, nicht?« Tine lächelte.

»Die Ruhe vor dem Sturm«, sagte Lea.

Fünftes Kapitel

»Vivi? Bssssd, Vivi!«

Vivien hörte ein Flüstern. »Hm?« Sie reckte den Kopf und blinzelte.

»Viviiieeeen.« Das Flüstern wurde lauter. Vivien öffnete die Augen und sah zwei Silhouetten vor ihrem Bett. Sie schreckte hoch. »Was? Wer ...«

»Na endlich, Vivi, du musst aufstehen, das hier ist Freddy.« Eine der Silhouetten stellte sich als Tine heraus und deutete auf die zweite. »Er ist hier, um dich abzuholen.«

»Morgen«, sagte eine Männerstimme.

»Wie bitte?« Vivien setzte sich im Bett aufrecht und zog sich mit beiden Händen die Bettdecke bis zum Hals. »Tine, bist du wahnsinnig, du kannst doch nicht einfach ...«

»Ich versuche dich seit einer halben Stunde aufzuwecken«, sagte Tine. »Du bist ja nahezu komatös. Wie viel Psychopharmaka pfeifst du dir eigentlich rein?«

»Du schleppst einen wildfremden Mann in mein Schlafzimmer, und jetzt hab *ich* mich zu rechtfertigen?«

»Freddy ist nicht fremd, er ist mein Bruder.«

Vivien blickte zum Wecker auf ihrem Nachttisch. Viertel vor sechs.

»Wir müssen in fünfzehn Minuten los«, sagte Freddy.

»Utopisch«, antwortete Vivien. »Wenn ich *jetzt* aufstehe, habe ich den ganzen Tag Augenringe.«

»Ich hab's dir ja gesagt«, flüsterte Tine Freddy zu.

»Mhm«, antwortete er.

»Was hast du ihm gesagt?«

Tine räusperte sich. Vivien seufzte. »Gut, dann lasst mich doch bitte wenigstens in Ruhe wach werden, das gebietet ja wohl die Höflichkeit.«

»Um sieben werden bei uns die Senioren geweckt.« Freddy blickte auf seine Armbanduhr. »Es gebietet auch die Höflichkeit, dass wir sie nicht einfach ohne Frühstück im Bett liegen lassen, weil wir selbst den Hintern nicht hochkriegen.«

Vivien holte Luft. Dann polterte es im Flur, und etwas krachte gegen die Wand.

»Aua! Mann, Staubi! Scheiße, ey.« Leas Stimme drang aus dem Flur in Viviens Zimmer. Vivien zog erschrocken die Schultern in Richtung Ohren. Die drei Frauen hatten den Staubsauger-Roboter am Einzugstag noch zum Funktionieren gebracht, und Vivien hatte die Verantwortung dafür übernommen, dass er nachts ausgeschaltet war. Bisher hatte sie es beide Nächte vergessen. Und offensichtlich machte sich Staubi einen Spaß daraus, Leas morgendlichen Weg ins Badezimmer zu kreuzen, bereits am Vortag war sie im Flur mit ihm zusammengestoßen. Lea kam durch die offene Zimmertür gerauscht und baute sich, nun als dritte Person, vor Viviens Bett auf. »Vivien, wir müssen reden!« Anstatt sich darüber zu wundern, dass Viviens Zimmer für die Uhrzeit bereits über die Maßen gut besucht war, stemmte sie die Hände in die Hüften und blickte Vivien an.

»Ja, verdammt noch mal!« Vivien setzte sich in ihrem Bett aufrecht hin und schlug mit einer Hand auf ihre Bettdecke. »Wir müssen wirklich reden! Und zwar über das Recht auf einen eigenen Zimmerschlüssel!«

»Wir warten mal draußen.« Freddy nickte Tine zu und wandte sich zum Gehen. Jetzt erst konnte Vivien im halbdunklen Zimmer mehr sehen. Die arme Tine! Wie es schien, hatten sich alle im Erbgut angelegten Familienvorzüge für ihren kleinen Bruder aufgespart. Er war im Gegensatz zu Tine groß, schlank und hatte kräftiges dunkles Haar. Vivien schätzte ihn auf Mitte zwanzig.

»Beeil dich, Vivi, ihr fahrt in zehn Minuten los.« Tine folgte Freddy nach draußen.

Vivien blickte zu Lea. »Ich schalte Staubi in Zukunft ab, okay?« Sie fuhr sich durch die zerzausten Haare. »Mein Gott, Tine hetzt mich total. Jetzt hab ich nicht mal mehr Zeit für 'nen Kaffee und 'ne Zigarette. Das ist doch Sklaverei.«

»Genau.« Lea riss Vivien die Bettdecke aus den Armen und stellte Viviens Beine eins nach dem anderen auf den Boden. »Wie das ganze Fußvolk da draußen morgens aufstehen und das Haus verlassen! Wirklich eine Unverschämtheit.«

Vivien brummte und suchte sich Kleidung zusammen. Kurze Zeit später stand sie vor dem Badezimmerspiegel und versuchte, sich auf das Nötigste zu konzentrieren. Sie hatte ganz vergessen, wie anstrengend es war, sich morgens in aller Eile fertigmachen zu müssen. Seit ihrer Schulzeit hatte sie das nicht mehr getan. Sie verzichtete auf die morgendliche Feuchtigkeitsmaske, das Haar-Glätteisen und die Nagelpflege. Unter die Dusche konnte sie auch nicht, dort stand schon Lea, wusch sich die Haare und machte lautstark ihre Sprechübungen fürs Moderieren: »FFFF – ZZZZ – SCHHHH, F – Z – SCH, F – Z – SCH.« Sie wurde dabei immer lauter und schneller, bis sie abrupt aufhörte. Dann sang sie Tonleitern hoch und runter. Begleitet wurde das Ganze von

Tines regelmäßigem Hämmern gegen die Badezimmertür mitsamt präziser Zeitansage. Vivien wünschte sich in ihr schimmelndes Kellerzimmer bei Susanne zurück. Dort hatte man sie wenigstens ausschlafen lassen.

Freddy schüttelte den Kopf, als Vivien ein paar Minuten später ihre Pumps aus dem Schuhschrank zog. »Die würde ich nicht anziehen. Du brauchst praktische Schuhe für die Arbeit, die gleich auf dich zukommt.«

»Und die wäre?«

»Weniger VIP-Party, mehr Suppe kochen, Rollstühle schieben und Betten beziehen.«

Vivien winkte ab. »Ich lauf mit den Dingern den Jakobsweg, wenn's sein muss.«

»Du würdest sogar damit ins Bett gehen, damit du beim Schlafwandeln gut aussiehst«, rief Tine von der Küche aus.

»Was geht dich das eigentlich an?« Vivien klang gereizt.

»Musst du morgens immer so patzig sein?«, fragte Tine.

»Pssst«, ging Lea dazwischen, während Tine in den Flur hastete und die Tür zuschlug. »Freddy, was du vielleicht wissen solltest: Vivi ist ein kleiner Diesel, sie braucht morgens lange, um in die Gänge zu kommen, aber dann läuft sie zuverlässig bis spät in die Nacht.«

»Aha!«

»Ich gehe mit diesen Schuhen, und basta.« Vivien stand mit verschränkten Armen neben dem Schrank, bereit zum Gehen.

»Wie du meinst.« Freddy grinste.

»Ist doch cool«, ging Lea dazwischen. »Viele Frauen, die was auf sich halten, tragen niemals flache Schuhe. Liz Taylor läuft heute noch auf hohen Hacken rum. Die saß sogar auf dem Pferd damit! Die wird die Dinger tragen, bis sie tot umfällt.«

»Liz Taylor ist schon tot«, sagte Vivien.

»Nein, ist sie nicht.«

»Doch, ist sie.« Vivien folgte Freddy, der bereits die Wohnungstür öffnete.

»Das googeln wir jetzt.« Lea griff nach ihrem Tablet.

»Ich muss zur Arbeit«, sagte Vivien.

»Die kann ja wohl warten, bis wir Liz Taylor gegoogelt haben.« Lea wischte auf dem Bildschirm hin und her, während Vivien nach Freddy die Wohnung verließ. »He, wo sind deine Prioritäten?«, rief Lea ihr hinterher. Die Wohnungstür fiel ins Schloss. »Hallo?«, fragte sie. »Ist die Diskussion jetzt beendet? Hab ich gewonnen?« Lea blickte auf ihr Tablet. »Scheiße, sie ist tot.«

Das Seniorenzentrum bestand aus mehreren ockergelben Gebäuden, die sich großzügig über eine Parkanlage verteilten, und machte einen gepflegten Eindruck. »Morgen, Frettchen.« Kaum hatten Freddy und Vivien die Lobby im Hauptgebäude betreten, warf sich eine junge dunkelhaarige Frau in Freddys Arme.

»Hallo, Moni«, sagte er. »Das hier ist Vivien. Sie hilft uns in nächster Zeit. Vivi, das ist Moni.«

»Hi, ich bin hier der *Front Office Supervisor*.« Moni reichte Vivien die Hand.

»Ist das der englische Begriff für Empfangsdame?«, fragte Vivien.

»Neeee«, antwortete Moni. »*Front Office Supervisor* haben viel mehr Funktionen, als nur Leute zu empfangen.«

»Empfangsdamen auch.«

»Wie dem auch sei.« Freddy lotste Vivien durch eine Flügeltür in Richtung Flur. »Ich zeig dir jetzt mal deinen Arbeitsplatz.«

»*Frettchen?*« Vivien hob eine Augenbraue.

»Mmmhh.« Freddy schob sie den Flur entlang. Es roch nach Essen, und Vivien hörte lautes Geschirrklappern. Freddy bog in eine offene Tür und blieb in einem großen hellen Raum mit Glasfront stehen. Vivien blickte sich um. Es gab große Gruppentische, die mit Häkeldeckchen und sommerlichen Blumensträußen geschmückt waren. Zwei Frauen um die fünfzig mit weißen Schürzen waren dabei, die Tische mit Frühstücksgeschirr einzudecken.

»Morgen, Chef.« Eine der Frauen winkte Freddy zu.

»Morgen, Erika«, sagte Freddy. »Morgen, Luise.«

Die andere Dame nickte ihm zu. Vivien blickte zu Freddy. Er war der Chef?

»Das ist der Aufenthaltsraum, hier wird auch gegessen.« Freddy deutete auf eine Durchreiche an der Seite des Raumes, die den Blick in eine Großküche freigab. »Heute Morgen hilfst du erst mal beim Frühstück, dann bei der Vorbereitung fürs Mittagessen. Wir können später zusammen Pause machen und besprechen, wie's weitergeht. Alles klar?«

»Mhm.« Und das alles vor dem ersten Kaffee. Vivien drehte sich der Magen um. Der Essensgeruch war hier noch stärker.

»Erika, Luise, das hier ist Vivien, ihr wisst Bescheid, ja?« Freddy schob Vivien ein paar Schritte in den Raum hinein.

»Ja ja, geht klar«, sagte Erika und kam auf Vivien zu. »Guten Morgen, Vivien.« Vivien blickte sich um, Freddy war bereits verschwunden.

»Hallo.« Vivien sprach leise und wunderte sich über sich selbst. Sie fühlte sich unsicher.

»Dann suchen wir erst mal 'nen gscheiten Kittel für dich, ne? Willst dich vorher noch umziehen?« Erika deutete auf Viviens weißen Angora-Pullover und die Pumps.

»Äh, nein, äh, danke.« Vivien gab sich im Geiste Prügel für ihr Gestammel. Luise kam mit einer weißen Schürze aus der Küche, warf sie Vivien über den Kopf und band sie ihr auf dem Rücken zu.

»Passt«, sagte sie. »Dann fang gleich mal an, wir sind beim Geschirr eindecken. Du kannst die restlichen Tische übernehmen. Orientier dich an dem Tisch hier, der ist schon gedeckt. Alles klar?«

Vivien nickte. Ihre Übelkeit wurde stärker, sie traute sich aber nicht, schon vor Arbeitsbeginn nach einer Pause zu fragen und begann mit dem Eindecken. An jedem Tisch gab es acht Stühle, also verteilte sie jeweils acht Gedecke. Sie stellte Tassen verkehrt herum auf die Unterteller, klemmte dazwischen jeweils eine Serviette, ordnete Messer und Gabel neben dem Teller an und die Kaffeelöffel neben der Tasse. Ihre Schuhe klackten auf dem Fischgrätenparkett. Sie musste langsam gehen und die Füße bei jedem Schritt ein Stückchen anheben, um mit den Pfennigabsätzen nicht zu rutschen. Vivien schwitzte unter ihrem Angora-Pullover. Als sie mit dem Eindecken fertig war, gaben ihr Erika und Luise befüllte Brotkörbe, Kaffeekannen und Teller mit Käse- und Wurstaufschnitt, um sie auf den Tischen zu verteilen. Danach kamen Gläser mit Marmelade, Honig und vegetarischen Brotaufstrichen. Ein paar Bewohner hatten sich bereits im Aufenthaltsraum eingefunden, darunter zwei ununterbrochen redende alte Damen mit exakt gleicher Frisur, einem weißen Dutt mit strassbesetztem Haarnetz darüber. Vivien stellte sich ihnen vor.

»Hallo, Bibi, ich bin die Frau Hausmann«, schrie die ältere der beiden Damen zurück und zeigte auf die andere. »Und das hier ist meine Freundin Henriette. Sie ist noch so jung, dass wir sie hier alle duzen. Deswegen weiß ich gar nicht, wie sie mit Nachnamen heißt. Henry, wie heißt du mit Nachnamen?«

»Kannste dir aussuchen.«

»Frau *Kuchen*?«, schrie Frau Hausmann.

»Nein!«, schrie Henriette zurück. »*Du kannst es dir aussuchen.*« Dann wandte sich Henriette an Vivien. »Sie ist schwerhörig.« Henriette deutete auf ihr Ohr. »Mein Mädchenname ist Luhmann, verheiratet war ich mit einem Thomann. Offiziell trage ich noch den Doppelnamen Luhmann-Thomann, aber du kannst auch einfach Henry sagen.«

»Ich hab kein Wort verstanden«, sagte Frau Hausmann.

»Das macht nichts, Thea, du hast nichts verpasst«, schrie Henriette.

»Henry Luhmann-Thomann«, sagte Vivien. »Alles klar.«

»Ich bin der Heinz-Werner Karl«, sagte ein Mann mit ausgeprägtem Schnauzer vom Kopfende des Tisches.

»Hallo, Heinz-Werner Karl.« Vivien wiederholte den Namen, um ihn sich zu merken. »Heinz-Werner Karl.«

»Dann bin ich der Konrad Konrad Konrad«, sagte ein kahlköpfiger Mann neben Heinz-Werner Karl.

»Was?«, schrie Frau Hausmann quer über den Tisch. »Spinnst du jetzt, Konni?«

»Wenn der Heinzi mit drei Namen angesprochen wird, will ich das auch.«

»Geht klar«, sagte Vivien.

»Bist du jetzt öfter hier, Vivien?«, fragte Konrad Konrad Konrad.

»Ja, vorerst schon.« Vivien nickte freundlich in die Runde.

»Schön«, sagte Frau Hausmann.

Vivien wandte sich ab. Sie war belustigt und irritiert zugleich. Sollten die Senioren nicht melancholisch und schweigend an ihren Tischen sitzen? Vivien fand es unverschämt, dass diese Menschen, die dem Tod so verdammt nahe waren, viel fröhlicher zu sein schienen als sie. Vielleicht hatten sie sich damit abgefunden, dass das hier ihre letzte Station war. Wenn das aber der Trick wäre, sich tatenlos vom Schicksal treiben zu lassen, hätte Vivien die letzten zehn Jahre in purer Glückseligkeit verbringen müssen. Vielleicht hatten die Senioren auch einfach die besseren Psychopharmaka. Nach und nach brachten die Pfleger weitere Senioren in Rollstühlen, und die Tische füllten sich. Vivien verabschiedete sich in die Küche, wo sie mit Bernd, dem beleibten und vollbärtigen Küchenchef, die Frühstückstabletts für die bettlägerigen Senioren vorbereitete. Er gab ihr die Instruktionen dazu nicht einfach so – er sang sie. Während des Frühstücks drang ein leises Gemurmel aus dem Aufenthaltsraum in die Küche. Als Vivien eine große Industriespülmaschine ausräumte, waren Bernd, Luise und Erika bereits mit den Vorbereitungen für das Mittagessen beschäftigt und plapperten munter über ihre Wochenendbeschäftigungen, ihre Kindern und den miesen Tatort am Sonntagabend. Vivien war still und antwortete nur kurz und knapp, wenn sie etwas gefragt wurde. Sie fühlte sich in Gesellschaft der drei nicht unwohl, aber doch als Fremdkörper. Als sie, zusammen mit Luise und Erika, das Frühstücksgeschirr wieder abgeräumt und in der Spülmaschine verstaut hatte, hievte Bernd einen ganzen Sack Karotten vor ihr auf die Arbeitsplatte. Wieder traute sie sich nicht, nach einer Pause zu fragen. Als sie etwas ungelenk mit dem Schälen der ersten Karotte begann, nahm Bernd ihr lachend den Schäler aus der Hand. »Doch nicht sohoooo«, sang er und nahm ihr auch die Karotte ab. »Du musst sie sohoooo halten, immer ein Stück drehheeeeen und dann: Zack, zack, zack.« Mit schnellen und ganz leicht aussehenden Bewegungen schälte er innerhalb weniger Sekunden die ganze Karotte. Vivien versuchte vergeblich, Bernds virtuose Schälstrategie nachzuahmen. Die Küchenfliesen waren ölig, und mit ihren unbequemen Schuhen rutschte sie darauf noch mehr als auf dem Parkett im Aufenthaltsraum. Schmerzende Stellen bildeten sich an ihren Fersen. Aus den Öfen kam Hitze, und aus mehreren Töpfen auf dem Herd dampfte es. Viviens Haare klebten ihr in feuchten Strähnen am Kopf. Nicht nur die Schuhe waren unpraktisch, auch der enge Pullover. Die Hitze staute sich darunter. Nach wenigen geschälten Karotten wurde ihr so übel, dass sie sich hinsetzen musste. Aus Mangel an Sitzgelegenheiten in der Großküche ließ sich Vivien auf eine Palette mit Selleriekörpfen fallen. Es war ihr schwindelig, und sie legte die Hand an ihre glühende Stirn.

»Hoppla, was ist denn los?« Bernd ging vor ihr in die Hocke und blickte sie unter buschigen Augenbrauen hervor an.

»Weiß nicht, mir ist schlecht«, sagte Vivien. »Hatte noch kein Frühstück. Könnte ich mal kurz raus? Ich brauche dringend 'nen Kaffee und 'ne Zigarette.«

»Wenn's dir sowieso schon übel ist?« Bernd zog die buschigen Augenbrauen zusammen. »Nee, nee, nee. Bleib mal schön hier sitzen.« Er stand auf, wirbelte zweimal durch die Küche und brachte ihr dann einen Teller mit einem Butterbrot und ein paar Apfelschnitzen, dazu einen Kräutertee. Luise mischte ein Salatdressing und summte dabei vor sich hin, Erika sortierte aus einer Kiste die besten Kohlköpfe aus, und Bernd hatte auf der Arbeitsfläche vor sich eine mehlige Masse ausgebreitet, um darin Fischstäbchen zu panieren. Nach ein paar Minuten ging es Vivien tatsächlich besser. Sie trank ihren Tee aus und stellte die Tasse, zusammen mit dem leeren Teller, in die Spülmaschine.

»War nur der Kreislauf«, rief Erika von der anderen Ecke herüber. »Das kommt davon, dass du so schlank bist, Vivien.«

»Das gibt sich im Alter von ganz alleine, das Kreuz mit dem Schlanksein«, rief Luise und lachte.

Vivien machte sich wieder ans Karottenschälen. Nun machten ihr nur noch die Schuhe und die Hitze zu schaffen, die Übelkeit war verflogen. Mit der Zeit gefiel es ihr, dabei zuzusehen, wie der Berg aus geschälten Karotten wuchs. Als sich die Senioren zum Mittagessen wieder im Aufenthaltsraum einfanden, spürte Vivien eine leichte Nervosität, jetzt, da sie einen Teil der Verantwortung für den reibungslosen Ablauf trug. Als sie mit dem Servierwagen aus der Küche bog, überfuhr sie beinahe Freddy, der grade in den Aufenthaltsraum kam.

»Hey, wie läuft's?«, fragte er. »Bereit für unser Gespräch?«

»Was?« Vivien ließ den Griff vom Servierwagen los. »Welches Gespräch?«

»Na, wir hatten doch gesagt, dass wir beim Mittagessen besprechen, wie es für dich heute weitergeht«, sagte Freddy. »Ich hab jetzt auch nur 'ne halbe Stunde, setzen wir uns an den Tisch da hinten, okay?«

»Ich, ich bin ...«, Vivien warf ein Blick über ihre Schulter ins Innere der Küche. »Äh, eigentlich noch nicht fertig, ich muss noch ...«

Freddy ging wortlos an ihr vorbei und war in wenigen, eiligen Schritten am Eingang der Küche. »Erika?«, rief er hinein. »Ich entführ euch mal kurz Vivien zum Essen, ja?«

»Alles klar, Chef«, tönte es aus der Küche. Freddy wandte sich Vivien zu. »Die haben das schon im Griff.«

Vivien fühlte sich überrumpelt. Sie stellte den Wagen wieder in der Küche ab und folgte Freddy zu einem kleinen Tisch an der hinteren Wand des Aufenthaltsraumes.

»Wie klappt's mit den Schuhen?«, fragte Freddy, als sie sich gesetzt hatten.

»Kein Ding, hab ich ja gesagt.« Sie winkte ab. Vielleicht etwas zu heftig, um überzeugend zu wirken, dachte sie.

»Dann ist ja gut.«

Erika stellte je eine Schüssel mit dampfender Karottensuppe vor den beiden ab.

»Die Karotten da drin hab ich geputzt«, sagte Vivien.

»Schmecken gut.«

»Wie geht's jetzt weiter?«, fragte Vivien.

»Na ja, ich würde sagen, morgens hilfst du weiterhin in der Küche. Am Nachmittag könntest du die Senioren unterhalten, die meisten bekommen sehr wenig Besuch.«

»Bin ich dann der *Senior Entertainment Manager*?«, fragte Vivien.

»So in etwa. Unsere Pfleger haben leider auch sehr wenig Zeit. Wir haben viele Demenzkranke und viele, die permanent unter Medikamenteneinfluss stehen. Ihnen kannst du etwas vorlesen, mit ihnen spazieren gehen oder Brettspiele machen. Ein paar sind aber auch noch richtig fit, geistig und körperlich, die kannst du ja selbst fragen, was sie gerne machen möchten.«

»Mhm.« Vivien hörte zu.

»Und ansonsten könntest du die Gemeinschaftsaktionen für den Nachmittagskaffee organisieren, das hat unser Azubi immer gemacht, der ist aber gerade in Elternzeit«, fuhr Freddy fort. »Da gibt es Bingo, Tanzstunden, gemeinsames Singen, Filmvorführungen und so weiter. Da kannst du ganz kreativ sein.«

Vivien schluckte. Wenn sie *kreativ* oder *eigenverantwortlich* sein sollte, verlor sie grundsätzlich den Überblick und versank in Lethargie, bevor sie richtig angefangen hatte.

»Was machst du hier eigentlich so als Chef?«, fragte Vivien.

»Ich bin nicht direkt der Chef, sondern der Pflegedienstleiter«, antwortete Freddy. »Wir haben noch eine Heimleiterin, sie ist die eigentliche Chefin. Ich teile mir mit ihr ein Büro. Falls du mich mal suchst, es ist ein Stockwerk höher, wo auch das Schwesternzimmer ist.«

»Mhm.«

»*Frettchen!*«, schrie jemand. Wenige Sekunden später warf sich Moni auf Freddys Schoß. Vivien verdrehte die Augen.

* * *

»So wie's aussieht, habe ich jahrelang studiert, um eine mittelprächtig bezahlte Katja Burkard für Regional-Rentner zu werden.« Lea saß nun zum zweiten Mal ihrem neuen Therapeuten, Tines Onkel Herrn Dr. Heinrich Hofbauer, gegenüber. Seine Praxis war ganz anders als die von Herrn Friede, es gab keinen Garten, kein Wohnhaus, kein Wartezimmer. Alles war anonym. Es stand noch nicht einmal ein Name oder eine Berufsbezeichnung auf dem Klingelschild oder an der Praxistür. Wegen der Prominenten, die hier ein- und ausgingen, durfte niemand wissen, dass es sich bei Herrn Dr. Hofbauer um einen Therapeuten handelte. Oder dass hier überhaupt irgendetwas vor sich ging. Deshalb bekam man im Vorfeld genaue Anweisungen, wie man seine Praxis zu finden hatte. Lea saß auf einem Ledersessel direkt vor einer Glasfront mit Blick auf den Rhein. Draußen fuhren Yachten, Frachter und Jet-Skis vorbei. Neben der

Eingangstür hing ein Ölgemälde, auf dem sich ein schwer erkennbares blaues Männchen umgeben von ähnlich blauem Dunst auf einen grünen Fleck übergab. Wahrscheinlich moderne Kunst. Eingelassen in die Wand gegenüber war ein rundes Aquarium mit exotisch aussehenden Fischen, die sich auf dem Marmorboden spiegelten. So hatte es wohl bei einem Promi-Therapeuten auszusehen. Das Einzige, was Dr. Hofbauers Praxis mit der von Herrn Friede gemein hatte, war die fehlende Couch. Lea war erneut verwundert. Schließlich gehörte die Couch zum klassischen Bild einer Psychotherapie: Man liegt ausgestreckt im Raum, blickt an die Decke und erzählt in Trance Dinge, die man sonst nie erzählen würde. Und eigentlich auch gar nicht weiß. Danach ist man wieder bei Bewusstsein und weiß zwar nicht, was passiert ist, kann aber den Tränenfluss nicht mehr stoppen. Hier kommt der Psychologe ins Spiel: Er reicht mit ernstem Gesichtsausdruck eine Packung Kleenex rüber. Hier war alles anders. Lea kümmerte es nicht weiter, sie nahm es nur wahr. Schon die Abwesenheit einer Leiche wertete sie als Fortschritt in ihrer Laufbahn als Psychotherapiepatientin. Herr Dr. Hofbauer blickte sie an und klappte seinen Schreibblock auf. Er war Mitte fünfzig und hatte keinerlei Wiedererkennungswert. Graues volles Haar, gepflegte Erscheinung, unauffälliger Kleidungsstil. Erst beim näheren Hinsehen hatte er etwas jungenhaft Sympathisches mit seinen vielen Lachfältchen um die Augen.

»Also glauben Sie, dass Ihr Problem von Ihrer aktuellen Arbeitssituation kommt?«

»Ja, klar. Sie denn nicht?«

»Nein. Aber erzählen Sie mir ruhig davon. Was fehlt Ihnen denn bei Ihrer Arbeit?«

»Ein Penis, nehme ich an.«

Herr Dr. Hofbauer räusperte sich. »Können Sie mir erläutern, wie Ihr Arbeitsalltag genau aussieht?«

»Morgens geht's los mit einer Redaktionskonferenz, in der mich niemand ernst nimmt, danach habe ich Kaffeepause, dann werde ich geschminkt, gepudert und am Ende hübsch frisiert vor einer Kamera aufgestellt, wo ich ein Mittagsmagazin von erschreckender Banalität moderiere, bei dem ich kein Wort mitzureden habe. Heute waren die Topthemen das Ergebnis der großen Tombola beim Turnverein Nord-West und der Zwiebelkuchen-Test auf dem Mainzer Wochenmarkt.«

»Der Zwiebelkuchen-Test würde mich interessieren«, sagte Dr. Hofbauer.

»Am Stand vom Kimmelmann schmeckt er am besten, und man zahlt mittelmäßige zwo vierzig pro Stück. Damit haben Sie dort das beste Preis-Leistungs-Verhältnis.«

»Danke schön, das notiere ich mir.« Dr. Hofbauer schrieb zum ersten Mal etwas auf seinen Block.

»Die gleiche Qualität kriegen Sie aber in dem neuen Selbstbedienungs-Bistro neben dem Dom«, fuhr Lea fort. »Wenn Sie sich eine Zehnerkarte kaufen, kriegen Sie das Stück für umgerechnet zwo zehn. Dann können Sie sich auch jede Woche einen holen, müssen eben nur vorher alle bezahlen.«

»Also eine Zwiebelkuchen-Flat?«

»Sozusagen.«

»Abseits des Zwiebelkuchens interessiert mich aber noch etwas.« Herr Dr. Hofbauer klopfte mit dem Radiergummi-Teil seines Bleistiftes leise und rhythmisch auf den Block. »Sie sagten, *man nehme Sie nicht ernst*. Erläutern Sie mir das mal etwas genauer.«

»Na ja, es ist immer dasselbe: Ich würde gerne Themen mit gesellschaftlich oder politisch relevantem Inhalt durchboxen, mir hört aber kein Mensch zu, und dann rege ich mich eben auf.«

Herr Dr. Hofbauer nickte. »Lässt denn Ihr Format überhaupt gesellschaftlich oder politisch relevante Themen zu?«

Er war ein Fuchs, dieser Hofbauer.

»Nein.«

Herr Dr. Hofbauer nickte erneut und notierte sich etwas auf seinem Block. »Wie genau sieht das aus, wenn Sie sich aufregen?«

»Ich fange an zu schreien, verlasse den Konferenztisch, knalle die Tür zu. Manchmal werfe ich auch mit Dingen.«

Dr. Hofbauer hatte den Kopf noch immer gesenkt und schrieb mehrere Zeilen auf seinen Block.

»Mittlerweile raste ich aber nicht nur bei der Arbeit, sondern immer und überall aus«, brach es aus Lea heraus. »Gestern sogar beim Bäcker, weil es nicht schnell genug ging.«

Dr. Hofbauer blickte auf. »Also werden Sie auch wütend, wenn man Sie gar nicht angreift?«

»O ja.« Lea nickte. »Wissen Sie, wenn man die Hemmschwelle, Kollegen oder fremde Leute anzuschreien, einmal überschritten hat, geht es ganz leicht, und man kann es quasi beliebig oft wiederholen.«

»Verstehe.« Eine Weile schwiegen beide.

»Ich will doch nur, dass diese Trottel mich ernst nehmen!« Lea blickte den Schiffen nach, die auf dem Fluss vorbeifuhren.

»Glauben Sie, dass die Wutausbrüche Ihnen dabei helfen?«, fragte Dr. Hofbauer.

»Nein.« Lea atmete lange aus. »Im Gegenteil. Sie nehmen mich dann noch weniger ernst. Dann werde ich noch wütender.«

»Verständlich.« Herr Dr. Hofbauer sah sie an.

Lea schüttelte den Kopf. »Es ist ein Teufelskreis.«

»Haben Sie eine Idee, wie Sie ihn verlassen können?«

»Das wollte ich Sie fragen.«

Herr Dr. Hofbauer nickte. »Besitzen Sie alte Dinge aus Ihrer Kindheit oder Jugend?«, fragte er. »So was wie Schulhefte, Spielsachen, Tagebücher?«

»Äh …, ja?« Lea war konfus. Zum einen wusste sie nicht, was die Frage bezweckte, zum anderen überlegte sie, wo ihre alten Sachen waren. Vieles lag noch bei ihrer Tante Ruth auf dem Speicher. Eine große Kiste hatte Ruth ihr einmal mitgegeben, die stand nun unausgepackt im Kellerraum ihrer Wohnung.

»Dann gebe ich Ihnen einen Auftrag: Diese Sachen nehmen Sie sich zur Hand. Alles, was Sie nicht mehr brauchen, werfen Sie weg. Und die Dinge, die Sie aufheben wollen, bringen Sie bitte mit hierher. Einverstanden?«

»Einverstanden«, sagte Lea.

»Und noch ein Auftrag«, fügte Herr Dr. Hofbauer an.

»Ja?«

»Gehen Sie bitte täglich ohne jede Form der Ablenkung spazieren«, sagte er. »Am besten in der Natur, im Wald, oder vielleicht haben Sie einen Park in der Nähe? Dann laufen Sie einfach immer rauf und runter, rauf und runter. Einverstanden?«

»Rauf und runter.«

* * *

»Soll ich's euch erzählen, oder wollt ihr's morgen in der Zeitung lesen?«, fragte Tine. Sie saß am Nachmittag mit Vivien und Lea am Esstisch.

»Wie bitte?«, fragte Vivien. »Wieso Zeitung?«

»Was'n passiert?«, fragte Lea.

»Na ja, gestern habe ich ja nur Anfahren geübt, also hatte ich heute quasi meine erste echte Fahrstunde.«

»Und hast kurz davor Justin Bieber geheiratet, oder wieso sollte das in der Zeitung stehen?«, fragte Lea dazwischen.

»Lass mich halt mal ausreden«, sagte Tine. »Ich bin keine hundert Meter weit gekommen, dann ist mir ein LKW hinten draufgefahren, das Auto ist jetzt ein wirtschaftlicher Totalschaden!«

»Was?« Vivien riss die Augen auf.

»Woher kennst du so Fachbegriffe wie *wirtschaftlicher Totalschaden*?«, fragte Lea.

Vivien blickte zu Lea. »Darum geht's doch jetzt überhaupt nicht.«

»Den Begriff hab ich vom Lkw-Fahrer aufgeschnappt«, antwortete Tine. »Der arme Mann wollte was beim REWE City abladen. Danach war zwei Stunden die Straße gesperrt. Ich bin voll in den Airbag gefallen. Der Uli auch. O Mann!«

»Hast du dir was getan?«, fragte Vivien.

»Körperlich nicht, aber psychisch schon. Ich hab jetzt noch mehr Angst als früher. Falls das überhaupt geht.«

»Du Arme«, sagte Vivien.

»Du übertreibst«, sagte Lea. »Du bist ja nicht schuld am Unfall, oder?«

»Nee«, antwortete Tine. »Hat der Polizist auch gesagt. Ich bin nur ein bisschen langsam gefahren, weil ich noch drüber nachdenken musste, warum es drei Pedale für zwei

Füße gibt. Ist doch totaler Mist! Dann wollte ich grade Gas geben, habe aber das richtige Pedal nicht gefunden, und dann hat es auch schon gekracht.«

»Langsam fahren darf man«, sagte Lea.

»Erst recht als Anfänger.« Vivien nickte.

»Vielleicht ist das ein göttliches Zeichen, dass ich kein Auto fahren soll.« Tine blickte aus dem Erkerfenster auf den sommerlichen Gartenfeldplatz.

»So ein Blödsinn«, sagte Lea. »Es gibt keine göttlichen Zeichen.«

»Es ist höchstens ein Zeichen, dass du nicht so viel darüber nachdenken solltest, wie es um die Proportionen von Pedalen zu Füßen bestellt ist«, meinte Vivien.

»Dann ist es eben ein gottloses Zeichen, ich will jedenfalls nicht mehr fahren«, sagte Tine. »Ich traue mich nur nicht, Uli das zu sagen! Er ist etwas, na ja, rustikal. Und er hat doch extra seinen Urlaub verschoben. Der grillt mich, wenn ich jetzt hinschmeiße. Ich stehe total unter Druck!«

»Das ist vielleicht ganz gut so«, sagte Lea.

»Hm«, meinte Vivien. »Am besten wärst du direkt wieder ins Auto gestiegen. Wie beim Reiten: Wenn man vom Pferd fällt, gleich wieder rauf.«

»Ging ja nicht, der Golf war fahruntüchtig.« Tine seufzte. »Morgen geht's weiter. Da habe ich gleich vier Fahrstunden! Mit nur einer Pause dazwischen. Und das ist nicht mal eine Pause, ich habe nämlich Theorieunterricht.«

»Echt toll, wie du Gas gibst«, sagte Vivien.

»Nicht witzig«, antwortete Tine.

»Doch.« Lea konnte sich zumindest ein kurzes Auflachen nicht verkneifen. »Aber sieh's mal positiv, bei ganzen vier Fahrstunden morgen wird's schon werden. Du kannst ja unmöglich vier Autos hintereinander schrotten.«

»Ihr seid so was von unsensibel«, sagte Tine. »Da hätte ich auch gleich bei meinen Eltern wohnen bleiben können! Die haben mich für meine Art auch immer fertiggemacht.«

»Hab ich dir doch gleich gesagt, dass das hier keine Selbsthilfegruppe wird.« Vivien zuckte mit den Schultern.

»Wie, sie haben dich fertiggemacht?«, fragte Lea.

»Na, weil ich eher ängstlich und zurückhaltend bin. Obwohl sie angeblich alles dafür getan haben, dass ich mich zu einem weltoffenen und selbständigen Menschen entwickle. Der ewige Vorwurf: Ich hätte nichts aus meinen ganzen Freiheiten gemacht. Aber mich fragt ja keiner, ob ich sie überhaupt wollte!«

»Was?«, fragte Vivien. »Ist doch total cool!«

»Eben nicht. Ich habe immer meine Freundinnen beneidet, die um zehn zu Hause sein mussten. Wenn sich jemand Sorgen macht, weiß man doch, dass er sich für einen interessiert, oder nicht? Aber meine Eltern sind mit ihrer antiautoritären Erziehungsmasche so weit übers Ziel rausgeschossen, dass ich immer und bei allem vollständig auf mich allein gestellt war. Dann habe ich mir eben die Sorgen um mich selbst gemacht. Ich sag's euch, wenn man schon als Kind die Verantwortung für sich alleine tragen muss, kann einem das ganz schön Angst einjagen.«

»Hast du ihnen das mal gesagt?«, fragte Lea.

»Diskutier mal mit einem Therapeutenehepaar über Pädagogik.«

Lea schaute Tine an. »Hm.«

Vivien verschränkte die Arme.

»Ist ja auch egal.« Tine schüttelte den Kopf. »Wenigstens habe ich es vor meinem Dreißigsten geschafft auszuziehen. Und der ist nächste Woche.«

»Und jetzt schaffst du's bitte noch, ein Auto nicht als lebensbedrohliche Monstrosität anzusehen.«

Tine seufzte. »Können wir vielleicht über was andres reden?«

»Gerne«, sagte Lea. »Fußball?«

Tine seufzte erneut. »Wie war's denn bei dir heute? Wie findest du Onkel Heini?«

»Ich nenne ihn nicht Onkel Heini.«

»Das will ich doch hoffen!«

»Sondern Mister Myagi.«

»Was?«, fragte Tine.

»Wieso das?« Vivien kicherte.

»Er hat weiße Haare, ist die Ruhe selbst und gibt mir seltsame Aufgaben.«

»Na, wenigstens hast du heute die Therapiestunde ganz durchgehalten«, sagte Tine.

Lea nickte. »Und du, Vivi? Warst du den ganzen Tag im Seniorenheim?«

»Aber natürlich. Und danach war ich noch Schuhe kaufen.«

»*Kaufen?*«, fragte Lea.

»Tzzz«, sagte Vivien. »Glaub mir mal, die klobigen Dinger würde ich im Traum nicht klauen. Lohnt sich nicht, wegen so was Stress zu bekommen.«

»Waren die Pumps doch ein bisschen unbequem?« Lea kicherte.

»Ach was. Sie sind mir nur zu schade für den schmierigen Küchenboden und die Spaziergänge im Park.«

»Verstehe.«

»Du hättest mir übrigens ruhig mal erzählen können, dass dein Bruder dort der Chef ist«, sagte Vivien zu Tine. »Dann wäre ich zumindest vorbereitet gewesen.«

»Echt?«, fragte Lea. »So jung und schon Chef?«

»Jep«, sagte Vivien.

»Und noch dazu sieht er echt gut aus«, fügte Lea an. »Wie wär's, Vivi?«

»He, Pfoten weg, er hat 'ne schwierige Trennung hinter sich«, erwiderte Tine. »Und, Leute, er ist sechsundzwanzig!«

»War ja nur ein Scherz.« Lea verdrehte die Augen.

»Ich hab genug Mist an der Backe, ich brauch nicht noch 'nen Psychofreund«, sagte Vivien.

»Was? Spinnst du? Freddy ist doch kein Psycho!«

»Du hast selber gesagt, bei deinen Eltern kann man nur bescheuert werden.«

»Freddy ist aber anders als ich, er hatte nie so viele Probleme damit«, sagte Tine. »Außerdem bin ich die Erstgeborene, die fangen sowieso immer den meisten Mist von den Eltern ab.«

»Also haben Leute mit älteren Geschwistern weniger einen an der Waffel als andere?«, fragte Vivien.

Tine nickte.

»Was ist mit mir?«, wollte Vivien wissen. »Einzelkind.«

»Sind die schlimmsten.«

Vivien seufzte. In dem Moment klopfte es an der Wohnungstür. Lea saß am nächsten und öffnete.

»Guden Tach, Lea.«

»Willi, lang nicht gesehen, kommen Sie rein.« Lea machte einen Schritt zur Seite, und ein untersetzter Mann mit kreisrundem Haarausfall betrat das Esszimmer. Er hatte eine dicke Arbeitsmappe und einen Ordner unter den Arm geklemmt. »Mädels, das ist unser Vermieter Willi Brandt.«

Tine stand auf, um ihm die Hand zu reichen.

»Sie heißen tatsächlich Willi Brandt?«, fragte Vivien. Der Mann nickte.

»Das hier sind Tinchen Hase und Vivien Linder, meine zwei neuen Mitbewohnerinnen«, sagte Lea. »Ich hätte Ihnen noch Bescheid gegeben, sie wohnen erst seit ein paar Tagen hier. Geht klar, oder?«

»Selbstverständlich, ich wusste ja, dass Sie sich nach Mitbewohnern umsehen«, antwortete Willi. »Aber das ging ja ganz schön schnell. Und gleich zwei auf einmal. Wie schön!«

»Ja, sie waren beide in Wohnungsnot«, sagte Lea. »Ich hab sie beim Therapeuten kennengelernt.« Willi hob den Kopf.

»Na ja, eigentlich eher auf der Wache«, sagte Tine.

»Unser Therapeut hat sich nämlich aufgehängt, da kamen wir ins Gespräch«, fügte Vivien an.

Willi Brandt schluckte.

Lea lachte auf. »Herzlichen Glückwunsch, Willi. Sie befinden sich hier quasi im Epizentrum der Großstadtneurosen.« Willi rang sich ein schwaches Lächeln ab.

»Ich habe schon Ihren Sohn kennengelernt«, sagte Vivien. »Ein sehr netter und hilfsbereiter junger Mann.«

Willis Gesichtszüge zuckten. »Wenn Sie meinen«, sagte er. Dann wandte er sich an Lea. »Dürfte ich ..., vielleicht ..., bei Ihnen ...«

»Aber natürlich, setzen Sie sich.« Lea wies Willi den Esstisch und wandte sich an Vivien und Tine. »Willi ist Wohnungsverwalter und hat sein Büro zu Hause, also einen Stock tiefer. Manchmal arbeitet er hier oben, wenn seine Enkelkinder zu laut sind.«

Willi setzte sich an den Esstisch und öffnete seinen Ordner. »Wenn die Drillinge rumtoben, hab ich keine ruhige Minute.«

»Oh, Drillinge ...«, begann Tine.

»Wie wär's, wenn wir Willi mal in Ruhe arbeiten lassen und uns rüber auf die Couch verziehen?«, fragte Lea. Vivien und Tine standen auf.

»Bei Ihnen piept's da oben.« Willi zeigte auf den oberen Karton des Kistenstapels, der den Namen eines großen Elektronikherstellers trug.

»Echt jetzt?« Lea legte das Ohr an den Karton. »Tatsächlich, der Karton piept. Hat das keiner von euch gehört?«

Tine schüttelte den Kopf. Vivien nahm den Karton vom Stapel und trug ihn zur Couch. Lea warf sich in ihre Kuhle auf dem Sofa, Tine nahm im Sessel gegenüber Platz, und Vivien stellte nun den Karton auf den Wohnzimmertisch. Dann zog sie das durchsichtige Paketband ab und hob den Deckel. »Ach so, das Ding.« Ihre Stimme klang enttäuscht, und sie holte ein kleines schwarzes Gerät mit Bildschirm aus dem Karton. »Das ist so eine Art Minifernseher. Hat auch einen integrierten DVD-Player.«

Lea blickte das Gerät an. »Können wir auf dem Balkon benutzen oder so.«

»Da steckt aber 'ne DVD fest, deswegen funktioniert's schon seit Ewigkeiten nicht mehr«, sagte Vivien.

»Und warum piept's?«, fragte Tine.

»Wahrscheinlich Akku leer.« Vivien wühlte in dem Karton herum. »Hier ist die Fernbedienung.«

Lea schaltete den Minifernseher ein, er begann zu rauschen, zeigte aber kein Bild.

»Drück einfach mal alle Knöpfe«, sagte Lea zu Vivien.

»Was? Nein!« Vivien blickte auf die Fernbedienung. »Ich weiß ja bei den meisten gar nicht, was dann passiert.«

»Drückst du immer nur Knöpfe, bei denen du weißt, was dann passiert?« Lea blickte Vivien an.

»Na klar.« Vivien zuckte mit den Schultern. »*Lauter* und *leiser* oder Programm *hoch* und *runter*. Mehr brauch ich nicht. Die anderen Knöpfe sind völlig umsonst.«

»Weil du sie nicht ausprobierst, du Angsthase.« Lea riss Vivien die Fernbedienung aus der Hand.

»Also ich kann das verstehen«, mischte sich Tine ein.

»Um Himmels willen, was soll denn passieren?« Lea zielte mit der Fernbedienung auf das Gerät und drückte wahllos darauf herum. »Glaubt ihr, wenn ich jetzt den falschen Knopf drücke, könnte die Welt implodieren oder so was?« Vivien verschränkte die Arme.

»Neeee.« Tine rutschte auf ihrem Sessel etwas weiter weg. »Aber der Fernseher.«

Der Fernseher reagierte nicht. »Wir müssen erst mal die DVD da rauskriegen und das Ding dann reparieren.« Sie stand auf. »Ich hole meinen Schraubenzieher.«

»Du kannst Dinge reparieren?« Vivien reckte den Hals.

»Wieso sollte ich keine Dinge reparieren können?«, fragte Lea. »Weil ich 'n Mädchen bin, oder was?«

Vivien schaute Lea an.

»Du hast Angst vor Knöpfen, du bist hier das Mädchen«, sagte Lea. »Ich bin ein Mensch mit Werkzeugkasten.«

Sie verschwand im Flur. Der Minifernseher auf dem Wohnzimmertisch rauschte. Vom Esstisch her drang das Klacken von Willis Taschenrechner. Vivien lehnte sich im Sofa zurück. Tine saß mit verschränkten Armen da und seufzte. Lea kam ohne Schraubenzieher zurück ins Wohnzimmer, dafür mit miserabler Laune.

»Vivien, mein Werkzeugkasten liegt unten in meinem Kleiderschrank, genau neben einem kleinen Schmuckkästchen.« Sie war vor der Couch stehen geblieben, die Hände in die Hüften gestemmt.

»Und?«, fragte Vivien.

»Und das ist weg!«

Vivien blickte Lea an.

»Ich brauch ja wohl nicht lange zu überlegen, wer es da rausgenommen hat, oder?«, sagte Lea laut. Willi blickte von seinen Unterlagen auf.

»Und jetzt soll ich das gewesen sein, oder wie?« Vivien stand vom Sofa auf und baute sich vor Lea auf. »Bist du bescheuert, oder was?«

»Ja, wer ist denn bitte die Kleptomanin bei uns?«, rief Lea.

»Aber ich beklau doch keine Freunde oder Mitbewohner«, schrie Vivien. »Du hältst mich ja offensichtlich für ein moralfreies Monster!«

»Mann, eure ständigen Streitereien gehen mir *so* auf die Nerven.« Tine stand auf und stellte sich vor Lea und Vivien hin. »Eure Probleme möchte ich gerne mal haben! Ich habe schon den ganzen Tag Magenschmerzen, vielleicht hab ich einen Tumor oder einen Magendurchbruch oder sonst was und nicht mehr lange zu leben. *Das* sind Probleme!« Tine stampfte aus dem Wohnzimmer.

Lea blickte ihr hinterher. »Vielleicht bist du auch einfach nur wieder hypochondrisch, Tine.«

»Ach ja?« Tine streckte wieder den Kopf ins Wohnzimmer. »*Ich hab doch gesagt, dass ich krank bin* – steht auf dem Grabstein eines berühmten Hypochonders! Denk mal drüber nach! Es ist echt nicht cool, wenn man null ernst genommen wird!«

»Wenn du tatsächlich glaubst, deine eingebildeten Tumore und irrwitzigen Hirnwürmer sind schlimmer als meine Probleme, überlasse ich dich endgültig den Männern mit dem Schmetterlingsnetz«, rief Lea. »Mein ganzes beschissenes Leben ist ein gottverdammter Amoklauf!«

»Na und?«, keifte Tine zurück. »Mein ganzes Leben ist eine auf- und abschwellende Panikattacke!«

»Und meins eine Scheißansammlung von Tiefpunkten«, mischte sich Vivien ein. »Dauerdepri sein ist ja wohl das Schlimmste, was geht, ihr Memmen!«

»Seid ihr jetzt bescheuert oder was?« Lea tippte sich an die Stirn. »Vor zwei Tagen ging's darum, wer am wenigsten verrückt ist, und jetzt will jeder den größten Schaden haben!«

»Wenn wir deswegen bescheuert sind, bist du's ja wohl auch«, erwiderte Tine.

»Du hast nämlich angefangen!« Vivien folgte Tine in den Flur, schlug die Tür zum Wohnzimmer zu und öffnete sie sofort wieder. »Beide Male!«, fügte sie noch an, dann knallte sie die Tür endgültig ins Schloss. Lea stand allein im Wohnzimmer. Erst jetzt sah sie, dass Willi die Szenerie mit halboffenem Mund verfolgt hatte. An ihn hatte sie gar nicht mehr gedacht. Als sich ihre Blicke kreuzten, räusperte er sich und stand vom Esstisch auf. »Ich, äh, würde dann mal wieder.«

»Was, jetzt schon?« Lea ging auf ihn zu. »So schnell waren Sie ja noch nie fertig. O Gott, wir haben Sie gestört, stimmt's?«

»Nein, nein, alles bestens.« Willi steckte mehrere Blätter auf einmal in die Arbeitsmappe und klemmte sie sich unter den Arm. Eins der Blätter fiel heraus und segelte zu Boden. Er griff danach und stopfte es in die Tasche seines Jacketts. »Schön' Tach noch.« Dann schnappte er seinen Ordner und eilte aus der Wohnung.

Sechstes Kapitel

»Der Konrad Konrad Konrad schlägt immer nur versaute Witze vor«, sagte Heinz-Werner Karl.

»Und die Witze vom Heinz-Werner Karl sind nicht lustig«, wehrte sich Konrad Konrad Konrad.

»Ihr seid unprofessionell.« Clemens pfefferte den melonenförmigen Hut, den Vivien ihm aus der Theaterkiste des Seniorenheims geholt hatte, in die Ecke.

»Pass auf, dass du nicht wieder 'nen Schlaganfall kriegst, Clemens.« Heinz-Werner Karl hob den Zeigefinger. »Du mit deinen beschissenen Cholesterinwerten.«

»Dann pass du lieber auf, dass du nicht wieder unterzuckert aus dem Bett fällst«, entgegnete Clemens. »Du mit deinen beschissenen Insulinwerten.«

»Ich habe einen Vorschlag«, sagte Vivien. »Wie wär's, wenn wir die Sketche, die später vorgespielt werden, einfach auslosen?«

Viviens Angst vor der eigenständigen Organisation des Unterhaltungsprogramms hatte sich in Luft aufgelöst. Ihre Tabu-Spielrunde am Vortag war als Abwechslung zum Bingo sehr gut aufgenommen worden, und für ihre neue Idee, ein paar Sketche einzuüben und zum Nachmittagskaffee aufzuführen, hatte sie gleich drei potentielle Schauspieler begeistern können. Nach Küchendienst und Mittagessen hatte sie sich mit Heinz-Werner Karl, Konrad Konrad Konrad und Clemens im Aufenthaltsraum getroffen. Bei der Arbeit mit den dreien hatte sie sogar ihre Müdigkeit vergessen. Wieder einmal war sie viel zu früh geweckt worden. Diesmal war es Lea gewesen, die mitten in der Nacht an ihrem Bett gestanden hatte.

»Psssst, Vivien.«

»Was?« Vivien war nur mühsam wach geworden und konnte aus dem Augenwinkel erkennen, dass jemand vor ihrem Bett hockte.

»Ich hab das Schmuckkästchen wiedergefunden, es ist nach hinten« unter den Handtaschenberg gerutscht«, hatte Lea geflüstert. »Du hast es also gar nicht gestohlen.«

»Aber das weiß ich doch.« Vivien hatte mit einem halbgeöffneten Auge auf ihren Wecker geschielt.

»Weiß ich doch, dass du es weißt.« Lea hatte allen Ernstes ungeduldig geklungen. »Ich wollte ja nur, dass du weißt, dass ich es jetzt auch weiß.«

»Danke. Und das kurz vor fünf, mitten in der Nacht. Mir geht das Herz auf.« Vivien hatte sich aus dem Bett gequält, da eine halbe Stunde später ohnehin der Wecker geklingelt hätte. Immerhin hatte sie sich ohne Leas Stimmbandübungen im Bad fertigmachen und einen Kaffee trinken können, bevor sie von Freddy abgeholt worden war.

»Auslosen finde ich gut.« Heinz-Werner Karl stieg von der kleinen Bühne, die an der Hinterseite des Aufenthaltsraumes aufgebaut war. »Ich gehe in mein Zimmer und hole den Würfelbecher.«

»Ich komme mit.« Konrad Konrad Konrad folgte Heinz-Werner Karl die drei Stufen hinunter. »Bevor der die Würfel noch präpariert.«

Heinz-Werner Karl brummte einen Satz mit den Worten »*misstrauischer alter Sack*« in seinen Schnauzer und verließ, gefolgt von Konrad Konrad Konrad, den Raum. Clemens hob seinen Hut wieder vom Boden auf und blickte zu Vivien, die ihren Laptop aus der Ecke holte.

»Müssen Sie schon wieder an den Computer?«, fragte er. »Das Ding hatten Sie doch schon während der Mittagspause an.«

»Ja, ich habe noch einen Job nebenbei«, sagte Vivien. »Und ausgerechnet heute fällt mehr an als sonst.« Ihre Chefin hatte ihr an diesem Tag gleich drei Briefe zum Ausformulieren zugesandt.

»Ach, ihr jungen Leute.« Clemens setzte sich auf den Regiestuhl, der mitten auf der Bühne stand. »Immer im Stress.«

»Glauben Sie mir, ich hätte es lieber anders«, sagte Vivien. »Aber im Moment brauche ich dringend Geld.«

Clemens holte sein Portemonnaie aus der Hosentasche, zog einen Schein heraus und reichte ihn Vivien. »Hier, stecken Sie das mal ein.«

Vivien musste zweimal hinsehen. Es waren fünfzig Euro.

»Um Gottes willen, Clemens, sind Sie verrückt?« Vivien drückte Clemens' Hand mitsamt dem Schein weg. »Sie müssen mir doch nichts von Ihrer hart verdienten Rente oder Ihrem Ersparten abgeben, ich bin zwar klamm, aber keine Sorge, ich werde schon nicht verhungern!«

»Ist nicht allzu hart verdient, mein Fräulein.« Clemens rollte den Schein zusammen und schob ihn unter Viviens Laptop. »Und Erspartes hab ich haufenweise. Sagen Sie's nur nicht Heinzi und dem Konrad, sonst wollen die jeden Tag von mir zum Essen eingeladen werden. Wenn ich das Gezeter noch öfter höre, kriege ich aber wirklich bald den nächsten Hirnschlag.«

»Ähm.« Vivien runzelte die Stirn. »Meinen Sie damit, Sie sind *reich*, oder wie?«

Clemens nickte.

»Aber wieso sind Sie dann hier? Sie könnten doch einen eigenen Pfleger haben oder in einem Luxus-Pflegeheim sein?«

»Ach.« Clemens winkte ab. »Ich bräuchte weder einen Pfleger noch ein Heim.«

Vivien verstand kein Wort.

»Ich bin nach meinem ersten Schlaganfall vor einigen Jahren zu meiner Tochter nach Marienborn gezogen, da war ich dann der Nachbar von der Henriette. Und das wollte ich auch bleiben, als man ihr Haus verkauft hat und sie hierherkam.«

»Sie meinen Henry Luhmann-Thomann? Sie sind wegen ihr hier eingezogen?«

Heinz-Werner Karl und Konrad Konrad Konrad kamen mit dem Würfelbecher zurück. Clemens nickte.

* * *

»Das war wirklich ein fabelhaft blutiges Buch, Bibi, vielen Dank, dass Sie mir das gebracht haben«, schrie Frau Hausmann Vivien zu, als sie auf dem Weg zu Freddys Büro an ihrer geöffneten Zimmertür vorbeilief.

»Wie? Sie haben es schon durch?« Vivien blieb stehen.

»Hallo, Henry.« Henriette war zu Besuch im Zimmer. Vivien hatte am Vortag auf Frau Hausmanns Wunsch einen Krimi aus der heimeigenen Bibliothek ausgeliehen.

»Der zweite Teil kommt grade in die Buchläden. Ich schau mal, ob ich es für Sie organisieren kann«, sagte Vivien.

»Wer kommt?«, schrie Frau Hausmann. »Was soll ich organisieren?«

Vivien wiederholte alles noch einmal lauter.

»Extra für mich?« Frau Hausmann winkte ab. »Das wär mir unangenehm, das lohnt sich doch nicht mehr.«

»Um Gottes willen, Frau Hausmann, so was können Sie doch nicht sagen!« Vivien trat ein und schloss die Tür.

»Oh, Sie kommen rein! Kommen Sie uns besuchen, Bibi?«, schrie Frau Hausmann. »Da muss ich vor lauter Aufregung direkt mal Wasser lassen.« Frau Hausmann brauchte zwei Versuche, um von ihrem Sessel aufzustehen. Dann watschelte sie in Richtung Badezimmer. Als sie die Tür von innen geschlossen hatte, wandte sich Vivien an Henriette. »Wissen Sie eigentlich, dass Sie einen Verehrer haben?«, flüsterte sie.

Henriette lachte auf. »Ach, ich bitte Sie. Wer würde sich denn für mich interessieren.«

»Wie kommen Sie denn darauf, dass sich keiner für Sie interessieren könnte?«, flüsterte Vivien ihr zu.

»Sie brauchen nicht zu flüstern, wenn was unter uns bleiben soll«, sagte Henriette. »Noch nicht mal, wenn Thea im Raum ist.«

Sie hatte recht. »Na gut. Wie kommen Sie darauf, dass Sie keinen Verehrer haben könnten?«

»Ich bin dreiundsechzig Jahre alt.«

»Das ist doch kein Alter«, erwiderte Vivien. »Schon gar nicht, um in einem Seniorenheim zu sein. Schauen Sie sich doch mal um, Sie passen gar nicht hier rein.«

»Ich gehöre ja auch nicht hier rein«, antwortete Henriette. »Ich wurde aus meinem Haus geworfen.«

»Was?« Vivien setzte sich Henry gegenüber auf einen Holzstuhl, der neben dem Tischlein stand.

»Ich habe über dreißig Jahre in Marienborn gewohnt. Dann dachte ich, da ich langsam alt werde, überschreibe ich das Haus schon mal meinem Sohn. Drei Tage später hat mich meine Schwiegertochter hier abgesetzt.«

»Aber das geht doch nicht!«

»Doch.« Henriette nickte. »Ich hätte mir mein Wohnrecht im Haus notariell beurkunden lassen müssen. Aber wer denkt denn an so was?«

»Hat denn Ihr Sohn da nicht auch ein Wörtchen mitzureden?«

»Könnte man meinen.« Henriette schaute Vivien an.

»Und Ihr Mann?«

»Mein Mann ist mit einer jüngeren durchgebrannt, da war ich vierzig. Ein Kreuz mit den Männern.«

»Wem sagen Sie das. Meiner ist mit einer älteren durchgebrannt, da war ich dreißig.«

»So ein Sauhund aber auch«, sagte Henriette.

»In der Tat.«

»Wovon sprecht ihr?«, schrie Frau Hausmann, als sie aus dem Badezimmer kam.

»Von verlorenen Männern und Häusern«, schrie Henriette zurück.

»Das mit dem Haus ist eine Unverschämtheit«, rief Frau Hausmann und setzte sich wieder auf ihr Sofa. »Bibi, die haben es einfach zum Verkauf angeboten und die Henry hier abgesetzt.«

Vivien nickte.

»Und nicht nur das Haus haben sie ihr abgenommen, auch noch die ganzen Wertsachen«, schrie Frau Hausmann weiter.

»Was?« Vivien blickte auf. »Wirklich?«

»Da ich innerhalb von zwei Tagen ausziehen musste, hat mir meine Schwiegertochter beim Einpacken geholfen und einfach alles behalten, was ihr gefallen hat.«

»Aber das ist doch Diebstahl!« Vivien konnte es nicht fassen.

Henriette winkte ab. »Es ist nicht so schlimm, ich hab ja hier sowieso kaum Platz. Und das meiste war wertlos. Nur um meine Perlenkette bin ich traurig. Die habe ich damals von meinem Bruder bekommen. Richard. Er ist schon lange tot.«

»Das glaube ich ja jetzt nicht!« Viviens Empörung war ihr deutlich anzusehen.

»Und wissen Sie, was dieses Miststück tut?«, rief Frau Hausmann Vivien zu. »Sie hat die Kette jedes Mal um den Hals, wenn sie die Henry mit ihrem Mann hier besucht!«

»Das gibt's doch gar nicht!« Vivien hatte komplett vergessen, dass sie einen Termin zum Tagesgespräch bei Freddy hatte.

»Ich kann nicht beweisen, dass die Kette mir gehört«, sagte Henry. »Noch nicht einmal mein Sohn glaubt mir.«

»Das ist doch einfach nicht zu fassen!« Vivien sprach so laut, dass auch Frau Hausmann jedes Wort verstand und begeistert nickte.

»Ich hole Ihnen die Kette zurück, Henry«, sagte Vivien. »Unbemerkt natürlich.«

»Um Gottes willen«, entgegnete Henriette. »Vivien, ich bitte Sie, Sie ...«

»*Was?*«, schrie Frau Hausmann. »Was hat Bibi gesagt?«

»Ich begehe einen Diebstahl!«, schrie Vivien.

»*Sie begeht einen Diebstahl?* Das kann ja nicht sein, ich glaub, ich hör wieder schlecht.« Frau Hausmann holte ihr Hörgerät aus dem Ohr und drückte daran herum.

»Ernsthaft, Henry, wenn ich eins kann, dann stehlen.«

»*Sie?* Das glaube ich Ihnen nicht.«

»Leider wahr.«

»Selbst wenn das so ist, ich will Sie da in nichts reinbringen, was Ihnen Probleme machen könnte.«

»Auf ein Problem mehr oder weniger kommt es bei mir im Augenblick nicht an.«

Henry kicherte.

»Wissen Sie«, fuhr Vivien fort. »Vielleicht wäre das die Gelegenheit, mit meinem Kleptomanie-Talent abschließend was Gutes zu tun. So eine Art moralische Straftat.«

»Gibt es so etwas?«

»Na sicher.«

»Aber Sie sagen es ja selbst: Es wäre eine Straftat.«

»Was ist mit dem Landrat?«, schrie Frau Hausmann. Sie hatte ihr Hörgerät wieder eingesetzt.

»Er ist schwul«, schrie Vivien.

»Oh!« Frau Hausmann sah betroffen aus.

»Aber wäre es das wirklich?«, fragte Vivien Henry. »Überlegen Sie mal, wir würden es doch nur *zurück*stehlen. Damit wäre es so was wie Notwehr.«

Henriette blickte Vivien an.

»Ich lass mir was einfallen.« Vivien legte den Zeigefinger auf die Lippen. »Aber kein Wort zu niemandem.«

»Ich schweige wie ein Grab«, schrie Frau Hausmann. »Der arme Mann. In unserer Gesellschaft.«

* * *

»Das war gut von dir, dass du den Arzt zu Herrn Baader geschickt hast«, sagte Freddy, als Vivien anschließend zum Tagesgespräch vor ihm saß. »Ich denke, wenn er medikamentös richtig eingestellt wird, geht es ihm schnell besser.«

»Also ich will ja hier niemanden schlechtreden, Freddy«, sagte Vivien. »Die Frau Wolf macht ihren Job sicher gut, aber als ich mit ihr beim Herrn Baader war, hat sie gar nicht gemerkt, wie schlecht es ihm ging. Die hat einfach ihre Nummer abgespult, *dann machen wir mal das Fenster zu, dann halten wir mal Mittagsruh*, blablabla. Und er hatte die ganze Zeit Tränen in den Augen, den haben ganz andere Dinge bewegt. Aber die hat einfach weitergemacht mit so einer respektlosen Singsang-Stimme, als würde sie mit einem Kind sprechen.«

»Die Lotte meint das nicht böse«, erwiderte Freddy. »Aber unsere Pfleger haben leider viel zu wenig Zeit, um angemessen auf die Leute einzugehen.«

»Aber man muss sie ja deswegen nicht gleich ganz ignorieren, oder?«

Freddy lächelte Vivien an. »Ich finde es toll, wie du dich um die Leute kümmerst und dass du ihre Probleme ernst nimmst. Das ist keine Selbstverständlichkeit. Ich war genauso, als ich noch als Pfleger gearbeitet habe. Jetzt sitze ich ja leider nur noch im Büro. Na ja, jedenfalls hätte ich dich gar nicht so eingeschätzt.«

»Was? Wie dann?«

»Egal.«

»Weißt du eigentlich, dass Clemens auf Henry steht?«

»Jeder weiß das.«

»Henry nicht.«

»Hm.«

»Da muss man doch was unternehmen«, sagte Vivien. »Da kann man doch nicht einfach zusehen, wie so zwei nette, alte Menschen die ganze Zeit aneinander vorbeileben. Ich lass mir was einfallen.«

»Willst du sie verkuppeln?«, fragte Freddy.

»Was denn sonst?«

Freddy lachte auf. »Du bist süß.«

»Um Himmels willen, Freddy.« Vivien hielt sich die Hand ans Herz. »Flirtest du etwa mit mir? Was würde Moni dazu sagen?«

»Nichts.«

»Doch.« Vivien lachte. »Für so was habe ich Antennen.«

»In diesem Fall liegen sie falsch.«

»Wäre das erste Mal.«

»Glaub mir.« Freddy grinste. »Sie liegen falsch. Was sagst du jetzt?«

»Thea Hausmann braucht ein besseres Hörgerät.«

* * *

»Ich habe gesündigt in Gedanken, Worten und Werken«, murmelte die versammelte Kirchengemeinde. Lea gab ein Fauchen missbilligender Abscheu von sich und bohrte ihre nackten Knie in die Holzbank. Wie früher.

»Was ist denn schon wieder?«, zischelte Vivien, die neben ihr kniete. Lea blickte nach vorn. Der Kaplan mit seinem sorgfältig gebügelten Gewand erinnerte sie an Pfarrer Erbse, den sie seit ihrer späten Kindheit nicht mehr gesehen und auch nicht vermisst hatte. Nicht das fleischige rote Gesicht und nicht das weiße sorgfältig über die Glatze gekämmte Haar. Der stets mahnende Gesichtsausdruck hatte sich schon so tief in seine Mimik eingegraben, dass Pfarrer Erbse grundsätzlich aussah wie ein personifizierter Vorwurf. Seine Predigten hatten ihr regelrecht Angst eingeflößt. Bescheiden und demütig solle man sein. Besonders als Mädchen. Es war Herrn Friedes erstes Sterbeamt. Wie es seine Familie geschafft hatte, eine katholische Bestattung für einen Selbstmörder zu organisieren, war Vivien und Tine schleierhaft. Lea wunderte sich kein bisschen. Ihrer

Meinung nach war die Kirche schon immer bestechlicher als die sizilianische Mafia. Und neuerdings, in den wirtschaftsschwachen Zeiten, musste sie ohnehin nehmen, was sie kriegen konnte. Ihr fiel auf, dass der Pfarrer kein Wort über Herrn Friede als Menschen verlor. Kein Trost für Angehörige und Freunde. Stattdessen ließ er die trauernden Hinterbliebenen auf einer Holzbank kniend herunterbeten, dass sie alle Sünder seien. Lea wurde mit einem Mal übel. Kalter Schweiß bildete sich auf ihrer Stirn, sie bekam kaum noch Luft, und sie sah sich schon die großen Flügeltüren aufreißen und hinausstürmen. Aber das Konstrukt der Kirche als Ort der Autorität, wie sie es früher kennengelernt hatte, hallte nach, und Lea bewegte sich nicht.

»*Durch meine Schuld, durch meine Schuld, durch meine große Schuld*«, murmelte die Kirchengemeinde.

»Jetzt reicht's.« Lea sprach im Flüsterton, aber unüberhörbar, und erhob sich von der Holzbank. Sie drehte sich zu Vivien. »Das ist Sklaverei.«

»Setz dich hin!« Vivien versuchte, Lea am Arm wieder nach unten zu ziehen.

»Ich muss sofort hier raus, ich kriege keine Luft.«

Herrn Friedes Putzfrau Mimi, die zusammen mit Vivien am Rand der Kirchenbank kniete und an der sich Lea nun vorbeidrücken wollte, schüttelte den Kopf und deutete Lea an, sich wieder hinzuknien.

»Lass mich *sofort* durch!«, sagt Lea. Nun sprach sie laut, ohne Rücksicht. Ihre Augen füllten sich mit Tränen. »Ich halte es hier keine Sekunde länger aus.«

»Ist die geisteskrank?«, flüsterte ein Mann von der Bank hinter ihnen. Lea wirbelte herum.

»Ja, genau, jetzt bin *ich* die Geistesgestörte hier«, rief sie dem Mann zu. Nun reckte die gesamte Kirchengemeinde die Hälse nach ihr, und man sah sie mit einer Mischung aus Missbilligung und Hochmut an. Der Pfarrer räusperte sich in sein Mikrofon. »Und rote Haare habe ich auch noch!«, rief Lea. »Dann hau ich mal besser ab, bevor ihr noch auf dumme Gedanken kommt!«

Mimi starrte sie an und ließ sie passieren. Lea hastete an der murmelnden Masse vorbei, drückte energisch die beiden Seitenflügeltüren des Kirchengebäudes auf und trat ins Freie. Tief atmete sie ein, während die Türen hinter ihr ins Schloss krachten. Augenblicklich löste sich der unsichtbare Griff um ihre Kehle. Das war es wert gewesen. Sie blickte sich um. Da stand sie nun, allein auf dem Kirchenvorplatz. Sie hätte Viviens Handtasche mitnehmen sollen, darin würde sich sicher ein Päckchen Zigaretten finden.

Als sich Lea auf die Bank unter einem großen Kastanienbaum vor der Kirche setzte, kam ein Fahrschulauto auf den Kirchenvorplatz gefahren. Genauer gesagt, es kam auf den Kirchenvorplatz gebremst. Es fuhr immer ein paar Meter, um dann unsanft anzuhalten und etwas holprig wieder anzufahren. Erst vor den Stufen zur Kirche kam es endgültig zum Stehen. Die Fahrertür flog auf, und Tine stieg aus. Sie blickte sich um.

»Ich hab's gewusst, wir sind zu spät, die sind alle schon drin!«, sagte sie, während sie die hintere Tür öffnete und ihren Rucksack heraushievte.

»Dann wärste halt mal schneller gefahren, Mädchen, ich hätt ja nix dagegen gehabt«, antwortete ein untersetzter Mann, der auf der Beifahrerseite ausgestiegen war. Das muss Uli sein, dachte Lea.

»Landstraßen sind die reinsten Todesfallen, da muss man langsam fahren«, gab Tine zurück.

»Aber nicht so, dass ein Traktor hupt.«

»Wenn du nicht an jeder Tanke 'nen Schokoriegel bräuchtest, wären wir auch früher angekommen!«

»Jetzt geh du mal beten, Mädchen, ich warte hier draußen.« Uli zündete sich eine Zigarette an. Tine eilte in Richtung der Flügeltüren.

»Hey, Tine«, rief Lea unter dem Kastanienbaum hervor.

»Was machst du denn hier draußen?« Tine drehte sich um und blieb stehen. »Haben die noch nicht angefangen?«

»Doch, doch, die sind voll dabei«, antwortete Lea, »mit dem ganzen rückständigen Unfug. Hab die Beherrschung verloren.«

Tines Blick wanderte vom Kircheneingang zu Lea und wieder zurück, hin- und hergerissen zwischen Zeitdruck und dem Eifer, Lea zu missionieren. »Sagt dir das denn gar nichts, dass du immer die Einzige bist, die ausrastet?«

»Nur weil hundert Schafe in eine Richtung rennen, muss es noch lange nicht die richtige sein.«

»Das hat nichts mit richtiger oder falscher Richtung zu tun, man kann sich auch einfach mal ein bisschen anpassen.«

»Rein mit dir.« Lea deutete auf die Kirche. »Für Leute wie dich wurden die Dinger aufgestellt.«

Tine schüttelte den Kopf und verschwand durch die Flügeltür.

»Donnerwetter, Sie sind Lea Kronberger, oder?«, sagte Uli laut.

»Jap, hallo, Uli.«

»Meine Fresse, wenn ich das meiner Mutter erzähl, wir gucken immer Ihre Sendung! Könnt ich vielleicht ein Autogramm für sie mitnehmen?«

»Für 'ne Kippe sogar fünf.«

* * *

Lea stand außerhalb des Friedhofsgeländes, im Schutz einer mit Efeu bewachsenen Mauer, als sich die Beerdigungs-Gesellschaft vor Herrn Friedes Grab versammelte. Lea beobachtete die Zeremonie. Vivien blickte sich inmitten der Menschenansammlung verstohlen um. Vermutlich suchte sie ein passendes Plätzchen zum Rauchen.

»Pssst, Vivi«, zischelte Lea und winkte sie zu sich hinter die schützende Friedhofsmauer.

»Gott sei Dank.« Vivien tauchte hinter die Halbschräge der Friedhofsmauer und zündete sich hastig eine Zigarette an.

»Willst du mir 'nen Verbaleinlauf verpassen wegen meinem Ausraster?«

»Übernimmt sicher Tine.« Vivien blies eine große Rauchwolke aus.

Lea griff nach Viviens Zigarette und nahm ebenfalls einen Zug. »Habe vorhin erfahren, dass ab morgen ein neuer Kollege bei uns anfängt, und rate mal, was für 'nen Job er macht?«

»Gabelstapler fahren?«

»Moderator, Vivien! Er ist Moderator! Und soll mit mir zusammen moderieren. Es sagt zwar keiner, aber das soll wohl so eine Art Übergabe sein, bis er's alleine hinkriegt. Das heißt, ich bin so gut wie raus.«

»Warst du nicht vorher schon so gut wie raus?«

»Du bist unsensibel.«

»Sorry.«

»Versuch's noch mal.«

»Ich verstehe dich«, sagte Vivien. »Ich hab grade zum ersten Mal in meinem Leben einen Job, der mir wirklich Spaß macht, und kann nachvollziehen, wie es sich anfühlen muss, wenn man rausfliegt.«

»Dir macht es Spaß im Pflegeheim?« Lea war überrascht.

Vivien nickte. »Ich bräuchte aber mal einen psychologischen Rat.«

»Frag Tinipedia.«

»Geht nicht, betrifft ihren Bruder.«

Lea hob den Kopf. »Ich bin ganz Ohr.«

»Ja, also mit Freddy ...«

»Läuft da was?«

»Nee, aber es entwickelt sich vielleicht da hin.«

Lea grinste. »Und wofür brauchst du meinen Rat?«

»Na ja, da gibt's so 'ne Empfangsdame, die auf ihn steht und ...«

»Solange er nicht auf sie steht, seh ich da kein Problem.«

»Sagst du! Mir ist gerade der Ehemann mit einer Kollegin durchgebrannt.«

»Hm.«

»Sie nennt ihn *Frettchen*!«

»Oh!«

»Und sich selbst nennt sie *Front Office Supervisor*.« Vivien zog an ihrer Zigarette. »Pfff! Und ich nenn mich *Senior Advice Consultant*, weil ich den alten Leuten gute Ratschläge gebe.«

»Eifersüchtig?«, fragte Lea.

»Neeeee. Nein. Wieso auch? Nee. So 'n Quatsch.«

»Vivi, sich einfach so wegzustehlen, ist unangemessen.« Tine tauchte hinter der Mauer auf.

»Ich bin doch noch da. Nur woanders.«

»Außerdem erzählt sie von wertvollen Einsichten aus dem Pflegeheim«, sagte Lea. »Herr Friede wäre begeistert.«

»Von dir will ich ja gar nicht erst reden, Lea«, sagte Tine.

»Hab's dir gesagt.« Vivien blickte zu Lea und nickte in Tines Richtung.

»Was denn?« Zwischen Tines Augenbrauen bildeten sich nicht nur die üblichen beiden vertikalen Furchen, sondern zusätzlich noch eine diagonale in der Mitte.

»Was hast du denn für ein Problem?«, fragte Vivien.

»Eins mit einem Fahrschulschildchen obendrauf.« Lea zeigte auf Ulis Golf, der langsam die Friedhofsmauer entlangrollte. Uli deutete mehrfach auf die Uhr an seinem Handgelenk.

»O Gott, was soll das denn jetzt?« Tine blickte, in der Hoffnung, dass es niemand mitbekam, durch den Eingang der Friedhofsmauer zur Beerdigungsgesellschaft.

»Hey, Vivi, ist das nicht dein Ex?« Lea deutete mit einer nickenden Kopfbewegung in Richtung eines Mannes, der an der Friedhofsmauer entlang auf die drei zukam. »Ähnelt jedenfalls seinem Facebook-Profil.«

»Scheiße, ja«, sagte Vivien. »Was soll das denn jetzt? Verfolgt der mich sogar auf 'ne Beerdigung?«

»*Bis dass der Tod uns scheidet*«, murmelte Lea.

»So lange wird's ganz sicher nicht dauern.« Vivien verschränkte die Arme und sah ihrem Exmann entgegen.

»Das ist doch voll übertrieben, dass Uli mich jetzt so hetzt.« Tine schaute auf die andere Straßenseite, auf der Uli das Fahrschulauto geparkt hatte und ihr nun vom Beifahrersitz aus vorwurfsvolle Blicke zuwarf.

»Sagt mal, Leute, es war richtig friedlich hinter meiner Mauer«, sagte Lea, »dann seid ihr beiden Stalking-Opfer aufgetaucht.«

»Was willst du denn hier?«, fragte Vivien Robert, als er noch fünf Meter entfernt war. Tine fuhr herum. Durch ihre Beschäftigung mit Uli hatte sie von Viviens Ex gar nichts mitbekommen.

»Ich muss dringend mit dir sprechen.« Robert blieb vor

Vivien stehen. Die Verzweiflung war ihm anzusehen. »Du nimmst ja kein Telefon ab und antwortest nicht auf Mails. Komm doch bitte nach Hause, dann ziehe ich auch die Strafanzeige zurück.«

»Du verfolgst deine Ex auf 'ne Beerdigung, um sie zu erpressen?«, rief Lea. »Was hast du denn für'n schrägen Humor?«

»Pssst, Lea.« Tine packte sie am Ärmel. »Nicht schon wieder.«

»Vivi, ich brauch dich, übermorgen ist das Geschäftsessen mit den Schäfers, du weißt, wie wichtig das für mich ist«, sagte Robert. »Was soll ich Herrn und Frau Schäfer denn erzählen?«

»Hm.« Vivien blickte auf den Boden.

»Was?« Lea klang gereizt. »Du wirst doch wohl nicht ernsthaft darüber nachdenken ...«

»Entschuldigen Sie, ich kenne Sie ja nicht«, ging Robert dazwischen, »aber lassen Sie meine Frau doch bitte ihre eigenen Entscheidungen treffen.«

»Das ist nicht nur Ihre Frau, sondern auch meine Freundin«, entgegnete Lea. »Und offensichtlich ist sie gerade nicht besonders zurechnungsfähig. Wegen Ihrem Problem mit den Schäfers: Fragen Sie doch Ihre Copilotin, ob sie mitkommen will.«

»Was?«, fragte Robert. »Wen?«

»Ist 'n Insider«, unterbrach Vivien, »du brauchst die Anzeige nicht zurückzuziehen. Ich übernehme die volle Verantwortung für dein kaputtes Auto, und ich bereue nichts. Ich mach jetzt mein eigenes Ding. Lass mich bitte in Ruhe.«

»Aber ...«

»Sie will nicht!« Lea erhob die Stimme.

»Ähm«, sagte Robert noch, aber Lea hob den Zeigefinger. Er verstummte. Dann drehte er sich um und ging.

»Auf Wiedersehen«, rief Lea ihm hinterher.

Vivien seufzte und löste ihre Arme aus der Verschränkung.

»Der ist aber auch wirklich schwer zu verscheuchen.« Lea beugte sich vor und blickte um die Ecke, um die Robert gebogen war.

»Aber er bemüht sich doch so«, sagte Tine.

»Interessiert hier keinen, Tine«, sagte Lea. »Wenn du darüber reden willst, triff dich mit Helga zum Kaffeekränzchen.«

»Hört bitte auf zu streiten«, sagte Vivien. »Ich hab grad genug am Hals. Jedes Mal, wenn ich ihn sehe, könnte ich hinterher 'nen Eimer voll Happy-Pillen inhalieren. Als ginge mir diese Beerdigung nicht schon nahe genug. Sterben ist sowieso nicht so mein Ding.«

Zusammen mit Tine und Lea schaute sie durch den Mauereingang zur Beerdigungsgesellschaft, die sich nun beinahe vollständig aufgelöst hatte. Nur noch wenige Menschen standen vor Herrn Friedes Grab. Die drei schwiegen.

»Mich macht es auch total fertig«, sagte Tine nach einer längeren Pause. »Immer wenn ich jetzt Suizidgedanken habe, muss ich an ihn denken.«

»Du hast *was*?« Lea fuhr herum.

Tine zuckte mit den Schultern. »Ist doch normal.«

»*Normal?*«, fragte Lea. »Hast du jetzt Angst vorm Sterben, oder willst du dich umbringen? Entscheid dich mal! Beides zusammen macht überhaupt keinen Sinn.«

»Komm meiner kaputten Psyche ja nicht mit Logik.«

Vivien lachte auf. »Ist doch bei dir genauso, Lea. Dass du

ständig Leute anschreist und deswegen deinen Job verlierst, macht auch keinen Sinn.«

»Klar macht das Sinn«, entgegnete Lea. »Wer mir ans Bein pisst, kriegt was auf den Sack. Vollständig logisch.«

»Überdenk doch mal deine Gossensprache.« Vivien kramte nach ihren Zigaretten.

»Wenn ich mit den Saftköppen im Büro anders rede, hören die mir doch gar nicht zu.«

»Dann könntest du dich zumindest außerhalb des Büros ein bisschen gewählter ausdrücken.«

»Leute, bleibt doch *ein Mal* beim Thema!« Tine blickte zu Uli, der noch immer am Ende der Straße im Fahrschulauto auf sie wartete.

»Welches Thema?«

»Suizidgedanken.« Tine deutete Uli an, dass sie bereit war, und wandte sich zum Gehen. »Laut Fachmeinung haben das viele Menschen ab und zu. An Selbstmord zu denken ist also völlig normal, nur die Umsetzung wäre es nicht. Aber das hab ich ja aktuell auch gar nicht vor.«

»Ich auch nicht.« Vivien steckte sich eine Zigarette an und ging neben Tine den Weg an der Friedhofsmauer entlang. »Wenn alle Stricke reißen, kann ich mich immer noch aufhängen. Aber im Moment läuft ja alles wie am Schnürchen.«

Lea lief hinter den beiden über den Kiesweg. »Herr Friede hatte echt 'nen schrägen Einfluss auf euch.«

* * *

»Passt ja vom Styling her zu so 'nem Begräbnistag.«
»Aber was ist es?«
»Ein Klotz.«

»Und mehr wissen wir nicht?«

»Ein schwarzer Klotz.«

»Liegt 'ne Anleitung dabei?«

»Nee.«

Lea, Vivien und Tine beugten sich über einen geöffneten Karton. Um endlich das Volumen des Stapels zu minimieren, hatten sie sich heute für den untersten und größten Karton entschieden.

»Da steht doch was drauf, oder?« Vivien beäugte das rechteckige Teil von allen Seiten.

»*Marshall Fridge*«, las Tine vor.

»Klingt wie ein spießiger Männername aus 'ner US-Sitcom«, sagte Lea.

Tine bückte sich, um den Klotz anzuheben.

»Hä? Was ist das?« Tine hob einen Briefumschlag auf, der vor der Tür auf dem Boden lag. »Ohne Absender und Empfänger. Hat wohl jemand unter der Tür durchgeschoben.«

»Vielleicht ein Liebesbrief von Lukas aus dem Treppenhaus.« Lea wandte sich wieder dem Klotz zu, während Tine den Umschlag aufriss und ein Blatt Papier herauszog.

»Dann wäre er ja wohl für mich«, sagte Vivien.

»Ähm, Leute.« Tine hatte den Brief auseinandergefaltet. »Das ist von Willi. Eine Wohnungskündigung.«

Lea fuhr hoch.

»Was?« Vivien schlug die Hand vor den Mund.

»Wie bitte?« Lea riss Tine den Brief aus der Hand und überflog die ersten Zeilen. »Er meldet *Eigenbedarf* an? Das kann doch gar nicht sein, er wohnt doch unter uns!«

»Vielleicht will er 'nen Durchbruch machen und eine Maisonettewohnung mit einer kleinen Wendeltreppe bauen«, sagte Tine. »Meine Oma wohnt in Weisenau und hat sich damals ...«

»Tine!« Lea pfefferte den Brief in die Ecke der Küche. »Ist mir doch scheißegal, wie viele Wendeltreppen deine Oma hat! So wie's aussieht, müssen wir in drei Monaten hier raus sein!«

»Ich will nicht wieder ins Kellerloch.« Vivien hob den Brief auf und faltete ihn wieder auseinander.

»Gestern war Willi doch noch hier zu Besuch«, sagte Lea. »Da hätte er doch was zu mir gesagt!«

»Vielleicht hat er sich gestern erst dazu entschieden?«, fragte Tine. »Ich hatte gleich das Gefühl, dass ihm die Sache mit der Psycho-WG irgendwie nicht geheuer ist.«

»Er hat ja auch fluchtartig das Revier verlassen, als wir uns gestritten haben«, sagte Lea. »Meint ihr, er hat was gegen Psychos?«

»Fast alle Leute haben das«, antwortete Tine. »Hat mich auch gewundert, dass du ihm das so brühwarm erzählt hast.«

Lea griff sich in die roten Locken. »Sind Psychos jetzt plötzlich 'ne diskriminierungswürdige Randgruppe oder was?«

»Na klar.«

»Ist doch scheiße.«

»Also wenn Willi wirklich was gegen Psychos hat, sollte er sich mal seinen abgefahrenen Sohn angucken«, sagte Vivien.

»Lukas ist kein Psycho«, entgegnete Lea. »Er hat nur ein paar Chromosomen mit Humor.«

»Aber Willi is'n Zwängler«, sagte Tine. »Ich hab's genau gesehen! Lineal und Taschenrechner mussten immer im rechten Winkel zur Tischkante liegen, und bevor er mit seinem Bleistift Zahlen in seine Kästchen eingetragen hat, hat er ihn immer genau dreimal gedreht. Wäre definitiv behandlungswürdig, der Willi.«

»So was fällt auch nur dir auf.« Lea ließ sich auf ihren Stuhl am Esstisch fallen. »Diese Verlogenheit! Warum sagt er nicht einfach, was ihn stört?«

Tine setzte sich zu ihr. »Menschen mit Depressionen verlieren ihren Arbeitsplatz ja auch immer wegen *Umstrukturierungen*.«

»Wir sind doch noch nicht mal *richtig* irre«, sagte Lea.

»Nicht?«, fragte Vivien.

»Mit vereinten Kräften schon«, sagte Tine.

»Es ist aber auch ein sich selbst verschlimmernder Kreislauf«, sagte Lea. »Jetzt nehmt doch mal *mich* als Beispiel: Wegen einer leichten Störung gleich Job und Wohnung weg! Da kann man doch gar nicht anders, als endgültig verrückt werden.«

»Ich mach mal Tee.« Tine stand auf.

»Sieh's positiv.« Vivien lief in Richtung Couch. »Andere in deiner Situation müssen erst einen Therapeuten suchen, du hast schon einen.«

»Wenn ich nicht bei ihm einziehen kann, hilft mir das im Augenblick nicht weiter«, sagte Lea. »O Mann! Demnächst bin ich also arbeits- und obdachlos! Am besten sehe ich mich schon mal nach einer gemütlichen Parkbank in Innenstadtnähe um.«

»Ich würde die im Volkspark beim Wasserspielplatz nehmen.« Vivien warf sich auf die Couch und schaltete den Fernseher ein. »Windgeschützt. Und die Kinder lassen ständig Süßigkeiten rumliegen.«

»Und was machen wir jetzt mit dem Klotz?«, fragte Tine, die auf ihrem Weg zur Küche neben dem geöffneten Karton stehen geblieben war.

»Dafür hab ich jetzt keinen Kopf.« Lea winkte ab. »Stell ihn neben die Couch, kann man als Hocker benutzen.«

Tine blickte zu Lea, die den Kopf auf den Tisch gelegt hatte, und seufzte. »Wir könnten doch mal versuchen, mit Willi zu reden. Vielleicht ist das ja alles nur ein Missverständnis.«

»Wieso finden wir uns nicht einfach in Ruhe damit ab, dass wir am Arsch sind?«, rief Vivien von der Couch herüber.

»Ja, fall du doch einfach mal in deine typische Lethargie.« Lea hob den Kopf. »Kannste ja am besten.«

»He, Ruhe!«, mischte sich Tine ein, während sie den schwarzen Klotz auf seinem neuen Platz neben der Couch abstellte. »Es hilft ganz sicher nicht, wenn wir uns jetzt gegenseitig zerfleischen.«

Lea sprang von ihrem Stuhl auf. »Nee, aber den Willi werd ich jetzt zerfleischen.« Sie schnappte sich ihren Blazer und ging Richtung Tür. »Blöder Spießer! Ich geh runter und mach ihn platt!«

Tine stellte sich Lea in den Weg. »Nein, du gehst jetzt auf keinen Fall runter und schreist ihn an, Lea!«

»Hast du 'ne bessere Idee?«

»Mindestens zehn.« Tine blieb mit verschränkten Armen vor der Tür stehen. »Aber vor allem müssen wir ihm jetzt zeigen, dass wir normal sind.«

Vivien begann zu lachen.

Siebtes Kapitel

»Sie sind in der Kirche ausgerastet?«

»Ja, wieso verdammt noch mal auch nicht?«

»Stimmt, wieso eigentlich nicht.« Herr Dr. Hofbauer hob die Schultern und blickte auf seinen Block.

»Die Menschheit sollte zwangssäkularisiert werden«, fuhr Lea fort.

»Wieso das denn jetzt?«

»Religion taugt nichts.«

»Wenn's nach mir ginge, sollte man Bild-Lesern das Wahlrecht entziehen«, sagte Herr Dr. Hofbauer.

»Um Gottes willen, ich liebe die Bild!«

»Sehen Sie? Wir leben in einer Demokratie.«

»Ist doch super, dann ist es ja erlaubt, sich aufzuregen, wenn andere Mist fabrizieren.«

»Aufregen darf man sich«, antwortete Dr. Hofbauer. »Es kommt aber darauf an, was man dann draus macht. Was hatten wir gestern für einen Vorsatz?«

»Auch wenn andere im Unrecht sind, liegt die Verantwortung für mein eigenes Handeln bei mir selbst.« Lea wiederholte mit monotoner Stimme ihren auswendig gelernten Satz.

»Sehr gut.«

»Hat ja schon am ersten Tag nicht funktioniert.«

»Reine Übungssache.«

Lea seufzte theatralisch. Herr Dr. Hofbauer schwieg.

»Na ja, zumindest innerlich habe ich den Wutattacken schon den Kampf angesagt.« Lea blickte Herrn Dr. Hofbauer an.

»Das ist eine schlechte Idee«, erwiderte er. »Sie sollten Ihre Wut nicht als Feind betrachten, sondern als etwas, was Ihnen einen bestimmten Weg zeigen will.«

»Wie bitte?« Lea klang schrill. »Sind Sie jetzt plötzlich ein Alternativ-Mondphasen-Globuli-Onkel oder wie? Was soll ich denn bitte mit dieser Kalenderblatt-Kacke?«

Herr Dr. Hofbauer hob eine Augenbraue. Lea schwieg. Dann räusperte sie sich. »'tschuldigung«, sagte sie. »Aber mal ernsthaft, Herr Dr. Hofbauer, ich verliere gerade meine komplette Existenz wegen dieser beschissenen Wut! Sie *ist* mein Feind, verstehen Sie? Sagen Sie mir doch einfach, wie ich sie möglichst schnell loswerde, dann sind wir beide glücklich.« Lea atmete lange aus.

»Versuchen Sie's doch mal mit Beten«, antwortete Herr Dr. Hofbauer.

»Sie sind ein Witzbold.«

»Ja.« Herr Dr. Hofbauer räusperte sich. »Haben Sie denn die Sachen aus Ihrer Kindheit aussortiert?«

Lea nickte und bückte sich nach ihrer Tasche. »Das meiste habe ich weggeworfen.« Sie holte ein Plüschkissen in Patchworkoptik mit dem Motiv einer lachenden Sonne und ein Notizbuch heraus. »Behalten habe ich nur mein Lieblingskissen und das Tagebuch.«

Herr Dr. Hofbauer nahm beides entgegen, betrachtete und drehte kurz das Kissen, dann hielt er das Notizbuch hoch und sah Lea an. »Warum diese beiden Dinge?«

»Das Kissen war so eine Art Kuscheltier, das habe ich früher immer mit mir rumgeschleppt. Und das Tagebuch, na ja, so was wirft man ja nicht weg, oder?«

»Haben Sie es noch mal gelesen?«

Lea nickte.

»Und wie war das Gefühl dabei?«

Lea räusperte sich. »Ich hatte eine schlaflose Nacht.«

»Mit vielen Gedanken, nehme ich an?«

»Das meiste hatte ich ganz vergessen.«

»Was denn zum Beispiel?«

»Ich bin bei meiner Tante und Großmutter aufgewachsen und wurde immer anders behandelt als meine Stiefbrüder.«

»Weil Sie nicht das eigene Kind waren?«

»Nein, weil ich ein Mädchen war. Ich komme aus 'nem erzkatholischen Dorf, Sie haben ja keine Ahnung, was es da heute noch für 'ne abstruse Frauenrolle gibt. Dass ich mir einen ernstzunehmenden Job gesucht habe, ist ein Sargnagel für meine Tante! Ihrer Meinung nach soll ich in der Familienpension aushelfen und mich ansonsten um meine selbstgezüchtete Familie kümmern, die ich ja zu ihrem Leidwesen gar nicht habe. Meine Brüder machen auch was anderes, und das ist völlig okay, nur bei mir wird jede Karrierebemühung belächelt. Und jetzt, als ich das ganze Zeug aussortiert habe, ist mir eingefallen, dass das früher schon so war. Meine Brüder durften immer alles und mussten nichts, ich durfte gar nichts und musste alles.«

»Würden Sie mir ein Beispiel geben?« Herr Dr. Hofbauer schrieb etwas auf seinen Block, dann blickte er auf.

»Ich musste in der Pension arbeiten und lernen, wie man bügelt und Betten macht, ich musste für meine Brüder Schulbrote schmieren und Schuhe putzen«, sagte Lea. »Aber ich durfte nicht mit auf den Fußballplatz oder zu den Pfadfindern! Und als Messdiener hat mich die Kirche auch nicht genommen, weil ich ein Mädchen war.«

»Hm.« Herr Dr. Hofbauer sah Lea an.

»Und ich habe mich nie beschwert. Ich bin auch nie ausgerastet. Hätte ich aber mal sollen!«

»Haben Sie eine Ahnung, warum Sie damals nicht ausgerastet sind?«

»Als kleines Mädchen will man eben Lob. Also habe ich brav alles erledigt. Aber insgeheim wollte ich lieber ein Junge sein.«

Herr Dr. Hofbauer blickte auf.

Lea hob ebenfalls den Kopf. »Shit, glauben Sie, ich bin 'ne Lesbe?«

»Das weiß ich doch nicht.«

»O Gott, am Ende hatte die doofe Helga doch recht.«

»Wer ist die doofe Helga?«

»Ach, nicht wichtig.« Lea schüttelte den Kopf. »Außerdem führe ich sowieso keine Beziehungen, von daher ist es egal, mit welchem Geschlecht ich sie nicht führe. Und selbst wenn ich 'ne Lesbe wäre, 'ne Homo-Ehe wäre wenigstens rebellisch. Ich wäre also einverstanden damit.«

»Wie Sie meinen.« Dr. Hofbauer schlug eine Seite auf seinem Block um.

»Ich bin übrigens spazieren gegangen«, sagte Lea. »Wie Sie es mir geraten haben. Aber ich konnte mich nicht entspannen dabei.«

»Das war auch nicht das Ziel.«

»Ach nein?«

»Nein. Ich wollte wissen, welche Gedanken und Gefühle Sie dabei haben.«

»Meistens habe ich mich in Situationen reingesteigert, die bei der Arbeit passiert sind.«

»Gab es Gedanken, die immer wieder gekommen sind?«

»Ja«, sagte Lea. »Ich werde wie ein doofes Sprechpüppchen behandelt, und hinter meinem Rücken wird ein neuer Moderator eingestellt. Mit dem machen sie das garantiert nicht so! Männer werden ja in der Arbeitswelt immer bevorzugt.« Dann blickte Lea unvermittelt auf. »Hm.«

»Fällt Ihnen selbst auf, nicht wahr?«, fragte Herr Dr. Hofbauer.

»Meinen Sie, dass ich es mir nur einbilde, als Frau immer benachteiligt zu werden?«

Dr. Hofbauer schüttelte den Kopf. »So wie Sie Ihr Arbeitsumfeld beschrieben haben, gibt es tatsächlich gewisse Ungerechtigkeiten. Man kann höchstens sagen, dass Sie dafür *sensibilisiert* sind. Die Frage ist nun, wie Sie mit solchen Situationen umgehen.«

»Ja«, sagte Lea. »Und da sollte man meinen, Ausrasten wäre das richtige Mittel, um nicht in die klassische Frauenrolle gesteckt zu werden. Wenn sich ein Mann im Job mal härter durchsetzt, heißt es, er hat Eier. Eine Frau wird gefragt, ob sie ihre Tage hat.«

Herr Dr. Hofbauer räusperte sich. »Sie haben also absichtlich männliche Verhaltensweisen adaptiert, um nicht dem weiblichen Rollenklischee zu entsprechen?«

»Ist eher automatisch passiert, schätze ich. Hunde, die bellen, beißt man nicht. Dachte ich zumindest.«

»Ein Alternativ-Mondphasen-Globuli-Onkel würde Ihnen jetzt sagen, dass Sie zu viel Yang-Energie besitzen und dadurch das männliche Prinzip zu stark ausgeprägt ist. Und dass ihr früheres Kuschelkissen mit der Sonne als Symbol für das Männliche kein Zufall war.«

»O mein Gott! Und was würden *Sie* sagen?«

»Ich würde gerne einen Schritt zurückgehen: Das Umfeld, das Sie da in Ihrer Kindheit hatten, könnte möglicherweise erklären, warum das Thema Gleichberechtigung für

Sie so zentral ist und warum Sie mit so starker Wut auf jede Form der Unterdrückung und die klassischen weiblichen Rollenprinzipien reagieren.«

»*Könnte? Möglicherweise?*« Lea verzog das Gesicht. »Ich bitte Sie, Herr Dr. Hofbauer, auf diesen Zusammenhang käme jede Hausfrau, die ein Wühltischbuch über plakative Küchenpsychologie im Schrank hat.«

»Da haben Sie vermutlich recht«, sagte Dr. Hofbauer, »aber gerade meine jahrelange Erfahrung lehrt mich, mit voreiligen Schlüssen vorsichtig zu sein und die Dinge von mehreren Seiten zu betrachten, Frau Kronberger. Ein Ansatz erklärt in den meisten Fällen nicht alles. Ein Beispiel ist die Wutattacke beim Bäcker. Da haben Sie sich doch nicht in Ihrer Rolle als Frau unterdrückt gefühlt, oder?«

»Nein.«

»Ich könnte mir vorstellen, dass die unterdrückte Wut aus der Kindheit sich zu einer unterschwelligen Grundaggression verselbstständigt hat, die sich nun auch in scheinbaren Banalitäten manifestiert.«

»Bitte, was?«

»Ich erkläre es anders: Sie haben durch die Ungleichbehandlung in Ihrer Kindheit Wut angestaut, richtig?«

»Ja.«

»Und wenn Sie nun in Ihrem Umfeld ungerecht behandelt werden, dann reagieren Sie nicht nur mit der Wut über *diese eine* Situation im Hier und Jetzt, sondern zusätzlich mit der angestauten Wut über alle Situationen von früher. Deswegen ist die Wut viel größer, als die eigentliche Situation es überhaupt verdient hat.«

»Verstehe«, antwortete Lea.

»Und mit der Zeit hat sich diese angestaute Wut zu einer Grundhaltung entwickelt, die unkontrolliert aus Ihnen herausbricht. Kurz gesagt, Sie müssen sich mit der Vergangenheit aussöhnen.«

»Das wird schwer.«

»Ach was, Lea, Sie sind doch ein ganzer Kerl.«

* * *

Obwohl Vivien den Küchendienst mochte, schaute sie im Minutentakt auf die Uhr. Die ganze Nacht hatte sie überlegt, wie sie auf legalem – oder illegalem, aber für sie und Henry ungefährlichem – Weg die Perlenkette zurückholen könnte. Am liebsten wollte sie Henry gleich ihren vorläufigen Plan präsentieren, stattdessen musste sie Kartoffeln schälen und sich mit Erika und Luise über ihre Enkelsöhne unterhalten, die offensichtlich noch nicht auf zwei Beinen stehen, aber schon Rätsel auf dem Tablet lösen konnten. Bernd sang den ganzen Morgen Schlager. Meist fehlten ihm große Stücke an Text, aber Vivien, Erika und Luise konnten aushelfen. Ab und zu summte er auch einfach die Melodie der fehlenden Zeilen. Als Viviens letzte Aufgabe vom Küchendienst erledigt und das schmutzige Geschirr vom Mittagessen in der Industrie-Spülmaschine verstaut war, rannte sie die Treppe zu den Seniorenzimmern nach oben. Dabei nahm sie immer zwei oder drei Stufen auf einmal.

»Hallo, Henry, ich ... oh?« Vivien hatte noch den Türgriff in der Hand und blickte auf eine Ansammlung von Menschen in Henrys Zimmer. »Guten Tag«, sagte sie und trat ein. »Ich bin Vivien.«

»Guten Tag.« Ein Mann um die vierzig stand von einem der Holzstühle an Henrys Tisch auf, um Vivien die Hand zu reichen. »Ich bin Jürgen, Henriettes Sohn, und das ist meine Frau Annika.«

»Hi.« Vivien reichte Annika die Hand. Ein Mischgeruch aus zu viel Parfum und chemischem Fruchtkaugummi stieg ihr in die Nase. An ihrem Hals trug Annika eine zweireihige Perlenkette. Vivien warf einen Blick zu Henry, die neben Thea Hausmann auf dem Sofa saß.

»Die Bibi kümmert sich sehr gut um uns«, schrie Thea Hausmann. »Die hat sogar extra ein neues Buch für mich in die Seniorenbibliothek geholt. Von ihrem eigenen Geld! Ich mag's blutig!«

»Das ist aber schön«, sagte Jürgen. »Meine Mutter hat mir auch schon von Ihnen erzählt, Vivien. Es ist toll, dass Sie sich hier was für die Alten zum Zeitvertreib einfallen lassen, wir haben ja so wenig Zeit.«

»Aber wir ham Pralinen dabei.« Annika bückte sich nach der schwarzen Handtasche zu ihren Füßen.

»Das sind die ganz Feinen aus dem Domcafé, wo du früher so gerne warst, Mutter«, sagte Jürgen, während Annika drei Pralinenschachteln aus ihrer Tasche holte. Dabei rutschten zur Hälfte zwei Pappstreifen mit heraus, deren Aufdruck Vivien bekannt vorkam. Jürgen gab Henry eine der Schachteln. »Und eine ist für deine Freundin, wie heißt sie doch gleich?«

»THEA!«, schrie Frau Hausmann, dann wandte sie sich an Vivien. »Das fragt der jedes Mal! Das gibt's doch gar nicht, oder?«

»Danke schön.« Henry stellte ihre Pralinen auf einen Turm aus den ebengleichen, ungeöffneten Pralinenschachteln auf ihrem Nachttisch.

»Und für Sie natürlich auch eine, Vivien.« Jürgen gab ihr die letzte Packung.

»Sehr nett, vielen Dank.«

Annika lächelte in die Runde. »Mein Schatz ist einfach

ein herzensguter Mensch! Um für seine Mutter das richtige Heim zu finden, hat er sich auch über eine Stunde bei Google informiert.«

Vivien schluckte. Henry schwieg. Jürgen lächelte peinlich berührt in die Runde. »Ach, das war doch selbstverständlich.«

»Ja, Hase, wenn deine Mutter hier schon so viel Besuch hat, können wir ja jetzt los, oder?«

»Sicher, Schatz.« Jürgens Oberkörper schnellte in die Höhe. »Mutter, ich wünsche dir noch einen schönen Tag. Wir sehen uns nächsten Monat.«

»Falls er nicht wieder so viele Überstunden machen muss«, fügte Annika an.

»Auf Wiedersehen, Junge«, sagte Henry. »Auf Wiedersehen, Annika.«

»Für das Haus haben wir jetzt übrigens einen Käufer«, sagte Jürgen im Gehen.

»Oh!« Henrys Augen weiteten sich. »So schnell?«

»Ja, freust du dich für uns?«, fragte Annika. »Da sinn wa jetzt endlich ma finanziell ein bisschen flexibler.«

»Ja, natürlich.« Henry nickte.

Als Annika nach ihrer Handtasche griff, fiel Viviens Blick noch einmal auf die Pappstreifen. Auf einmal wusste sie, woher sie den Aufdruck kannte.

»Bis dann«, sagte Vivien, während Jürgen und Annika das Zimmer verließen.

»Ich muss schon wieder Wasser lassen«, schrie Frau Hausmann und verschwand im Badezimmer. Vivien eilte zu Henry und setzte sich neben sie. »Annika hat KUZ-Karten für Freitag in der Tasche, das ist so ein Club in der Stadt. Geht sie dort vielleicht hin?«

»Weiß ich nicht.« Henry blickte ins Leere.

»Oje, das geht Ihnen sehr nahe mit ihrem Haus, oder?« Vivien rückte noch ein Stück näher zu Henry.

Sie nickte. »Ich habe die meiste Zeit meines Lebens in diesem Haus verbracht, es war mein Heim. Und jetzt wohnt bald jemand anderer dort. Das ist schwer zu verstehen.«

»O Mann! Ich weiß gar nicht, was ich da sagen soll. Oder wie ich Ihnen helfen kann«, sagte Vivien.

»Das müssen Sie doch nicht.« Henry fixierte Vivien und drückte ihr die Hand. »Machen Sie sich nicht zu viele Gedanken um eine sentimentale alte Schachtel, Vivien. Ich werde schon drüber wegkommen.«

»Sagen Sie doch so was nicht, Henry!« Vivien seufzte. »Wenigstens bei der Sache mit der Kette kann ich Ihnen helfen! Das wäre zumindest ein kleines Stück Gerechtigkeit. Also wissen Sie wirklich nicht, ob Annika am Freitag vielleicht in diesen Club geht?«

»Ich weiß nur, dass sie freitagabends immer mit ihren Freunden ausgeht, wenn Jürgen seine Bowlingrunde hat.«

Thea Hausmann watschelte aus dem Bad und nahm am Tisch Platz.

»Aha!« Vivien verwarf innerhalb von Sekundenbruchteilen ihren bisherigen Plan zugunsten eines neuen.

»Ich kann mir ja schon denken, was Sie vorhaben«, flüsterte Henry.

»Bleibt abzuwarten, ob sie die Kette dann auch umhat.« Vivien sprach ebenfalls leise.

»WAS?«, schrie Thea.

»Wir machen einen Ausflug!«, schrie Vivien.

»Sie hat das Ding Tag und Nacht um«, sagte Henry.

»Dann hoffen wir das Beste.«

»Wohin?«, schrie Thea.

* * *

»Mädchen, ich weiß jetzt, dass du blinken kannst«, sagte Uli, während Tine in vorbildlicher Fahrschulmanier einen Radfahrer überholte. »Merk dir die ganze Geschichte für die Prüfung, aber vorher un hinnerher brauchst es net.«

»Ich hab es genauso gemacht, wie es sich gehört, Uli. Hindernis taucht auf, Rückspiegel, Schulterblick, blinken, dann erst überholen.«

»Wenn de bei jedem Hydranten, an dem de vorbeifährst, blinkst, weiß jeder Depp, dass de 'ne Fahrschülerin bist.«

»Aber an dem riesigen Schild auf dem Autodach erkennt es niemand oder wie?« Tine schaltete den Blinker aus.

»Net bös werden, is alles gut, so wie du's machst.« Uli kramte im Handschuhfach nach einem Schokoriegel. »So, Mädchen, in was für einer Art von Straße simmer jetzt, und was ist besonders dran?«

»Wir sind in einer Einbahnstraße. Und das Besondere daran ist, dass ich hier keinem frontal reinfahren kann, ich könnte höchstens einem hinten drauffahren.«

»Du denkst zu viel über Unfälle nach, Mädchen, aber so kann man's sagen, ja.« Uli packte seinen Schokoriegel aus und lehnte sich in seinem Sitz zurück. »He, wieso hältst du an?«

»Da ist ein Kreisel, Uli.«

»He, wieso machst du den Motor aus?« Ulis Stimme klang ungewohnt schrill.

»Wenn jeder, der mit dem Auto irgendwo stehen bleibt, auch immer gleich den Motor ausschalten würde, könnte man die CO_2-Vergiftung ganz schön eindämmen. Hast du eine Ahnung, wie viele Bäume im Regenwald sterben, weil wir hier die Luft ...«

»Bist du wahnsinnig?« Uli deutete mehrfach mit seinem

Schokoriegel auf einen Blumenkübel mit verdorrten Osterglocken, der die Kreisverkehrsinsel schmückte. »Es war doch kein Mensch da! Du hättest doch gar nicht anhalten müssen!«

»Ich kenne diese Verkehrsstelle nicht und musste mir zuerst einen Überblick verschaffen. Man muss außerdem immer mit Verkehrsteilnehmern rechnen, die mit überhöhter Geschwindigkeit ... «

»Man sieht doch hier schon von zwanzig Meter Entfernung, dass keiner kommt!«

»Sicher ist sicher.«

»Mädchen, du übertreibst!« Uli hatte ganz vergessen, in seinen Schokoriegel zu beißen.

»Wo Übervorsicht anfängt und gesunder Respekt im Straßenverkehr aufhört, müsste man ausführlich diskutieren, bevor man ein verlässliches Urteil fällen kann.«

»Du bist nicht übervorsichtig, Mädchen, du bist paranoid! Und ich diskutier ganz sicher nicht mit dir, hinter uns warten schon Autos! Jetzt schalt den Motor an, und fahr durch den Kreisel, Herrschaftszeiten!«

Tine blickte in den Rückspiegel, es hatte sich tatsächlich eine Schlange gebildet. Der Fahrer des Autos hinter ihr hupte.

»Ja, mein Gott, ich mach ja«, antwortete sie, halb an Uli, halb an ihren Hintermann gerichtet. Sie drehte den Schlüssel, trat auf das Gaspedal und ließ die Kupplung los. Der Fahrschulgolf hüpfte nach vorn, heulte auf und ging aus.

»Was ist denn jetzt los?«

»Du hast ihn abgewürgt. Du musst die Kupplung langsamer kommen lassen, Mädchen.« Uli hatte sich scheinbar wieder gefasst. Das Anfahren hatte schon in der ersten Stunde beinahe auf Anhieb geklappt, deshalb hatte Tine nicht mehr viel darüber nachgedacht. Jetzt allerdings, mit wartenden und hupenden Autos hinter sich, fühlte sie sich unter Druck. Mit zittriger Hand drehte sie den Schlüssel, trat auf das Gaspedal und ließ die Kupplung los. Der Golf heulte auf und hüpfte wieder einen halben Meter nach vorn.

»Wenn wir so weitermachen, sind wir bis zur Prüfung an der Fahrschule.« Uli grunzte. »Hör zu, Mädchen, ich fahr jetzt für dich an, und du fährst dann weiter, damit die armen Leute hier nicht ewig warten müssen.«

»Das wär mir recht.« Tine blickte durch die Heckscheibe nach hinten, wo die Schlange immer länger wurde, während Uli zum ersten Mal Gas und Kupplung auf der Beifahrerseite betätigte. Es passierte aber nichts.

»Hm?« Uli blickte auf seine Füße.

»Was ist los?«, fragte Tine.

»Geht nicht«, antwortete er und fuchtelte etwas unwirsch mit seinen Füßen auf den drei Pedalen herum. »Ah, doch, die Bremse geht. Aber sonst nichts.«

»Wie bitte?« Tine hatte Uli nicht verstanden, hinter ihnen war ein regelrechtes Hupkonzert losgebrochen. Tine schaute wieder nach hinten. Ein Autofahrer war bereits ausgestiegen, reckte die Faust und schimpfte in Richtung des Fahrschulautos.

»O Gott, das werden ja immer mehr! Warum drehen die denn nicht einfach um und fahren zurück?«

»Mädchen, du hast vorhin ganz richtig erkannt, dass wir in einer Einbahnstraße sind.«

»O nein, ich stecke fest!« Tines Stimme wurde schrill. »Und ich halte alle anderen auch noch auf! Ich kann auf einmal nicht mehr anfahren! Mein Herz rast, o Gott, ich hab eine Panikattacke!«

»Steig aus!« Uli schnallte sich ab und öffnete die Beifahrertür. »Wir tauschen die Plätze.«

»Da wär ich nie drauf gekommen! Siehst du? So aufgewühlt bin ich von dem ganzen Stress!« Tine schnallte sich ab und stieß die Fahrertür auf. Das Hupen war nun lauter zu hören. Sie rannte so schnell um den Fahrschulgolf herum, dass sie auf Höhe des Kofferraums mit Uli zusammenstieß.

»Was ist denn los, verdammt noch mal?«, schrie ein junger Mann, der zwei Autos weiter neben seinem Volvo stand.

»Entschuldigung, ich kann noch nicht so gut fahren!« Jetzt erst spürte Tine, dass ihre Füße taub waren.

»Das merkt man!«, schrie eine runzlige alte Dame aus dem Seitenfenster eines anderen Autos. Tine drehte sich zu ihr um.

»Also, ich finde das nicht in Ordnung, dass Sie ...«

»Mädchen!« Uli bugsierte Tine zur Beifahrertür. »Ruhe jetzt, und rein da!« Er warf die Tür zu und hetzte zurück zur Fahrertür. Er warf sich auf den Fahrersitz und startete das Auto. Nur ein paar Meter nach dem Kreisverkehr hielt er auf dem Bürgersteig an, seufzte langgezogen und schaute Tine an.

»Mit dir kann ich nie in Ruhe mein Snickers essen. Du lässt dir jeden Tag was einfallen.«

»Ist doch gut, ist gesünder für dich.«

»Der Stress, dem du mich aussetzt, schädigt dafür die Pumpe, da bin ich ganz sicher.«

»Uli, ich glaube, ich trau mich heute nicht mehr, auf der Straße anzufahren.«

»Und ich trau mich nicht mehr, danebenzusitzen.« Uli grunzte, schnallte sich ab und hievte seinen Körper nach oben. »Komm raus, wir schnappen frische Luft, dann fahren wir zum Parkplatz und üben dort Anfahren. Für alles andere muss ich das Auto sowieso erst mal in die Werkstatt bringen.«

Tine stieg aus und stellte sich in der Parkbucht neben Uli, der eine Schachtel Zigaretten aus seiner Hosentasche zog. Tines Hände zitterten noch immer. Sie blickte auf Ulis Schokoriegel-Rest, der sich in kleineren und größeren Brocken über das Plastikpapierchen auf dem Armaturenbrett des Golfs verteilte. Dann blickte sie auf die Zigarette in seiner Hand. »Gibst du mir eine?«

»Was? 'ne Kippe?«

Tine nickte.

»Bist du sicher? Dir ist doch sowieso schon übel?«

»Deshalb kommt's ja nicht drauf an.«

»Na gut, wenn du meinst.« Uli holte eine zerknitterte Zigarette aus seiner Hosentasche, gab sie Tine und steckte sie ihr an. Tine nahm einen tiefen Zug und fing augenblicklich an zu husten.

»Langsam anfangen, wenn du schon anfangen musst, Mädchen.« Uli schlug ihr so heftig auf den Rücken, dass Tine zwei Schritte nach vorn stolperte. »Erst mal einen kleineren Zug.«

»Jetzt bringst du mir auch noch das Rauchen bei.« Tine lachte hustend auf.

»Meine Arbeitszeit is bezahlt, Mädchen, is mir egal, was ich dir beibringe. Poker und Black Jack hätt ich auch noch im Angebot.«

* * *

»Ich glaube, ich komme mit alten Menschen besser klar als mit Leuten in meinem Alter. Komisch, oder?« Vivien saß nach Feierabend mit Freddy im Garten des Seniorenheims. Nach dem täglichen Organisationsgespräch waren sie abgeschweift. »Es macht mir auch überhaupt nichts aus, sie zu waschen oder mit ihnen auf die Toilette zu gehen oder so. Ich hab nur immer Angst, dass es ihnen irgendwie peinlich ist, deswegen rede ich dann immer ganz viel dabei.«

»Für eine Profiganovin bist du ganz schön philanthrop«, sagte Freddy.

»Profiganovin?«

»Ich hätte jetzt eher gedacht, dass du das andere Wort nicht verstanden hast.«

»Hab ich auch nicht, aber warum hältst du mich für eine Ganovin?«

»Glaubst du, ich weiß nicht, warum du hier bist?« Freddy zeigte auf einen dichten Blütenstrauch um die Ecke. »Guck mal!«

Vivien drehte sich um. Hinter dem Strauch standen Clemens und Henry. Sie hielten sich an den Händen und fühlten sich offenbar unbeobachtet.

»Ha!« Vivien schlug sich mit der flachen Hand auf den Oberschenkel.

»Warst du das?«, flüsterte Freddy.

»Hätte ich es dem Zufall überlassen sollen? Wenn man will, dass das Schicksal in die richtige Richtung läuft, muss man es dann und wann umdrehen.«

»Drehst du nur das Schicksal von anderen Leuten um oder dann und wann auch dein eigenes?«

Vivien seufzte. »Vielleicht war ich es auch gar nicht. Sondern ein seniler Heimgeist, der denkt, er wär Amor. Er sieht schlecht und schießt daher etwas unkontrolliert mit seinen Pfeilen durch die Gegend.«

Freddy drehte den Kopf zu ihr und drückte ihr einen festen und trockenen Kuss auf den Mund.

»Und was war das jetzt?«, fragte Vivien.
Freddy hob die Schultern.
»Macht ja nix«, sagte Vivien.
»Gut.«

* * *

Tine riss in der Küche Schubladen auf, schmetterte Schränke zu und fluchte lautstark.

»Was hat sie denn?« Vivien kam frisch geduscht aus dem Bad und schlenderte zu Lea an den Esstisch. Lea hob die Schultern, wandte den Blick aber nicht von ihren Moderationskarten ab, die sie für den nächsten Tag vorbereitet hatte. »Keine Ahnung. Hast du ihr die Antidepressiva weggefuttert?«

»Nö.«

»Vielleicht hat ihr imaginärer Freund wieder Schluss gemacht.«

»Dann schieb ihr doch 'nen imaginären Cocktail rüber.« Vivien ließ sich auf ihren Stuhl fallen.

»Haltet verflucht noch mal eure imaginären Klappen da drüben«, rief Tine aus der Küche.

Miep machte der Staubsauger-Roboter, als er auf seinem Weg über die Küchenfliesen an Tines Bein anstieß. Tine bückte sich und drehte ihn um, so dass er freie Bahn zum Wohnraum hatte. »Hallo, Staubi«, sagte sie. »Und? Wie geht's dir so? Auch nichts Neues, hm? Mir geht's beschissen, kann ich dir sagen.«

»Tine baut persönliche Beziehungen zu Elektrogeräten auf«, wisperte Vivien.

»Völlig normal bei Geistesgestörten«, flüsterte Lea. »Mein Tacker im Büro heißt Carlotta, und sie ist 'ne Lady. Tackert nur, wenn man sie höflich darum bittet. Ich respektier das.«

»Tacker sind nicht elektronisch.«

»Besserwisser.«

»*Rin.*«

»Hä?«

»Die korrekte Bezeichnung wäre Besserwisse*rin*.«

»Klugscheißerin.«

»Ich hab ein Date.« Vivien beugte den Kopf weit über den Tisch zu Lea und flüsterte. Dann blickte sie kurz zu Tine. »Heute Abend! Mit du-weißt-schon-wem.«

»Voldemort?« Lea schlug eine Hand vor den Mund.

Vivien blickte Lea ausdruckslos an.

»Worum geht's?« Tine kam zum Esstisch und donnerte ihre Teetasse auf die Tischplatte.

»Das Wetter.«

»Ich bin zu doof, ein Auto zu starten.« Tine setzte sich.

»Das bist du ganz sicher nicht«, sagte Vivien. Lea legte ihre Moderationskarten beiseite und öffnete die Pralinenschachtel, die Vivien von Henrys Sohn bekommen und auf den Esstisch gestellt hatte.

»Lass mich erst mal erklären.« Tine tunkte einen Löffel mit Honig in ihre Teetasse. »Ich hab heute den Golf vor dem Kreisverkehr nicht mehr angekriegt, und dann ist auch noch Ulis Gaspedal ausgefallen! Wieso passiert so was immer bei mir? Ich setz mich nur in ein Auto rein, und schon ist es kaputt! Hätte ich wirklich einen Unfall gehabt, dann hätte er nicht eingreifen können! Das macht mich verrückt! Da hätte ja sonst was passieren können!«

»Es ist aber nichts passiert.« Lea ließ ihren Blick über die Pralinen schweifen, dann griff sie nach einer Kugel aus Vollmilchschokolade und steckte sie in den Mund.

»Außerdem bin ich auch noch zu doof für simple Führerscheintheorie! Ich habe am Montag schon Prüfung. Und heute habe ich von sieben Übungsbögen nur drei bestanden, das ist weniger als die Hälfte!«

»Das heißt aber nicht, dass du doof bist«, sagte Vivien.

»Höchstens marginal lernbehindert.« Lea warf sich nacheinander zwei Pralinen in den Mund. Vivien stieß sie in die Seite.

»Seit ich gesehen habe, wie viel wir lernen müssen, bin ich total nervös. Ich habe eine ganze Mappe mit Übungsbögen bekommen, wie soll ich das denn in den paar Tagen alles schaffen? O Gott, ich habe echt Angst, dass ich am Ende wieder kneife.«

»Stell dir vor, es kommt bei der Prüfung einer von den Bögen dran, die du kannst, aber du bist nicht dort! Das wäre doch der totale Mist.«

»Willst du etwa meinen Kampfgeist wecken?«, fragte Tine. »So was besitze ich nicht. Ich hab wegen dem ganzen Stress sogar schon angefangen zu rauchen!«

»*Du?*«, fragte Lea.

»Cool«, sagte Vivien.

»So jetzt ist aber Schluss mit dem Gejammer.« Lea untersuchte eine Praline aus Schichtnougat, dann steckte sie sie in den Mund. »Das, was in den Bögen steht, wiederholt sich doch ständig, also mach dich locker. Das sieht mehr aus, als es ist. Ich lerne mit dir, wenn du willst.«

»Du?«, fragte Tine. »Du bist der ungeduldigste Mensch, den ich kenne! Da würde ich lieber mit Jack the Ripper lernen.«

»Soll ich jetzt wegen der taktfreien Bemerkung ausrasten, oder soll ich mich freuen, weil du endlich deine nervtötende Art ablegst, immer politisch korrekt und höflich zu sein?« Lea biss von einer mit weißer Schokolade überzogenen Praline ab.

»Ich bin für Zweiteres«, warf Vivien ein.

»Wie immer bleibt ihr nicht beim Thema.«

»Also wegen so 'nem lächerlichen Multiple-Choice-Mist ein Fass aufzumachen, ist indiskutabel«, sagte Lea. »Ich habe mich gestern bei der Kirche ein bisschen mit deinem Fahrlehrer unterhalten. Das wird alles klappen, glaub mir.«

»Echt? Was hat er gesagt?«

»Na ja, ein Naturtalent bist du nicht grade, und dazu noch ein bisschen verkopft«, antwortete Lea. »Aber Uli meint, solche Fälle sind sein Spezialgebiet.«

»Und das soll mich jetzt aufbauen?«

»Na klar!« Lea durchsuchte die Pralinenschachtel, die fast zur Hälfte leer war.

»Du musst echt aufpassen, dass du nicht exorbitant zulegst, wenn du so weiterfutterst«, sagte Tine. »Immerhin bist du diejenige von uns, die jeden Tag im Rampenlicht steht.«

»Das geht auch dick.« Lea biss den Zartbitterüberzug einer weiteren Schokokugel ab.

Tine stand auf. »Ich hol mein Lernzeug.«

»Gut so«, rief Lea ihr hinterher, als Tine im Flur verschwand.

»Also zurück zum Date.« Vivien beugte sich zu Lea, als Tines Zimmertür ins Schloss gefallen war. »Tine sollte es auf keinen Fall mitbekommen, oder?«

»Hm.« Lea untersuchte eine Marzipanpraline. »Ist da 'ne Nuss drin?«

»Keine Ahnung.«

Lea steckte sie in den Mund. »Normalerweise bin ich für Offenheit. Was du und Freddy macht, ist eure Sache, und was auch immer in Tines verdrehter Welt dagegen spricht, ist ihr Problem. Im Moment würde ich sie aber schonen, sie ist nervlich echt angeschossen. Also ja, es wäre besser, wenn sie nichts mitbekommt.«

»Und wie soll ich das anstellen? Soll ich mich vielleicht rausschleichen? Außerdem will ich danach mit Freddy hierherkommen, weil er nur 'ne Einzimmerwohnung hat und grade sein Kumpel aus Berlin zu Besuch ist.«

»Sag doch einfach, du triffst dich mit einer Freundin.« Lea warf sich die nächste Praline in den Mund, nun waren nur noch zwei Stück übrig.

»Sag mal, kaust du überhaupt, oder schluckst du die Dinger am Stück runter?«

»Und wenn du irgendwann spät heute Abend mit Freddy hierherkommst, musst du dir auch keine Sorgen machen.« Lea kaute. »Tine kriegt nichts mit. Warst du schon mal nachts auf'm Flur? Ihr Schnarchen hört man bis ins Wohnzimmer.«

»Pssst.« Vivien deutete mit dem Kopf auf die Flurtür. Tine kam mit ihren Prüfungsbögen unter dem Arm ins Zimmer und warf sie auf den Esstisch. Die meisten davon waren bereits zerknittert und hatten Eselsohren. Vivien schnappte sich die Unterlagen, Tine setzte sich. Lea hob die beiden letzten Pralinen hoch und untersuchte sie von allen Seiten.

»Du brauchst die Dinger gar nicht so genau zu untersuchen, am Schluss isst du sie doch sowieso alle auf.« Vivien blätterte durch Tines Übungsbögen. »Sag mal, Tine, willst du uns verarschen? Da sieht man ja überall die alten Bleistiftabdrücke durch!«

»Tinchen, du durchtriebenes, kleines Luder.« Lea hob den Zeigefinger in die Luft und steckte die beiden letzten Pralinen in den Mund.

Tine presste die Lippen aufeinander.

»Ich rauch jetzt eine, und dann überleg ich mir ein neues System.« Vivien warf die Bögen auf den Esstisch und kramte in ihrer Handtasche nach den Zigaretten. »Du kannst das alles ja machen, wie du willst, aber nicht *so*!«

Am Abend hatte Lea ihre Miet- und Arbeitsverträge auf dem großen Esstisch ausgebreitet. Sie saß noch darüber, als Tine zu Bett ging und Vivien kurz darauf grell geschminkt die Wohnung verließ. Später am Abend, als Vivien und Freddy in die Wohnung kamen, in ihrem Zimmer verschwanden und eine halbe Stunde später verdächtig knapp bekleidet mit einer Flasche Rotwein auf den Balkon umzogen, war Lea dazu übergegangen, Rechtsurteile zu Wohnungs- und Arbeitsplatzkündigungen im Internet zu recherchieren. Lea schrak hoch, als die Flurtür aufflog.

»Jetzt geht die Scheiße richtig los!« Tine stand im Nachthemd und mit weit aufgerissenen Augen in der Tür. Die dunkelblonden Haare standen ihr wirr vom Kopf ab. »Ich krieg schon Schlafprobleme! Das war immer die einzige Psychosache, die ich noch nicht hatte!«

Tine stellte sich neben Lea an den Tisch und stemmte die Hände in die Hüften. Lea blickte auf. »Und was genau hab ich damit zu tun?«, fragte sie und schaute verstohlen in Richtung Balkon. Durch die Scheibe konnte sie sehen, wie sich Freddy und Vivien küssten. Noch stand Tine mit dem Rücken zur Küche.

»Du! Du, Uli und Vivien, ihr zwingt mich doch, etwas zu tun, was meinem Seelenheil absolut nicht zuträglich ist«, sagte Tine. »Ich muss jetzt eine rauchen! Siehst du? Ich kann nicht schlafen und muss rauchen! Kann das gut sein? Wenn du mich fragst, ist das der Anfang vom Ende!« Tine durchsuchte Viviens Handtasche nach Zigaretten. Lea schnellte von ihrem Platz hoch, um Vivien und Freddy unauffällig ein Zeichen zu geben, aber die beiden hatten ihre Umwelt vollständig ausgeblendet. Lea ging auf Tine zu und fasste sie am Arm. »Du darfst jetzt auf keinen Fall rauchen. Sonst, äh, wirst du nämlich süchtig, und am Ende ..., äh, ist es so, dass du, äh, Lungenkrebs bekommst.«

»Lea!« Tine fuhr herum. »Spinnst du jetzt? Bei meinem ganzen Hypochondriescheiß kommst du mir auch noch mit Krebs? Denkst du denn überhaupt nicht nach?«

»Äh, doch ..., äh, aber ...«

»*Gott*, ich fass es einfach nicht!« Tine fand Viviens Zigaretten und eilte durch die Küche in Richtung Balkon. Bevor sie an der Glastür ankam, drehte sie sich noch einmal zu Lea um. »Echt, Lea, du musst unbedingt sensibler werden«, sagte sie noch, dann drehte sie sich wieder zur Balkontür und riss sie auf.

»*Was*?«, rief Tine laut. Lea zog den Kopf ein. »Was zur Hölle treibt ihr beide hier draußen?«

»Gar nichts, wir ...«, begann Vivien.

»'n Abend, Tinchen«, sagte Freddy.

»Habt ihr euch grade geküsst?«, fragte Tine. »O Gott, ihr habt ja gar nichts an! Seid ihr etwa ..., sagt mal, habt ihr ... Ihr habt noch viel mehr gemacht als Knutschen, oder? Ach du *Scheiße*!« Tine rannte wieder durch die Küche zu Lea. »Wolltest du mich deswegen nicht rauslassen? Ihr habt mich alle zusammen veräppelt, ich fass es nicht!«

Vivien eilte durch die Küche zu Tine und hielt dabei ihren Bademantel notdürftig zu. Freddy folgte ihr. Er war nur mit Shorts und einem halboffenen Hemd bekleidet und hielt ein Glas Wein in der Hand.

»Was ist hier los?«, fragte Tine, als die beiden im Esszimmer ankamen. Lea warf Vivien einen entschuldigenden Blick zu.

»Wir mögen uns eben«, sagte Freddy.

»*Ihr mögt euch?*«, wiederholte Tine. »Was soll das denn bedeuten? Seid ihr jetzt zusammen oder was?«

»Äh ...«, begann Vivien.

Freddy räusperte sich.

»Also nicht?«, fragte Tine. »Was dann? War das jetzt ein One-Night-Stand oder was?«

»Keine Ahnung«, sagte Vivien und blickte zu Freddy. Er zuckte mit den Schultern.

»So was führt zum absoluten Chaos! Ihr könnt doch nicht miteinander, äh, ihr wisst schon was, ohne zu wissen, wie ihr zueinander steht! Ihr müsst eure Beziehung definieren! Sofort!«

»Traust dich ernsthaft nicht, das Wort *Sex* zu benutzen?« Lea hob eine Augenbraue.

»Bleib beim Thema!«

Lea blickte auf. »Äh, okay, Tine, hör zu, niemand muss hier irgendwas definieren. Guck dir die beiden doch an, es geht ihnen gut.«

»Ja, *jetzt* geht es ihnen gut! Aber hättest du mal Freddy nach seinem letzten Beziehungschaos gesehen, dann ...«

»Tine, das hat hier nichts verloren«, mischte sich Freddy ein.

»Aber ...«

Es klingelte Sturm.

»Wer ist das denn jetzt?« Lea blickte zur Freisprechanlage.

»Um die Zeit würde ich nicht mehr aufmachen«, sagte Vivien und band ihren Bademantel am Bauch zu. Tine war aber bereits unterwegs zur Freisprechanlage. »Hallo?«, sagte sie in den Hörer. Dann hielt sie kurz inne und hängte wieder auf. »Vivien, es ist dein Mann. Er klingt betrunken. Ich hab nicht aufgemacht.«

»Was?«, fragten Vivien und Freddy gleichzeitig. Vivien drehte sich dabei zu Tine, Freddy zu Vivien. »Du bist verheiratet?«

»Ja, is aber 'n Trottel.« Lea winkte ab. »Hat sie betrogen. Dann hat sie sein Auto im Rhein versenkt. Geile Aktion!«

»Lea!« Vivien fuhr herum.

»Was?«

»Ich hätte es ihm schon selbst erzählt«, sagte Vivien. »Vielleicht mit etwas anderen Worten.«

»O mein Gott, das seh ich ja jetzt erst!« Tine tauchte mit ihrem Kopf direkt vor Leas Nase auf. »Was ist mit deinem Gesicht los?«

»Tatsächlich«, murmelte Freddy.

»Wieso, was hab ich denn?« Lea fasste sich an die Stirn.

»Krass.« Vivien blickte ebenfalls zu Lea und schlug die Hand vor den Mund. »Dein Hals ist doppelt so dick, du hast rote Flecken, und deine Augen sind zugeschwollen!«

»Ach so, das«, sagte Lea. »Wahrscheinlich 'ne Allergie auf irgendeine Nuss, die sich in 'ner Praline versteckt hat.«

»Warum hast du sie dann gegessen?«, fragte Vivien.

»Darf ich dich daran erinnern, dass *du* der sadistische Totalausfall warst, der Nusspralinen auf meinen Tisch gestellt hat?«

»Bitte brich jetzt nicht in Panik aus!« Tines Stimme klang schrill.

»Wieso um alles in der Welt sollte ich in Panik ausbrechen?«

»Ein allergischer Schock kann tödlich sein, um Himmels willen, wo ist denn schon wieder das Telefon?« Tine lief kopflos durch die Wohnung.

»Ich würd's ihr nicht verübeln, wenn sie jetzt doch Panik bekommt«, flüsterte Vivien Freddy zu.

»Blödsinn, das hab ich alle paar Wochen«, sagte Lea. »Um mich umzubringen, braucht's mehr als 'ne doofe Nuss.«

Es hämmerte an der Wohnungstür.

»Hast du etwa doch die Haustür aufgemacht?« Vivien fuhr zu Tine herum.

»Nein!«

»Lasst mich rein«, schrie Robert von draußen. »Der Junge mit der Taucherbrille im Treppenhaus hat mir aufgemacht.«

»Mann, Lukas«, murmelte Lea, deutete Vivien und Freddy mit einer Handbewegung an, um die Ecke zu verschwinden, und ging zur Tür. Sie schloss zuerst die Türkette, öffnete dann die Wohnungstür einen Spalt und blieb dahinter stehen.

»Was willst du denn schon wieder?«, fragte sie nach draußen.

»Was werde ich wohl wollen?«, fragte er zurück und drückte sein Gesicht so nah wie möglich in den geöffneten Türspalt. Lea konnte sogar um die Ecke seine Alkoholfahne riechen. »Also falls du deinen Kram zurückwillst, Staubi und Klotzi kriegst du auf keinen Fall.«

»Was?«, lallte Robert. »Wen?«

»Deine Kartons«, antwortete Tine, die neben Lea aufgetaucht war.

»Neieiein«, lallte Robert. »Ich will überhaupt nichts surück, Vivien kann alles behalten, ich will aber Vivien surück. Lass mich rein, ich muss mit ihr reden!«

»Und was willst du ihr sagen?«, fragte Lea. »Dass es dir leidtut oder was?«

»Ja!«

»Du bist echt ein Volldepp«, motzte Lea.

»Er soll sie ruhig mitnehmen!«, rief Tine dazwischen. »Ich halte überhaupt nichts davon, dass sie hier mit meinem kleinen Bruder eine undefinierte Beziehung führt!«

»Was führt sie mit wem?«, rief Robert. »Vivien! Bist du da? Betrügst du mich etwa?«

»*Sie? Dich?*«, schrie Lea. »Verzieh dich, du dämliches Höhlenmännchen! Ich hab's dir gestern schon gesagt, sie ist mit dir fertig!« Lea presste ihr ohnehin geschwollenes und gerötetes Gesicht in den geöffneten Türspalt und zog eine Grimasse. »Hauuuuuuu aaaaaaab!«

»Ahh Hilfe!«, schrie Robert draußen. »Scheiße! Was ist das denn?« Dann hörte ihn Lea die Treppe hinunterrennen. Sie schloss die Tür wieder.

»Jetzt wissen wir endlich, womit man Robert vertreiben kann.« Lea drehte sich zu den anderen. »Es ist 'ne simple Nussallergie.«

»Ihr beide könnt mir echt gestohlen bleiben!«, sagte Tine zu Vivien und Freddy. »Ihr hättet wenigstens ehrlich zu mir sein können.« Dann verschwand Tine im Flur und warf ihre Zimmertür zu. Freddy blickte ihr nach. Dann schaute er von Vivien zu Lea.

»Guck nich so. Willkommen in der Psycho-WG.«

»Hab's dir ja gesagt.« Vivien wandte sich an Freddy. »Hier könnte man 'ne Soap drehen.«

»Ach was, das denkt jeder von sich.« Lea fasste sich an den geschwollenen Hals. »Zuletzt habe ich den Spruch beim langweiligsten Kochabend der Stadt gehört, weil ein Pfannenwender runtergefallen ist. Sagt mal, hat zufällig einer von euch ein paar engagierte Antihistamine zur Hand? Oder könnte mich mal eben jemand zur Notaufnahme fahren?«

Achtes Kapitel

»Was'n jetzt das Topthema für morgen?« Klaus zwirbelte sich den Bart.

»Der Kartoffel-Schäl-Wettbewerb beim Sommerfest der Landfrauen.« Steffen las von seinem Notebook ab. »Wir machen 'ne Kurzreportage und ein Interview mit der Gewinnerin.«

»Woher wisst ihr, dass es eine Gewinne*rin* wird?«, fragte Lea.

»Da machen ja keine Männer mit«, antwortete Steffen.

»Wieso sollten da Männer mitmachen?«, fragte Klaus.

»Ich schätze, die sind gar nicht zugelassen.« Udo holte sich mit einem Zahnstocher ein paar Frühstücksreste aus den Zähnen. »Männer können doch keine Kartoffeln schälen.«

Lea presste die Lippen aufeinander.

»Oh, oh«, sagte Steffen.

»Was?«, fragte Udo hinter dem Zahnstocher hervor.

»Du hast Lea gezündet.«

»Halt doch einfach deine doofe Klappe!«, fauchte Lea.

»Stimmt's etwa nicht?« Steffen grinste und blickte wieder auf seinen Bildschirm. Klaus räusperte sich.

»Ich bin doch echt bescheuert, ich habe ernsthaft darüber nachgedacht, ob es an mir liegt!« Lea stand auf. »Dabei würde jeder normale Mensch bei euch einen an die Schüssel kriegen, ihr seid das lokale Spießbürger-Kommando! Wenn im Umkreis von zwanzig Kilometern irgendein systemerhaltender Mist stattfindet, steht ihr mit drei Mann da, um es abzufilmen!«

Steffen tippte unbeirrt auf seinen Laptop ein. Klaus zwirbelte sich den Bart. Udo stocherte mit dem Zahnstocher in seinen Zähnen.

»Habt ihr dazu überhaupt nichts zu sagen?« Lea stand nun hinter ihrem Stuhl, die Hände auf der Lehne.

»Sollen wir jeden Tag das Gleiche sagen?«, fragte Steffen, ohne von seinem Bildschirm aufzublicken.

»Lea, bitte.« Klaus seufzte. »Mach doch einfach deinen Job.«

»Nein!«, schrie Lea. »Ich moderier den Mist garantiert nicht an! Das kannste grade selber machen, Klausi! Setz dir ein rosa Hütchen auf den Kopf und tu etwas dümmlich, dann bist du deine eigene Traummoderatorin! Ich bin jedenfalls hier raus, ihr Idioten!« Lea eilte in Richtung Tür. »Wem ist eigentlich schon wieder so ein Scheißthema eingefallen? Lasst mich raten ...« Lea zuckte zusammen, als direkt vor ihr die Bürotür aufflog. Vor ihr stand Philipp Weidmann mit einem Kaffeebecher und einer Arbeitsmappe. Sie musste zweimal hinsehen.

»Äh«, stammelte sie und spürte, wie ihr das Blut in den Kopf schoss. Lea kannte Philipp Weidmann seit Jahren, hatte ihn aber noch nie persönlich getroffen. Er moderierte bei einem großen deutschen Privatsender und war schon immer eins ihrer Vorbilder gewesen. Was hatte er bei einem Regionalsender verloren?

»Unser neuer Kollege hatte die Idee, Lea«, sagte Steffen. »Darf ich vorstellen: Philipp Weidmann.«

»Oh ..., äh, ich weiß.« Lea räusperte sich. »Also ich weiß

den Namen. Hallo, ich, äh, bin Lea.« Lea räusperte sich erneut. »Also Kronberger. Also mit Nachnamen.«

»Hallo, Lea«, sagte Philipp, schloss die Tür hinter sich und reichte ihr die Hand.

»Lea hatte gerade etwas an Ihrer Idee auszusetzen, Herr Weidmann«, sagte Steffen.

»Äh, na ja«, sagte Lea. »Nicht, ähm, direkt, äh, Idee, ähm, ...« Sie musste sich räuspern.

»Was ist damit?« Philipp Weidmann setzte sich mit seinem Kaffeebecher an den Konferenztisch und holte ein paar Notizen aus seiner Mappe.

»N... N... Nichts.« Lea nahm ihm gegenüber Platz. »Nur so, äh, also Hausfrauenkram, äh, ohne Männer, ähm, unzeitgemäß.«

Lea verstand ihr eigenes Verhalten nicht. War sie tatsächlich von einem Fernsehfuzzi eingeschüchtert? Sie war doch selbst einer. Noch dazu ein rebellischer, der Duckmäuser verabscheute. Lea fühlte sich wie eine Fehlgeburt ihres eigenen Verstandes.

»*Unzeitgemäß?*«, wiederholte Steffen. »Eben hast du noch von Spießbürger-Kommando, systemerhaltendem Mist und einer Scheißidee gesprochen.«

Lea blickte zuerst zu Steffen, dann zu Philipp Weidmann, der weder genervt noch beleidigt aussah, sondern amüsiert. Mit einem offenherzigen Lächeln sah er Lea geradewegs in die Augen. »Äh, ich ..., also ...«, stammelte Lea.

»Nehmen Sie sich das nicht zu Herzen, Herr Weidmann.« Klaus machte eine lapidare Handbewegung in Leas Richtung. »Frau Kronberger übertreibt gerne mal.«

»Hm.« Philipp Weidmann blickte auf die Notizen, die er vor sich hatte. »So habe ich das Ganze noch gar nicht betrachtet. Sie hat da nicht unrecht.«

»N... N... Nicht?«

»Nee. *Landfrauen-Kartoffel-Schäl-Wettbewerb* klingt tatsächlich etwas hausbacken. Vielleicht ruf ich mal beim Veranstalter an und frage, ob ich selbst teilnehmen kann. Wir könnten doch die Reportage mit mir im *On* drehen, dann wird sie auch ein bisschen lebendiger. Außerdem bin ich ein verdammt guter Kartoffel-Schäler, vielleicht gewinn ich das Ding, das wär doch was. Was halten Sie davon, Frau Kronberger?«

»Äh ...«, antwortete Lea. »C... C... Cool?«

»Cool.«

* * *

»Wir sollen mit dir ins KUZ kommen und dir bei einem Schmuckdiebstahl helfen?«, fragte Lea, während sie sich am Tablet durch ihre Google-Ergebnisse für Philipp Weidmann klickte. Sie wollte herausfinden, warum er nicht mehr für den deutschlandweiten Privatsender arbeitete. Es war später Nachmittag, und die drei Frauen saßen im Wohnzimmer zusammen.

Vivien nickte. »Wir brauchen die Kette von Henrys Schwiegertochter. Und da brauche ich eure Hilfe, ich habe noch nie Schmuck vom Körper einer Person gestohlen.«

»Ich seh bei dir nicht unbedingt Tendenzen zur Verbesserung«, sagte Tine. »Du solltest vom Stehlen wegkommen, stattdessen erschließt du neue Geschäftsfelder. Herr Friede wäre wenig begeistert.«

»Herr Friede hat sein Ziel schon erreicht«, erwiderte Vivien.

»Wie das?« Lea blickte nicht von ihrem Tablet auf.

»Ich denke seit Neuestem ganz anders über Diebstahl. Es ist immer falsch. Selbst wenn es anonyme Kaufhaus-

Schuhe sind. Habt ihr gewusst, dass die Kosten für die Diebstähle am Ende auf die Preise draufgeschlagen werden? Damit ist es quasi Diebstahl an der ganzen Menschheit.«

»Sag bloß.« Tine verdrehte die Augen. Sie verbarg es nicht, dass sie noch immer wütend auf Vivien war. Zwar hatte Tine mittlerweile ein langes Gespräch mit Freddy geführt, in dem er ihr glaubhaft versichert hatte, dass ihm die Sache mit Vivien, wie auch immer man sie nennen mochte, sehr gut bekam, aber Tine trug Vivien die Heimlichtuerei nach.

»Ich überdenke tatsächlich gerade meine Werte.« Vivien starrte an die Wand. »Oder entwickle überhaupt erst welche.«

»Und da ist es deine erste Amtshandlung, 'nem Mädel in 'nem Club die Kette vom Hals zu mopsen?« Leas Blick haftete am Tablet, sie scrollte nach unten.

»Ja«, antwortete Vivien. »Hier geht's um Gerechtigkeit. Ich hoffe, dass sie mich nicht erkennt. Aber ich habe ja bei der Arbeit die Haare unter der Kappe, meine Brille auf und laufe in Sackklamotten rum. Eigentlich kann nichts passieren.«

»Ich kann nicht mit, ich habe um halb zwölf meine Nachtfahrt«, sagte Tine.

»Wir wissen beide, dass es nicht an der Nachtfahrt liegt«, sagte Vivien, aber Tine wich ihrem Blick aus. »Lea? Kommst du mit?«

Lea schüttelte den Kopf und blickte zum ersten Mal von ihrem Tablet auf. »Sorry, ich bin desaströs mies gelaunt. Wollt ihr mal wissen, wer mein neuer Kollege ist? Philipp Weidmann!« Lea drehte das Tablet, auf dem bei Google mehrere Bilder von Philipp Weidmann zu sehen waren.

»Ist das der vom *Life*-Magazin?« Vivien setzte sich gerade hin.

»Den kenn ich auch!«, sagte Tine.

»Wenn der tatsächlich mein Magazin übernehmen soll, hab ich doch keine Chance! Egal wie viele Therapien ich mache.« Lea warf das Tablet neben sich auf die Couch und Richtung Küche. »Ich brauch jetzt 'nen doppelten Schnaps. Noch jemand?«

»Lea, das ist nicht der richtige Weg mit einer frustrierenden Situation umzugehen.« Tine stand auf. »Lass mich dir einen Beruhigungstee ...«

»Bleib mir mit deiner schrumpeligen Kräutertüte vom Hals!« Lea fuhr herum. »Aua!« Es rumste. »Wieso ist das Drecksding so hart? Scheiße, Mann!« Lea war gegen einen der Kartons gelaufen, die noch immer zwischen der Wohnungstür und der Küche standen. Tine kam aus dem Wohnzimmer herübergerannt. »Hast du dir weh getan?«

Lea rieb sich den Fuß. »Was ist das für ein Scheißkarton?« Lea richtete sich wieder auf, gab dem Karton mit dem anderen Fuß einen Tritt und setzte ihren Weg zur Küche fort. Tine hob den Karton hoch. »Der ist ja echt schwer.«

»Mach mal auf.« Vivien tauchte neben ihr auf.

Während Lea mit ihrem Glas zurück zur Couch ging, riss Tine den Deckel des Kartons ab und zog eine Kiste aus hellem Holz heraus. »Sieht aber diesmal nicht nach Elektrokram aus.«

»Solange es nur nicht wieder Unterwäsche für 'ne andere Frau ist«, sagte Vivien. Tine holte Luft, biss sich dann aber auf die Unterlippe und blickte Vivien an. Sie wollte gerne etwas Tröstendes sagen, konnte aber ihren Ärger noch nicht weit genug hinunterschlucken. Sie versuchte, den Deckel der Kiste an einem dafür vorgesehen Griff zu öffnen. »Geht nicht auf.« Tine zog noch einmal stärker, wieder erfolglos.

»Wahrscheinlich klemmt sie.« Vivien beäugte die Kiste genauer. »Vielleicht liegt sie ja schon seit Ewigkeiten bei Robert im Keller rum.« Tine stöhnte, als sie ein weiteres Mal ohne Erfolg am Griff zog.

»Und ist voller dunkler Familiengeheimnisse, die nur darauf warten, gelüftet zu werden.« Tine kicherte.

»Wie in diesen dicken Wälzern mit vielen Treppenstufen und Kletterpflanzen auf dem Cover«, sagte Vivien. Tine schüttelte die Kiste, es war aber nichts zu hören. »Und nach dem Öffnen finden wir unglaubliche Dinge über die Eltern deines Mannes heraus, die erklären, warum er so geworden ist, wie er ist.«

»Dann müsste Roberts Vater schon ein untergetauchter Scheich aus dem Orient sein, der ihm die Polygamie genetisch angehängt hat.«

»Oder sein Vater ist gar nicht sein Vater«, warf Tine ein.

»Oder sein Vater ist gleichzeitig sein Bruder«, erwiderte Vivien.

»Oder sein Vater war mal seine Mutter«, sagte Tine. »Und die Frau, von der er dachte, sie sei seine Mutter, ist gar nicht mit ihm verwandt, und er kann ihr endlich seine Liebe gestehen.«

»Das würde einiges erklären.« Vivien blickte Tine an. Dann fingen beide an zu lachen.

»Könnt ihr mal ein bisschen leiser sein, ich versuche hier drüben, mein Leben zu verkraften«, rief Lea vom Sofa aus. Sie hatte die Augen geschlossen und verzog keine Miene. Tine zog noch immer mit aller Kraft am Griff der Kiste. »Die geht echt absolut nicht auf.« Dann hielt sie Vivien die Kiste hin. »Probier du doch mal.«

»Ich bitte dich, wenn du sie schon nicht aufbekommst, brauche ich es gar nicht erst zu versuchen.« Vivien hob abwehrend die Hände. »Schau dir mal meine kläglichen Ärmchen an, ich krieg nicht mal 'ne Flasche Cola auf.«

»Mein Gott.« Lea stand vom Sofa auf, stampfte auf die beiden zu und nahm Tine die Kiste aus der Hand. »Ich mach euch jetzt das verfluchte Ding auf, und dann lasst ihr mich und mein Selbstmitleid in Ruhe miteinander bekannt werden, geht das?«

Tine nickte. Lea inspizierte die Kiste von allen Seiten und zog dann, wie vorher Tine, fest am Griff. »Die ist ja wirklich richtig fest zu«, sagte sie. Dann stellte sie die Kiste auf dem Fußboden ab, trat mit einem Fuß darauf und zog erneut mit aller Kraft am Griff. Der Deckel flog auf, und eine klobige schwarze Pappbox fiel auf den Boden. Vivien bückte sich und drehte die Box um.

»Ach, das Ding.«

»Welches Ding?«

»*Vom Winde verweht* in einer Special-Edition-Premium-Box inklusive Bonusmaterial, Audiokommentar und wahrscheinlich mehrere Hundert Stunden Making-off vom Making-off. Pff. Die Realität ist so einfallslos! Da überlegt man ewig, was sich Geheimnisvolles in so einer Holzkiste verstecken könnte, und dann isses einfach 'ne blöde Sammelbox mit 'nem Kitschfilm.«

»He, das ist ein Klassiker!« Lea nahm Vivien die Box aus der Hand und begutachtete sie.

»Wieso hat dein Exmann so 'nen Film?«, fragte Tine, während Lea die DVDs und das Booklet auf dem Küchentisch ausbreitete.

»Hat er mir mal zum Valentinstag geschenkt«, sagte Vivien. »Daraufhin haben wir einen riesigen Streit bekommen.«

»Wieso das denn?«, fragte Tine.

»Hätte meiner Meinung nach gerne mal was von Herzen sein dürfen, anstatt einfach das Ding bei Amazon zu bestellen. Das einzige Kreative an der Sache war, dass er's in die Holzkiste gestopft hat, damit ich nicht draufkomme, was drin ist. Jetzt erinnere ich mich auch wieder. Aber ich hab's ihm gleich gesagt, ich guck mir so 'nen Schnulzenmist garantiert nicht an.«

»Das ist ein Kultfilm!« Lea sortierte die einzelnen DVDs wieder in die Box.

»Seine Begründung, mir das Ding zu schenken, war, dass die Hauptdarstellerin so heißt wie ich«, erklärte Vivien. »Das sagt doch alles.«

»Stimmt«, sagte Lea. »Vivien Leigh. Die war übrigens auch depressiv.«

»Na, vielen Dank auch.«

»*Ich werde einen Weg zu ihm finden. Aber nicht heute – verschieben wir's doch auf morgen.*« Lea ruderte in einer übertrieben theatralischen Geste mit den Armen, während sie die DVD-Box in einer Hand hielt. Vivien und Tine schauten sich an.

»Bist du verliebt?«, fragte Tine.

»Bist du bescheuert?«

»Hm.«

»Das war nur ein Zitat aus dem Film, ist mir grade zufällig in den Kopf geschossen.«

»Freud sagt, es gibt keine Zufälle.«

»Freud sagt auch, es wird hell, wenn jemand spricht.«

»Ich schenk dir das Ding«, unterbrach Vivien. »Und ich leg noch eine Schachtel Aspirin obendrauf.«

»Ach, du verbitterte alte Ziege.« Lea schnappte sich die Box. »Es ist eine epische Liebesgeschichte, und am Ende

kriegen sie sich nicht! Das ist superschön und todtraurig.«
Sie rauschte mit den DVDs durch den Flur in ihr Zimmer davon.

Tine blickte ihr nach. »Klingt fast so, als hätte unsere Lea ein Stück weibliches Herz.«

* * *

»Ich fass es nicht, dass ich tatsächlich auf die Ü-dreißig-Party gehe«, sagte Lea, als sie mit Vivien und Tine den Eingang des Clubs passiert hatte. »Wenigstens kennt mich hier keiner. Die sind alle hundert Jahre zu jung, um die Zielgruppe meiner Sendung zu sein.«

»Ich wollte schon immer mal hierher«, sagte Vivien. »Tragisch, dass ich erst eine Straftat planen muss.«

»Ich dachte immer, man darf erst mit über dreißig auf eine Über-dreißig-Party.« Tine lief etwas umständlich neben den beiden her. Sie trug Schuhe mit hohen Absätzen, die sie von Vivien geliehen hatte. Für ein anderes Outfit als ihre klassische Bluse über einer schwarzen Stoffhose hatten die beiden anderen sie aber nicht begeistern können. Auch ihr halblanges aschblondes Haar hatte sie, wie immer, im Nacken zusammengeklammert.

»Ihr habt nichts verpasst«, sagte Lea, während die drei durch den am Rhein gelegenen Außenbereich des Clubs mit seinen zahlreichen Sitzgelegenheiten und Bierständen spazierten. »Restposten-Partys für Verzweiflungstäter mit Torschlusspanik. Hier wird man alle paar Meter blöd angebaggert.«

Tine blickte auf.

»Bist du interessiert, Tinchen?« Lea lachte.

»So was hätte es früher nicht gegeben.« Vivien hielt sich

im Gehen den Schminkspiegel vors Gesicht und zupfte ein paar ihrer sorgfältig mit dem Glätteisen bearbeiteten Haarsträhnen zurecht. »Da wurde Gammelfleisch noch fristgerecht entsorgt.«

»Und heute wird es mit Konservierungsstoffen aufgespritzt, in Marinade getunkt und an konsumgeile Geizhälse vertickt«, sagte Lea.

»Oder mit Botox aufgespritzt, ins Schminkköfferchen getunkt und auf 'ner Restposten-Party abgestellt.« Vivien steckte ihren Schminkspiegel wieder in ihre Handtasche.

»Wovon redet ihr, um Gottes willen?« Tine sah von einer zu anderen.

»Früher gab es keinen Treffpunkt für abgelaufenes, gepimptes Gammelfleisch«, sagte Lea. »Wer mit fünfundzwanzig nicht verheiratet war, ist einfach hinten runtergefallen.«

»Wo hinten runter?« Tine riss die Augen auf.

»Vom Rand der Welt«, erwiderte Vivien.

»Da wo jeder runterfällt, der das Spiel verzockt hat.« Lea stellte sich ans Ende der Schlange, die sich vor der Garderobe gebildet hatte

»Bleib ruhig«, sagte Vivien zu Tine. »Heute ist das normal, mit dreißig Single zu sein.«

»Gibt ja sogar schon Ü-vierzig-Partys«, sagte Lea.

»Gammelfleisch-Dinosaurier.« Vivien lachte.

»Jetzt hört doch mal auf!«, Tine sprach mit Entrüstung im Tonfall. »Ihr beide habt ja leicht reden, Frauen wie ihr finden an jeder Ecke jemanden. Aber es gibt eben Leute, die sich mit der Partnersuche schwertun. Ich zum Beispiel! Und wenn uns dann die Möglichkeit gegeben wird, aufeinanderzutreffen, finde ich das wirklich gut.«

»Klar«, sagte Lea, während die drei in der Schlange wieder ein paar Meter nach vorne rückten. »Deswegen tun es die Betreiber dieser Partys ja auch nur aus ethischen Gründen.«

»Echt?«

»Wow!«, unterbrach Vivien, als Lea ihren Mantel auszog und ein freizügiges Glitzerkleidchen zum Vorschein kam. »So wie du aussiehst, passt du hier ja genau rein.«

»Was? Wieso? Wie sehe ich denn aus?«

»Ü-dreißigjährige verzweifelte Singlefrau, die zwar nicht mehr auf den Traummann hofft, aber sich im Sinne der Fortpflanzung tapfer auf die Suche zwischen den Restposten begibt.«

»Da liegst du falsch.« Lea drängelte etwas in der Schlange. »Es hat einen psychologischen Hintergrund.«

Tine blickte auf. »Erzähl!«

»Na, ich bin ja im Augenblick etwas geschlechtsverwirrt, und das hier ist mein erstes Experiment. Ich passe mich äußerlich und innerlich nicht mehr der Männerwelt an. Ich kann auch feminin sein und den Dreckskerlen die Eier abreißen.«

»Das glaube ich dir sofort«, sagte Tine.

»Na, du süße Maus?« Ein knapp zwei Meter großer, schwer bemuskelter Mann mit Glatze und ärmellosem Ed-Hardy-Shirt hatte sich innerhalb von Sekundenbruchteilen vor Lea aufgebaut.

»Und schon geht's los«, murmelte Vivien.

»Was?«, fragte Lea. »Meinst du mich?«

»Ja, dich, du süße Maus.«

»Wie hast du mich grade genannt?«

»Fällt das nicht irgendwie unter Irreführung, wenn sich 'ne Krawallfeministin im Glitzerfummel tarnt?«, flüsterte Vivien Tine ins Ohr.

»Wo ist denn das Problem?« Das Grinsen verschwand aus dem Gesicht des Mannes.

»Gut, dass du fragst! Du bist das Problem, du dämliches Pseudo-Alphatier!« Lea blickte zu ihm nach oben. Die Zornesfalte, die sich zwischen ihren dunkel geschminkten Augen bildete, wollte nicht so recht zu ihren sommersprossigen Pausbacken passen. »Du und deine Macho-Arschloch-Anmache!«

»Sie ist nämlich für Gleichberechtigung«, erklärte Tine.

»Ach du Scheiße.« Der Mann hob beide Hände und wandte sich zum Gehen. »Hast wohl deine Tage.«

»*Pass* auf, was du sagst«, schrie Lea ihm hinterher, ballte ihre Hand zur Faust und reckte sie in die Luft, »oder hast du schon mal 'nen Jimmy Choo in der Fresse gehabt, du bescheuerter Muskelprolet?«

Vivien griff nach Leas Faust und zog sie wieder nach unten. Der Mann schüttelte den Kopf und verschwand hinter ihnen in der Schlange, wo ein paar Leute tuschelnd die Köpfe zusammensteckten.

»Mann, Lea, mit dir blamiert man sich echt überall«, zischelte Tine hinter vorgehaltener Hand.

»Bist du wahnsinnig, so 'ner Kampfmaschine Schläge anzudrohen?«, sagte Vivien.

»Sehe ich aus wie eine Tussi, die auf solche Sprüche steht?«, zischte Lea zwischen zusammengebissenen Zähnen hervor.

»Ja«, sagte Vivien.

Tine nickte. »Hier.« Tine zog eine kleine Pillendose aus der Tasche ihres Mantels und hielt sie Lea hin. »Nimm 'ne Baldrian, vielleicht macht dich das wieder gesellschaftsfähig.«

Mittlerweile waren die drei in der Schlange ganz nach

vorn gerückt. Lea stützte ihre Ellbogen auf den Tisch der Garderobe. »Lass mal! Am Schluss bin ich noch tablettenabhängig, dann bin ich endgültig psycho.«

»Quatsch! Die machen nicht abhängig, man kann sie noch nicht mal überdosieren. Sagt jedenfalls die dicke Apothekerin im Gutenberg-Center.«

»Wofür brauchst du die Dinger, Tine?«, fragte Vivien.

»Angst vor der Prüfung.« Tine drückte dem Garderobenmitarbeiter ihren Mantel in die Hand. »Kann ja kaum noch schlafen, aber Baldrian beruhigt die Nerven.«

»Gib mir doch mal eine«, bat Lea und griff zu, als Tine ihr Pillendöschen zückte. Vivien und Lea gaben ebenfalls ihre Mäntel ab und folgten Tine in den Partyraum.

»Seit wann hast du eigentlich Prüfungsangst?«, fragte Lea.

»So ungefähr seit der zehnten Klasse. Schon mehrere Tage vor Prüfungen drehe ich vollkommen durch. Und während einer Prüfung denke ich dann drüber nach, dass ich es nicht schaffen könnte und dass mich dann alle für blöd halten, und ich die Fragen, die ich da lese, gar nicht verstehe.«

Die drei stellten sich an einen kleinen Stehtisch unweit der Bar, und Vivien ließ den Blick auf der Suche nach Annika mehrmals durch den gesamten Partyraum schweifen.

»Wahrscheinlich weil deine Eltern dich nie unterstützt haben, aber trotzdem hohe Erwartungen an dich hatten«, begann Lea. »Also da ist irgendwas mit Perfektionsgedöns aus deiner Kindheit hängengeblieben, schätze ich.«

Vivien verdrehte die Augen. »Jetzt hattest du grade mal drei Stunden Psychotherapie, und schon geht's los.«

»Vielleicht sollte ich jetzt gar nicht so viel drüber nachdenken.« Tine nahm sich eine Pille aus dem Döschen und steckte sie in den Mund. »Das macht mich schon wieder nervös. Uli hat gesagt, ich soll am besten gar nicht denken, sondern einfach machen.«

»Wahrscheinlich ist dein Fahrlehrer der beste Therapeut, der dir je begegnet ist.« Vivien reckte den Hals und blickte sich um. »Ich sehe diese verflixte Annika nicht, am Ende sind wir völlig umsonst hier.«

»Es ist grade mal zehn und noch überhaupt nichts los«, erwiderte Lea. »Die taucht schon noch auf.«

»Um halb zwölf muss ich vor der Tür stehen«, sagte Tine. »Uli holt mich am Fort Malakoff für die Nachtfahrt ab.«

»Reicht locker«, antwortete Lea. »Bis dahin hat Vivien zehn Ketten geklaut. Ist doch ein Profi.«

»Im Ladendiebstahl, Lea! Auch wenn's mir keiner glaubt: Ich hab noch nie Privatpersonen bestohlen. Ich bin doch kein Taschendieb.«

»Da muss man eben auch mal improvisieren können«, sagte Lea. »Wir haben alle irgendwann Oliver Twist gesehen. Kann ja nicht so schwer sein.«

»Erst mal muss die Dame auftauchen.« Vivien blickte sich weiter um. »Und die Kette umhaben.«

»Bis dahin können wir es uns aber auch gutgehen lassen.« Lea drehte sich zur Bar. »Trinkt ihr einen Prosecco mit?«

»Bist du geistesgestört?«, fragte Tine.

»Darüber ist eine breitgefächerte Debatte im Gang.«

»Ich hab später meine Nachtfahrt!«

»Du fährst doch erst in zwei Stunden.«

»Eineinhalb! Und ich fahr nüchtern schon scheiße!«

»Also ich nehm einen«, entschied Vivien.

»Hallo, dürfen wir euch auf ein Getränk einladen?« Ein

auffällig junger Mann mit adrettem Seitenscheitel war neben den dreien aufgetaucht.

»Klar«, sagte Lea.

Vivien nickte.

»Ich bin Markus, und das hier ist mein Kumpel Timo.« Der Mann mit dem Seitenscheitel zeigte auf einen ähnlich aussehenden Mann neben sich.

»Hi.« Timo grinste breit.

»Sekt, bitte«, sagte Lea.

»Für mich auch«, fügte Vivien an.

»Für mich nichts«, sagte Tine so leise, dass Markus sie kaum verstand. »Aber danke für das Angebot. Sehr nett.«

Markus nickte Timo zu, der die Getränke an der Bar bestellte, dann wandte er sich an Lea. »Wie heißt du?«

»Natalie.«

»Schöner Name.«

»Nicht wahr?«

»Du bist 'ne echte Rothaarige, oder?«, fragte Markus, während Timo die Getränke an der Bar abholte.

»Ja, wieso?«

»Weil ich total auf original Rothaarige stehe.« Er zwinkerte ihr zu. »Sind aber schwer zu finden. Wo gibt's denn noch mehr von deiner Sorte?«

»Bitte, was?« Lea konnte den Blick nicht von Markus abwenden, als sie den Sekt von Timo entgegennahm. »Wir sind doch hier nicht auf dem Teppichmarkt!«

»Danke schön«, sagte Vivien, die von Timo ebenfalls ein Glas Sekt bekommen hatte. Dann lauschte sie der Musik. »Cool, Basket Case, die Hymne aller Geistesgestörten.«

»Wieso Teppichmarkt?« Markus zog die Stirn in Falten.

»Magst du die?«, fragte Timo und grinste Vivien breit an.

»Wen? Geistesgestörte? Ja. Sehr sogar.«

»Ich habe keine Ahnung, wo sich die anderen Rothaarigen verstecken.« Lea wurde lauter. »Schau doch mal beim örtlichen Scheiterhaufen vorbei.«

»Nein, ich meinte die Band«, sagte Timo. Vivien blickte zu Lea und Markus. Sie musste sich ein Lachen verkneifen.

»Wie bitte, ich verstehe nicht?« Markus sah Lea an. Sie trank ihren Sekt in einem Zug aus und drehte sich weg. »Ähm, habe ich irgendwas Falsches ...«, begann Markus, aber Lea stampfte an ihm vorbei zur Bar. »Das gibt's doch nicht, egal wohin ich gehe, die Vollidioten spüren mich auf.« Dann wandte sie sich an den Barkeeper: »Einmal Alkohol, bitte. Egal was.«

»Sorry, Jungs«, sagte Vivien zu Markus und Timo. »Ich glaube, Natalie ist nicht in Stimmung für Plaudereien.«

»Glaub ich auch.« Markus schaute noch einmal irritiert zu Lea, dann wandte er sich zum Gehen.

»Viel Spaß noch«, fügte Timo hinzu, dann waren die beiden verschwunden. Lea nahm ein überdimensional großes Bier entgegen und drehte sich wieder zu den anderen.

»Tine, ich brauche mehr Stoff aus deiner Pillendose«, sagte sie.

»Lea, du übertreibst«, entgegnete Vivien.

»Finde ich auch.« Tine öffnete ihre Pillendose und hielt sie Lea hin. »Die waren doch ganz nett. Du hattest jetzt schon einige Doppelstunden bei Onkel Heini, aber wie ein zivilisierter Mensch verhältst du dich immer noch nicht.«

»Immerhin weiß ich jetzt, warum«, gab Lea zurück.

»Ach ja?« Tine blickte Lea an, während sie sich eine der Baldriantabletten in den Mund schob und mit einem großen Schluck Bier hinunterspülte.

»Durch Erlebnisse in meiner Kindheit habe ich eine unterschwellige Grundaggression entwickelt, die sich nun an scheinbaren Banalitäten manifestiert.«

»Hä?«, fragte Vivien.

»Hab ich mir gedacht«, sagte Tine.

»Aber ich muss zu meiner Verteidigung sagen, dass diese ganzen frei laufenden Vollpfosten hier drin meiner inneren Ruhe ganz und gar abträglich sind.«

»Welche innere Ruhe?«, fragte Vivien.

»Ist ja echt toll, dass ihr überhaupt keinen Wert drauf legt und trotzdem die ganze Zeit angesprochen werdet.« Tine seufzte. »Und für mich interessiert sich kein Mensch.«

»Und zwar genau wegen dieser Einstellung«, antwortete Lea.

»Könnt ihr euch mal bitte ein bisschen zusammenreißen?« Vivien zündete sich eine Zigarette an. »Ich brauche *einen* Abend lang mal eure Unterstützung, und was passiert? Die eine ist durchgehend auf Krawall und die andere zu Tode deprimiert. Und das obwohl ihr die ganze Zeit Pillen schluckt! Könnt ihr nicht alle einfach mal klarkommen?«

»Wenn wir das könnten, wären wir uns nie begegnet«, sagte Tine.

»O Gott, da ist Chrissy.« Lea sprang mit einem riesigen Satz hinter eine dicke Säule neben dem Stehtisch.

»Wer ist Chrissy?« Vivien und Tine folgten ihr hinter die Säule.

»Ein Fehler, den ich im zweiten Semester gemacht habe.« Lea linste hinter der Säule hervor in Richtung Tanzfläche. »Und im vierten. Und fast noch mal nach der Zwischenprüfung.«

Vivien und Tine folgten Leas Blick zu einem blonden, großgewachsenen Mann, der in einer Gruppe auf der anderen Seite des Raumes stand.

»Ich hasse diesen Menschen.«

»Was hat er getan?«, fragte Tine.

»Er existiert.«

»Verstehe.«

»Ein blödes Pimmelgesicht, das sich zwar kreuz und quer durch die Tundra vögeln will, aber als Back-up immer eine feste Freundin braucht, die er verarschen kann.«

»Und auf so einen Trottel bist du dreimal reingefallen?«, fragte Vivien.

»Zweimal«, korrigierte Lea. »Wenn er wenigstens die Eier in der Hose hätte, ein *echtes* Chauvi-Arschloch zu sein, das ohne Ersatzmami auskommt, könnte ich ihn ja noch halbwegs respektieren.«

»Glaub ich nicht«, sagte Tine. »Dann würdest du erst recht auf ihm rumhacken.«

»Und was mach ich jetzt?« Ohne Tines Einwand zu registrieren, spähte Lea hinter der Säule hervor. »Wenn der den ganzen Abend da stehen bleibt, kann ich nicht mal aufs Klo.«

»Was wäre denn so schlimm daran, wenn du ihm begegnest und einfach ganz normal *hallo* sagst?«, fragte Vivien.

»Als wir uns das letzte Mal gesehen haben, hab ich ihm eine gescheuert und im Anschluss sein Auto auf dem Uni-Parkplatz zerkratzt.«

»Irgendwann gründen wir doch noch unsere Knastband«, murmelte Vivien.

»Ach Lea.« Tine seufzte. »Du machst dir mit deiner unkontrollierten Art das Leben nicht unbedingt leichter.«

»Willst du 'nen Orden für diese Perle der Erkenntnis?«

»Ich würde vorschlagen, wir gehen einfach hinter ihm und seinen Freunden vorbei in den anderen Raum.« Vivien deutete auf den Flur hinter der Bar. »Wollte sowieso schauen, ob Annika vielleicht da hinten ist.«

»Dein Ex guckt grade in die andere Richtung«, sagte Tine zu Lea.

»Sabbert ein paar Halbnackten auf der Tanzfläche entgegen«, fügte Vivien an.

»So kenn ich ihn.« Lea trat hinter der Säule hervor. »Dann los.«

Die drei gingen zügig an der Bar vorbei und bogen in den Flur, der zum zweiten Partyraum des Clubs führte. Dort angekommen, blickte sich Vivien erneut nach Annika um, und Lea atmete auf.

»Nehmen wir die da?« Tine zeigte auf eine große, buntbemalte Tonne unweit der Bar, auf der man Getränke abstellen konnte. Lea nickte, Vivien warf Handtasche und Zigarettenschachtel auf die Tonne.

»Hallo zusammen, ich bin Milena.« Ein junges Mädchen mit aufwendiger Hochsteckfrisur kam auf sie zu.

»Äh, hallo?« Vivien hob eine Augenbraue.

»Und das hier ist Martin, mein Austauschschüler aus der Schweiz.« Milena deutete auf den sehr runden Kopf eines höchstens Siebzehnjährigen, der in Endlosschleife nickte. »Hallo.«

»Äh, also, weswegen wir hier sind«, stammelte Milena und wandte sich an Lea, »da drüben steht mein Nachbar, also er wohnt über uns, und wir sind befreundet.« Milena zeigte in die Mitte des Raumes auf einen Mann, der verkrampft versuchte, lässig an einer Säule zu lehnen. »Er hat dich gesehen, als du reingekommen bist, und war sofort von dir beeindruckt. Und er wollte wissen, ob er dich zu einem Getränk einladen darf.«

»Aha!« Lea blickte hinüber.

»Er heißt Volker, ist zweiunddreißig, Diplom-Ingenieur und an einer festen Beziehung interessiert.«

Lea runzelte die Stirn. »Klar, schick mir das Bürschlein ruhig mal her.«

»Oje«, murmelte Tine.

»Super.« Milena machte sich auf den Weg. Martin blieb wie angewurzelt vor Vivien stehen.

»Wie heißt du?«, fragte er sie.

»Vivien.«

»Coooooler Name.« Martin nickte. »Willst du 'ne Kippe?«

»Aber immer.«

»Komm, ich hol dir auch noch was zu trinken.«

»Süß«, sagte Lea, die den beiden nachblickte, als sie zur Bar gingen.

»Was ist denn daran süß?«, fragte Tine. »Vivi betrügt hier gerade meinen Bruder.«

»Indem sie mit 'nem Austauschschüler 'ne Cola trinkt?«

»Meinst du, sie tut das für das innereuropäische Länderverständnis?«

»Hi, ich hab dir ein Getränk mitgebracht.« Volker war betont lässig von seiner Säule herübergeschlendert.

»Danke schön.« Lea nahm das Glas und zeigte auf Timo, der, zusammen mit Markus, nun ebenfalls den Raum gewechselt hatte und sich auf der Tanzfläche befand. »Volker, siehst du diesen Typen da?«

»Ja?« Volker blickte auf die Tanzfläche, dann wieder zu Lea. »Wieso?«

»Der ist mindestens zehn Jahre jünger als du, wohnt wahrscheinlich noch bei Mutti und hat keinen Plan, wie man flirtet. Aber er hat sich getraut, uns selbst anzusprechen.«

Volker öffnete den Mund, sagte aber nichts.

»Ein zweiunddreißigjähriger Mann schickt seine Nachbarin mit einem Vorab-Steckbrief und der Frage, ob er mich ansprechen darf. Das solltest du überdenken, Volker. Es geht um deine Zukunft.«

Volker sagte noch immer nichts. Er räusperte sich, drehte sich um und verschwand hinter seiner schützenden Säule. Vivien und Martin kehrten mit ihren Getränken zurück.

»*Lea, spinnst du?*«, flüsterte Tine Lea zu, so dass Martin es nicht mitbekommen konnte. »*Der arme Volker!*«

»Gibst du mir noch deine Nummer, falls wir uns später aus den Augen verlieren?,« fragte Martin Vivien. »Wir könnten doch mal was trinken gehen. Oder ich lade dich zum Essen ein?«

»*Irgendwann dankt er es mir*«, flüsterte Lea Tine zu. »*Die Otto Normalfrau will erobert werden, nicht verkuppelt. Schau mal, sogar der kleine Martin hat sich selbst getraut, Vivi anzusprechen.*«

»Oh!« Vivien blickte in Martins erwartungsvolles Gesicht. »Das ist lieb von dir, aber du bist etwas zu jung für mich.«

»*Er hat doch nur seine Nachbarin geschickt, weil er selbst zu schüchtern ist*«, raunte Tine zurück, »*jetzt traut er sich auch das nie wieder! Volker ist jetzt ein Fall fürs Internet!*«

»Wieso zu jung? Ich bin seit heute achtzehn«, sagte Martin zu Vivien. »In drei Jahren darf ich sogar in den USA Alkohol trinken.«

»*Dann hab ich ihm auch geholfen*«, zischelte Lea. »*Im Internet wird er auf eine Frau treffen, die froh darum ist, dass er in der echten Welt zu schüchtern ist, um mit Menschen zu sprechen. Männer mit Sozialphobie gehen sicher seltener fremd.*«

»Herzlichen Glückwunsch zum Geburtstag«, sagte Tine zu Martin.

»Danke.« Er wandte sich wieder Vivien zu. »Aber viel älter bist du ja auch nicht, höchstens fünfundzwanzig, oder?«

»Danke, Martin«, sagte Vivien, »sehr charmant. Aber ich bin froh, dass ich keine fünfundzwanzig mehr bin. Da habe ich mitten in der Quarterlife-Crisis gesteckt. Hab sogar an 'ne Dauerwelle gedacht.«

»Armes Ding«, sagte Lea.

»Wie bitte?« Martin konnte dem Gespräch nicht folgen. »Gib mir doch einfach deine Nummer, was kann ich denn schon Schlimmes damit anstellen?«

»Mich anrufen«, antwortete Vivien.

»Nein, ich schreib nur SMS, versprochen.«

»Martin, du solltest dir dringend 'ne Freundin suchen«, sagte Vivien.

»Das versuch ich doch grade.«

Vivien lachte auf und zündete sich eine Zigarette an.

»Also ich finde Martin charmant«, flüsterte Tine Lea zu.

»Kein Wunder«, sagte Lea. *»Du willst ja auch einen Typen und Kinder. So hättest du alles in einem.«* Lea linste in ihr leeres Bierglas. Dann nahm sie einen großen Schluck von dem Rum-Cola-Drink, den Volker ihr gebracht hatte.

»Okay, vielleicht später.« Martin verabschiedete sich von Vivien auf die Tanzfläche.

»Viel Spaß, Martin«, rief Tine ihm nach.

»Leute, wir haben Viertel vor elf«, sagte Vivien. »Schluss mit dem Teenie-Geflirte, wir sind nicht zum Spaß hier.«

»Jawohl.« Lea salutierte.

»Du bist ja betrunken!«, sagte Vivien.

»Na und? Ich kenn keinen, der es nötiger hätte.«

»He, dein Ex hat 'ne Neue.« Tine deutete auf einen Lounge-Bereich auf der anderen Seite des Raumes, wo Chrissy mit einer Brünetten auf dem Schoß in einer Gruppe junger Leute an einem Tisch saß.

»Die Blonde auf dem Stuhl neben ihm, das ist sie!« Vivien schlug die Hand vor den Mund.

»Wer?« Lea blinzelte.

»Annika! Die Kettendiebin! Die Schwiegertochter von Henry! Und sie kennt deinen Ex!«

»Hoppla«, sagte Tine.

»Wenn jetzt irgendeiner den abgewaschenen *Die-Welt-ist-klein*-Spruch raushaut, muss er mir einen ausgeben.« Lea torkelte zwei Schritte nach vorn.

»Sie hat die Kette um.« Vivien war ein paar Schritte auf den Lounge-Bereich zugegangen und spähte nun hinter der Bar hervor.

»Sorry, Vivi, in diesem Fall funktioniert unser Plan nicht. Ich habe überhaupt keine Lust, Chrissy zu begegnen.«

»Denk an eine hilflose alte Dame, die man aus ihrem Haus vertrieben und der man den liebsten Familienbesitz gestohlen hat.«

Lea seufzte.

»Leute, überlegt mal«, sagte Tine. »Lea kennt Chrissy und hatte eine verkorkste Beziehung mit ihm. Außerdem ist sie betrunken! Das könnten wir optimal nutzen.«

»Wie das?« Vivien blickte auf.

»Spinnt ihr jetzt?«, fragte Lea.

* * *

»Küsst er immer noch so schlecht?«, fragte Lea, als sie ein paar Minuten später neben Chrissy im Lounge-Bereich auftauchte.

»Wie bitte, wer …?«, fragte die Brünette auf seinem

Schoß und sah zu Lea auf. Die Gespräche in der Gruppe verstummten, und alle, auch Annika, schauten zu Lea.

»Dein Lippenstift ist verrutscht, Schätzchen«, sagte Lea. »Und du, Chrissy, hasszu immer noch die Condylome? Weißt du mittlerweile wenigstens, von welchem Seitensprung du sie dir eingefangen hattest? Ich bin ja gottfroh, dasszu mich nicht damit angesteckt hast, davon kann man Gebärmutterhalskrebs kriegen, hasszu das gewusst?«

»Hase, wer ... was ist hier los?« Die Brünette blickte von Lea zu Chrissy.

»Nichts, das ist nur eine verrückte Exfreundin«, murmelte er, dann wandte er sich an Lea. »Kehr vor deiner eigenen Tür! Weißt du eigentlich, dass mir letztes Jahr beim ASTA-Sommerfest jemand die Karre zerkratzt hat? Direkt nachdem *du* mir eine gescheuert hast und vom Campus gerannt bist?«

»Neiiiiin.« Lea riss die Augen auf. »Wasfein Mensch würde so was tun?«

»Du!«

»Nein, ich werf nur mit Colabier«, sagte Lea und kippte Annika mit Schwung den kompletten Inhalt ihres Glases über den Kopf.

»Ahhhh, was ... Mist!« Annika fasste in ihre nassen, klebrigen Haare.

»Upsss«, sagte Lea. »Sorry, Schätzchen, das hätte eigentlich ihn treffen sollen, aber ich ziel nicht mehr so sicher, hatte schon 'nen Sekt. Und ein Bier. Ein grooooßes Bier! Und dann noch was. Irgendwas von Volker. Was war das noch mal? Ich hab's vergessen, aber ich hab's getrunken!«

»O Gott, das tut mir so leid.« Tine kam mit Vivien aus der Ecke geschossen. »Meine Freundin ist total betrunken!«

»Lea, spinnst du denn«, rief Vivien und stellte sich schräg

hinter Chrissy, um Annika nicht frontal gegenüberzustehen. »Die armen Leute wollen hier in Ruhe feiern! Du musst akzeptieren, dass er eine neue Freundin hat!« Dann faltete sie ihren Schal zusammen und tupfte Annika den Rücken ab. »Seien Sie nicht böse«, sagte sie, hielt Annikas Haare hoch und tupfte weiter am Hals herum. »Sie macht eine schwere Zeit durch und hängt noch sehr an ihrem Exfreund. Sie ist nur eifersüchtig.«

Annika nickte. »Aber ...«, begann sie.

»Ja, eine gansss schwere Zeit«, lallte Lea. Tine nahm Lea das Glas ab und blickte sie betont streng an. »Lea, jetzt entschuldige dich! Das war nicht schön von dir.«

»Entschuldicht bitte.« Lea verbeugte sich tief. »Ich bin seeeehr betrunken und seeeehr einsichtig.«

»Die hatte noch nie alle beisammen«, flüsterte Chrissy seiner Freundin zu.

»Was hast du an ihr gefunden?«, zischte sie zurück.

»Lass mal«, sagte Annika zu Vivien, warf ihre Haare zurück und stand auf. »Katta, kommste ma mit zum Klo? Ich muss mich ma eben instand setzen«, sagte sie, an Chrissys neue Freundin gewandt. Tine blickte zu Vivien, die einfach nur dastand. Als die beiden Frauen in Richtung Damentoilette verschwanden, zog Vivien Lea und Tine ebenfalls von der Gruppe weg.

»Es hat nicht funktioniert«, flüsterte sie beim Gehen.

»Hab ich mir gedacht, als sie aufstehen wollte«, flüsterte Lea zurück. »Das war einfach zu wenig Zeit!«

»Wir hätten sie irgendwie länger ablenken müssen«, sagte Tine. »Vielleicht können wir ...«

»Nee, ihr versteht mich falsch«, unterbrach Vivien. Sie warf nun ihre Handtasche auf die Tonne, an der sie zuvor gestanden hatten. »Ich hatte den Verschluss schon fast offen, es wäre leicht gewesen. Aber dann hab ich's mir anders überlegt! Das war doch eine komplett infantile Idee, Leute! Ich will doch gar nicht mehr stehlen!« Vivien kramte nach ihren Zigaretten. »Hierherkommen und jemandem eine Kette vom Hals klauen. Was hab ich mir da bloß gedacht?«

Lea seufzte. »Wenn du dich das nächste Mal vom Straftäter zum Moralapostel transformierst, könntest du mir dann bitte Bescheid geben, *bevor* ich mich vor meinem Ex zum Obst mache?«

»Da passiert ja wirklich was bei dir«, sagte Tine zu Vivien. »Und wenn die Kette tatsächlich der alten Dame gehört, muss es doch auch eine legale Möglichkeit geben, sie ...«,

»Shit, da ist Daniel!« Lea sprang hinter die Tonne. »Und dem darf ich *wirklich* nicht begegnen, der macht mich fertig und hat jedes Recht dazu!«

»Ich frag lieber nicht«, sagte Tine.

»Lea, das kann doch nicht sein, dass du hier alle paar Meter einen Exfreund ...«, begann Vivien.

»Doch, das *kann* sein.« Lea ging hinter der Tonne in die Hocke. »Ich habe früher alle paar Wochen den Freund gewechselt. Und mich ausschließlich für geistige Tiefflieger und hormongesteuerte Pizzabäcker begeistert. Und Chrissy.«

»Und Daniel«, fügte Vivien an.

»Und einen magersüchtigen Asketen aus Neu-Delhi.« Lea lugte hinter der Tonne hervor.

»Wenn du tatsächlich ' ne Lesbe bist, war das alles umsonst«, sagte Vivien.

»Das wäre fatal.«

»Hattest du denn schon mal was mit 'ner Frau?«, fragte Vivien.

»Nee, aber ich wurde an 'ner Raststätte mal von einer prallen Russin angeflirtet. Das heißt wohl, dass ich für beide Geschlechter attraktiv bin.«

»Glückwunsch«, sagte Tine. »Ich für gar keins.«

»Mach dir nichts draus, mir bringt es auch nichts, bin beziehungsunfähig.«

»Das denkt doch jeder von sich.« Vivien winkte ab.

»Ich bin's ja nicht aus Trendgründen. Mir hat's jeder einzelne Partner gesagt. Und glaub mir, es waren nicht wenig.«

»Was machst du denn so Schlimmes?«, fragte Tine.

Lea hob die Schultern. »Es ist immer das Gleiche: Es läuft von Anfang an holprig und endet in einem Desaster.«

»Wenn du mit Desaster so was wie versenkte Autos oder Strafanzeigen meinst, kann ich mitreden«, sagte Vivien.

»Nee. Aber mehrere verkackte Semester, ein gescheitertes Selbstfindungsjahr im Outback und ein Tagesausflug auf die Geschlossene, weil mir mal wegen ein paar Schlaftabletten mit Alkohol von meinen Mitbewohnern unterstellt worden war, ich wolle mich umbringen.«

»Das tut's auch.« Vivien drückte ihre Zigarette aus.

»Ich könnte wetten, dass du keine Lesbe bist«, sagte Tine. »Dein Problem ist nur, dass du hinter jedem Mann einen potentiellen Unterdrücker vermutest. Deswegen hat es früher nicht geklappt mit den Beziehungen, und deswegen willst du jetzt gleich gar keine mehr. Solltest du mal überdenken. Zumindest eine erste Chance hat ja jeder verdient.«

»Du redest Unsinn«, sagte Lea.

»Finde ich auch«, bestätigte Vivien.

»Glaub ich nicht.«

»Guckt mal, der kleine Martin hat 'ne neue Flamme.« Lea deutete auf den Durchgangsbereich.

»So schnell?« Vivien, die sich neben Lea gesetzt hatte, lugte hinter der Tonne hervor zum Flur, wo Martin engumschlungen mit einer Blondine stand. »Das finde ich jetzt wirklich beleidigend.«

»Wieso?«, fragte Tine. »Du hast ihn mehrfach abblitzen lassen.«

»Trotzdem könnte er sich mal mehr bemühen«, erwiderte Vivien.

»Leute, ich muss los, ich hab meine Nachtfahrt.« Tine blickte zuerst auf ihre Uhr, dann aus der Vogelperspektive zu Lea und Vivien.

»Ich komme mit.« Vivien rappelte sich auf.

Lea linste hinter der Tonne hervor. »Ich auch, Daniel ist weg. Bevor ich wegen irgendeinem Trottel noch ernsthaft ausraste und mir noch mehr die Tagesbilanz versaue.«

»Willst du zur Sicherheit noch 'ne Baldrian?«, fragte Tine.

»Nee.« Lea, strich ihr Kleid zurecht und gähnte. »Im Augenblick bringt mich nichts aus der Ruhe. Ich glaub, ich hab 'ne Überdosis.«

»He, Natalie«, rief Markus, der gegenüber an der Bar ein Bier bestellte. »Ich bin übrigens Pilot.«

»UND ICH BIN VERDAMMT NOCH MAL KEINE STEWARDESS!«

Neuntes Kapitel

»Was ist los?«, fragte Henry, als Vivien am Morgen in ihr Zimmer kam und sich grußlos, dafür mit einem schweren Seufzer, neben sie auf das Ecksofa fallen ließ. »Ist es gestern schiefgegangen?«

»Nee. Alles verlief nach Plan. Aber der Plan war scheiße.« Vivien fuhr sich durch die Haare. »Wie konnte ich nur auf so eine blöde Idee kommen?«

»Hat Bibi gerade *scheiße* gesagt?«, schrie Thea Hausmann von ihrem gewohnten Platz herüber.

»Ach, hi.« Vivien hatte Thea noch gar nicht bemerkt und winkte kurz hinüber.

»Nein«, schrie Henry zurück. »*Seife!*«

»Wird ja allerhöchste Zeit, dass es mal einer anspricht«, schrie Thea. »In den Badezimmern wird die Seife immer ausgetauscht, bevor sie ganz aufgebraucht ist. Früher haben wir die Seifenreste in einem Zitronennetz gesammelt und zum Händewaschen benutzt. Heute wird alles immer so schnell weggeworfen. Tun Sie was gegen diese Verschwendung, Bibi!«

»Das werde ich.«

»Machen wir heute den Ausflug, den Sie uns versprochen haben?«, schrie Thea.

»Aber sicher. Deswegen bin ich doch hier, obwohl Samstag ist.«

Thea Hausmann warf den Kopf in den Nacken, klatschte in die Hände und riss beim Lachen den Mund so weit auf, dass Vivien all ihre Zähne sehen konnte. Sie waren erstaunlich gesund für ihr fortgeschrittenes Alter. Im Gegensatz zu ihren Ohren. »Das ist nett von Ihnen, Bibi, ich habe auch schon meine beste Bluse an. Der Clemens, der Konrad und der Heinzi kommen auch mit.«

»Und ich«, sagte Henry.

»Und die Henriette«, schrie Thea. Dann rappelte sie sich auf. »Ich hole nur noch meine Handtasche.«

»Es ist gar nicht schlimm, dass Ihr Plan gestern nicht funktioniert hat«, sagte Henry, als Thea das Zimmer verlassen hatte. »Mir ist da was eingefallen.«

Vivien schaute Henry an.

»Ich habe die Kette vor einigen Jahren versichern lassen, wissen Sie? Und der Mann von der Versicherung hat ein Foto gemacht und sich genau notiert, wie sie aussieht und was in der Gravur steht.«

»Aber ..., dann können Sie ja doch beweisen, dass sie Ihnen gehört!« Vivien setzte sich aufrecht hin. »Das ist ja wunderbar!«

»Richtig. Was Sie in Ihrem jugendlichen Alter noch nicht wissen: Immer, wenn etwas wunderbar ist, gibt es gleichzeitig auch ein Problem.«

»Ach ja?«

»Ja. Ich finde nämlich den Versicherungsschein nicht mehr. Ich bin wirklich kein unordentlicher Mensch, Vivien, aber ich musste so schnell ausziehen, da hat ihn wohl das Chaos verschluckt.«

»Bei welcher Versicherung war das?«

»Weiß ich nicht mehr.«

»Wie hieß denn der Versicherungsvertreter?«

»Weiß ich auch nicht mehr.«

Thea Hausmann tauchte mit ihrer Handtasche im Türrahmen auf und schrie: »Die Jungs warten in der Lobby.«

»Kriegen wir irgendwie hin«, flüsterte Vivien Henry zu, bevor sie Thea antwortete: »Haben Sie alle sich einigen können, wohin der Ausflug gehen soll?«

»Na, weit kommen wir ja nicht«, schrie Thea.

»Wir würden gerne am Rhein spazieren gehen und dann ins Altstadt-Café«, sagte Henry.

»Na, dann mal hoch mit den müden Knochen«, antwortete Vivien.

»Jetzt sind Sie aber ungewohnt unhöflich zu mir«, sagte Henry.

»Ich meinte ja auch mich.«

* * *

»Ich muss Ihnen ein großes Kompliment machen, Vivien.« Heinz-Werner Karl schob sich ein Stück Buttercremetorte in den Mund. »Sie sind ein großer Gewinn für uns alle hier.«

Clemens und Henry nickten. Sie hielten unter dem Tisch Händchen und aßen Käsekuchen von einem Teller. Vivien bekam heiße Wangen. »Ähm, danke schön.« So viel Lob hatte sie noch nie für irgendetwas bekommen. Und dabei ging alles so mühelos.

»Ich sehe das ganz genauso«, sagte Konrad Konrad Konrad. »Meine Enkeltochter ist im gleichen Alter, und ich würde mir wünschen, sie wäre mehr wie Sie, Vivien. Sie interessiert sich für … nichts! Nicht für die Welt, in der sie lebt, nicht für die Menschen um sie herum, man könnte fast meinen, sie interessiert sich nicht für das Leben.«

Vivien schüttelte den Kopf so langsam, dass es aussah, als hätte jemand sie aufgenommen und auf Zeitlupe gestellt. »Ich glaube, so war ich vor Kurzem auch noch.«

»Papperlapapp«, sagte Henry. »Das glaubt Ihnen doch kein Mensch.«

»Worum geht's?«, schrie Thea Hausmann.

»Thea, du bist doch taub wie zehn Maulwürfe«, schrie Konrad Konrad Konrad zurück.

»Maulwürfe sind blind, du Dösbottel«, schrie Thea.

»Nein, sie sind taub!«

»Ach geh doch dahin, wo der Pfeffer wächst.« Thea drehte an ihrem Hörgerät.

»Das wär dann wohl Indien«, schrie Konrad Konrad Konrad.

»Ach, du wärst doch noch zu deppert, um Indien zu finden.« Thea drehte weiter an ihrem Hörgerät.

»Vivien, würden Sie kurz mit mir nach draußen kommen, ich hätte da was Vertrauliches«, sagte Clemens. Dann drückte er Henry seine Kuchengabel in die Hand und kam näher zu Vivien: »Ich habe auch Zigaretten dabei.«

»Sie müssen mich doch nicht bestechen, Clemens.« Vivien stand auf, während sich Henry und Heinz-Werner Karl in Theas und Konrads Streitgespräch einmischten. Es ging nun um Billigflüge nach Mumbai.

»Ich will die Henry heiraten«, sagte Clemens, noch bevor sie an dem großen Aschenbecher im Außenbereich angekommen waren. »Helfen Sie mir, was zu organisieren? Ich will ihr einen irgendwie außergewöhnlichen Antrag machen.«

»Äh.« Vivien schnappte nach einer Zigarette aus Clemens' Packung. »Ist das nicht etwas überstürzt?«

»Ich bin fünfundachtzig und habe beschissene Cholesterinwerte. Ich habe gar keine Zeit, das nicht zu überstürzen! Mit mir kann es jeden Moment vorbei sein.«

»Ach Mensch, Clemens, so was sagt man doch nicht!«

»Wieso nicht, verflixt noch eins? Es ist die Wahrheit!«

»Äh, hm.« Vivien zündete ihre Zigarette an. »Ich lass mir was einfallen, äh, für den Heiratsantrag.«

»Die Hochzeit soll dann nächste Woche sein.«

»*Was?*« Vivien ließ ihre Zigarette fallen. »So schnell?« Sie bückte sich. »Wir können doch nichts planen, bevor sie überhaupt ja gesagt hat, Clemens!«

»Fünfundachtzig Jahre, Cholesterin«, zeterte Clemens, während Vivien ihre Zigarette abpustete. »Ich muss trotz gewisser Unsicherheiten optimistisch vorausdenken.«

»Verstehe.« Vivien nahm einen tiefen Zug von ihrer Zigarette. »Dann, äh, lass ich mir auch da was einfallen. Obwohl ich wirklich finde, dass Sie es langsamer angehen könnten.«

»Eine Frau wie Henriette lässt man nicht zappeln«, sagte Clemens. »Jede Braut möchte gerne eine möglichst junge Braut sein.«

»Sie sind ein wahrer Gentleman.«

»Das wird eine Hochzeit mit allem Schnickschnack.« Clemens ließ den Blick schweifen, so als sehe er alles schon bildhaft vor sich. »Und in die Flitterwochen lade ich sie auch ein.«

»Oh, da hätte ich 'nen Tipp für Sie«, sagte Vivien. »Sie hat mal gesagt, dass sie unbedingt noch einmal in die Lüneburger Heide möchte, wo sie als Kind immer mit ihren Eltern in Urlaub war.«

»Was? Nein!« Clemens fixierte Vivien. »Wir fliegen auf die Seychellen oder Balearen oder Hawaii oder was auch immer gerade im Trend ist unter den frisch Verheirateten.«

»Sie will in die Lüneburger Heide.«

Clemens schwieg.

»Was tut man nicht alles, wenn man verliebt ist, nicht wahr?«, fragte Vivien.

Clemens nickte. »Ein Hochzeitsgeschenk habe ich auch schon.«

»Ach ja?«

»Da lass ich mir aber nicht reinreden. Ich habe nämlich Henrys Haus gekauft.«

Vivien schlug die Hand vor den Mund. »Mein Gott! Clemens, das ist ja ... deswegen war es so schnell weg?«

»Ich konnte ja nicht zulassen, dass es in fremde Hände geht. Jetzt kann ich nur hoffen, dass sie mich miteinziehen lässt, jetzt bin ich nämlich auch etwas – wie sagt ihr jungen Leute? – klamm.«

»Clemens, mir fehlen die Worte!«

»Vivien, kommen Sie schnell!«, schrie Konrad Konrad Konrad von drinnen. »Schnell! Der Heinzi! Er ist bewusstlos!«

Vivien blickte zu Clemens, dann rannte sie die Stufen zum Café nach oben.

Die Kellnerin kam auf sie zu. »Wir haben den Notdienst schon angerufen.« Vivien nickte und hastete weiter zu Heinz-Werner Karl, der auf dem Boden neben dem Tisch lag, an dem sie gerade noch gegessen hatten. »Was ist denn passiert?« Neben Heinz-Werners Kopf standen Henry und Thea Hausmann, während Konrad versuchte, ihn in die stabile Seitenlage zu bringen.

»Hypoglykämie, schätz ich«, stöhnte Konrad. »Das passiert ihm dieses Jahr schon zum zweiten Mal.«

»Hypo *was*?«

»Zum Glück ist er nicht gefallen«, sagte Henry. »Er ist so

langsam vom Stuhl gerutscht, dass der Konrad ihn auffangen konnte.«

Vivien kniete sich neben Heinz-Werner Karl. »Gott, ich weiß gar nicht, was ich machen soll!« Vivien spürte Hitze in ihrem Kopf, und ihr Mund wurde trocken.

»Hallo, lassen Sie uns bitte mal durch?« Vivien sprang zur Seite, als zwei Rettungsdienstmitarbeiter und ein Notarzt mit einer Trage an ihr vorbeidrängten. »Ist er ansprechbar?«

»Ähh, ich glaube …« Vivien wurde von Konrad unterbrochen: »Nein, wahrscheinlich Zuckerschock, im März schon mal passiert, Diabetiker.«

Die beiden Sanitäter hievten Heinz-Werner Karl auf die Trage. »Atmung und Kreislauf überprüfen«, sagte einer, »… Blutzucker messen …«, der andere, »… Glucose intravenös?«, fragte wiederum der Erste. Wenige Sekunden später waren die Sanitäter mit Heinz-Werner Karl bereits auf dem Weg zum Rettungswagen, Vivien rannte hinterher.

»Warum um Himmels willen hast du darauf bestanden, mit ins Krankenhaus zu fahren?« Vivien saß vor Freddy in seinem Büro. Im Rettungswagen war Heinz-Werner Karl wieder zu sich gekommen, lag nun aber noch zur Behandlung und Beobachtung im Krankenhaus. »Du hast die restliche Gruppe einfach sich selbst überlassen, stell dir mal vor, was da noch hätte passieren können!«

»Ich hatte …, das war …«

»Aber noch schlimmer ist, dass du Herrn Thomas vor seiner Medikamentengabe mit in die Stadt nimmst! Vivien, ich hatte dir doch eine Mappe mit Informationen zu jeder einzelnen Person gegeben. Da steht doch ausdrücklich drin, dass Herr Thomas Diabetes hat und morgens seine Medikamente bekommen muss!«

»Aber ich hab doch extra nachgesehen, in der Liste war er heute Morgen abgehakt!«

»Das kann überhaupt nicht sein!« Freddys Ton wurde mit jedem Satz aggressiver. »Die Ärzte haben gesagt, dass sein Blutzuckerspiegel drastisch abgefallen ist, das wäre mit seinem Metformin doch nicht passiert! Herrgott, Vivien, nimmst du das alles hier nicht ernst?«

»Doch natürlich, ich ...«

Freddy seufzte. »Ich hätte jemandem wie dir gar nicht so viel Verantwortung übertragen dürfen.«

Jemandem wie mir?« Vivien sah ihn an.

»Jemandem, der hier nur ein paar Sozialstunden ableisten muss«, erwiderte Freddy. »Ich hatte den Eindruck, du wärst verantwortungsbewusst genug, aber das war ziemlich dumm von mir! Leute verkuppeln, Ketten stehlen und Ausflüge mit kranken Leuten ohne ihre Medikamente – für dich ist das alles nur eine große, bunte Spaßveranstaltung.«

»Woher weißt du das mit der Kette?«

»Frau Hausmann hört besser, als du denkst.«

Vivien seufzte. »Es stimmt nicht, dass ich das alles nicht ernst nehme, im Gegenteil! Du hast selber gesagt, dass ich mich für die Leute interessiere und ...«

»Wenn Interesse bedeutet, dass wir einen Notarzt brauchen und jemand ins Krankenhaus muss, dann interessier dich bitte weniger.« Freddy wandte seinen Blick den Unterlagen auf seinem Schreibtisch zu. Vivien stand auf. Auf dem Weg nach draußen kam ihr Moni entgegen, sie trug eine Tasse Kaffee. Vivien verließ den Flur.

* * *

»Hier is ja grad 'ne ruhige Ecke, isses okay, wenn wir Wenden in drei Zügen und Einparken üben, Mädchen?«

»Muss ja.« Das Anfahren hatte zwar heute ohne Probleme funktioniert, und auch die Bedenken, auf die Autobahn aufzufahren, waren endlich verflogen, aber Tine verfluchte sich selbst dafür, dass sie das Sieben-Tage-Programm gewählt hatte. Es gab nie Zeit, etwas so lange zu üben, bis sie sich sicher war – sie musste fast jeden Tag etwas Neues lernen.

»Alles klar, zuerst rückwärts einparken. Nimm die Lücke da.« Uli deutete mit einem ausgestreckten Snickers auf eine Parklücke zwischen einem babyblauen VW-Bus und einem silbernen BMW. »Gestern hatten wir 'ne Parklücke mit viermal so viel Platz wie de normalerweise hast. Die da is jetzt nur noch doppelt so groß. Langsam kommen wa der Sache näher.«

»Das soll doppelt so viel Platz sein?« Tine kam neben dem VW-Bus zum Stehen und blickte in die Parklücke. »Das ist viel zu klein! Da passe ich niemals rein!«

»Da könnt 'ne Boeing 747 landen, Mädchen.« Uli grunzte und schnallte sich ab. »Ich geh jetzt raus und wink dich rein, ich muss sowieso eine rauchen.«

»Was heißt, du gehst raus?«, fragte Tine mit steigendem Unbehagen in der Stimme. »Muss ich alleine fahren? Das trau ich mich nicht, Uli! Ich bin noch nie alleine Auto gefahren!«

»Na, dann wird's aber langsam Zeit, Mädchen.« Uli hievte seinen beleibten Körper in die Höhe und öffnete die Beifahrertür. »Oder willst dir nächste Woche, wenn de den Lappen hast, zum Auto 'nen Beifahrer dazukaufen?« Uli grunzte wieder. Tine schluckte. Uli öffnete noch das Fenster der Beifahrertür und stieg aus.

»Wir machen das mit dem Einparken jetzt genauso, wie's in Zukunft dann auch sein wird, Mädchen«, erklärte Uli von draußen, zündete sich eine Zigarette an und blies eine Ladung Qualm ins Wageninnere. »Da steht einer draußen und sagt dir, wie viel Platz noch is. Einparken musste aber selber.«

»Okay.«

Uli stellte sich auf den Bordstein neben die Parklücke, und Tine fuhr ein Stück nach vorn, bis sie auf gleicher Höhe mit dem silbernen BMW war, um von dort rückwärts vor den blauen VW einzuscheren.

»Jetzt stehste gut, einfach zurücksetzen und einschlagen, ne?«, rief Uli von draußen.

Tine nickte. Hitze stieg ihr in den Kopf. Sie fühlte sich schwindelig und spürte ihren Pulsschlag an den Schläfen. Jetzt nur nicht die Nerven verlieren.

»Was'n los da drin?«, rief Uli von draußen.

»Ja, ich mach ja schon«, rief Tine zurück. Und zwar am besten, *bevor* ich es mir vor lauter Angst anders überlege, dachte sie. Sie blickte in den Rückspiegel, schlug das Lenkrad ein, ließ die Kupplung los und trat aufs Gas. Der sonst so angenehm leise Fahrschulgolf heulte auf und raste so schnell nach hinten, dass Tine vor Schreck das Lenkrad losließ. Dann stieg sie vom Gas auf die Bremse – zu spät. Es krachte. Tine wurde in ihrem Sitz nach vorn geschleudert. Als sie sich wieder aufrecht hingesetzt hatte, blickte sie in den Rückspiegel: Sie hatte den blauen VW-Bus gerammt.

»Was war das denn?«, rief Uli mit ungewöhnlich hoher Stimme durch das Beifahrerfenster.

»O Gott, o Gott, o Gott!« Tine schlug die Hände vors Gesicht. »Schon wieder ein Unfall, das gibt's doch nicht!«

»Wieso um alles in der Welt fährst du rückwärts schneller als vorwärts?« Uli blickte durch das Beifahrerfenster und fasste sich seitlich an den Kopf, danach standen seine Haare wirr ab. »Das macht man doch ganz langsam, Mädchen, Stück für Stück! So wie wir's letztes Mal geübt ham!«

»Ich wollte es einfach irgendwie schnell hinter mich bringen, weil ich so viel Angst hatte.« Tine schnallte sich ab und stieg aus.

»Du bist ein harter Fall, Mädchen.« Uli schüttelte den Kopf und ging, gefolgt von Tine, nach hinten, um den Schaden zu begutachten. Stöhnend kniete er sich zwischen die beiden Autos und inspizierte die Stellen des Aufpralls. »Okay, da is nur bei uns das Nummernschild verbogen, das kann der Heinzi morgen richten«, sagte er und fuhr mit der Hand über das Nummernschild. »Der Bus hat nix, Glück gehabt.«

»Uli.« Tine zitterte. »Meine Hände sind taub.«

»Das ist die Aufregung, Mädchen, aber is ja nix passiert.« Uli richtete sich wieder auf. »Und ob du's glaubst oder nicht: Du hast perfekt eingeschlagen, und genau im richtigen Moment bist du wieder geradeaus gefahren! Jetzt musste nur noch ein paar Meter vorwärts, und dann haste perfekt eingeparkt.«

»Das kannst du vergessen, Uli. Heute fahre ich keinen einzigen Meter mehr.«

»Tust du wohl. Gerade jetzt musste noch mal einsteigen.« Uli zog an seiner Zigarette. In der anderen Hand hielt er noch immer die Hälfte seines Snickers. »Sonst wirst du noch ängstlicher, Mädchen. Ich kann dich jetzt so nicht heimlassen.«

Tine konzentrierte sich darauf, tief einzuatmen. Sie blickte Uli an.

»Na komm, das Stückchen, damit's fertig is«, versuchte

Uli sie weiter zu überzeugen. »Danach fahr ich uns nach Hause, is doch ein Deal.«

Tine seufzte. Sie setzte sich ins Auto und startete den Motor. Von draußen deutete ihr Uli mit einem Nicken an, Gas zu geben. Diesmal ließ Tine den Wagen bewusst langsam anrollen und blieb, zumindest zur Hälfte, auf der Kupplung stehen. Langsam rollte sie vorwärts.

»Gut so«, brüllte Uli ins Beifahrerfenster. »Und jetzt langsam vorbereiten zum Anhalten.«

O Gott, wie hält man noch mal an? Panik überkam Tine. Panik, dass ihr die richtige Reihenfolge nicht rechtzeitig einfallen könnte. Und Panik, dass sie sich, wenn sie erst einmal panisch war, erst recht nicht mehr konzentrieren konnte. Wer hatte eigentlich behauptet, Einsicht sei der erste Weg zur Besserung? Tine war seit Jahren einsichtig. Sie wusste, dass ihre Panik sie immer genauso handeln ließ, dass sich ihre Ängste am Ende bewahrheiteten. Und sie wusste auch, wie paradox das war. Gebessert hatte sich aber nie etwas.

»Scheiße!«, schrie sie, während sie immer weiter auf den silbernen BMW zurollte und, um wenigstens irgendetwas zu tun, abrupt die Kupplung losließ. Damit würgte sie ihr Fahrschulauto ab, das in einem riesigen Satz nach vorn sprang und den silbernen BMW rammte.

»O Gott, das gibt's doch nicht!«, stieß Tine hervor. Sie schaute ungläubig nach vorn. Dann heulte die Alarmanlage des BMW auf, und Uli tauchte am Seitenfenster auf. »Sag mal, Mädchen, willst du einparken oder Billard spielen?«

»Hey!« Ein älterer Mann kam aus der Einfahrt neben dem BMW geschossen. »Haben Sie gerade meinen Wagen gerammt?«

»Ich doch nicht.« Uli zeigte ins Wageninnere. »Das war unser kleiner Pechvogel hier.«

»Finden Sie das witzig, oder wie?«

Tine schnallte sie sich ab und stieg aus. Mit weichen Knien und dem Gefühl, alles nur noch durch einen dichten Nebel wahrzunehmen, ging sie um das Auto herum auf Uli zu. Aus dem Augenwinkel sah sie noch, wie der Mann, während er mit Uli sprach, mit einem Arm wild gestikulierte. »... ordentliche Delle am Kotflügel ...«, »... Kratzspuren sind eine Katastrophe ...«, »... Daten für die Versicherung«. Dann bekam Tine nur noch Wortfetzen mit. Sie hatte das Gefühl, dass das Blut langsam aus ihrem Kopf wich und gleichzeitig ihre Füße versagten. Die Geräusche wurden immer dumpfer, die Personen und Gegenstände auf der Straße schienen sich in Luft aufzulösen, und ihr wurde schwarz vor Augen.

* * *

»Mädchen?«, hörte sie Ulis Stimme. »Hallo? Mädchen?«

Tine öffnete die Augen und blickte in zwei dicht über sie gebeugte Gesichter.

»Ah, sie ist wach!«, sagte der BMW-Besitzer. »Dann können wir ja jetzt die lästige Sache hinter uns bringen. Wie kann man denn von so einem Mini-Aufprall gleich bewusstlos werden?«

»Nur mal eben umgekippt«, sagte Uli, während er Tine aufhalf. »Passiert schon mal, so was. Die Nerven.«

»War ich ohnmächtig?« Tine fühlte sich wie benebelt.

»Kann sein«, sagte Uli und reichte ihr eine Flasche Wasser, »aber höchstens 'ne Sekunde. Trink mal 'nen Schluck.«

Tine nahm die Flasche und wandte sich umgehend an

den BMW-Besitzer. »Das tut mir so leid«, brach es aus ihr heraus. »Ich wollte Ihr Auto nicht kaputtmachen! Ich habe einfach ..., es war ...«

»Mach dir keinen Kopf, Mädchen«, sagte Uli. »Dafür sind wir doch versichert.«

»Natürlich sind Sie dafür versichert!«, sagte der Mann. Tine sah jetzt erst, dass er einen hochroten Kopf hatte. »Aber wer zahlt mir die Zeit, in der ich in der Werkstatt sitze? Und die Zeit, die ich brauche, um die Werkstatt zu verklagen? Wo wird denn heute noch gleich beim ersten Mal ordentlich repariert? Nirgends! Mensch, das gibt's doch einfach nicht! Haben Sie denn keinen Rückspiegel, junges Fräulein?« Der Mann hatte sich nun Tine zugewandt. »Das kann ja was werden, wenn Sie erst den Führerschein haben! Sie sind ja eine Gefahr für sich und alle anderen.« Er zog zwei Visitenkarten aus seiner Hemdtasche und reichte jeweils eine an Tine und Uli. »Da haben Sie Daten und Nummern, melden Sie sich so schnell wie möglich.« Dann eilte er kopfschüttelnd in seinen Hof zurück. Tine blickte auf die Visitenkarte in ihrer Hand. »Dr. Ulrich Ohmer-Köpp, Fachanwalt für Scheidungsrecht«, las sie vor.

»Kein Wunder, dass er so miese Laune hat.« Uli grunzte. »Du musst da jetzt aber gar nichts unternehmen, Mädchen. Die Fahrschule kümmert sich um alles.«

Tine starrte ziellos in die Luft. »O Gott, Uli, er hat recht!«, sagte sie nach einer kurzen Pause. »Ich bin eine Gefahr für mich und alle anderen! Ich werde ja sogar auf offener Straße ohnmächtig! Stell dir mal vor, dass passiert beim Fahren!«

»Ach.« Uli winkte ab. »Lass dich doch von so 'nem miesgelaunten alten Sack nicht ...«

»Uli ...« Tine schüttelte den Kopf, dann seufzte sie. »Sei

mir nicht böse. Ich weiß, dass du wegen mir deinen Urlaub verschoben hast, und ich weiß es auch zu schätzen, wie sehr du dir Mühe gegeben hast, aber ich will nicht mehr. Autofahren ist schön, und ich hätte gerne einen Führerschein, aber das hier ist es einfach nicht wert. Es tut mir leid, Uli, aber ich hör auf.«

»Nö.« Uli schüttelte den Kopf und bot Tine eine Zigarette aus seinem Päckchen an. »Dachte mir schon, dass du jetzt das Handtuch ins Korn schmeißt. Aber das mach ich nicht mit.«

»Uli, hör auf.« Tine schnappte sich eine Zigarette und zündete sie an. »Du kannst mich nicht zwingen! Ich baue einen Unfall nach dem anderen, ich schlafe nachts kaum noch, und jetzt ist's mir kotzübel! Irgendwann muss man auch mal einsehen, wenn etwas eine Schnapsidee ist.«

»Ach was, Schnapsidee, du bist schon viel zu weit. Die Prüfung ist doch nur noch 'ne Formalität. Ich lass dich jetzt net aufhören, Mädchen, da kannste machen, was de willst. Zur Not ruf ich die Lea Kronberger an, die hat mir für diesen Fall ihre Handynummer gegeben. Und glaub mir, um die Kronberger mal anzurufen, da hätt ich gern 'nen Grund.«

»Du hast selber gesagt, dass ich ein harter Fall bin!«

»Na und?«, fragte Uli. »Ich hatte schon viele harte Fälle. Und am Ende haben se alle den Lappen gekriegt. Alle.«

Tine zog an der Zigarette und hüstelte. »Jetzt mal ehrlich, ich fahre doch von Stunde zu Stunde schlechter!«

»Das stimmt nicht. Du fährst konstant schlecht.«

»Was glaubst du, wie viele brauche ich noch bis zur Prüfung?«

»Fahrstunden oder Autos?«

* * *

»Mein Gott, es geht doch nicht, dass du Onkel Heini als *Nazi* beschimpfst!«, rief Tine, als Lea die Wohnung betrat.

»Wieso nicht? Er ist einer.« Lea warf ihren Blazer über die Küchentheke und ließ sich auf ihren gewohnten Platz am Esstisch fallen. Dann starrte sie an die Wand.

Tine blickte auf. »Alles okay?« Sie kam von der Küche herüber und setzte sich zu Lea.

»Woher weißt du das überhaupt?« Lea wandte sich Tine zu. »Hat er sich bei dir beschwert?«

»Nicht direkt beschwert«, antwortete Tine. »Er hat dir ausrichten lassen, dass du heute Abend vorbeikommen kannst, sofern du dich abgeregt hast. Irgendein Fußballer hat abgesagt, und er hat überraschend was frei.«

»Was?« In einem einzigen Augenblick kehrte Leas gesamte Körperspannung zurück. Sie sprang auf. »Das klingt ja beinahe so, als gehe er schon davon aus, dass ich mich wieder abrege!«

»Natürlich.« Tine verdrehte die Augen. »Er ist dein Therapeut, er kennt dich.«

»Jetzt geh ich erst recht nicht mehr hin!« Lea grub ihre Fingernägel in die Stuhllehne. »Nie wieder! Hat er dir erzählt, was los war?«

»Na ja, also ...«

»Bevor du jetzt einfach alles glaubst, was er gesagt hat, hör dir erst mal meine Version an!«

»Gerne.« Tine seufzte.

»Er hat mir vollständig infantile Hausaufgaben aufgegeben, also hab ich mich gewehrt! Und jetzt kommt's. Er meinte, entweder ich halte mich genau an seine Anweisungen oder er hört auf, mich zu therapieren. Das ist meine Version!«

»Das ist auch seine Version.«

»Na also!«

»Also was?«

»Noch mal: Entweder ich mache alles genau so, wie er es sagt, oder ich fliege raus! Wie klingt das denn für dich?«

»Nach jemandem, der dir wirklich helfen will.«

»Neeeee! Nach jemandem, der mich bevormundet. Genau wegen so was habe ich doch meine Aggressionen erst bekommen! Grade er müsste doch wissen, dass ich so was überhaupt nicht gebrauchen kann!«

»Du musst unterscheiden lernen, ob dich jemand aus egoistischen Gründen bevormundet oder ob er dir helfen will, Lea. Was wäre denn die unerhörte Hausaufgabe gewesen?«

»Für jedes Mal Sauerwerden oder Ausrasten sollte ich in eine Tabelle mit zwei Spalten eintragen, wie ich reagiert *habe* und wie ich bestenfalls reagiert *hätte*. Statt der Tabelle ginge auch ein Baumdiagramm, hat er gesagt. Wie sich das schon anhört! Baumdiagramm! Wie in der Schule.«

»Eine Therapie ist ja auch eine Art ...«

»Vielleicht ist das mit der Therapie einfach generell nichts für mich.« Lea setzte sich wieder an den Tisch. »Bisher hat es überhaupt nicht geholfen. Und von den ganzen Risiken will ich gar nicht erst ...«

»Welche Risiken?« Tine hob den Kopf. »Wenn irgendwas auf dieser Welt auch nur ein winziges Gefahrenpotential trägt, kenne ich jede Statistik darüber! Was einem in einer Therapie passieren kann, musst du mir allerdings erklären.«

»Na, man wird da so reingezogen in diesen ganzen Analyseschwachsinn.« Lea fuchtelte unkoordiniert mit den Händen. »Am Ende kriegt man noch mehr Probleme eingeredet, als man sowieso schon hat – schau dich an! Und wenn's noch dicker kommt, renn ich demnächst mit 'nem braun-lila gestreiften Ethno-Poncho da unten auf dem Gartenfeldplatz rum und zwinge den Passanten noch schnell ein paar Gratis-Umarmungen auf, bevor ich in meine tägliche Selbsthilfegruppe für Selbsthilfegruppe-Abhängige gehe.« Lea atmete lange aus. Tine sah Lea an. Erst jetzt fiel ihr auf, dass Leas Bluse zerknittert und ihre Locken nicht zurechtgemacht waren. Lea bohrte ihre Ellbogen in die Tischplatte.

»Und was ist *wirklich* mit dir los?«, fragte Tine nach einer längeren Pause.

»Nichts.«

Tine schwieg.

Lea ließ ihren Kopf in die Hände sinken. »Im Moment stürzt einfach alles ein.«

»Oje.« Tine stand auf und setzte sich neben sie. »Kopf hoch, Lea.«

»Wozu? Damit ich die Misere besser sehen kann?« Lea strich ihre zerknitterten Blusenärmel gerade. »Heute Morgen habe ich per E-Mail erfahren, dass mein Chef früher aus dem Urlaub zurückkommt und mein Gespräch mit ihm schon am Montag stattfindet. Am *Montag*, Tine! Das ist übermorgen!«

Tine nickte.

»Eigentlich hätte ich noch länger als eine Woche Zeit gehabt, um mein Verhalten zu optimieren und mich als sachliche und souveräne Mitarbeiterin zu präsentieren. Aber jetzt ist alles vorbei. Wie würdest du es bewerten, dass die Putzfrau heimlich schon meinen Schreibtisch ausgeräumt hat?«

»Als tendenziell eher leicht negativ.« Tine schluckte. »Also ... leider.«

»Das deckt sich in etwa mit meinem Eindruck.« Lea seufzte. »Ich habe sie eiskalt erwischt! Samstags hab ich ja normalerweise frei, deshalb konnte sie nicht wissen, dass ich vorbeikomme. Und als ich sie gefragt habe, was das Ganze soll, hat sie nur rumgedruckst! Also deutlicher geht es nun wirklich nicht.«

»Das stimmt leider.«

»Von daher ist die ganze Sache mit der Therapie jetzt sowieso überflüssig.«

»Das darfst du so nicht sehen. Egal, ob du den Job behältst oder mit was anderem anfängst, du musst ...«

Die Wohnungstür flog auf. Vivien zog schon beim Reinkommen ihre Weste aus und pfefferte sie so ruckartig auf Leas Blazer über die Küchentheke, dass beides zusammen auf den Boden fiel.

Tine zuckte zusammen. »Alles okay, Vivi?«

»*Okay*?«, fragte Vivien. »Noch nie war alles so *okay* wie heute. Ich liebe *okay*. Ich träume von *okay*. *Okay* kann mich am Arsch lecken.«

Tine räusperte sich. »Lea ist jetzt definitiv raus aus ihrem Job.«

»Mein Gott, das hör ich jeden einzelnen Scheißtag.« Vivien riss die Hände in die Luft. »Es gibt noch andere Probleme auf dieser Scheißwelt, oder soll ich jetzt jeden Tag von Neuem überrascht sein? Kann ich machen!« Vivien sprach mit künstlich erhöhter Stimme: »*Ohhhh, Lea ist jetzt definitiv raus aus ihrem Job, wie furchtbar! Habt ihr schon eine Katastrophenmeldung rausgegeben?*«

Lea stand auf und donnerte ihren Stuhl gegen den Tisch.

Tine stand ebenfalls auf. »Vivien!«

»Nein!«, sagte Vivien. »Mich fragt keine Sau, wie es mir geht! Heute ist einer unserer Senioren kollabiert, und vielleicht war es meine Schuld! Mein Gott, Lea, zieh den Kopf aus dem Arsch und such dir was Neues, wie schwer kann's denn sein?«

»Ich hab dich sehr wohl gefragt, wie's dir geht«, sagte Tine.

»Ich würde auch kollabieren, wenn ich den ganzen Tag in deiner Nähe sein müsste!«, schrie Lea und zeigte auf Vivien. »Warum, verdammt noch mal, sind *alle* um mich herum scheiße? Einfach alle?«

»Was hab *ich* denn jetzt gemacht?«, fragte Tine.

»Nichts!«, schrie Lea. »Aber der ganze beschissene Rest! Mein Schreibtisch wird ausgeräumt, ich werde mit Baumdiagrammen erpresst, und ausgerechnet meine depressive Mitbewohnerin erzählt mir, *ich* soll den Kopf aus dem Arsch ziehen!«

»Ich bin überhaupt nicht mehr depressiv!«, schrie Vivien zurück.

»Jaaaaa, genau! Und Tine geht morgen Bungee springen!« Lea schnappte sich ihren Blazer vom Boden und rannte nach draußen. Krachend warf sie die Tür ins Schloss. Tine schaute auf die Wohnungstür, die von dem Schlag noch vibrierte. Dann wandte sie sich an Vivien. »Jemand ist kollabiert?«

Tine hörte Vivien aufmerksam zu, als sie von Thea Hausmann erzählte und wie es durch ihre angebliche Taubheit überhaupt erst zu dem Ausflug gekommen war. Dann sprach sie von Heinz-Werner Karl und davon, dass sie eigentlich sicher gewesen war, seine Medikamentengabe kontrolliert zu haben. Am Ende erzählte sie von der Fahrt ins Krankenhaus, die Vivien so aufgerieben hatte, dass ihr Herz noch immer stolperte.

»Was haben die Rettungsassistenten gesagt?«, fragte

Tine. »Ich bin ja auch ein halber. Und werde hoffentlich mal ein ganzer.«

»Ich habe absolut keine Ahnung. Das war ja noch das Schlimmste, ich habe kein Wort verstanden und konnte überhaupt nichts tun, war eher noch im Weg.«

»Wie wär's denn mit einem Erste-Hilfe-Kurs?«

»Da hätte ich vorher mal dran denken sollen, jetzt ist es auch zu spät.« Vivien vergrub ihren Kopf in einem Kissenberg. Die beiden waren mittlerweile aufs Sofa umgezogen. »Es wäre ja auch alles *zu* schön gewesen. Ich hab den Job so gemocht, dass ich Freddy fragen wollte, ob ich meine Zeit verlängern darf. Das kann ich jetzt vergessen. Noch dazu mag ich deinen Bruder wirklich, Tine. Aber jetzt hält er mich für eine verantwortungslose Pissnelke!«

»Hm. Soll ich vielleicht mal mit ihm reden?«

Vivien schüttelte den Kopf. »Aber lieb von dir, danke.«

Dann schwiegen sie. Vivien rollte sich noch tiefer in die Kissen und schloss die Augen. Tine streckte die Beine auf dem Sofa aus und griff nach der TV-Zeitschrift.

»Lernst du heute nicht?«, fragte Vivien nach einer Weile.

Tine setzte sich gerader hin. »Ich habe mit den Usern beim Gute-Frage-Punkt-Net-Gesundheitsforum besprochen, dass ich den Führerschein aus krankheitsbedingten Gründen abbrechen werde.«

»Was?« Vivien richtete sich auf. »Welche User? Und bitte was für Gründe?«

»Ich habe Schmerzen in den Beinen. Bisher weiß man aber nicht, was es ist. Thrombose vielleicht. Oder Raucherbein, keine Ahnung. In manchen Fällen weisen schmerzende Beine auf einen drohenden Herzinfarkt hin. Am Montag gehe ich zum Arzt. Aber solange die Ursache nicht geklärt ist, sollte ich mich keinem zusätzlichen Stress aussetzen. Das sehen die beim Gute-Frage-Punkt-Net-Gesundheitsforum auch so.«

»*Raucherbein?*«

»Also der Herzinfarkt wäre schlimmer. Zumindest endgültiger. In vielen Fällen ...«

»Tine!« Vivien tippte sich an die Stirn. »Jetzt arbeitet deine Hypochondrie schon als Assistentin für die Prüfungsangst! Mein Gott, du bist kerngesund, warum ...«

Lea polterte durch die Tür und warf sie hinter sich ins Schloss. Ohne Vivien und Tine anzublicken, durchquerte sie den Wohnraum in Richtung Flur.

»Hey, Lea«, rief Vivien. »Was ich vorhin gesagt habe, tut mir leid.«

Lea blieb stehen.

»Ich bin heute nicht sonderlich gesellschaftsfähig«, fuhr Vivien fort. »Also, ich bin heute quasi du.«

»Hast du dich gerade mit einer weiteren Beleidigung bei mir entschuldigt?« Lea stand mitten im Raum.

»Schätze schon.«

Lea räusperte sich.

»Tine will den Führerschein hinschmeißen«, sagte Vivien.

»Das ist jetzt aber genauso wenig neu wie die Sache mit meiner Kündigung.« Lea setzte sich zu den beiden aufs Sofa.

»Jemand von euch muss für mich bei Uli anrufen und alles absagen.« Tine blickte von Lea zu Vivien und zurück. »Ich trau mich nicht.«

»Also ich ganz bestimmt nicht«, antwortete Vivien. »Ich kenn den gar nicht.«

»Niemand von uns ruft bei Uli an«, sagte Lea. »Und das gilt für jetzt und alle Zeit.«

»Wollt ihr noch nicht mal wissen, warum ich aufhören will?«

»Nö, eigentlich nicht.« Lea griff nach der TV-Zeitschrift, die Tine vorher auf dem Wohnzimmertisch abgelegt hatte.

»Ich habe es heute geschafft, bei *einem* Mal Einparken *zwei* Unfälle zu bauen und danach in Ohnmacht zu fallen! Könnt ihr euch das vorstellen?«

»Klar.« Lea blätterte in der Zeitschrift.

»Einparkunfälle sind doch normal.« Vivien winkte ab. »Frag mal die Mülltonnen vor unserem Haus, die kriegen es täglich von mir ab.«

»Ihr versteht mich nicht!« Tine stützte die Stirn in ihre flache Hand. »Ich hab jetzt noch mehr Angst als früher, dabei dachte ich immer, ich hätte schon das Höchstmaß erreicht! Noch dazu kommt ja mein desaströser Gesundheitszustand.«

»Ach, stimmt.« Vivien blickte zu Lea. »Tine denkt, sie hätte Raucherbein oder bald 'nen Herzinfarkt.«

»*Raucherbein?*«, fragte Lea.

»Was habt ihr nur alle damit?«, fragte Tine. »Ein Herzinfarkt wäre viel ...«

»Von zwei Zigaretten?«, fragte Lea weiter.

»Es waren mehr«, erwiderte Tine.

»Allerhöchstens fünf.«

»Und das ganze Passivrauchen von ihr.« Tine zeigte auf Vivien.

»Sie geht dafür auf den Balkon«, sagte Lea.

»Und ich stehe daneben!«

»Von den vier Tagen, in denen du jetzt hier wohnst?«, fragte Lea.

»Ja, offensichtlich!«

»Lea, das ist doch nur eine Ausrede, weil sie sich vor dem

Führerschein drücken will, merkst du das nicht?«, mischte sich Vivien ein.

»Für eine Ausrede tun meine Beine aber ganz schön weh.«

Lea legte die Stirn in Falten. »Wäre es nicht möglich, dass dir die Beine weh tun, weil wir gestern ewig mit hohen Hacken auf dieser Party rumgestanden haben und du danach sogar noch Auto damit fahren musstest? Da tun einem halt die Beine weh. Mein Gott, Tine, du hast am Anfang gesagt, du wärst ein bisschen hypochondrisch!«

»Und?«

»Was zum Henker hast du mit *ein bisschen* gemeint? Letzte Woche hast du es für Hautkrebs gehalten, als dir ein Haar krumm aus dem Ohr gewachsen ist, und heute denkst du, deine Gliedmaßen verfaulen wegen drei verfluchten Kippen!«

»Ach du Scheiße!« Vivien hatte Leas Tablet an sich genommen und scrollte rauf und runter. »Raucherbein ist tatsächlich nicht zu unterschätzen!«

»Sag ich doch!« Tine rutschte näher zu Vivien und schaute auf das Display.

»Allein in Deutschland leiden 4,5 Millionen Menschen an der *peripheren, arteriellen Verschlusskrankheit*«, las Vivien vor. »Also wenn Tine sich wegen ihrer halben Kippe am Tag 'nen Schädel macht, was natürlich bekloppt ist, muss ich mir doch mit meinen dreißig Kippen am Tag seit fünfzehn Jahren auf jeden Fall 'nen Schädel machen! Das ist nicht bekloppt! Dass ich mir bisher keinen gemacht habe, war bekloppt! Ich werde am Montag sofort zum Arzt gehen.«

»Ich komme mit«, sagte Tine.

»Halleluja.« Lea schlug sich an die Stirn. »Erst habe ich

mit einer Kleptomanin und einer Hypochonderin zusammengewohnt. Jetzt sind es zwei Hypochonder, und die Kleptomanin hat sich zur Mörderin weiterentwickelt.«

»Also umgebracht hab ich niemanden.«

»Fast.«

Vivien atmete lange aus. Dann ließ sie sich wieder in ihren Kissenberg fallen. »Ich bin am Höhepunkt meines Tiefpunkts.«

»Pfff.« Lea rollte sich in ihrer Kuhle auf der Couch zusammen. »*Ich* bin am Höhepunkt meines Tiefpunkts. Und ich fliege auch noch aus der Wohnung.«

»Wir fliegen ja wohl mit«, sagte Vivien.

»Wenn hier einer am Höhepunkt seines Tiefpunkts ist, dann bin ich das«, sagte Tine. »Vielleicht war diese ganze Psycho-Battle einfach eine blöde Idee. Ich jedenfalls breche den Führerschein ab.«

»Und ich die Therapie.«

»Dann ist es ja bitte schön auch erlaubt, wenn ich mich wieder meiner Depression widme.«

* * *

»Also ich stehe jetzt ganz sicher nicht auf.«

»Ich auch nicht.«

»Ist eh nicht für mich.«

Die drei lagen noch immer auf dem Sofa, als es gegen Abend klingelte. Vivien hatte eine Modezeitschrift vor sich ausgebreitet, Tine diverse medizinische Webseiten auf dem Tablet geöffnet. Lea starrte regungslos auf den Fernseher. Es klingelte wieder. Immer noch bewegte sich keine der dreien. Dann klingelte es ein drittes Mal.

»Das ist aber auch ein Ärgernis«, sagte Lea.

»Dieser schreckliche Lärm.« Vivien drückte ihren Kopf in ein Sofakissen.

Tine seufzte und rappelte sich auf.

»Sehr gut«, sagte Vivien. »Irgendeiner muss was unternehmen.«

»Streber«, sagte Lea, als Tine die Wohnung durchquerte. Nun klopfte es bereits an der Wohnungstür.

Lea fuhr hoch. »Lässt Lukas wieder wahllos Leute ins Haus oder was?«

»Hallo?«, rief eine Männerstimme von draußen. Tine hielt inne. »Nicht dass es wieder Robert ist?«

»Hallo? Lea Kronberger? Mein Name ist Walter Birkmeier, ich bin hier wegen einer Erbschaft von Herrn Markus Friede. Hallo? Ist jemand da?« Wieder klopfte es.

Tine blickte zu Lea. »Du hast was von Herrn Friede geerbt!«

»Krass!« Lea war bereits aufgesprungen und stand neben dem Sofa. Sogar Vivien, die den Nachmittag über so fest mit ihrem Kissenberg verwachsen gewesen war, dass selbst das Umschalten des Fernsehprogramms mühsam ausgesehen hatte, rappelte sich hoch. Tine öffnete die Wohnungstür.

»Herrje, bin ich froh, dass Sie hier sind!« Ein bebrillter Mann um die fünfzig stand im Türrahmen und tupfte sich mit einem Taschentuch den Schweiß von der Stirn. »Ich fahre morgen für drei Wochen in den Urlaub und muss Markus' Angelegenheiten vorher noch regeln.«

»Kommen Sie doch erst mal rein«, sagte Tine. »Das sind meine Mitbewohnerinnen ...«

»Entschuldigen Sie, könnte ich vielleicht zuerst Ihre Toilette benutzen?« Er hastete an Tine vorbei, stellte einen dicken schwarzen Lederkoffer ab und nickte Lea und Vivien kurz zu. »Ich bin seit heute Morgen unterwegs.«

»Äh, sicher, hier rein, dann die erste rechts und ...«

Er verschwand im Flur, noch bevor Tine ausgeredet hatte. Die drei standen verteilt ihm Wohnraum und blickten sich an.

»Ich hab was geerbt!«, sagte Lea.

»Und wieso kriegen Tine und ich nichts?« Vivien schlenderte in Richtung Küche.

»Genau, wie kann das sein? Dich hat er doch gar nicht gekannt«, sagte Tine. »Ich war jahrelang seine Patientin!«

»Auf den ersten Blick sieht es vielleicht ungerecht aus.« Lea fuhr sich durch die zerzausten Locken. »Aber universal gesehen macht es Sinn! Da ich keine Eltern habe und meine Tante mich grundsätzlich boykottiert, werde ich sonst nie wieder was erben!«

»Das heißt, wir haben keine andere Wahl, als es dir zu gönnen, oder wie?« Vivien klappte ihr Tablet auf der Kommode auf, blickte auf den Bildschirm und verzog das Gesicht. Dann schnappte sie sich ihre Zigaretten und verschwand auf den Balkon.

»Gut, dann wollen wir mal.« Walter Birkmeier kam aus dem Flur gehastet und trocknete die nassen Handrücken an seinem Hemd ab. »Ich habe alle Unterlagen dabei«, sagte er im Gehen, während Vivien die Balkontür von außen zuschlug. »Der Markus wollte das alles ganz unbürokratisch haben, da sind wir dann schnell durch.« Er griff nach seinem Koffer und hievte ihn auf den Tisch. »Sie sind Lea Kronberger?«, fragte er Tine, die neben dem Esstisch stand.

»Nein.« Sie zeigte auf Lea.

»Hallo.« Lea lächelte. »Setzen Sie sich doch! Ich bin schon ganz aufgeregt, dass ich tatsächlich was geerbt habe!«

»Haben Sie nicht.« Walter Birkmeier zog einen Schnellhefter aus seinem Ordner und las vom Deckblatt vor. »Aber eine Frau *Christine Hase* und eine Frau *Vivien Linder*, die ich beide an ihrer gemeldeten Adresse nicht vorfinden konnte, sondern jeweils hierher zu Ihnen geschickt wurde.«

»Na toll.« Lea ließ sich auf ihren Stuhl fallen.

»Vivi, komm rein, *wir* haben was geerbt!«, rief Tine, rannte zum Balkon und trat nach draußen.

»Haben Sie drei sich durch Markus kennengelernt?« Walter Birkmeier nahm ebenfalls Platz.

Lea nickte. »Im Wartezimmer.«

Walter Birkmeier lachte auf und ließ den Schnellhefter sinken. »Der Gedanke würde ihm gefallen. Er hatte ja keine Familie, und seine Patienten waren ihm sehr wichtig. Deswegen wollte er auch seinen Besitz unter ihnen aufteilen. Nur das Haus ging an eine Stiftung, dazu habe ich ihm geraten. Also an psychisch kranke Waisenkinder.«

»Dann hätte er's auch mir geben können«, murmelte Lea. »Ich bin so eins.«

»Wie bitte?«

»Ach, nichts. Was heißt, *Sie haben ihm dazu geraten?* Wussten Sie etwa, dass er sich erhängen will?«

Tine und Vivien kamen durch die Küche zum Esstisch. Walter Birkmeier räusperte sich. »Sagen wir mal so, er hätte ohnehin nicht mehr lange gelebt und wollte sich eine leidensreiche Zeit ersparen. Da er alleinstehend war, konnte er sich diesen Luxus erlauben.«

»O Gott, war Herr Friede krank?«, fragte Tine und ging, zusammen mit Vivien, um den Tisch herum, um sich ebenfalls zu setzen.

»Sind Sie sein Anwalt?«, fragte Vivien.

»Nein, sein Freund.« Walter Birkmeier nahm seinen Schnellhefter wieder in die Hand und löste zwei einzelne

Seiten daraus. »Wenn alle beisammen sind, würde ich das jetzt gerne hinter mich bringen, ich bin zeitlich knapp. Wie schon erwähnt, hat Markus alles ganz unbürokratisch geregelt. Frau Hase, Frau Linder, wer ist wer?«

»Hase.« Tines Hand schnellte in die Luft.

Walter Birkmeier drückte ihr und Vivien jeweils eine bedruckte Seite in die Hand. »Sie müssen nur unterschreiben, dass Sie Ihre jeweilige Erbschaft annehmen. Lassen Sie es gerne von einem unabhängigen Anwalt prüfen. Am Montag können Sie Ihre Sachgüter unter der angegebenen Adresse abholen.« Walter Birkmeier verstaute den leeren Schnellhefter in seinem Koffer und stand auf.

»Ein *VW Golf metallicblau Baujahr 1987*?« Tine starrte auf ihr Blatt. »Wie soll ich das verstehen?«

Lea riss die Augen auf.

»Als Auto.« Walter Birkmeier schloss die Schnalle seines Koffers. Es klackte. »Nichts Besonderes, es war sein alter, klappriger Zweitwagen. Trotz allem – viel Spaß damit. Und ein schönes Wochenende allerseits.« Er ging in Richtung Tür.

»Äh, tschüs.« Vivien war so in ihr Schreiben vertieft, dass sie nicht aufblickte.

»Schönen Urlaub«, murmelte Lea und reckte den Hals über Tines Schulter. Tine starrte wortlos auf das Papier. Die Wohnungstür fiel ins Schloss.

»Er hat dir echt ein Auto geschenkt.« Lea zeigte auf eine Passage am unteren Ende des Schreibens.

»Und ich bekomme Modeschmuck im Wert von über hundert Euro!«, rief Vivien.

»Echt?« Lea fuhr herum und blickte nun auch auf Viviens Schreiben. »Steht auch dabei, was es ist?«

»Nee.« Vivien fuhr mit dem Finger auf der Seite von

oben nach unten. »Aber wieso hatte Herr Friede überhaupt Schmuck?«

»Vielleicht wollte er ihn mal einer Frau schenken oder so was.«

»Und wieso hat er ihn jetzt ausgerechnet mir geschenkt?«

»Na, weil er wusste, dass du das Zeug magst«, sagte Lea. »Du bist ja bei ihm gelandet, weil du ständig was davon irgendwo hast mitgehen lassen.«

»Und ich hab bestimmt deswegen das Auto bekommen, weil ich ihm mal erzählt hatte, dass ich gerne den Führerschein machen würde«, sagte Tine. »Aber das ist schon ewig her. Ob er das noch gewusst hat?«

»Gewusst vielleicht nicht mehr«, antwortete Lea. »Aber die Typen schreiben sich doch jeden Mist auf.«

»Vielleicht sollte es ja auch ein Ansporn für dich sein«, sagte Vivien.

Tine schluckte.

»Ich frag mich, was die Sache mit dem Anwalt soll«, sagte Vivien und blickte wieder auf ihr Schreiben. »Wieso sollte ich ein Geschenk von 'nem Anwalt prüfen lassen?«

»Manchmal sind Erbschaften mit Schulden oder Pflichten oder so was verbunden, man weiß nie«, warf Lea ein. »Lass doch einfach jemanden drüberschauen. Ich glaube aber nicht, dass Herr Friede euch was Böses wollte.«

Vivien und Tine blickten zu Lea.

»Tut mir echt leid, dass du nichts bekommen hast.« Tine schaute Lea an. »Es liegt bestimmt daran, dass er dich nicht persönlich kannte, aber ist irgendwie trotzdem doof.«

»Story of my life.« Lea stand auf und ging zur Küche. »Ist seit meinem ersten Weihnachtsfest so. Alle kriegen was Tolles, und ich kriege irgendein Alibigeschenk. Oder Socken. Oder, tadaaa, *nichts*.«

»O Mann«, sagte Tine. »Jetzt tut's mir umso mehr leid.«

»Braucht es nicht.« Nachdem Lea eine Maxi-Tafel Schokolade aus dem Küchenschrank gezogen hatte, kam sie zurück zum Esstisch. Sie setzte sich neben Tine und donnerte die Schokolade auf die Tischplatte. »Aber manchmal könnte ich kotzen. Es sind immer die anderen, die jemanden haben, der an sie denkt. Und wenn's nur ein toter Therapeut ist!«

»Ich mach dir mal einen Beruhigungstee.« Tine stand auf.

»Hast du Todessehnsucht?« Lea fuhr herum.

»Aktuell nicht.« Tine setzte sich schnell wieder hin.

»Ach, so schlimm ist das alles gar nicht.« Lea winkte ab und riss das Silberpapier von der Schokolade. »Ich hätte nur auch gerne mal jemanden, der sich Gedanken um mich macht. Oder darum, worüber ich mich freuen könnte. Ihr habt ja wenigstens eure Eltern, auch wenn sie gewöhnungsbedürftig sind. Immerhin sind sie irgendwie für euch da.«

»Hallo?«, fragte Vivien. »Kennst du Helga?«

»Ich muss dir auch widersprechen«, sagte Tine. »Meine Eltern sind nicht für mich da. Waren sie auch nie. Wenn ich ein Problem hatte oder Hilfe gebraucht hätte, musste ich es aus pädagogischen Gründen immer alleine hinbekommen. Dann hat mich aber meistens der Mut verlassen.«

»Hm.«

»Und meine haben mich immer nur auf dem Weg unterstützt, den sie für richtig halten«, sagte Vivien. »Aber auf keinem anderen.«

»Das heißt, wir können dich verstehen, Lea«, sagte Tine. »Wäre schon schön, jemanden zu haben, der immer für einen da ist.«

»Und einen unterstützt, auch wenn man seiner Meinung nach mal in 'ne Sackgasse rennt«, fügte Vivien an.

»Der einem auch mal aktiv hilft«, sagte wiederum Tine.

»Und nicht benachteiligt«, setzte Lea hinzu.

»Für den man wirklich wichtig ist«, sagte Vivien.

»Das Wichtigste.« Tine seufzte.

»Der treu ist und sich nicht für andere interessiert«, sagte Vivien.

»Reden wir jetzt eigentlich noch von Eltern?« Leas Augenbrauen standen schräg. Vivien lachte auf und zog ihr Tablet zu sich. Lea riss noch mehr Papier von der Schokolade. »Was guckst du eigentlich die ganze Zeit auf deinen Computer?«

»Ich habe alle möglichen Versicherungen angeschrieben, um rauszufinden, wo Henrys Kette versichert ist, und warte auf Antwort. Dann könnte sie nämlich beweisen, dass es ihre ist.«

»Ich hab ja gesagt, dass es einen legalen Weg geben muss, um das Ding zurückzubekommen«, gab Tine zurück.

»Es ist nur leider relativ aussichtslos.« Vivien klappte das Tablet zu. »Aber vielleicht ist ja bei dem Schmuck, den ich von Herrn Friede bekomme, irgendwas dabei, was Henry gefällt. Das wäre dann zwar nicht ihre Kette, aber immerhin.«

Tine und Lea sahen sich an.

»Cool«, sagte Lea.

»Was?« Vivien zog die Augenbrauen zusammen.

»Du hast Schmuck bekommen und denkst zuerst an jemand anderen, dem du ihn schenken kannst«, sagte Tine. »Das ist echt großzügig von dir.«

»Vor allem, da du ja selbst nicht grade flüssig bist«, sagte Lea.

»Ach was.« Vivien zuckte mit den Schultern. »Ist wahrscheinlich eh nicht mein Stil.«

»Ich finde, du solltest unbedingt noch mal mit Freddy reden«, sagte Tine. »Die ganze Geschichte klären und ihn fragen, ob du noch ein bisschen länger dableiben kannst. Ein Praktikum oder so. Ich merk doch, wie sehr du ...«

»Ich hab auch schon darüber nachgedacht«, fiel ihr Vivien ins Wort. »Irgendwie will ich das nicht so stehenlassen. Und vielleicht kann ich ja wirklich ein bisschen länger ..., also der Azubi ist ja immer noch in Elternzeit und ...«

»Also machst du das morgen?«, fragte Tine dazwischen.

»Wenn du deinen Führerschein zu Ende bringst.«

»Was?«

»Du hast ja jetzt ein Auto.«

»Ja, aber ...«

»Ach komm, nur weil's ein alter Zweitwagen ist?«, gab Lea zurück. »Um überall dagegenzubumsen, ist er ja wohl gut genug!«

»Das wollte ich doch gar nicht sagen!«

»Also machst du weiter?«, fragte Vivien. »Finde ich gut.«

Tine holte Luft.

»Und Lea macht auch weiter«, fügte Vivien schnell an, bevor Tine widersprechen konnte. »Wir nehmen sozusagen das Projekt wieder auf!«

»Würde ich ja«, sagte Lea. »Aber mein Projekt ist schon alleine dadurch gestorben, dass ich keinen Job mehr habe. Erinnert ihr euch? Ich wollte mit der Therapie meinen Job retten. Erledigt.«

»Sorry, wenn ich dich korrigieren muss, aber dein Projekt war die Therapie, nicht der Job«, sagte Tine. »Und egal, welchen Job du jetzt nach der Kündigung annimmst, du musst auch dort die Kontrolle über dich behalten. Sonst bekommst du gleich wieder Probleme.«

Lea blickte auf die Tischplatte.

»Also wenn, dann machen wir alle weiter«, sagte Vivien. »Vielleicht ist es sowieso mal an der Zeit, dass wir aufhören zu jammern. Was uns nicht umbringt ...«

»... macht uns neurotischer.«

* * *

»Herr Dr. Hofbauer, Sie sind kein Nazi.« Lea stolperte außer Atem ins Büro ihres Therapeuten.

»Da bin ich aber froh.« Dr. Hofbauer antwortete, wie immer, in aller Seelenruhe. Er saß bereits in der Gesprächsecke.

»Ich habe jetzt beschlossen, mit der Therapie doch weiterzumachen.« Lea schnappte nach Luft. »Aber ich mache das jetzt nicht mehr für meinen Chef oder sonst irgendwen, sondern für mich.«

»Das ist sehr weise.«

»Ich habe auch meine Hausaufgaben schon fertig«, fuhr Lea fort und hängte dabei ihre Weste an den Garderobenhaken neben der Tür. »Für jeden Wutanfall habe ich eine ganze Seite gemacht. Mit Tabelle und Baumdiagramm.«

»Das ist vorbildlich.«

Sie überreichte Herrn Dr. Hofbauer einen Stapel loser Blätter. Dann setzte sie sich ihm gegenüber. Er blätterte durch die Seiten, zog eine heraus und betrachtete das darauf abgebildete, mehrfarbige Baumdiagramm. »Wutausbruch *Helga* zweiter Tag Psycho-Battle«, las er die Überschrift vor. »Könnten Sie mir den Wutausbruch *Helga* etwas genauer erläutern?«

»Die Mutter meiner WG-Mitbewohnerin hat mich und Tine bemitleidet, weil wir keine Männer haben. Und die Lebensaufgabe ihrer Tochter sieht sie darin, Kinder zu gebären und einem fremdgehenden Ehemann den Arsch nachzutragen. Hab sie angeschrien.«

Dr. Hofbauer räusperte sich. Dann ließ er das Diagramm auf seine Knie sinken. »Und nun, Lea? Wie könnte die Alternative aussehen? Wie hätten Sie besser reagieren können?«

»Ich hätte ihr in ruhigem Ton erklären müssen, dass ich nicht will, dass sie so etwas sagt. Und ihr klarmachen, dass sie unbedingt ihre Ansichten überdenken muss, damit so etwas nicht mehr passiert. Was halten Sie davon?«

»Gar nichts.« Dr. Hofbauer legte Leas Blätter auf dem Tisch ab und lehnte sich in seinem Sessel zurück. »Sie wollen kontrollieren, wie sich andere verhalten. Das wird nicht funktionieren. Egal, wie überzeugend Sie argumentieren, Menschen sind nun mal unberechenbar.«

»Aber ich will doch nur, dass sie mich und andere mit ihren kaputten Ansichten in Ruhe lässt.«

»Das verstehe ich. Trotzdem wird es nicht funktionieren. Sie können nicht die Kontrolle über andere Menschen übernehmen. Dann bräuchten Sie sich nichts anderes im Leben mehr vorzunehmen, weil permanent neue Menschen auftauchen, die geändert werden müssten. Und selbst dann würde sich nicht jeder an das halten, was Sie vorgeben. Somit wären Sie durchgehend im Stress und hätten noch nicht mal Erfolg.«

»Soll ich es also gutheißen, wenn sich jemand in mein Leben oder das Leben von anderen einmischt?«

»Nicht gutheißen, aber akzeptieren. Akzeptieren Sie, dass Menschen Fehler machen, dass sie ungefragt Kritik üben und dass man Sie teilweise nicht in Ruhe lassen wird.«

»Dann muss ich also lernen, mich einfach nicht darüber zu ärgern?«

»Nächste Sackgasse. Auch das wird nicht funktionieren.«

»Wieso denn nicht?«

»Weil Sie Ihre eigenen Gedanken und Gefühle genauso wenig kontrollieren können wie das Verhalten anderer Menschen.« Dr. Hofbauer legte nun den gesamten Papierstapel auf den Tisch. »Wenn jemand Sie ungerecht behandelt, werden Sie sich ärgern, das ist ganz normal. Und wenn Sie versuchen, diese Wut zu bekämpfen, kriegen Sie sogar noch mehr davon. Es ist wie mit dem rosa Elefanten, an den man nicht denken soll.«

»Und was bitte soll ich stattdessen tun?«

»Akzeptieren Sie Ihre Gedanken und Gefühle, wie sie sind. Negative Gedanken sind nicht angenehm, aber normal. Der Schlüssel liegt also wieder in der Akzeptanz.«

»Wie könnte es anders sein.« Lea presste die Lippen aufeinander. »Wenn ich aber jeden Mist ständig nur akzeptieren muss, also was andere tun und dass mich das wütend macht, dann kann ich ja nichts gegen meine Wutausbrüche tun.«

»Doch, natürlich. Sie können Ihr eigenes Handeln beeinflussen. Im Gegensatz dazu, was andere tun oder wie Sie sich fühlen, können Sie über Ihr Handeln nämlich bewusst entscheiden.«

»Was meinen Sie damit?«

»Dass jemand Sie kritisiert und Sie sich darüber ärgern, können Sie nicht ändern, da haben Sie keine Wahl«, begann Dr. Hofbauer. »Aber Sie haben die Wahl, ob Sie sich von dem Ärger überwältigen und sich zu einem Wutausbruch hinreißen lassen – oder eben nicht.«

»Wenn ich mich aber ärgere, dann bin ich doch schon mitten drin im Wutausbruch!«

»Und genau da sollten Sie ansetzen«, sagte Dr. Hofbauer. »Achten Sie mal darauf: Es gibt einen kurzen Moment zwischen Ihrem Ärgergefühl und dem Impuls, den Ärger rauszulassen. Diesen Moment können Sie nutzen, um die Kontrolle zu behalten und eine Entscheidung zu treffen, wie Sie reagieren wollen.«

»Das geht nicht.«

»Das geht wohl.«

Zehntes Kapitel

»Oh, Sonntag.« Lea blickte auf den gedeckten Frühstückstisch.

»Ja.« Tine stand mit ihrer Schürze in der Küche und drückte eine Orangenhälfte in die Saftpresse. »Gewöhnt euch nicht dran.«

»Wieso?« Lea gähnte. »Hast du wieder mal nur noch ein paar Tage zu leben?«

»Nee, aber ihr könntet ruhig auch mal was zum Gemeinwohl beitragen.«

»Willst du dich auf deine alten Tage noch emanzipieren?«

»Möglich wär's.«

Vivien kam im Bademantel vom Balkon hereingeschlurft, an ihrem Zeigefinger baumelte die Mainzelmännchen-Kaffeetasse.

»Morgen«, sagte Lea.

»Nicht ansprechen.« Tine hielt den Zeigefinger an den Mund.

»Pfff«, gab Lea von sich. »Morgen, Vivi, gibt's was Neues?«

»Was soll's denn seit gestern Abend Neues geben?« Vivien rieb sich die Augen. »Ah, doch. Staubi ist neuerdings suizidgefährdet. Er ist vorhin auf den Balkon rausgefahren und wäre fast unter der Absperrung durch aus dem Haus gefallen.«

Lea blickte Staubi nach, der an ihr vorbei ins Wohnzimmer fuhr. »Bei uns haben sogar die Elektrogeräte 'nen Dachschaden.«

»So wie Klotzi da hinten, der uns sein wahres Wesen nicht zeigen will.« Vivien deutete auf den schwarzen Klotz, der noch immer neben dem Sofa stand. Dann verschwand sie im Badezimmer.

»Ging doch.« Lea wandte sich an Tine. »Sie hat zumindest geantwortet.«

»Wahrscheinlich stimmt irgendwas nicht mit ihr.« Tine zuckte mit den Schultern. »Ah, wenn wir schon dabei sind, ich glaube, mit mir stimmt auch irgendwas nicht. Ich hab die ganze Nacht gelernt, weil ich nicht schlafen konnte. Ich schwitze vor Angst, jetzt schon! Alles dreht sich in meinem Kopf, ich bin total nervös und kann mich kaum noch konzentrieren. Entspannen kann ich mich erst recht nicht mehr.« Tine nahm die Schürze ab, setzte sich an den Tisch und rieb sich die Schläfen.

»Komm mir jetzt nicht mit Burn-out oder sonst einem eingebildeten Quatsch.« Lea setzte sich ihr gegenüber.

»Ich bilde mir überhaupt nichts ein, ich habe ernsthaft Angst, dass ich vor lauter Stress umkippe und sterbe oder so.« Tine schluchzte auf. Vivien kam aus dem Flur. Sie hatte sich umgezogen und die Haare gekämmt. »Weinst du schon wieder?«

»Na und? Dafür pinkele ich viel weniger als du.« Tine wischte sich mit dem Ärmel über die Augen. »Ich fühle mich langsam wie ein Verurteilter, der zum Schafott geführt wird.«

»Meinst du nicht, du dramatisierst das ein bisschen?« Lea bestrich ihr Croissant mit Butter. Vivien setzte sich ihr gegenüber. »Sehe ich auch so. Es ist nur eine Führerscheinprüfung. Das Schlimmste, was passieren kann, ist durchzufallen. Nicht zu *sterben*.«

»Bei meinem Fahrstil weiß man das nie.«

»Deine Baldrianpillen haben doch nicht so gut geholfen, wie?«, fragte Vivien.

Tine schüttelte den Kopf. »Und von den Antidepressiva spüre ich im Moment auch nichts.«

Vivien hielt inne. »Ich war diese Woche so beschäftigt, dass ich meine glatt vergessen habe!« Dann seufzte sie. »Wenn mein Gespräch mit Freddy morgen so schlecht läuft, wie ich es mir die ganze Nacht vorgestellt habe, werde ich wohl auch wieder damit anfangen.«

»He, wo ist deine Motivation von gestern?«, fragte Lea.

»Ich sehe es nur realistisch.«

»Wenn Tine das nur auch mal tun würde«, sagte Lea.

Tine seufzte und schnappte nach ihren Prüfungsbögen auf der Kommode neben dem Esstisch. »Ich bestehe jetzt jeden zweiten Bogen. Das heißt, wenn ich normal wäre, hätte ich 'ne Fifty-fifty-Chance. Aber in Kombination mit meiner Prüfungsangst ist es aussichtslos. Aussichtslos! Um acht morgen früh muss ich da hin, und schon jetzt wehrt sich jede Faser meines Körpers.«

»Tinchen, soll ich dir vielleicht mal einen Tee machen?«, fragte Lea.

Tine nickte. »Meinen Basentee, bitte. Ich bin von dem ganzen Stress total übersäuert.«

Lea stand auf und ging, gefolgt von Vivien, in die Küche.

»Wahrscheinlich entwickelt sich sogar schon irgendwo ein Tumor«, fügte Tine an, während Lea den Wasserkocher anstellte.

»Vergiss es, Tine«, sagte Vivien, während sie ziellos den Kühlschrank und verschiedene Küchenschränke öffnete.

»Was?«, fragte Tine.

»Na, den sterbenden Schwan zu spielen, damit du morgen nicht zur Prüfung musst. Wir kommen beide mit und passen auf, dass du da reingehst.«

Tine verdrehte die Augen.

»Wir müssen noch ein paar Sachen für morgen besprechen«, flüsterte Vivien Lea zu.

»Worum geht's?«

»*Tine.*«

»Später.« Lea blickte hinüber zu Tine, die mit angestrengtem Blick über ihren Bögen saß.

»*Welche Entfernung von Unfallort und Warndreieck ist auf Landstraßen vorgeschrieben?*«, las Tine aus einem ihrer Prüfungsbögen vor, die geordnet vor ihr auf dem Tisch lagen. »Hundert Meter? Wieso das denn? Ach Gott, ich hab's mit der verdammten Autobahn verwechselt! Lea, wo ist mein scheiß Basentee? Ach Mann, ich brauch erst mal 'ne Kippe.«

Lea schaute zu Vivien. »Sie ist zu einer Mischung aus dir und mir geworden, wusstest du das?«

»Hä?«

»Flucht und raucht.«

»Immerhin trinkt sie noch ihr Hexengesöff.«

Lea lachte auf. In dem Moment begann das Festnetztelefon zu klingeln. Tine schmetterte ihren Stift auf den Tisch. »Wie soll man sich denn hier drin konzentrieren? Shit, echt! Wenn ich morgen durchfalle, seid allein ihr dran schuld!« Sie stand auf und blickte sich nach dem mobilen Festnetztelefon um. »Denkt vielleicht außer mir mal jemand daran, ranzugehen? Ist doch sowieso wieder dein betrunkener Exmann, Vivi!« Bevor Vivien antworten konnte, fand Tine das Telefon auf der Kommode neben dem Esstisch und ging ran. »Hallo?« Sie klemmte das Telefon zwischen Kopf und Schulter und blätterte durch ihre Prüfungsbögen. Dann richtete sie sich unvermittelt auf und ließ die Blätter auf den Tisch fallen.

»Ähm, Lea, für dich.« Tine trug das Telefon in Richtung Küche. »Philipp Weidmann«, flüsterte sie hinter vorgehaltener Hand. Lea riss die Augen auf und nahm das Telefon entgegen.

»Äh, hallo?« Sie blieb regungslos in der Küche stehen.

»Schalt auf Lautsprecher!«, zischelte Vivien. »Ich will ihn auch mal live hören!«

Lea blickte geistesabwesend auf das Telefon in ihrer Hand und drückte die Lautsprechertaste.

»... ich hier neu bin, dachte ich mir, Sie könnten mir mal die Stadt zeigen? Vielleicht diese Woche irgendwann nach der Arbeit?«, fragte Philipp Weidmann.

»Äh, ich, äh ...«

»Also nicht die ganze Stadt, ich wollte Sie nicht erschrecken. Vielleicht nur das, was Sie besonders mögen? So eine Art Insider-Tour?«

Lea schluckte.

Du musst antworten. Vivien machte eine Kreisbewegung mit der rechten Hand.

»Äh, klar, die Stadt, äh, ja, ich kenn die, ich, äh, wohn ja hier, also kenn ich sie.« Lea bekam rote Flecken im Gesicht. Vivien und Tine sahen sich an.

»Das ist ja wunderbar«, antwortete Philipp Weidmann. »Und im Gegenzug lade ich Sie zum Essen ein. Was halten Sie davon?«

Lea blickte mit weit aufgerissenen Augen von Vivien zu Tine.

Was ist los?«, flüsterte Tine lautlos und hob beide Hände.

Lea schnappte nach Luft. Vivien griff nach dem Telefon und hielt die Sprechmuschel zu.

»Er will mit dir essen gehen, du musst antworten«, zischelte sie und gab Lea das Telefon zurück.

Lea hielt das Telefon ans Ohr und schluckte erneut.

»Antworten!«

»Pizza!«, sagte Lea, dann legte sie auf.

»Spinnst du denn?«, fragte Tine.

»Was hast du gemacht?« Vivien riss die Arme in die Luft.

»Ich hab geantwortet!«, sagte Lea.

»Was zur Hölle ist gerade mit dir los?«, fragte Vivien.

»Ich weiß nicht, ich ...«

Das Telefon klingelte erneut.

»Geh ran!«, herrschte Vivien sie an. »Und sprich mit ihm!« Lea ging ran.

»Sie waren gerade weg«, sagte Philipp Weidmann. »Also wenn Sie Pizza mögen, können wir das gerne machen.«

»Äh, ja, äh, klar.« Lea blickte zu Vivien, die ihr zunickte. »Äh, dafür, äh, gibt es hier bei uns extra solche, äh, Pizzahäuser, äh Restaurants.«

»WTF?«, flüsterte Vivien Tine zu. Tine hob die Schultern.

»Aber man kann dort auch was trinken, äh, Wein oder so, das wollt ich nur auch noch, äh, dazusagen.«

»Na, das ist doch prima, dann machen wir das«, sagte Philipp Weidmann. »Dann hoffen wir auf gutes Wetter, ich freue mich.«

»Ja, ja«, sagte Lea schnell. »Wenn's regnet, nehmen wir einen Schirm, dann, äh, äh, wird man nicht nass.«

Philipp Weidmann lachte.

»Gut. Bis morgen, auf Wiederhören, Frau Kronberger.«

»Wiederhören.«

Lea ließ das Telefon sinken.

Vivien und Tine blieben regungslos vor ihr stehen.

»Was ist hier grade passiert?«, fragte Tine.

»Ich hab dich noch nie sprachlos erlebt!«, sagte Vivien.

»Interpretiert da jetzt bloß keinen Scheiß rein, hört ihr?« Lea fasste sich an die schweißnasse Stirn.

»Also wenn du mich fragst, bist du auf keinen Fall lesbisch.« Tine kicherte.

»Was?« Lea hob den Kopf.

»Du bist verknallt«, sagte Vivien.

»Unsinn.« Lea ließ die beiden in der Küche stehen und brachte das schnurlose Telefon zu seiner Station im Wohnzimmer. »Der Weidmann ist ein langweiliger Schnösel.«

»Und noch dazu bist du geistig in der sechsten Klasse hängengeblieben«, fügte Vivien an.

»Was?«

»Wenn ich mit zwölf in 'nen Jungen verliebt war, habe ich auch immer gesagt, er ist doof.«

»Er ist aber doof!«

»Und wieso transformierst du dich dann zu Tine, wenn du mit ihm sprichst?«

»Was soll das denn jetzt heißen?« Tine hob beide Arme.

»Ich bitte dich, Tinchen.« Vivien verdrehte die Augen. »Wenn du nervös bist, wirst du verbal inkontinent. Anstatt die Klappe zu halten, redest du immer weiter, um alles noch schlimmer zu machen. Ich dachte immer, das wäre absolut beispiellos. Lea ist allerdings ein ganz gutes Beispiel.«

Tine wandte sich an Lea. »Ich hoffe, du wirst wirklich gekündigt. Wenn du tatsächlich mit ihm zusammen moderieren musst, wird das eine mittelschwere Katastrophe.«

Lea ließ die Schultern hängen.

* * *

»Vielen Dank, dass Sie sonntags für mich öffnen«, sagte Lea zu Dr. Hofbauer. »Das ist nicht selbstverständlich.«

»Ich habe sonntags oft Termine, das macht mir nichts aus.« Dr. Hofbauer winkte ab. »Außerdem sagte meine Nichte, Sie seien ein Notfall.«

»Nun ja, das müssen Sie beurteilen.«

Dr. Hofbauer lächelte schräg.

»Ich würde mal sagen, ich *war* ein Notfall. Am Anfang dachte ich ja noch, ich könnte meinen Job retten. Aber dafür war es leider zu spät.«

»Das tut mir leid, Frau Kronberger.«

»Muss es nicht. So oder so, ich muss die Wutanfälle in den Griff bekommen. Es geht dabei um mich selbst.«

»Schön, dass Sie das so sehen.«

»Ja, ich verstehe zwar viel mehr als vorher, aber ich mache keine richtigen Fortschritte. Mir ist es schon wieder nicht gelungen, auch nur einen einzigen Tag lang ruhig zu bleiben, obwohl ich mich wirklich bemühe.«

»Was war denn diesmal los?«

»Da kam einiges zusammen. Hinter meinem Rücken wurde schon mein Schreibtisch ausgeräumt; ich bin noch nicht mal gekündigt! Apropos Kündigung, aus der Wohnung fliegen wir auch, weil wir Psychos sind, obwohl der Willi Brandt selber einen an der Schüssel hat. Und dann sagte meine Mitbewohnerin – nicht Ihre Nichte, die andere –, ich soll mich nicht so anstellen und mir gefälligst was Neues suchen! Okay, sie hat sich später dafür entschuldigt, aber erst mal hat sie's gesagt! Da kann man doch mal sauer werden, oder? Ich meine, Sie müssen wissen, dass ich noch einen Tag vorher, extra für sie, betrunken eine Schauspieleinlage vor meinem Exfreund aufgeführt habe!«

»Sie kommen aber auch tagtäglich in Situationen, die

nicht alltäglich sind.« Herr Dr. Hofbauer sah Lea an. »Sie haben ein bewegtes Leben, Frau Kronberger. Das macht es nicht einfach.«

»Es freut mich, dass Sie die Problematik erkennen.«

»Und trotz allem habe ich eine Idee.« Dr. Hofbauer blätterte mit zusammengekniffenen Augen durch Leas Unterlagen.

»Ich gestehe, ich bin neugierig.«

»Sie müssen sich mit der Vergangenheit aussöhnen, Frau Kronberger.«

»Das haben Sie schon mal gesagt.«

»Wissen Sie auch noch, warum?«

Lea nickte. »Wenn ich schlecht behandelt werde, reagiere ich nicht nur mit der Wut über die *eine* Situation, sondern mit der ganzen angestauten Wut, die ich mir über die Jahre aufgebaut habe, und deshalb bin ich immer viel wütender, als es die *eigentliche* Situation überhaupt verdient hat.«

»Genau.«

»Damit kann ich aber nicht arbeiten, Herr Dr. Hofbauer. Sie müssen mir schon sagen, wie ich das konkret angehen soll.«

»Und Sie müssen Geduld lernen, Frau Kronberger.«

»Wofür das denn?«

»Es ist eine Tugend.«

»Es ist eine Tugend, die keine Sau braucht. Erzählen Sie mir mal bitte von einer guten Sache auf der Welt, die durch *Geduld* entstanden ist!«

Dr. Hofbauer räusperte sich. »Wie fühlen Sie sich denn genau, wenn Sie einen solchen Wutausbruch haben?«

»Äh ..., wütend?«

»Und wie noch?«

Lea zog die Augenbrauen zusammen.

»Lassen Sie sich ruhig Zeit, es ist eine Schlüsselfrage.«

»Nicht ernst genommen«, gab Lea nach einer kurzen Pause zurück. »Ich fühle mich nicht ernst genommen.«

»Und was genau stört Sie daran?«

»Sie wissen, dass das eine provokative Frage ist, oder?«

»Ja.«

»Hm.« Lea ließ ihren Blick aus dem Fenster schweifen. »Es stört mich, dass man das bei einem erwachsenen Menschen einfach nicht tun sollte. Ich möchte respektiert werden wie jeder andere auch.«

»Da haben wir's.«

»Was haben wir?«

»Den Schlüssel.«

»Aha?«

»Sie sagten, dass man das bei einem *erwachsenen* Menschen einfach nicht tun sollte.«

»Na ja, wenn man ungerecht behandelt wird, fühlt man sich eben wie ein Kind, das sich verteidigen muss.«

»Nicht jeder, der ungerecht behandelt wird, fühlt sich wie ein Kind, Frau Kronberger.«

»Was wollen Sie damit sagen?«

»Dass Sie sich in die Zeit zurückversetzt fühlen, in der Sie immer gehorchen mussten, gegen Ihre eigene Überzeugung. Das müssen Sie loslassen, Frau Kronberger.«

»Ja, wie denn?« Leas Arme schnellten nach oben.

»Machen Sie sich klar, dass Sie *früher* nicht anders handeln konnten als zu gehorchen, Sie waren ein Kind«, fuhr Dr. Hofbauer fort. »Heute sind Sie eine erwachsene Frau, und jeder andere Mensch kann Sie nur insoweit beeinflussen, wie Sie selbst das wollen. Ihre Mitbewohnerin, Ihr Chef, Ihre Kollegen – kein Mensch hat Einfluss auf Sie, wenn Sie das nicht zulassen. Verinnerlichen Sie das, und Sie müssen sich nie wieder aufregen.«

»Aber wie reagiere ich, wenn mich jemand nicht ernst nimmt oder ungerechtfertigte Kritik übt?«

»Sie können die Person einfach auf nette Art ins Leere laufen lassen.«

Lea sah ihn an.

»Na ja, Sie können etwas in der Art sagen: *Es ist dein gutes Recht, eine andere Meinung zu haben. Ich nehme die Kritik zwar nicht an, aber ich danke dir dafür, dass du so viel über mein Wohl nachdenkst.* So wird die Person früher oder später aufhören, Sie zu kritisieren, weil sie spürt, dass sie keinen Einfluss auf Ihr Handeln hat. Aber Sie selbst behalten die Nerven, und es kommt nicht zu Streit.«

»Nett ins Leere laufen lassen.« Lea nickte. Draußen auf dem Rhein fuhr ein großer Frachter vorbei. Herr Dr. Hofbauer schwieg.

»Morgen endet die Projektwoche, und damit wäre es meine letzte Sitzung. Ich würde aber gerne darüber hinaus einmal die Woche bei Ihnen in Behandlung bleiben, könnten Sie mir da preislich etwas entgegenkommen? Ich bin ja vorerst arbeitslos.«

»Das sollte kein Problem sein.«

»Danke, Herr Dr. Hofbauer.« Lea lächelte. »Und dann hätte ich noch ein zweites Anliegen.«

»Schießen Sie los.«

»Ich würde dem Wochenprojekt gerne einen würdigen Abschluss verpassen. Hätten Sie vielleicht eine Art Praxisprüfung für mich, an der ich testen könnte, ob ich Ihre Tipps umsetzen kann? Vielleicht die Sache mit dem Nett-ins-Leere-laufen-lassen?«

»Sie meinen so eine Art *Endgegner*?«

»Genau.«

»Gibt es denn eine Person, die Sie zuverlässig zum Ausrasten bringt?«

»Sicher! Mein Kollege Steffen. Ich koche schon hoch, wenn ich seinen Mantel an der Garderobe vor unserem Konferenzraum sehe.«

»Hm, hm, hm.« Herr Dr. Hofbauer trommelte mit den Fingern auf seinen Schreibblock.

»Was?«

»Mir wäre es lieber, wenn wir jemanden finden könnten, der näher am Ursprung Ihrer Wut steht. Wie sieht denn aktuell die Beziehung zu Ihrer Tante aus?«

»Katastrophal. Das letzte Mal am Telefon hat sie mich eine egoistische Karriereziege genannt. Ich habe sie angeschrien und aufgelegt. Jetzt ist seit Wochen Funkstille.«

»Dann scheint sie mir ein würdiger Endgegner zu sein«, sagte Dr. Hofbauer. »Wie wär's, wenn Sie morgen, hier in der Therapiestunde, mit ihr telefonieren und *nicht* ausrasten? Ich höre zu und gebe Ihnen im Anschluss eine Art Schulnote, damit hätten Sie Ihre Praxisprüfung.«

»Sie sind ein Genie.«

»Das hört man gern.«

Elftes Kapitel

»Guten Morgen, Tinchen!«

»Alles Liebe zum Geburtstag!«

»Haltet bloß die Klappe! Alle beide!« Tine rauschte an Vivien und Lea, die sich im Flur postiert hatten, vorbei ins Badezimmer.

Vivien schaute ihr nach, Lea blickte auf das selbst gepflückte Sträußchen aus Gänseblümchen in ihrer Hand. Beide zuckten sie zusammen, als Tine die Badezimmertür ins Schloss donnerte.

»Nicht ihr Tag, schätz ich.« Vivien hob die Schultern.

»Dreißig-Krise?«, fragte Lea.

»Ist mir scheißegal, dass ich jetzt dreißig bin«, rief Tine aus dem Bad, dann öffnete sie die Tür einen Spalt und streckte den Kopf heraus. Ihr Gesicht war ungewohnt blass. »*Ihr* seid mein Problem! Steht hier dumm rum, nur um zu kontrollieren, dass ich zur Prüfung gehe. Habt ihr nix Besseres zu tun? Psychos!« Tine zog ihren Kopf durch den Spalt nach drinnen und schlug die Tür wieder zu.

»Du musst nicht zur Prüfung, wenn du nicht willst.« Lea tauschte einen Blick mit Vivien aus. Die Tür öffnete sich, und Tine streckte, diesmal sehr langsam, wieder ihren Kopf in den Flur. »Wie bitte?«

Vivien ging auf sie zu. »Wir haben einen neuen Plan. Wir wollen dich zu nichts zwingen. Stell dir vor, dir stößt dann wirklich was zu? Das wäre eine Katastrophe für unser Karma.«

Tine hob die Augenbrauen. »Ist das euer Ernst?«

»Wir haben nur eine Bedingung«, sagte Lea.

Tine seufzte und trat zu den beiden auf den Flur. Ihr aschblondes Haar hing strähnig herunter. Über ihrer Schulter baumelte ein grauer Kapuzenpulli. »War ja klar.«

»Wir haben mit den Leuten aus der Fahrschule gesprochen«, begann Lea. »Heute gibt es zwei Termine für die Theorieprüfung. Der erste ist um Viertel nach neun, der zweite danach. Wir haben für dich ausgehandelt, dass du bei beiden mitschreiben darfst.«

Tine blickte von Lea zu Vivien. »Die Bedingung, dass ich nicht zur Prüfung muss, ist, dass ich zwei Prüfungen mache?«

»Nein«, antwortete Vivien. »Die erste ist für dich außer Konkurrenz, also einfach nur so. Zum Üben. Ist mit der Fahrschule abgeklärt.«

»Eine Art Generalprobe«, fügte Lea an. »Und nur die musst du mitschreiben. Unsere Bedingung ist folgende: Wenn du sie bestehst, musst du zumindest noch mal drüber nachdenken, die *echte* Prüfung auch zu machen. Das ist alles.«

»Ist doch fair, oder?«, fragte Vivien.

Tine schlüpfte in ihren Kapuzenpullover.

* * *

»Morgen, Chef«, sagte Lea so lässig wie möglich, als sie das Büro ihres Redaktionsleiters betrat. Sie war sofort losgefahren, nachdem Vivien und Tine sich zur Fahrschule aufgemacht hatten.

»Ach, herrje, Lea.« Richard ließ einen Stapel kopierter Pressemeldungen mit einem lauten Plumps auf seinen Schreibtisch fallen. »Mit Ihnen habe ich noch gar nicht gerechnet, Sie sind doch sonst immer unpünktlich.«

»Was?« Leas Stimme klang schriller als geplant. »Wer hat Ihnen denn so was erzählt? Ich bin ...«

Richard hob mit einem gequälten Seufzer die Hand und brachte Lea damit zum Schweigen. Er nahm an seinem Schreibtisch Platz und wies Lea den Platz gegenüber. Sie setzte sich auf den kleinen Schalensessel und schaute auf die vertraute, antike Kuckucksuhr, die schräg hinter ihrem Chef an der Wand hing. Eine Minute vor neun, so pünktlich war sie tatsächlich noch nie gewesen.

»Zuerst einmal muss ich mich dafür entschuldigen, dass ich Sie mit dem Termin so überfalle«, begann Richard. »Ich bin früher aus dem Urlaub zurückgekommen als geplant, und da ich nun schon mal hier bin, wollte ich das Gespräch mit Ihnen dann auch gleich führen.«

Lea nickte. Sie wusste, was nun kommen würde. Und sie hatte sich bei aller Akzeptanz dafür entschieden, ihren Job nicht vollends kampflos aufzugeben. Sie mochte ihre Sendung. Trotz allem. Lea sandte ein Stoßgebet aus – sollte sie ihren Job wider Erwarten behalten dürfen, würde sie sich nie wieder über die Banalität ihrer Sendung beschweren. Natürlich wollte sie lieber eine Sendung mit Substanz moderieren, aber zum Teufel, wer hatte schon genau das, was er wollte?

»Lea, Lea.« Richard massierte sich mit beiden Händen die Schläfen. Er sah müde aus, und sein graumeliertes, schütteres Haar stand auf beiden Seiten ab. »Sie waren ja schon immer mein Sorgenkind.«

»Was?« Leas Stimme schnellte schon wieder in die Höhe. »Was meinen Sie denn damit, Richard? Ich habe doch ...«

»Nichts Schlimmes«, fiel Richard ihr ins Wort. »Nichts Schlimmes. Ich meine damit nur, dass ich von Anfang an Ihren Weg im Blick hatte, weil ich viel von Ihnen halte.«

»Oh! Danke, Chef!«

»Es war eigentlich mein Plan, Ihnen eines Tages die Redaktionsleitung und die Abendnachrichten zu übergeben.«

»Was? Wirklich?« Lea setzte sich in ihrem Schalensessel aufrecht hin. Dann blickte sie in Richards Gesicht und auf die tiefe Sorgenfalte über seiner Stirn. Nun war es also so weit. Er würde ihr mitteilen, dass er diesen Plan überdenken musste, weil sie sich nicht im Griff hatte. Für die Abendnachrichten war nun vielleicht schon Philipp Weidmann oder ihre Kollegin Anja mit dem Pferdegesicht unter Vertrag. Oder beide. Möglicherweise gab es auch schon eine Nachfolgerin für ihre Magazinsendung. Wahrscheinlich ebenfalls eine mit Pferdegesicht. Lea schaute wieder auf die antike Kuckucksuhr. Erst zwei Minuten vergangen, seit sie hier angekommen war. Auf einmal war ihr klar, warum Richard das Gespräch so in die Länge zog: Er wollte sie nicht innerhalb von zwei Minuten rauswerfen, sondern respektvoll noch eine Weile drum herumreden. Richards Sorgenfalte schien mit der Zeit immer tiefer zu werden. Drei Minuten vergangen, sagte die Kuckucksuhr.

»Ich bin in Therapie!«, platzte es aus Lea heraus.

»Wie bitte?«

»Ich bin in Therapie, um meine Wutanfälle in den Griff zu bekommen. Mir ist vollkommen klar, dass das so kein Zustand ist! Es wird sich etwas ändern, glauben Sie mir, Richard!«

»Oh, das ist ausgezeichnet ...«

»Darum geht es doch, oder?«, unterbrach Lea ihren Chef.

»Worum?«

»Meine Wutanfälle!«

»Nein, eigentlich nicht.« Richard räusperte sich. »Es geht darum, dass ich gesundheitlich etwas angeschlagen bin und über Altersteilzeit nachdenke.«

»Wie bitte?«

»Dann müssten Sie den Posten früher übernehmen als geplant, und ich bin mir nicht sicher, ob Sie bereit dafür sind«, fuhr Richard fort. »Sie sind ja noch jung, und das wäre eine große Verantwortung. Für die Abendnachrichten hätten Sie in der Moderation Philipp Weidmann an Ihrer Seite, aber die Redaktionsleitung ist viel Arbeit, also Sie müssten ...«

»Ja!«, rief Lea aus. »Natürlich bin ich bereit! Ich bin bereit, Chef! Ich bin so was von bereit!«

»Langsam, langsam.« Richard ließ beide Hände auf- und abschwingen, um Leas Tempo zu drosseln. »Es gibt da einiges zu besprechen. Aber es ist gut zu wissen, dass Sie die Herausforderung annehmen.«

»Danke, Chef«, sagte Lea. »Und ich dachte, ich fliege heute raus!«

»Warum sollten wir Sie rauswerfen?«, fragte Richard.

»Weil ich ..., also das mit den ..., ach egal.« Lea schaute Richard an, der trotz seines langen Urlaubes gerädert aussah. »Richard, was haben Sie denn gesundheitlich? Wir müssen uns doch keine Sorgen machen, oder?«

»Überhaupt nicht«, antwortete er. »Ich muss in meinem Alter nur ein bisschen kürzer treten, das ist alles. Außerdem schadet etwas mehr Freizeit einem vierfachen Opa nie.«

»Machen Sie das, Richard, ich werde Ihnen eine würdige Nachfolgerin sein, das verspreche ich«, erwiderte Lea. »Das Fachliche traue ich mir ohne Weiteres zu, und wegen den Wutausbrüchen bin ich, wie gesagt, in Therapie.«

»Das ist gut, Lea.« Richard lächelte. »Eine cholerische Nachrichtensprecherin könnte schlecht sein für unser Image.«

»Richtig«, sagte Lea.

»Richtig«, wiederholte Richard. »Ich habe mir die Freiheit genommen, Ihren Schreibtisch am Wochenende schon in Ihr neues Büro verlegen zu lassen. Sie sitzen nun oben, direkt bei der Dachterrasse und neben der Kantine. Ich weiß ja, wie gerne Sie essen.«

»Chef, ich könnte Sie abknutschen!«

»Lassen Sie das, sonst muss ich Sie kündigen.«

* * *

»Isse drin?« Lea kam auf den Vorplatz von Tines Fahrschule und drückte Vivien, die auf einer Bank neben einem kleinen Springbrunnen saß, einen von zwei Coffee-to-go-Bechern in die Hand.

»Hab sie vor einer halben Stunde reinbugsiert. War nicht ganz einfach.«

»Glaub ich sofort.« Lea setzte sich neben Vivien.

»Deine Idee mit der Generalprobe war genial, anders hätten wir sie da niemals reinbekommen«, sagte Vivien. »Du solltest Politikerin werden. Oder Motivationstrainerin.«

»Oder Nachrichtensprecherin.«

»Hä?«

»Nachrichtensprecherin.«

»Ich hab das Wort schon verstanden!«

»Nachrichtensprecherin.«

»Was? Sag bloß, du bist ...«

»Genau, *Mittelrhein aktuell*, jeden Abend! Zusammen mit Philipp Weidmann! *Ich!* Ab übernächster Woche!«

»Mein Gott! Wow, Glückwunsch!« Vivien umarmte Lea. »Aber du dachtest doch, du wirst gekündigt?«

»Tja.« Lea strahlte. »Stattdessen wurde ich befördert.«

Vivien reckte eine Faust in die Luft. »Psychos an die Macht! Irgendwann reißen wir die Weltherrschaft an uns.«

»Aber ich bleibe in Therapie, mein Chef meinte, eine cholerische Nachrichtensprecherin könnte unserem Image schaden.«

»Ach was, es wäre viel authentischer.« Vivien nahm einen Schluck aus ihrem Pappbecher. »Nachrichtensprecher sind immer viel zu sachlich und unbeteiligt, sogar wenn sie über die größten Katastrophen reden. Das wirkt total aufgesetzt. Sei einfach du selbst, das wär viel glaubwürdiger. Stell's dir mal vor, die *Rheinhessen-Aktuell*-Intro-Musik, dumdidumdidum, und dann du, knallrot im Gesicht und mit einer pulsierenden Halsschlagader: »*DIESER SEXISTISCHE SACK VON HANS MEYER SITZT SCHON WIEDER IM LANDRAT! IHR VOLLPFOSTEN DA DRAUSSEN, DIE IHR LETZTE WOCHE WÄHLEN GEWESEN SEID, WAS HABT IHR EUCH DABEI NUR GEDACHT? DIESES SCHEISS LANDRATSAMT IST DER GRÖSSTE PUFF IN GANZ RHEINHESSEN!*«

Lea blickte Vivien an. Dann presste sie die Lippen aufeinander. »Danke für die Einlage, Vivi.«

»Mein Gott, Lea, kannst du nicht über dich selbst lachen?«

»Es gibt keinen Hans Meyer im Landrat.«

»Das war ja auch ein Phantasiename.« Vivien verdrehte die Augen. »Jetzt tu nicht so neunmalklug, ich hab sieben Semester länger studiert als du.«

»Seit wann ist ein *längeres* Studium ein Beweis für ...«

»Ich hab bestanden!« Tine kam auf die beiden zugestolpert. Hinter ihr krachte die gläserne Eingangstür ins

Schloss. »Könnt ihr das glauben? Ich habe zehn Fehlerpunkte, und mit einem mehr wär ich durchgefallen!« Sie blieb atemlos vor den beiden stehen. »Aber ich hab bestanden, weil die gar nichts von einer Generalprobe wussten, die haben das offensichtlich intern nicht richtig weitergegeben!«

Lea und Vivien blickten sich an.

»Ja.« Vivien hüstelte. »Intern.«

Lea schmiss beide Arme in die Luft. »Na, was für ein wunderbarer Zufall! Juhuuuu!«

Vivien umarmte Tine. »Ich gratuliere! Du hast es dir verdient!«

»Scheint, als wären grade ein paar Glücksengel auf meiner Seite.« Tine strahlte. »Ich war so aufgeregt, zuerst wollte ich weglaufen, aber ich habe einfach weitergemacht, es war ja nur eine Probe! Ich hab auch am längsten von allen gebraucht, aber das ist ja jetzt egal!«

»Absolut.« Vivien zwinkerte.

»Dann kann ich ja jetzt den Sekt aus der Tasche holen.« Lea zog einen Piccolo und drei Pappbecher aus der Tasche.

»Lea, es ist halb zehn«, sagte Tine.

»*Morgens*«, fügte Vivien an.

»Eine ganze Straße voller Sittenwächter.« Lea verdrehte die Augen. »Das ist rein symbolisch. Nur einmal anstoßen und einen Schluck trinken, sonst bringt es Pech für die Praxisprüfung heute Nachmittag.«

»O Gott!« Tine wurde blass. »Daran hab ich ja gar nicht mehr gedacht! Also da geh ich auf keinen Fall ...«

Vivien stieß Lea in die Seite.

»Ich bin nicht gekündigt worden«, rief Lea dazwischen.

»Was?« Tine sah sie an.

»Ja, ich wurde stattdessen befördert.« Lea goss Sekt ein

und verteilte die Pappbecher. »Ich moderiere jetzt die Abendnachrichten.«

»Uiiii!« Tine nahm ihren Becher entgegen. »Das ist ja super, dann brauchst du ja gar keinen neuen Job!«

»Richtig«, antwortete Lea. »Dafür habe ich ein neues Büro, eine neue Sendung und kriege neue Visitenkarten.«

»Liest sich bestimmt super«, sagte Vivien. »*Lea Kronberger – Psychopathin.*«

Lea holte Luft.

Tine erhob ihren Becher. »Prost!«

* * *

»Wieso musst du heute eigentlich nicht arbeiten?«, fragte Tine, die Lea auf dem Balkon gegenübersaß. Als Vivien ins Seniorenheim gefahren war, hatte Lea Muffins und frischen Cappuccino besorgt und das Ganze mit einer Geburtstagskerze auf dem Balkontisch drapiert.

»Habe meinem Chef die Problematik erläutert.«

»Welche Problematik?«

»Na, dass ich dachte, ich werde gekündigt und deshalb den Tag schon anderweitig verplant hatte.«

»Und das hat er geschluckt?«

»Wieso geschluckt? Es ist die Wahrheit.« Lea leckte die aufgeschäumte Milch von ihrem Cappuccino. »Du hattest deine Prüfung, da wollte ich dabei sein, später habe ich das Endgegner-Gespräch bei deinem Onkel Heini, und heute Abend ist ja die, äh ...«

»Was ist heute Abend?«

»Nichts.« Lea verschluckte sich am Milchschaum.

»Du lügst noch schlechter als Vivien.«

»Heute Abend ist die Praxisprüfung«, murmelte Lea.

Tines Züge verdunkelten sich. »Ich habe keine Ahnung, wie du darauf kommst, dass ich da hingehe. Okay, eben habe ich mich vielleicht noch über meine Theorieprüfung gefreut, aber das ist doch rein gar nichts im Vergleich zu später, verstehst du, *nichts*, verdammt noch mal! Ich habe mich rein gedanklich noch nicht mal damit beschäftigt, weil ich ja sicher war, dass ich die Theorie gar nicht schaffen kann. Oder sowieso kneife. Und jetzt habe ich sie geschafft! Damit ist alles durcheinandergeraten.«

»Du schaffst es tatsächlich, etwas Negatives an einer bestandenen Prüfung zu finden?«

»Ich geh auf keinen Fall zur Praxisprüfung! Der Stress würde mich umbringen.«

»Siehst du. Und deswegen habe ich heute frei.«

»Weswegen?«

»Na, weil du ohne Dauerbetreuung kneifen würdest, du Angsthase.«

»Ich bin überhaupt kein Angsthase! Ich habe alle Fahrstunden genommen, obwohl ich Angst hatte, ich habe mich permanent überwunden. Ich habe Lob verdient, aber das siehst du natürlich nicht!«

»Alles hinkriegen und dann kurz vorm Ende kneifen hat mit Mut überhaupt nichts zu tun. Es ist das Gegenteil, memmenhaft und feige.«

»Glaubst du, du kannst mich umstimmen, in dem du mich beschimpfst?« Tine donnerte ihre Tasse auf den Unterteller.

»Weiß ich noch nicht, aber falls es klappt, soll es mir recht sein«, sagte Lea.

Tine stand auf. »Ich sag's ja, ich hätte genauso gut bei meinen Eltern bleiben können.«

»Eben nicht!« Lea schlug mit der flachen Hand auf den

Tisch. Die Cappuccino-Tassen klirrten. »Du hast doch immer gesagt, sie haben dich nie bei irgendwas unterstützt oder dir geholfen. Wie bewertest du es dann, dass ich mir heute den ganzen Tag freinehme, um genau das zu tun?«

Tine stand immer noch hinter ihrem Stuhl und blickte Lea an.

»Tine, mein Gott, mir geht es doch nur darum, dass du auf deinem Weg bleibst«, fuhr Lea fort. »Und dafür musst du heute Abend einfach nur hingehen, egal was dabei rauskommt. Herr Friede hat gesagt, du sollst dich Prüfungen stellen, nicht Prüfungen bestehen. Aber wenn du jetzt vor lauter Angst wegläufst, bist du gescheitert.«

Tine schluckte. »Aber dann fall ich doch durch!«

»Dann fällst du eben durch.« Lea hob die Schultern. »Das macht ja nichts.«

»Doch! Wenn ich durchfalle, mache ich mich zum Deppen. Wenn ich nicht hingehe, blamiere ich mich wenigstens nicht.«

»Es ist genau umgekehrt. Wenn du hingehst und durchfällst, hattest du eben Pech oder es war nicht dein Tag. Wenn du nicht hingehst, bist du ein Feigling, der den Schwanz einzieht. Ist ein großer Unterschied.«

Tine schluckte. Dann setzte sie sich wieder auf ihren Stuhl. »Kannst du heute Mittag mit mir das Einparken üben?«, fragte sie nach einer längeren Pause.

»Nein.«

»Warum nicht? Uli hat mir erzählt, dass der Prüfer immer in der Hindenburgstraße rückwärts einparken lässt, dort bei der Apotheke, da sind die Plätze aber alle viel zu eng! Nur wenn man da nichts findet, fährt er 'ne Straße weiter, da sind größere Lücken, und manchmal lässt er es dann sogar ganz sein mit dem Einparken. Ich bin also vom puren Zufall abhängig! Wenn ich schon hingehen muss, will ich wenigstens noch mal üben!«

»Ich habe eine viel bessere Idee, wie wir dich vor der Prüfung auf Vordermann bringen können.«

Tine griff nach ihren Zigaretten auf dem Tisch. »Willst du mich vielleicht anschreien oder mit Schnaps abfüllen?«

»Weder noch«, erwiderte Lea. »Wir müssen irgendwas mit deinen Haaren machen.« Sie begutachtete Tines lieblos mittelgescheiteltes aschblondes Haar, das nun wieder mit einer Haarspange im Nacken zusammengebunden war. »Kürzen auf jeden Fall. Und blonde Strähnchen. Oder ganz platin. Weiß noch nicht, irgendwas Toughes auf jeden Fall.«

»Wie bitte?« Tine ließ die Hand mit der Zigarette wieder sinken, ohne sie angezündet zu haben. »Ich soll die Zeit mit Frisieren verplempern? Ich will Auto fahren, nicht Model werden! Vergiss es! Ich nutze die Zeit lieber, um alles noch mal im Kopf durchzugehen, damit ich später nichts falsch mache.«

»Damit du dich bis zum Termin immer weiter reinsteigerst und dann doch nicht hingehst«, murmelte Lea und rührte dabei so ungestüm in ihrem Cappuccino, dass der Kaffeelöffel auf beiden Seiten der Tasse anstieß und laut klirrte.

»Wie bitte?« Tine deutete auf ihr Ohr.

»Für den praktischen Teil ist es doch viel wichtiger, gut auszusehen, als perfekt zu blinken«, sagte Lea, diesmal laut.

»Uli würde dich lieben.«

»Tut er.«

»Nee, ernsthaft, Lea, hör auf damit! Ich will keine andere Frisur, generell will ich das nicht, ich bin einfach nicht der Typ, der ...«

»Jetzt hör mal auf jemanden mit Erfahrung«, unterbrach

Lea sie. »Du hast Prüfungen immer verweigert und daher keine Ahnung von der Materie. Ich erzähle dir mal von meinem Studienabschluss: In meiner Magisterarbeit hatte ich eine Drei, aber in allen mündlichen Prüfungen eine glatte Eins. Glaubst du, ich bin plötzlich schlauer geworden? Nein! Aber ich hatte einen tiefen Ausschnitt und zwei Push-ups übereinander an.«

»Und das von einer überzeugten Feministin.«

»Ja, eben! Wenn es Männern zugutekommt, dass sie keine Gebärmutter besitzen, wieso sollte es Frauen nicht zugutekommen, einen Aus- oder Haarschnitt zu besitzen?«

Tine seufzte.

»Komm, Tinchen, ich verrate dir ein Geheimnis«, sagte Lea. »Es geht überhaupt nicht darum, dass der Prüfer dich attraktiv findet, sondern du. Wenn man gut aussieht, fühlt man sich souveräner und tritt ganz anders auf. Schon alleine das hat eine Wirkung. Ganz egal, ob Frau oder Mann. Okay, gilt sicher nicht für jeden, nicht alle Menschen sind so oberflächlich wie ich. Aber einen Versuch ist es doch allemal wert, oder?«

Tine hielt immer noch die Zigarette in der Hand. »Und *du* willst mir die Haare schneiden oder wie?«

»Wo denkst du hin.« Lea winkte ab. »Marcel, mein Stylist vom Sender, kommt später vorbei, weil ich für die Nachrichten eine seriösere Frisur brauche. Der kann dich bestimmt schnell mitfrisieren, ist doch auch für die Party heute Abend perfekt.«

»Was für eine Party?«

Lea blickte Tine erschrocken an.

»Was für eine Party?«, wiederholte Tine, als es an der Wohnungstür polterte. Lea und Tine blickten durch die geöffnete Balkontür und die Küche nach drinnen, wo sich Vivien mit einem Strauß Happy-Birthday-Luftballons, einer Tasche voller Partyhütchen und zwei Kisten Sekt fluchend durch die Tür zwängte.

»O Mann!« Lea stand auf und ging einen Schritt vom Balkon in die Küche. Dort blieb sie, die Hände in die Hüften gestemmt, stehen. »Na, super, Vivi, jetzt weiß sie Bescheid!«

»Was?« Vivien blickte von Lea zu Tine nach draußen. Tine sah die beiden mit großen Augen an. »Ach Scheiße! Wieso seid ihr hier? Du hast doch gesagt, du lenkst sie ab?«, zischelte sie Lea zu.

»Aber du hast gesagt, du kommst erst später zurück, bis dahin hätte ich dir einen Zettel an die Eingangstür gehängt, dass du den Kram bis heute Abend im Kellerraum verstaust.«

»Was ist denn hier los?« Tine war nun ebenfalls vom Balkon in die Küche gekommen.

»Nichts«, antwortete Lea.

»Und was ist das für Zeug?«

»Nur so.« Vivien räusperte sich. »Falls man's mal braucht.«

»Wenn wir mal Kinder zu Besuch haben.« Lea fuhr mit einer losen Handbewegung über die Party-Utensilien, die Vivien in der Küche abgestellt hatte.

»Prosecco? Für Kinder?«, fragte Tine. »Haltet ihr mich für komplett bescheuert?«

Lea blickte zu Vivien und hob die Schultern. »Gut, Tine, ich schätze Vivien und ich sind nicht sonderlich gut im Verheimlichen von Überraschungspartys. Jedenfalls gibt es heute Abend eine. Du wirst ja schließlich dreißig. Und wir fliegen ja sowieso bald aus der Wohnung, da können wir's auch noch mal krachen lassen.«

»O mein Gott!« Tine rannte auf den Balkon und zündete

sich eine Zigarette an. »Eine Party? Für mich? Das hatte ich noch nie! O Gott, das trifft mich jetzt aber unerwartet!«

»Damit es dich nicht nervös macht, sollte es ja eine Überraschung sein.« Vivien verstaute die Sektkisten in der Abstellkammer.

»Du musst dich um nichts kümmern«, sagte Lea und trat zu Tine auf den Balkon. »Nur da sein.«

»Trotzdem! Jetzt weiß ich gar nicht mehr, weswegen ich aufgeregter sein soll, Prüfung oder Party?«

»Alles nicht der Rede wert«, sagte Lea. »Hauptsache, die Frisur stimmt.«

»Dann hoffe ich, dass dein Marcel was draufhat.« Tine zog an ihrer Zigarette.

»Hat er.«

* * *

»Ach, verdammter Mist!« Es war bereits die zweite Tasse, die Vivien auf den Boden gekracht war. Sie kehrte die Scherben auf eine Plastikschaufel. Beim Küchendienst war sie schon die ganze Zeit nicht bei der Sache. Wegen des Einkaufs für Tines Abschiedsparty war sie zu spät gekommen, danach hatte sie die Spülmaschine mit sauberem Geschirr eingeräumt und Salat in Suppenteller verteilt.

»Vivieeeeen, was ist denn heute lohohooooos?«, sang Bernd.

»Am Wochenende zu viel gefeiert?« Luise zwinkerte ihr zu.

»Wenn's das nur wäre«, murmelte Vivien. Bei ihrer Ankunft war sie Freddy im Foyer begegnet. »Morgen«, hatte er gemurmelt und war noch nicht einmal stehen geblieben. Das nagte an ihr. Sie wollte ihm erklären, wie es zu der Sache mit Heinz-Werner Karl gekommen war. Was für ein gutes Gefühl es ihr gegeben hatte, dass Freddy ihr so viel Verantwortung zugetraut hatte, und wie leid es ihr tat, diese Chance vertan zu haben. Überhaupt wollte sie ab sofort offen und ehrlich zu ihm sein. Vielleicht würde sie ihm sogar von ihrer Vergangenheit, ihrem Exmann und der Therapie erzählen. Nachdem Vivien den letzten Teller für das Mittagessen ausgegeben hatte, band sie sich die Schürze ab und rannte die Stufen zu Freddys Büro nach oben.

»Ich weiß, dass du noch sauer auf mich bist«, platzte es bereits aus ihr heraus, noch während sie die Tür öffnete. Freddy blickte auf. Er saß an seinem Schreibtisch, neben ihm Moni mit einer Tasse Kaffee.

»Nein, bin ich nicht. Es hat sich alles aufgeklärt, das mit den Medikamenten war nicht deine Schuld.« Freddy winkte ab.

»Ähm ...« Vivien fühlte sich unsanft abgebremst. »Okay, aber das mit dem Ausflug und dass ich die anderen alleine gelassen habe, ich hab da ..., also das war irgendwie eine Schockreaktion! Aber so was wird nie wieder passieren, das verspreche ich dir! Und ich hab mich auch schon zu einem Erste-Hilfe-Kurs angemeldet, weil ich, äh ..., weil ich gar nicht wusste, was ich machen soll, und wenn wieder mal so was passiert ...«

»Vivien, ich hab jetzt wirklich keine Zeit.« Freddy deutete auf seinen Schreibtisch, auf dem mehrere geöffnete Ordner übereinanderlagen. »Wir haben Monatsabschluss.«

Vivien schluckte. »Verstehe. Dann, äh, ein andermal.«

Freddy nickte.

»Ciao, Vivien.« Moni lächelte.

Vivien drehte sich hastig um, um das Büro zu verlassen, und spürte einen dumpfen Schlag am Kopf.

»Shit! Aua!« Vivien fasste sich an den Kopf. Sie war gegen die Glastür gelaufen. »Mann! Ich dachte, die wäre noch offen!«

»Oje.« Moni war in einem Satz bei Vivien und fasste ihr an den Kopf. »Hast du dir was getan?«

»Alles okay?«, fragte Freddy.

»Ja, bin nur erschrocken.« Vivien wandte sich ab und rieb ihre Stirn. »Aber diese Scheißglastür hier hat ein, äh, ein gemeingefährliches Risikopotential.«

»Wenn man sie vor dem Rausgehen öffnet, hält es sich in Grenzen.«

* * *

»Ich habe gestern zweihundertsiebenundzwanzig E-Mails verschickt.« Vivien warf sich neben Henry auf das Sofa. Nach der Blamage in Freddys Büro war Ablenkung nötig. »Also, ich habe natürlich nicht jede E-Mail einzeln formuliert, sondern einen Standardtext geschrieben und nur die Namen der Versicherungsvertreter oder Ansprechpartner eingefügt, die ich auf den Websites gefunden habe, ich zeig's Ihnen mal.« Vivien bückte sich nach ihrer Tasche. »Wir finden die richtige Versicherung ganz bestimmt.«

»Ach du liebe Zeit.« Henry blickte Vivien von der Seite an. »Das ist ja unfassbar, was Sie so alles können, ich hätte gar nicht gewusst, wie ich das anstellen soll!«

Vivien seufzte, zog ihr Tablet aus der Tasche und murmelte vor sich hin: »E-Mails schreiben und versenden ist dafür aber auch das Einzige, was ich kann. So sieht wohl meine Zukunft aus.«

»Wie bitte?« Henry rutschte näher an Vivien heran. »Entweder sprechen Sie heute undeutlich, oder ich muss mir Theas Hörgerät ausborgen.«

»Ach, ich hab nur eine katastrophale Laune heute, meine Zeit hier geht langsam zu Ende.«

»Was? Das können Sie uns nicht antun!«

»Vielleicht ist es besser. Freddy sagt, ich sei verantwortungslos, wegen der Sache, die mir mit Heinz-Werner Karl passiert ist. Und er hat ja recht.«

Vivien tippte ihr E-Mail-Passwort in das Tablet ein.

»Aber ich bitte Sie!«, sagte Henry. »Nur weil jemand mal einen Fehler macht? Niemand sonst kümmert sich so gut um uns wie Sie, das sagen alle. Schauen Sie mal, wenn Sie nicht an Ihrem freien Wochenende mit uns einen Ausflug gemacht hätten, dann ...«

»Wir haben es!« Vivien sprang hoch und hielt Henry ihr Tablet hin. »Schauen Sie mal hier, ein Herr Huber hat zurückgeschrieben: *Gerne bestätigen wir, dass Frau Henriette Lohmann unsere Versicherungsnehmerin ist und seit 1995 ein Collier aus echten Perlen bei uns versichert hat. Gerne senden wir Ihnen einen neuen Versicherungsschein zu, wenn Sie uns die aktuelle Adresse mitteilen. Mit freundlichen Grüßen Ingo Huber.* Wir haben die Versicherung gefunden, Henry!«

»Um Himmels willen.« Henry hielt das Tablet ganz nah vor ihr Gesicht. »Der Herr Huber, jetzt fällt's mir wieder ein, ein ganz netter Mann war das. Wo ist denn meine Lesebrille? Es ist zum Ausflippen, wenn man nichts sieht.«

»Wir müssen los.« Clemens stand in der Tür.

Vivien schaute auf. »Haben Sie beide noch etwas vor?«

»Nein!« Clemens starrte Vivien an. »*Wir* beide.«

Vivien durchfuhr es, sie hatte vergessen, dass sie Clemens bei der Auswahl der Verlobungsringe helfen wollte. »Richtig, herrje.«

»Muss ich eifersüchtig sein?«, fragte Henry, während Vivien aufsprang.

»Im Gegenteil.« Vivien schnappte sich ihre Tasche und stieß einen tiefen Seufzer aus. »So eine treue Seele wie Clemens hätte ich auch gerne an meiner Seite.«

* * *

Vivien schlenderte zwischen den Glaskästen mit dem gesicherten Schmuck auf und ab. Clemens war mit den Verlobungsringen seiner Wahl in einer anderen Abteilung, um die Gravuren vornehmen zu lassen. Viviens Blick fiel auf ein paar Ohrringe mit silbernen Schmetterlingen. Seit sie vierzehn war, hatte sie immer etwas gestohlen, wenn sie hier war. Kam es auf ein paar Ohrringe mehr oder weniger wirklich an? Noch dazu hatte Tine Geburtstag. Wem hatte sie außerdem etwas zu beweisen? Freddy interessierte sich offenbar nicht mehr für sie. Im Seniorenheim durfte sie nur noch diese Woche arbeiten. Bald bestünde ihr Leben wieder daraus, E-Mails zu schreiben und Psychopharmaka zu schlucken. Vivien fühlte sich, als hätte man sie nach einem schönen Ausflug zurück auf Start katapultiert. Sie blickte sich um. Keine Spur von Uwe, dem Kaufhausdetektiv. Clemens war noch eine Weile beschäftigt. Selbst wenn man sie erwischte – im schlimmsten Fall müsste sie wieder zur Therapie, und damit wären weitere Antidepressiva-Rezepte gesichert. Oder man würde sie noch einmal zu Sozialstunden verdonnern. Es gab Schlimmeres.

* * *

»Leeeeeaaa, meine Teuerste, hier biiiiiin ich.« Eine schrille Männerstimme dröhnte aus dem Flur. Lea riss die Tür auf, und Tines Blick fiel auf einen auffallend kleinen Mann. Er trug eine viel zu eng sitzende grüne Hose und eine rote, nach oben hin spitzer werdende Mütze, die so weit auf den Hinterkopf geschoben war, dass sie den Blick auf einen schräg geschnittenen, fransigen Pony freigab. Er begrüßte Lea mit je einem Luftküsschen auf beide Wangen und verschwand wieder. »Ich muss grade noch mein Equipment aus dem Aufzug holen«, sagte er dabei.

»Sieht aus wie ein modebewusster Gartenzwerg«, zischelte Tine hinter vorgehaltener Hand.

»Er ist toll, lass dich überraschen.«

Marcel betrat nun mit zwei riesigen schwarz-silbernen Koffern die Wohnung, stellte sie am Eingang ab und hastete auf Tine zu. Vor ihr blieb er abrupt stehen und musterte ihren Kopf.

»Guten Tag«, sagte Tine.

»Pssst.« Marcel hielt den Zeigefinger an die Lippen, fasste Tine ans Kinn, hob ihren Kopf und betrachtete ihre Frisur von allen Seiten. Tine warf Lea einen irritierten Blick zu.

»Du musst erst mal gucken, ob man die Haarspange entfernen kann«, sagte Lea. »Sie lebt damit in Symbiose. Könnte sein, dass die beiden miteinander verwachsen sind.«

»Bfff.« Tine griff sich an den Hinterkopf und löste die Spange mit den beiden ineinander verkeilten Hasen. Etwas unsicher behielt sie sie in der Hand.

»Ach du meiiiine Güte.« Marcel schlug die Hand vor den Mund. »Mit diesen Haaren ist es ja kein Wuuuunder, dass sie negativ ist.«

»Wie bitte?« Tine setzte sich gerader hin.

»Pssst.« Marcel winkte ab, so als wäre es Tine grundsätzlich nicht gestattet, das Wort zu ergreifen. Dann drehte er sich um und wühlte in einem der riesigen Gerätekoffer.

»*Negativ?*«, zischelte Tine Lea zu.

»Ich hab ihm nur gesagt, du brauchst etwas, ähm ...« Lea suchte nach einer behutsamen Formulierung, die dennoch die Tatsachen nicht verschleierte. »Ähm, *Optimismus?*«

»Bitte einmal den Mantel umlegen.« Marcel kam mit einem schwarz glänzenden Umhang auf Tine zu.

»Und was wird jetzt gemacht?«, fragte sie, während sie sich den Umhang umlegte.

»Alles, meine Liebe.«

»*Alles?*«

»Eine Art Kernsanierung.« Marcel fasste in Tines Haare, hob sie hoch, ließ sie wieder fallen und griff nochmals hinein. »Waschen, färben, glätten, Kur, Repair. Aber vor aaaaallen Dingen eins: schnippschnapp, Haare ab.«

»Aber bitte nicht zu kurz!«

»Ich bin Künstler, ich nehme keine Anweisungen entgegen.« Marcel kramte in seinem Gerätekoffer. »Ach du liebe Zeit, für dich brauche ich Werkzeuge, die weiß Gott nicht gängig sind. Ich muss noch mal zum Auto. Setz dich in der Zeit bitte mal etwas weiter vom Tisch weg, damit ich von allen Seiten an das Desaster rankomme.«

Marcel eilte nach draußen.

»Er ist kein Gartenzwerg, er ist ein Giftzwerg«, sagte Tine zu Lea und rutschte mit ihrem Stuhl in die Mitte der Küche.

»Nimm's nicht persönlich.« Lea lehnte sich zurück. »Er will Starfriseur werden und übertreibt es manchmal mit seiner Masche. Man könnte manchmal meinen, er wäre, äh ..., arrogant.«

»Könnte man meinen.«

Leas Handy klingelte.

»Ja?« Lea ging ran, noch immer mit einem Lächeln auf den Lippen.

»Ich hab Mist gebaut.«

»Wer ist da?«

»Vivi.«

»Was ist denn los?«

»Ich stehe auf der Straße vor Karstadt und hab geklaute Ohrringe in der Tasche.«

»Das ist eine schlechte Nachricht.« Leas Lächeln gefror. Sie blickte zu Tine, die nun mit ihrem Friseurumhang in der Küche saß. »Wer ist es?«

»Büro«, flüsterte Lea Tine zu, während sie die Sprechmuschel zuhielt und sich in Richtung Flur aufmachte.

»Vivi, das ist doch nicht dein Ernst!«, zischelte sie ins Telefon, nachdem sie die Flurtür hinter sich geschlossen hatte. »Geh sofort da rein, und bring sie zurück!«

»Ich hab ..., ich will ...«, stammelte Vivien.

»Vivien!«, herrschte Lea sie an. »Letzte Woche wolltest du noch nicht mal die Kette von einer Diebin zurückstehlen, du warst doch auf so einem guten Weg!«

»Jetzt ist alles anders.«

»Was ist denn jetzt bitte schön anders?«

»Freddy und ich, ich ...« Vivien begann zu schluchzen.

»Du willst mir doch nicht erzählen, dass du einen Diebstahl damit rechtfertigst, dass du Streit mit deinem Lover hattest?«

Vivien schnäuzte. »Es ist viel mehr als das. Ich ..., soll ich ehrlich sein?«

»Ich bitte darum.«

»Ich hatte mir die letzte Woche ganz klammheimlich überlegt, vielleicht mal nachzufragen, ob ich auch nach den Sozialstunden im Seniorenheim langfristig weiterarbeiten darf, verstehst du? Oder eine Ausbildung machen oder so. Das wäre echt mein Traum gewesen. Aber dann habe ich mir alles verbaut, ich ...«

»O mein Gott, Vivi, weißt du, was du da sagst?«

»Hä?«

»Na, dass du etwas gefunden hast, was du als *Traum* bezeichnest! Das ist doch mehr, als wir alle von dir erwartet hätten! Das wäre ja vor ein paar Wochen noch undenkbar gewesen.«

»Ähm ...«

»Und nur weil du jetzt mal was verkackt hast, musst du doch nicht gleich alles hinschmeißen! Du fängst ja an wie Tine!« Lea wurde lauter. »Was seid ihr für ein jämmerlicher Sauhaufen? Mein Gott, du kannst dich doch auch in einem anderen Seniorenheim bewerben! Eine Berufsausbildung zu machen, wäre doch super! Aber dann solltest du dich jetzt keinesfalls mehr beim Klauen erwischen lassen! Himmelherrgott noch mal, man muss doch auch mal erwachsen werden!«

Vivien schwieg.

»Willst du nichts dazu sagen?«

»Du hast recht.«

»Natürlich hab ich recht!«

»Ich könnte es ja auch woanders versuchen. Wieso komm ich nicht von selbst auf so was?«

»Weil du zu viel Scheiße schluckst.«

Viviens Stimme klang wieder fester. »Es wäre zwar nicht das Gleiche, aber woanders sind ja auch nette Leute, oder?«

»Richtig.«

»Und außerdem will ich doch nicht mehr stehlen! O Mann, was hab ich mir grade dabei gedacht? Ich will's wirklich nicht mehr! O Gott, ich bring die Dinger sofort zurück! Oh ..., aber ... was, wenn ich erwischt werde?«

»Wenn du sie unbemerkt mitgehen lassen konntest, kannst du sie sicher auch unbemerkt wieder hinlegen. Außerdem hab ich noch nie gehört, dass jemand bestraft wird, weil er was zurückbringt.«

»Und du fändest eine Ausbildung in einem Seniorenheim eine gute Idee?«

»Natürlich, das ist ein Job mit Zukunft. Alte Leute gibt's immer. Die sterben zwar öfter, aber sie wachsen ja auch überproportional nach. Schau dir die Demografie-Pyramide an! Es werden immer mehr. Ich fühl mich auch schon ganz schwach.«

Vivien lachte auf.

»Was ist los?«

»Hab's kapiert. Danke, Lea.«

»Kein Ding.«

»So, da wären wir.« Marcel betrat die Wohnung exakt im gleichen Moment, als Lea aus dem Flur kam. Er holte eine Schüssel mit Wasser aus der Küche und stellte sie auf den großen Esstisch neben Tine. Dann blieb er vor Tine stehen. Sie blickte zu ihm auf, traute sich aber nicht, etwas zu sagen. Er schaute sie an und strahlte. »Du möchtest also deine langen, ausdruckslosen Haare behalten?«

»Ja!«

»Gut, dann packe ich sie dir später ein.« Marcel lachte schrill.

Lea grinste und stellte das schnurlose Festnetztelefon zurück auf die Ladestation. Tine ließ die Schultern hängen. »Wissen Sie was? Machen Sie einfach. Die wachsen ja auch wieder nach.«

»Das befürchte ich auch.«

Marcel zog Tines Kopf nach hinten, und ihre Haare fielen in die Wasserschüssel.

»Ich muss noch mal los.« Lea warf sich ihre Strickweste über.

»Was? Du lässt mich doch jetzt hier nicht alleine?« Tine wollte den Kopf heben, aber Marcel drückte sie an der Stirn sofort wieder in die Wasserschüssel.

»Ihr schafft das schon«, sagte Lea. »Ich fahr zu einer Bekannten nach Frankfurt, sie ist die beste Heilpraktikerin im Rhein-Main-Gebiet. Und ich habe extra ein Führerschein-Praxisprüfungs-Konzentrations-Serum für dich anmischen lassen.«

»Was?« Tine blickte auf. »Echt jetzt?« Marcel drückte ihren Kopf wieder nach unten.

»Ja, ja, traditionell-chinesisches, homöopathisch-ayurvedisches Gedöns, positiv aufgeladen und alles. Damit kann dir gar nichts mehr passieren. Sie hat das schon mehr als tausend psychisch kranken Prüflingen gegeben und kein Einziger ist durchgefallen. Ist also quasi ein Wundermittel.«

»Und das holst du jetzt extra für mich?«

»Na klar.«

»O Gott, ich danke dir, Lea!«

»Kein Ding, bis später.« Lea warf die Wohnungstür hinter sich ins Schloss. Marcel zog Tines Kopf aus der Wasserschüssel und kämmte ihre nassen Strähnen nach vorn über ihr Gesicht.

»Was kostet mich eigentlich das Ganze hier?«, fragte Tine. »Ich bin im Moment nämlich etwas klamm, mein Monatsgehalt liegt in der Fahrschule.«

»Um Gottes wiiiillen.« Marcel schüttelte so heftig den Kopf, dass seine Zipfelmütze verrutschte. »Von dir nehme ich doch kein Geeeeld. Du bist ja gestraft genug mit deinen Haaaaren.«

* * *

»Na, dann wollen wir mal. Sind Sie bereit?«

»Ich hab tierisch Angst.«

»Das ist normal, Frau Kronberger«, sagte Dr. Hofbauer. »Übrigens, ich finde Ihren neuen Haarschnitt sehr ansprechend. Etwas zurückhaltender, nicht wahr? Steht Ihnen gut.«

Marcel hatte Leas Lockenpracht etwas gebändigt und die auffallend rote Haarfarbe war einem dezenten Kastanienbraun gewichen.

»Danke schön, Herr Dr. Hofbauer, ich muss für meinen neuen Job etwas professioneller wirken.« Lea fasste sich ins Haar. »Bleibt zu hoffen, dass ich das Telefonat jetzt auch halbwegs professionell über die Bühne bringe.«

»Lassen wir uns überraschen.«

Lea kramte in ihrer Handtasche und zog ein Smartphone heraus. »Ich dachte mir, ich rufe meine Tante vom Handy aus an, damit sie sich nicht über die fremde Nummer wundert und irgendetwas wittert.«

»Sehr aufmerksam von Ihnen.«

»Okay.« Lea atmete durch. »Dann ist es wohl so weit. Ich stelle auf Lautsprecher, damit Sie mithören können.«

»Wunderbar.«

»Haben Sie noch irgendeinen Geheimtipp für mich? So 'ne Art Superwaffe, mit der man jeden schlagen kann?«, fragte Lea. »Das heißt zwar noch lange nicht, dass es bei ihr funktioniert, sie hat nämlich selber Superkräfte, aber wenigstens hätte ich *irgendwas* in der Hand.«

»Ich fürchte, wir haben nur das, was wir schon besprochen haben, Frau Kronberger«, erwiderte Herr Dr. Hofbauer. »Denken Sie einfach daran, dass Ihre Tante nur noch den Einfluss auf Sie hat, den Sie selbst zulassen. Dann können Sie sie auf höfliche Art ins Leere laufen lassen. Das ist eine Superwaffe, mit der Sie jeden schlagen können. Auch Ihre Tante.«

»Ich kann's mir noch nicht so recht vorstellen.« Lea tippte die Nummer ihrer Tante ein.

»Es klappt auch nur, wenn Sie die Fassung behalten, Frau Kronberger«, wandte Herr Dr. Hofbauer ein. »Es liegt also ganz bei Ihnen.«

»Ich weiß.« Lea drückte die Taste zum Wählen. Nach zweimaligem Tuten ertönte eine Frauenstimme aus dem Lautsprecher.

»Ja?«

»Hallo, Tante Ruth«, meldete sich Lea. Dr. Hofbauer nickte ihr zu.

»Lea, das ist ja schön, dass du mal anrufst«, antwortete die Tante. »Wie geht es dir? Ich habe Marmelade für dich eingekocht, nur Kirsche mit extra viel Zucker, die magst du doch.«

»*Lassen Sie sich nicht täuschen, Herr Dr. Hofbauer*«, flüsterte Lea Dr. Hofbauer zu, während sie bei ihrem Smartphone die Sprechmuschel mit der Hand verdeckte. »*Sie ist nicht so nett, wie sie sich jetzt anhört.*«

Herr Dr. Hofbauer hob eine Hand. »*Tun Sie so, als wäre ich nicht da*«, flüsterte er zurück.

»Das ist großartig, vielen Dank, Tante Ruth«, erwiderte Lea. »Gibt es was Neues bei dir?«

»Ach, dies und das«, erzählte die Tante, »ich plane eine Urlaubsreise nach Spanien. Aber erst mal muss ich den Frühjahrsputz nachholen, ich will ja nicht in ein dreckiges Haus zurückkommen! Vor lauter Stress kann ich mich noch gar nicht freuen. Aber da muss man eben durch. Und wie geht es dir?«

»Also erst mal freue ich mich, dass du in Urlaub fährst,

das tut dir bestimmt gut«, sagte Lea. »Mir geht es wunderbar, ich bin ab nächster Woche die neue Nachrichtensprecherin bei meinem Sender. Ist das nicht toll?«

»Na, das ist ja mal wieder typisch«, sagte die Tante, »wenn man dich fragt, wie es dir geht, erzählst du nur von deinem Job.«

Lea kommunizierte Herrn Dr. Hofbauer mit einem Schulterzucken und einer ausgestreckten flachen Hand: *Sehen Sie?* Mit einem ausgedehnten Nicken antwortete er: *Ich verstehe.*

»Genau, so ist es, Tante Ruth«, sagte Lea.

Gut gemacht, signalisierte Dr. Hofbauer mit erhobenem Daumen.

»Und sonst willst du nichts dazu sagen?«, fragte die Tante. »Bist du auch noch stolz darauf, dass du deine Großmutter und mich mit der ganzen Arbeit in der Pension alleine gelassen hast?«

Lea gab ein leises Grummeln von sich. Herr Dr. Hofbauer hob den Zeigefinger. Sie blickte ihn kurz an und atmete durch.

»Ich habe euch mit gar nichts alleine gelassen, Tante Ruth«, sagte Lea. »Eine Pension zu eröffnen, war eure Entscheidung, nicht meine.«

Dr. Hofbauer nickte Lea zu.

»Es war *unsere* Entscheidung?« Die zeternde Stimme der Tante tönte aus dem Lautsprecher. »Aber wir haben es doch für euch getan! Damit es euch Kindern gutgeht und wir nicht von Unterhaltszahlungen, deiner Waisenrente und Oma Friedas Rente leben müssen!«

»Wenn du es für alle Kinder getan hast, frag doch mal deine beiden Söhne, ob sie in der Pension arbeiten wollen.«

»Ich bitte dich, Lea!«, entgegnete Tante Ruth. »Michael

ist bei der Bank, und Christian studiert noch. Sie haben weiß Gott Besseres zu tun, als in einer alten Pension auszuhelfen, das weißt du doch.«

»Ich habe auch studiert und einen Job, Tante Ruth.« Lea sprach mit fester Stimme.

Ein tiefer Seufzer ertönte aus dem Lautsprecher. »Ja, und was bringt es dir?«, fragte Tante Ruth. »Es ist die Zeit, die eine Frau für ihre Familie opfert, die ihr Leben wertvoll macht. Aber du bist irgendwann ganz alleine auf der Welt, weil du immer nur an dich selbst gedacht hast. Nicht an uns und nicht an eine eigene Familie. Stell dir nur vor, wie traurig das ist! Oma Frieda und alle vom Mittwochskränzchen sehen das genauso. Hinter deinem Rücken schütteln wir alle den Kopf über dich!«

»Aber mir geht es doch gut, Tante Ruth.« Leas Stimme zitterte.

»Darum geht es doch nicht!«

»Es geht nicht darum, dass es mir gutgeht?«

»Sei doch nicht albern. Bei den essentiellen Dingen im Leben darf man als Frau eben nicht egoistisch sein.«

Lea legte das Handy in einer ruckartigen Geste auf den kleinen Tisch zwischen sich und Dr. Hofbauer. Dr. Hofbauer beugte sich vor und legte ihr eine Hand auf die Schulter.

»Hallo?«, tönte die Stimme der Tante aus dem Handy auf dem Tisch. »Lea?«

»Wenn ich jetzt weiterrede, garantiere ich für nichts!«, flüsterte Lea Dr. Hofbauer zu.

»Wie bitte?«, fragte die Tante. »Hast du was gesagt?«

»Sie schaffen das«, flüsterte Dr. Hofbauer, während er die Hand über das Handy hielt. *»Sie haben das bisher sehr gut gemacht.«*

Lea blickte Herrn Dr. Hofbauer an. Er schob das Telefon langsam, aber bestimmt in Leas Richtung.

»Lea, sprich mit mir, oder ich lege jetzt auf!«

Lea griff nach dem Handy.

»Tante Ruth«, sagte sie nun, noch immer mit zittriger Stimme, »mir ist es egal, was du oder deine Kaffeetanten über mich und mein Leben denken. Das ist eure eigene Wahrnehmung, nicht die Realität. In der Realität ist ein Leben nur dann traurig, wenn es der besagte Mensch selbst so sieht. Ich bin aber nicht traurig, sondern jeden Tag froh darüber, dass ich den Mut habe, mein eigenes Leben zu leben. Ich bin allerdings ganz angetan davon, wie viele Gedanken du dir um mich machst und erkenne darin, dass ich dir wichtig bin. Dafür möchte ich dir danken.«

»Wie bitte?«

»Ich möchte dir danken.«

»Ähm, okay, also ...«, ertönte es aus dem Lautsprecher. »Also, äh, bitte?«

»Ich muss jetzt los, Tante Ruth, ich habe einen sehr vollen Tag«, fuhr Lea fort. »Ich freue mich auf die Marmelade und wünsche dir einen schönen Urlaub. Ich würde mich freuen, wenn wir uns bald wieder hören können.«

»Ja, ich, äh, auch«, antwortete die Tante. »Ich melde mich dann nach dem, äh, nach dem Urlaub?«

»Wunderbar. Auf Wiederhören, Tante Ruth.«

»Auf Wiederhören, Lea.«

Dann klackte es.

»Das haben Sie ganz, ganz großartig gemacht!«, platzte es aus Dr. Hofbauer heraus, und er breitete in einer überwältigten Geste beide Arme aus. »Ich gebe Ihnen eine glatte Eins!«

»Finden Sie wirklich?« Da Herr Dr. Hofbauer sonst eher

der sachliche Typ war, war Lea von seiner Reaktion überrascht.

»Ja, ich bin beeindruckt«, sagte Dr. Hofbauer. »Und ich muss zugeben, ich habe Sie unterschätzt.«

»Ha!« Lea strahlte. »Haben Sie gehört, wie verwirrt sie am Ende war?«

»Hab ich.«

»Und haben Sie gehört, dass ich noch nicht einmal laut geworden bin?«

»Auch das.«

»Ich hab ihr auf die höfliche Art voll eingeschenkt, oder?«

»Absolut«, stimmte Dr. Hofbauer zu. »Wenn Sie das noch ein paar Mal machen, wird sie ohnehin damit aufhören. Sie merkt dann schon, dass sie keinen Einfluss mehr auf Sie hat.«

»Und wenn die Höflichkeitssuperwaffe bei ihr so gut anschlägt, müsste sie wirklich bei jedem funktionieren«, sagte Lea. »Tante Ruth ist nämlich kein normaler Endgegner, sondern das Mega-Vieh vom letzten Level, also quasi die Mutter aller Endgegner.«

»Ich verstehe.«

* * *

»*Mädchen, bisher hast du kaum Fehler gemacht, nur Kleinigkeiten*«, raunte Uli Tine zu. Der Prüfer hatte einen Anruf erhalten und war, nachdem Tine am Straßenrand gehalten hatte, kurz ausgestiegen. »*Und wir sind fast durch. Wenn du so weitermachst, packst du das.*«

»Aber jetzt kommt doch das Einparken«, sagte Tine. »Was, wenn die Lücke viel zu klein ist? Ich schwitze schon, Uli, und da, guck, meine Hände zittern! Was, wenn ich wieder einen Unfall baue oder ohnmächtig werde?« Der Gedanke, dass sie tatsächlich mitten in der praktischen Prüfung steckte, erschien Tine surreal.

»Das wird schon alles, Mädchen, vertrau mir.« Uli blickte nach draußen zum Prüfer, der noch ein Stückchen weiter um die Ecke gegangen war. »Und denk dran: Die Aufregung ist ganz normal. Sogar Leute ohne psychische Störung sinn bei der Prüfung aufgerecht. Ich mein damit, du musst nit wieder Panik bekommen, nur weil de Panik bekommst, verstehste?«

»Uli, das hilft grade überhaupt nicht!« Tines Stimme zitterte. Die hintere Tür wurde aufgerissen. »Gut, dann wollen wir mal«, sagte der Prüfer, als er einstieg. »Fahrn se grade links in die Hindenburgstraße, da parke mer noch rückwärts ein, und dann sind se erlöst, Frollein Hase.«

Tine versuchte zu schlucken, als sie den Fahrschulgolf vom Parkplatz steuerte. Es ging nicht.

»Da sind wa ja schon, dann schau mer mal«, sagte der Prüfer und hielt nach einer geeigneten Parklücke Ausschau. Tine fuhr langsam in zweiter Reihe an den parkenden Autos vorbei. Da stand Viviens Lexus. In die Parklücke davor winkte Lea einen Pkw mit dem »*Rheinhessen Aktuell*«-Logo. Ein weiteres Auto mit dem gleichen Aufdruck parkte zwei Plätze weiter. Dazwischen, über zwei Parkplätze verteilt, stand Freddys Bus vom Seniorenheim. Tine schlug eine Hand vor den Mund. Uli räusperte sich und deutete ihr, vom Prüfer unbemerkt, an, beide Hände wieder ans Lenkrad zu nehmen. Tine tat wie befohlen, während sie den Golf langsam die Straße entlangrollen ließ. Sie konnte sich aber ein Lächeln nicht verkneifen.

»Na, da finden wir heute wohl nichts«, sagte der Prüfer. »Dann lasse mers mal gut sein mit der Einparkerei, ich muss sowieso Wasser lassen. Fahrn se mal ums Eck, Frollein Hase, dann simmer wieder bei der Fahrschule.«

»Wo bleibt sie denn jetzt nur?« Vivien stand mit Lea auf dem Vorplatz der Fahrschule.

»Versteh ich auch nicht«, sagte Lea. »Vor 'ner Viertelstunde waren sie in der Hindenburgstraße, und wenn das Einparken immer als Letztes kommt, müssten sie längst da sein.«

»Auf der anderen Seite bedeutet es nicht unbedingt was Schlechtes, wenn's lange dauert«, gab Vivien zurück. »Meine erste Fahrprüfung war nach fünf Minuten vorbei, weil ich falsch rum in 'ne Einbahnstraße gefahren bin.«

»Ich hoffe, das hast du Tine nicht erzählt.«

»Wo denkst du hin.«

»Hey, Uli«, rief Lea, als sie Tines Fahrlehrer quer über den Hof laufen sah. »Wo ist Tine? Wie ist es gelaufen? Wo ist das Auto?«

»Ach, Frau Kronberger, wie schön!« Ulis Gesichtsausdruck hellte sich auf, wie jedes Mal, wenn er Lea begegnete. »Das Auto ist noch am Hinterausgang, nach Fahrprüfungen wird immer dort geparkt, da ist man dann schneller im Büro, ne. Und außerdem muss heute noch der Öltank kontrolliert und Benzin nachgefüllt werden, weil ...«

»ULI!« Lea riss die Hände in die Luft, während Uli auf sie zukam. »Was interessiert mich der *Öltank*? Hat sie bestanden? Und wo ist sie?«

»Natürlich hat sie bestanden! Das habe ich Ihnen doch versprochen, Frau Kronberger. Auf mich ist doch Verlass. Das Mädchen ist noch hinten, sie muss sich heute ständig übergeben, da bin ich ganz diskret schon mal abgehauen.«

Uli lachte sein grunzendes Lachen und bot Lea ein Schokobonbon aus einer zerknitterten Tüte an.

»Krass, sie hat also tatsächlich den Führerschein.« Lea hielt die Hände an den Kopf.

»Wahnsinn!«, sagte Vivien.

»Uli, du hast dir einen Orden verdient.« Lea warf sich ein Schokobonbon in den Mund. Dann bückte sie sich und zog eine neue Piccoloflasche aus ihrer Tasche. »Dann können wir ja schon mal anstoßen. Trinkst du einen Sekt mit?«

»Du mit deiner Handtasche für Erwachsene«, sagte Vivien.

»Ich trinke normalerweise nie«, sagte Uli, »aber das Mädchen war heute schon bissl nervenaufreibend. Ich bin ja Profi für Spezialfälle, aber sie war unter den Spezialfällen noch mal was ganz Besonderes, wenn Sie verstehen, was ich meine? Also gerne ein halbes Gläschen.«

»Du fährst morgen erst mal in deinen wohlverdienten Urlaub, Uli.« Lea goss Sekt in einen der vier Plastikbecher.

»Ja, und ich schicke Ihnen wie versprochen eine Karte, Frau Kronberger.« Uli nahm den Becher entgegen.

»Da kommt sie!« Vivien zeigte auf den erkerförmigen, gläsernen Eingang der Fahrschule. »Hä, wie sieht die denn aus?«

Tine trug eine enge Jeans mit hohen Pumps, ein glänzendes, anthrazitfarbenes Top mit Wasserfallkragen, dezentes Make-up und einen goldblonden kinnlangen Bob.

»Ich war auch überrascht«, sagte Uli.

»Jahaaa«, sagte Lea. »Marcel hat sie gestylt, und die Klamotten sind von mir.«

»Wow«, sagte Vivien. »Da sieht man mal, was für 'ne Granate unsere Tine ist.«

»Leute, ich habe schon wieder bestandeeeeeeeen!«, rief Tine und stöckelte etwas umständlich auf die Gruppe zu. »Und ich ...«, rief sie noch, dann blieb sie stehen, fasste sie sich an die Kehle und blickte sich hektisch um. Dann rannte sie, so schnell es auf den hohen Absätzen möglich war, auf den Papierkorb neben dem kleinen Springbrunnen zu.

»Jetzt geht das schon wieder los«, sagte Uli.

Tine umfasste den Papierkorb mit beiden Armen und steckte ihren Kopf hinein.

»Was macht sie da?«, fragte Lea.

»Sie kotzt«, antwortete Vivien.

»Zum dritten Mal heute«, sagte Uli.

»Auf mein Oberteil!« Lea eilte auf Tine zu. »Hey, das kann man nur kalt waschen!«

»Sorry«, sagte Tine mit kratziger Stimme, richtete sich langsam wieder auf und wischte sich mit dem Handrücken über den Mund. »Ich weiß gar nicht, woher das kommt, ich konnte doch gar nichts essen. Hat jemand ein Taschentuch für mich?«

Vivien reichte ihr ein Päckchen Taschentücher. »Herzlichen Glückwunsch erst mal.« Sie umarmte Tine. »Du hast es geschafft!«

»Ja.« Tine nahm alle Taschentücher auf einmal aus der Packung und wischte sich den Mund ab. Dann zog sie einen Zettel aus ihrer Hosentasche. »Hier ist mein vorläufiger Führerschein, den echten kriege ich nächste Woche. Ich kann das noch gar nicht verstehen. Ich habe den Führerschein! *Ich!*«

»Ja, ich hatte auch meine Phasen, wo ich nicht mehr ganz dran geglaubt habe.« Uli grunzte und nahm einen Schluck Sekt.

»Ich gratuliere!« Lea drückte Tine einen Pappbecher in die Hand.

»Danke dir.« Tine fiel Lea um den Hals. »Dass ihr alle eure Autos in der Hindenburgstraße abgestellt habt, kann ich noch gar nicht glauben!«

»Welche Autos?«, fragte Lea.

»Welche Hindenburgstraße?«, fragte Vivien.

»Ihr habt euch echt selbst übertroffen! Und nicht nur damit, sondern mit allem. Dafür möchte ich euch wirklich danken! Noch nie hat mir jemand so sehr bei irgendwas geholfen! Das ist das Allerschönste an der ganzen Sache!«

»Gerne«, sagte Vivien.

Lea blinzelte eine Träne weg.

»Lea, ohne dein Praxisprüfungs-Konzentrations-Serum hätte ich es zum Beispiel niemals geschafft!«

Lea blickte verstohlen zu Vivien, die ihr Lachen mit so viel Kraft unterdrücken musste, dass sie rot anlief.

»Jedenfalls darfst du jetzt offiziell Auto fahren«, sagte Lea.

»Ja, darf ich«, sagte Tine. »Und jetzt hole ich mein Auto ab! Sobald ich endlich aufhören kann zu kotzen, fahre ich zu meinen Eltern und zeige ihnen eine vollständig veränderte Tochter! Hat noch mal jemand ein Taschentuch?«

✶ ✶ ✶

»Ja?«

»Hallo, Tine, hier ist Thomas«, rief es aus Tines Handy. Sie war gerade mit ihrem neuen Auto auf dem Weg zu ihren Eltern und parkte nun auf dem Bürgersteig. Vor einer Woche hatte sie, um keine Verzweiflungsanrufe unternehmen zu können, Thomas' Nummer gelöscht und war nun von einer unbekannten Nummer auf dem Display überrascht worden. Zum einen hatte sie nicht damit gerechnet, noch einmal von ihm zu hören, zum anderen hatte sie tatsächlich seit Tagen nicht an ihn gedacht.

»Tine, bist du dran?«

Tine räusperte sich. »Ja.«

»Wie geht's dir denn?«, fragte Thomas. »Alles Gute zum Geburtstag wünsche ich dir. Ich versuche schon den ganzen Tag dich zu erreichen.«

»Ich war beschäftigt.«

»Ähm, hör zu, ich wollte mit dir über unsere Pause reden. Ich habe sie genutzt, um intensiv nachzudenken.«

Tine seufzte. »Mist«, sagte sie.

»Was?«

»Ich finde diesen Scheißknopf nicht.«

»Was?«

»Das Radio.«

»Welches Radio? Seit wann sagst du so was wie *Scheißknopf*?«

»Das ist wirklich ein Scheißknopf, Thomas, der geht so nach innen, also wie so 'ne Delle, kann man schwer erklären, das müsstest du sehen.«

»Äh ..., jedenfalls habe ich nachgedacht und wollte dich fragen, ob wir heute essen gehen.«

»Wieso denn verdammt noch mal essen gehen?«, fragte Tine.

»Wieso denn verdammt noch mal *nicht* essen gehen?«, fragte Thomas nach. »Mein Gott, Tine, ich will eben unsere Beziehung zurück. Ich habe, wie gesagt, viel nachgedacht, und du bist eben so, wie du bist. Und du bist wirklich okay so.«

Tine atmete ein, aber nicht mehr aus. Dann suchte sie nach ihren Zigaretten.

»Also, was heißt okay, du bist *toll* so«, fügte Thomas an.

»Äh ... okay.« Tine steckte sich eine Zigarette an und blies den Zigarettenrauch ins Innere des Autos. »Wir können gerne essen gehen, Thomas.«

»Rauchst du?«

»Ja, wieso?«

»Ähm, also, das ist, ich ...«

»Was ist denn jetzt los?«, fragte Tine. »Bist du jetzt ein Gesundheitsapostel geworden? Du rauchst doch selber! Außerdem hör ich eh bald wieder auf. War nur etwas aufreibend die letzten Tage.«

»Wegen unserer Pause?« Thomas seufzte. »Das tut mir wirklich leid, ich ...«

»Nein, mit der Pause hatte es nichts zu tun«, fiel ihm Tine ins Wort. »Ich erzähle es dir ein andermal.«

»Gut, wie wäre es dann in einer halben Stunde im *Al Cortile*?«

»Geht nicht«, antwortete Tine. »Ich muss jetzt erst mal zu meinen Eltern und danach ein paar Sachen für meine Geburtstagsparty einkaufen.«

»*Du* feierst eine Party?«

»Was soll das denn jetzt heißen?«

»Nichts, äh ...« Thomas räusperte sich. »Mit welcher Straßenbahn fährst du denn, ich kann dich ja am Bahnhof abholen.«

»Brauchst du nicht, ich fahre mit dem Auto.«

Thomas schwieg ein paar Sekunden lang. »Wer fährt dich denn?«

»Ich.«

Am anderen Ende der Leitung war nichts zu hören. Dann räusperte sich Thomas. »Tine, was ist diese Woche mit dir passiert?«

Zwölftes Kapitel

»Ist doch Quatsch, zehn Minuten vor Partybeginn eine Warnung in den Hausflur zu hängen.«

Lea stand mit Tine am Schwarzen Brett im Eingangsbereich des Hauses.

»Besser spät als nie.« Tine pinnte den beschrifteten Zettel unter den Treppenhausputzplan. »Ich frage mich, wie ihr das vergessen konntet. Man muss doch den Leuten im Haus Bescheid geben, wenn man feiert.«

»Du gibst Ihnen ja nicht nur Bescheid, du lädst sie ja auch noch alle ein.« Lea deutete mit dem Kopf in Richtung des Zettels, den Tine nun sorgsam wieder abnahm, um ihn diesmal über den Treppenhausputzplan zu hängen. »Wenn die alle kommen, haben wir zu wenig Alkohol, zu wenig Essen und ein Platzproblem.«

»Es kommen nie alle.« Tine trat einen Schritt zurück und begutachtete ihre Einladung, die an dem metergroßen Schwarzen Brett etwas verloren wirkte. »Zudem würde ich mich freuen, mehr Nachbarn kennenzulernen. Außer die Jungs vom fünften. Ich frage mich, wo man so viele Klamotten mit aufgedruckten Leichenteilen findet.«

»Die müssen so aussehen, sie heißen schließlich *Aggressive Slaughter*. Sind aber harmlos.«

»Hey, Lukas«, rief Tine und beugte sich zur Kellertreppe hin.

»Oh. Hallo.« Lukas blickte die Treppe nach oben und nickte den beiden zu.

»Wir feiern heute eine Party. Magst du vorbeikommen?«, fragte Tine. »Ich habe Geburtstag und würde mich freuen, wenn du auch dabei bist.«

»Wirklich?« Lukas zog seine Taucherbrille ab.

Tine nickte. »Um acht geht's los.«

»Soll ich was mitbringen?«

»Was zu trinken«, rief Lea die Kellertreppe nach unten. Als die beiden zurück in die Wohnung kamen, drückte Vivien ihnen je ein Glas Sekt und einen Becher selbstgemachter Fruchtbowle in die Hand. Tine zupfte das Happy-Birthday-Banner über der Küchentheke zurecht, und Lea stellte die Musik lauter.

»Jetzt kann's eigentlich losgehen.«

In dem Moment klopfte es.

»Da ist ja jemand auf die Minute pünktlich.« Tine öffnete. Lukas stand in der Wohnungstür. Er hatte ein weißes Hemd angezogen. In der Hand hielt er eine Flasche Apfelsaft. Tine stand wie angewurzelt vor ihm.

»Das ging ja schnell.« Lea erhob ihren Fruchtbowle-Becher und prostete Lukas zu. Er drückte Tine den Apfelsaft in die Hand und ging an ihr vorbei ins Wohnzimmer.

»Oahhh, spielt eine von euch Gitarre?«

»Nee, wieso?«, fragte Lea.

»Weil ihr 'nen Marshall-Gitarrenverstärker habt.« Lukas zeigte auf den schwarzen Sitzklotz neben der Couch.

»Ahhhhh.« Lea schlug sich mit der flachen Hand an die Stirn. »Klotzi ist also ein Gitarrenverstärker.«

»Danke, Lukas, wir wussten die ganze Zeit nicht, was das ist«, sagte Vivien. »Stand nur in der Ecke rum. Manchmal saß jemand drauf.«

»Ich hab grade vor kurzem mit Gitarre angefangen«, sagte Lukas.

»Musik machen ist kognitionspsychologisch gesehen ein super Hobby«, sagte Tine. »Fördert die Verbindung zwischen den beiden Gehirnhälften.«

»Das ist nicht der Grund.« Lukas war in die Hocke gegangen und betrachtete Klotzi aus der Nähe. »Ich bin dreiundzwanzig und hatte noch nie 'ne Freundin. Da hat mein Bruder gesagt, ich muss unbedingt cooler werden. Und Frauen finden Musiker cool. Also habe ich vor kurzem mit Gitarre angefangen.« Lukas räusperte sich. »Das hatte ich schon gesagt! Tut mir leid. Sonst erfinde ich Computerspiele. Das ist nicht so cool. Zumindest nicht für Frauen, sagt mein Bruder. Mein Vater sagt das auch.«

»Macht nichts.« Lea drückte Lukas ein Glas Sekt in die Hand. »Trink mal was.«

»Du kannst dir unseren Verstärker gerne mal ausleihen«, sagte Tine.

»Echt?« Lukas stellte sein Glas auf dem Tisch ab, hob Klotzi hoch und lief an den dreien vorbei. »Ich bringe ihn später zurück.«

»Äh ...«, setzte Lea an, aber Lukas war mit Klotzi bereits im Flur verschwunden. Die drei blickten ihm nach.

»Da rein«, hörten sie Lukas von draußen zu jemandem sagen, und wenige Sekunden später kam Marcel mit einer violetthaarigen Frau durch die offene Wohnungstür, gefolgt von Uli, der ein viel zu enges grünes Jackett und einen braunen Hut mit einer riesigen Feder trug. Tine begrüßte ihre Gäste.

»Ich gieß mal Sekt ein.« Vivien verschwand in der Küche.

»Uli, bist du undercover als Jäger unterwegs?«, fragte Lea.

»Hallo zusammen, das ist meine Frau Antje«, stellte Marcel die Violetthaarige vor.

»Nee, das trägt man heute so.« Uli fasste an die Feder auf seinem Hut. Tine schüttelte Antje die Hand und musterte, so unbemerkt es ging, Marcel: Er trug Jeans und Kapuzenshirt, die Haare verstrubbelt und, im Gegensatz zum Nachmittag, sprach er völlig normal.

»Aber ich wär gerne undercover ein Fernsehkommissar, Frau Kronberger. Am besten einer mit schlechter Laune und guten Sprüchen, schlagen Sie mich doch mal Ihrem Sender vor.«

»Hey, Tinchen.« Freddy kam mit einem Geschenk durch die Wohnungstür, gefolgt von Henry und Clemens, Hand in Hand.

»Deutschland hat nicht unbedingt einen Mangel an deprimierten Fernsehkommissaren ohne nennenswerte Schauspielausbildung«, sagte Lea. »Sie sollten Fahrlehrer bleiben, Uli, Sie haben's drauf.«

»Ja, nicht wahr?« Uli grinste so breit, dass man zwei goldene Eckzähne blitzen sah. Vivien begrüßte Freddy förmlich und umarmte Henry und Clemens. Dann erst sah sie Moni im Flur, die einen überdimensional großen Mann hinter sich herzog. Er passte gerade so durch den Türrahmen.

»Moni!«, freute sich Tine.

»Hallo, meine Liebe.« Moni drückte Tine ein Geschenk und eine glitzernde Geburtstagskarte in die Hand.

»Ihr kennt euch?« Vivien blickte von einer zur anderen.

»Na klar«, sagte Moni.

»Meine Freundin seit der Grundschule«, fügte Tine an. »Von mir kennt sie ja auch Freddy.«

»Und Freddys Grundschulfreund ist jetzt wiederum

mein Mann.« Moni lachte und deutete auf den Riesen neben sich, der auf Vivien herabsah und freundlich winkte.

»Ach!«, entfuhr es Vivien.

»Alles Gute, Mädchen.« Uli zog einen Holzengel aus seiner Jacketttasche und überreichte ihn Tine. »Kannste an den Autospiegel hängen, dass de keinen Unfall baust, ne?«

»Ein Schutzengel, klar!« Tine strahlte. »Dass ich da nicht selbst draufgekommen bin!«

»Ich fass es nicht, wie toll du jetzt aussiehst«, sagte Moni.

»Ja, nicht wahr?« Tine fuhr sich über den Kopf. »Hat Lea für die Prüfung organisiert. Dafür war's aber ehrlich gesagt unerheblich.«

»War's nicht«, sagte Lea.

»Der Prüfer war steinalt und hatte Flaschenböden als Brillengläser.«

»Der alte Schneider.« Uli nippte am Sekt.

»War's trotzdem nicht«, sagte Lea.

»Die Sache mit dem Ego und der Souveränität, ist ja gut.« Tine verdrehte die Augen.

»Red doch keinen Unsinn, bei dir wirkt so was doch gar nicht, du bist der uneitelste Mensch, den ich kenne.«

»Und wie soll es sich bitte schön dann ausgewirkt haben?«

»Du warst im Wohnzimmer an einen Stuhl gefesselt, das war's schon.«

Tine runzelte die Stirn und blickte Lea schweigend an.

»Reine Ablenkungsmaßnahme«, fuhr Lea fort. »Anders hättest du dich den ganzen Tag verrückt gemacht, oder nicht? Du hättest noch mal Einparken geübt, wärst wieder irgendwo dagegengebumst, was auch immer. Jedenfalls hätte ich dich niemals zur Praxisprüfung bekommen.«

»Ihr habt mich verarscht?« Tine blickte Lea mit großen Augen an.

»Wir haben dich den ganzen Tag verarscht«, sagte Vivien im Vorbeigehen, während sie Sektgläser verteilte und Clemens den Weg zur Toilette wies. »Glaubst du wirklich, es gibt vor der Theorieprüfung eine *Generalprobe*?«

»Oder ein homöopathisches *Praxisprüfungs-Konzentrations-Serum*?«, fragte Lea.

Viviens Lachen dröhnte von der Küche herüber.

Tine schluckte. »Was war das dann?«

»Leitungswasser.«

»Du hast extra ein Fläschchen *Leitungswasser* aus Frankfurt geholt?«

»Sei nicht albern, ich war unten in der *Bagatelle* und hab 'nen Hugo getrunken«, sagte Lea.

Tines Mund stand offen. »Ich weiß gar nicht, ob ich euch jetzt dankbar oder böse sein soll?«

»Egal.« Lea winkte ab. »Hauptsache, du machst dir mal klar, dass du alles alleine geschafft hast. Ohne Serum, ohne Zusatzübungen, ohne Generalprobe. In Zukunft kannst du dich locker machen.«

»O Mann!« Tine stellte ihr noch gefülltes Sektglas auf dem Esstisch ab. »Danke, Leute! Vielleicht hole ich als Nächstes das Abi nach. Oder endlich meine Sanitäterprüfung. Gott, ich weiß gar nicht, was ich zuerst machen soll!«

»Und für das richtige Styling haben wir für dich ein Profiglätteisen.« Marcel drückte Tine eine Geschenkbox in die Hand. »So kriegst du die Frisur auch alleine hin.«

»Ui, das ist super, das hab ich auch.« Vivien tauchte neben Tine auf, die den Deckel von der Geschenkbox abgenommen hatte.

»Danke.« Tine musterte Marcel, der sich nun wieder mit seiner Bierflasche in der Hand an den Esstisch lehnte und Antje über den Rücken streichelte.

»Ist irgendwas?« Marcel nippte an seinem Bier.

»Ja ..., nein, also.« Tine räusperte sich. »Ich hätte ja heute Morgen schwören können, dass du ..., ähm, wie sagt man das, äh, irgendwie *weiblicher* bist?«

»*Tinchen!*« Vivien stieß ihr den Ellbogen in die Seite.

»O Gott, das habe ich jetzt nur gesagt, weil ich betrunken bin.« Tine schlug sich die Hand vor den Mund. »Entschuldigung!«

»Du hast noch keinen Schluck getrunken!«, sagte Lea.

Marcel lachte laut auf. »Du musst dich nicht entschuldigen«, sagte er. »Heute Morgen war ich ja auch weiblicher. Aber privat, wenn meine Frau dabei ist, kann ich die Nummer ja unmöglich bringen.« Antje lachte ebenfalls auf, dann zog sie Marcel hinter sich her zur Küche. Tine und Vivien blickten ihnen nach.

»Ist er jetzt schwul und tut im Privatleben anders oder umgekehrt?«, flüsterte Vivien.

»Umgekehrt«, sagte Lea.

»Er gehört auf jeden Fall zur irren Seite der Menschheit«, sagte Tine.

»Wer nicht«, murmelte Vivien.

»Kaum jemand«, erwiderte Lea. »Schaut euch doch mal um: Egal, wie viele Leute hier reinlaufen, die Psychodichte beträgt immer nahezu hundert Prozent.«

»Willst du's jetzt auf die Wohnung schieben?« Vivien lachte.

»Warum nicht? Dann würde Willi seine diskriminierende Kündigung rein gar nichts bringen.«

»Es ist kein Verstärker, das ist nur Tarnung.« Lukas kam mit Klotzi auf dem Arm durch die offene Wohnungstür gerannt.

»Tarnung?« Vivien folgte Lukas zur Couchecke, wo er Klotzi abstellte.

»Ist Klotzi irgendwas Illegales?«, fragte Lea.

»Nee, nicht illegal.« Lukas wischte sich den Schweiß von der Stirn. »Aber er ist kein Gitarrenverstärker, sondern ein Kühlschrank. Sieht nur aus wie ein Verstärker.«

»Ahhhh, Klotzi ist ein Kühlschrank.« Lea stand nun mit ihrem Sektglas neben der Couch und blickte Klotzi fachkundig an.

»Klotzi ist ein *als Gitarrenverstärker getarnter* Kühlschrank«, verbesserte Vivien.

»Ich schließ ihn mal an, dann könnt ihr endlich was damit anfangen«, sagte Lukas.

»Wir hatten ihn auch als funktionslosen Klotz lieb«, sagte Tine.

»Er war nicht funktionslos. Er war ein Sitzklotz«, verbesserte Vivien.

»Hallo, wir ham das Schild im Flur gesehen.« Ein langhaariger Mann in engen schwarzen Lederhosen tauchte in der Wohnungstür auf.

»Ach, hi, Christian«, sagte Lea und schob Tine in Richtung Wohnungstür. Sie konnte sich ein schiefes Lächeln nicht verkneifen. »Tinchen, du hast Gäste.«

»Hallo«, sagte Tine und blickte als Erstes auf das Shirt des Mannes, auf dem ein Zombie gegen eine Maschine kämpfte.

»*Heute keine Leichenteile*«, flüsterte Lea. Christian drückte Tine eine Flasche Whisky in die Hand und zeigte auf drei Personen, die hinter ihm die Wohnung betraten. »Das sind Andreas, Thorsten und Steffi.« Tine winke ihnen zu. Die beiden Männer sahen genauso aus wie Christian, und die junge Frau trug ein schwarzes Korsagenkleid und ebenso schwarzen Lippenstift. »Skully«, verbesserte sie Christian.

»Wollt ihr was trinken?«, fragte Lea.

»Gern. Ein Bier, bitte«, sagte Christian. Die anderen drei nickten. Lea bahnte sich einen Weg zur Küche. Mittlerweile hatte sich die Wohnung gefüllt.

»Helfen Sie mir.« Clemens hatte Vivien von hinten angetippt und flüsterte ihr ins Ohr. Sein ganzes Gesicht war von roten Flecken übersäht.

»O mein Gott, Clemens, was ist denn mit Ihnen los?«, fragte Vivien, als Lea die Bierflaschen verteilte.

»Ich glaube, ich kriege Panik!« Clemens war atemlos. »Was, wenn sie nein sagt? Ich schwitze kalt!«

»Herrje, Panikattacken sind die Pest«, sagte Tine. »Kommen Sie mal mit, ich habe ein hochwirksames Heiratsantrags-Panik-Serum von einer Spezialistin aus Frankfurt.«

»Wirklich?« Clemens ließ sich von Tine am Ärmel in die Küche ziehen.

»Sie lernt verflixt schnell«, sagte Vivien. Lea blickte den beiden nach.

»Sorry.« Skully donnerte ihre Bierflasche auf den Tisch und drückte sich so dicht an Lea vorbei, dass sie sie am Ellbogen anrempelte. Leas Bowlebecher schwappte über. Als würde sie vor etwas davonlaufen, rannte Skully quer durch das Wohnzimmer in den Flur und schlug die Tür hinter sich zu. Lea und Vivien blickten ihr nach.

»Was ist mit Skully los?«, fragte Lea an Christian gewandt.

»Hat'n Problem mit Abhängigkeit von anderen Menschen. Sie übt, alleine zu sein.«

»Auf 'ner Party?«, fragte Vivien.

»Überall«, antwortete Andreas mit einer großen Geste der rechten Hand, »überall. Der Mensch an sich muss überall mit seinen Abgründen klarkommen, verstehste?«

»Ich verstehe«, sagte Lea.

»Ich brauch noch Sekt.« Vivien verschwand in der Küche.

»Skully ist sogar in Therapie deswegen«, fügte Christian an.

»Cool«, sagte Lea.

»Wo finde ich denn Tine?« Ein Mann mit einem Rosenstrauß war neben Lea aufgetaucht und blickte sich um.

»Wer sind Sie denn überhaupt?«, fragte Lea.

»Entschuldigung, ich bin Thomas Grüner«, stellte er sich vor und streckte Lea die Hand hin. »Ich bin Tines, ähm, also ...«

»Weiß Bescheid.« Lea zeigte zur Küche, wo Tine mit Clemens stand. Sie hatte ihnen den Rücken zugewandt. »Da vorne steht sie.«

»Das ist sie nicht.«

»Ist sie wohl.«

Tine drehte sich zur Seite und holte für Clemens ein Glas aus dem Küchenschrank.

»Das ist sie ja wirklich!« Thomas starrte zu Tine.

»Sag ich ja.«

»Sie ist komplett anders«, sagte er.

»Wir haben sie umgestylt«, sagte Lea.

»Das sehe ich, aber das meine ich nicht.« Thomas Blick hing an Tine, die sich mittlerweile angeregt mit Clemens unterhielt, dazwischen mit Uli anstieß und, wenn auch zaghaft, im Takt der Musik wippte. »Ich habe es heute am Telefon schon gemerkt, da hatte ich sie noch gar nicht gesehen.«

»Guck mal genau hin«, mischte sich Moni ein, die das Gespräch belauscht hatte.

»Oh, hi, Moni. Also auf den ersten Blick sieht man nur das neue Styling, aber irgendwas anderes ist anders.«

»Genau hingucken sollst du!« Monis Stimme klang schrill.

Vivien gesellte sich mit einem aufgefüllten Sektglas zu ihnen.

»Sorry, ich seh nix«, sagte Thomas.

»Na, der Stock!«, sagte Moni. »Der Stock, den sie vor 'ner Woche noch im Arsch hatte! Puff – weg! Er hat sich in Luft aufgelöst!«

»O Gott, sie hat recht«, sagte Lea.

Thomas räusperte sich.

»Und das haben wir diesen Mädels hier zu verdanken«, sagte Moni. »Lea und Vivien. Die haben unserem Tinchen mal 'nen ordentlichen Einlauf verpasst, die hat jetzt sogar den Führerschein.«

Thomas blickte Lea und Vivien an. Lea verbeugte sich, Vivien grinste schief.

»Nur um das mal klarzustellen, wir verpassen uns hier gegenseitig Einläufe«, sagte Lea.

»Mehrmals täglich«, fügte Vivien an.

»Meistens aber Tine uns!«

»Ähm, gut.« Thomas blickte sich nochmals um und räusperte sich. »Dann werde ich wohl mal zu ihr gehen, oder?«

»Wahnsinnsidee.«

»Was ist denn mit dir los?« Freddy tauchte neben Vivien auf.

Sie drehte den Kopf. »Wie meinst du das?«

»Was meine ich wie?«

»Du redest seit zwei Tagen kein Wort mit mir, und jetzt fragst du *mich*, was los ist?«

»Können wir mal kurz irgendwo allein sein?« Freddy schaute zu Lea, die sich keine Mühe gab, ihr Interesse an dem Gespräch zu verbergen und sogar etwas näher gekommen war. »Später vielleicht, ich hab zu tun.« Vivien wandte sich ab und ging in die Küche. Lea blickte von Freddy zu Vivien, dann folgte sie ihr. Neben Tine, die mit Thomas in ein Gespräch vertieft war, blieb sie kurz stehen und flüsterte ihr, mit einem Kopfnicken in Viviens Richtung, etwas zu. Tine nickte.

»Willst du nicht mit ihm reden?« Lea tauchte hinter Vivien auf, die damit angefangen hatte, Gläser zu spülen.

»Ich wollte heute Morgen mit ihm reden, da hatte er keine Zeit. Und jetzt hab ich keine.«

Lea verdrehte die Augen. »Ich will ja nicht indiskret sein, aber ich glaube, der Stock, von dem Moni gesprochen hat, hat sich gar nicht in Luft aufgelöst. Er ist jetzt nur woanders.«

»Ach lass mich doch zufrieden.«

»Wie du willst.« Lea durchsuchte die Vorratskammer. »Wir brauchen den Ersatzsekt aus deinem Zimmer.«

Vivien donnerte den Schwamm ins Spülbecken und machte sich auf in ihr Zimmer. Im Flur lehnte Skully an der Wand und brummte Meditationsmantren. Vivien bog ab und hielt inne: Ihre Zimmertür war weit offen, und Freddy stand mitten im Raum. Er hatte die Arme auf dem Rücken verschränkt und blickte sie an. Vivien drehte sich direkt wieder um.

»Bitte, Vivi, red kurz mit mir.«

Vivien seufzte. Dann ging sie in ihr Zimmer und schloss die Tür hinter sich.

»Tut mir leid, wie es heute Morgen gelaufen ist«, begann Freddy. »Aber es lag nicht an dir, wir hatten Stress mit einer fehlenden Abrechnung, und nächste Woche kommt die Steuerprüfung.«

Vivien schwieg.

»Außerdem weiß ich einfach nicht, wie ich mich verhalten soll«, fuhr Freddy fort. »Zumindest bei der Arbeit. Immerhin bist du noch verheiratet! Sind wir ein Pärchen? Sind wir Freunde, die ab und zu übereinander herfallen? Keine Ahnung.«

»Ich dachte, du wärst noch sauer wegen der Sache mit Heinz-Werner Karl.«

»Nein. Ich hab doch gesagt, es war nicht deine Schuld.«

»Ach so?« Vivien sah ihn an. »Ich dachte, dass hättest du nur so dahingesagt, damit ich dir nicht weiter auf die Nerven falle.«

»Man kann dir höchstens ankreiden, dass du die anderen alleine im Café zurückgelassen hast, aber es ist ja alles gutgegangen. Es stimmt allerdings, dass Häkchen hinter Herrn Thomas' Medikamentenliste waren, das hast du richtig gesehen. Die Lotte hatte aber sein Metformin mit Magnesium verwechselt, und zwar über Tage. Sie ist einfach überfordert im Moment. Jetzt bleibt nur noch zu hoffen, dass wir keine Klage an den Hals kriegen. Es war aber auf keinen Fall deine Schuld.«

»Dann könnte ja jetzt sogar *ich* sauer sein, weil du mich so böse beschimpft hast!«

»Tut mir wirklich leid. Moni hat mir dafür auch ganz schön den Kopf gewaschen.«

»Ich hab andauernd das Gefühl, da läuft was zwischen euch.«

»Sie gehört halb zur Familie!« Freddy zog die Augenbrauen in der Mitte zusammen und setzte einen angewiderten Gesichtsausdruck auf.

»Na, Inzucht wär's aber nicht.«

»Würde sich aber so anfühlen.«

»Hm.«

»Sie ist Tines Grundschuldfreundin und mit meinem besten Freund verheiratet. Was denkst du eigentlich von mir?«

Vivien schluckte.

»Wir sind einfach nur alte Freunde, das war's schon. Ich hab ihr damals auch die Stelle im Seniorenheim verschafft.«

Die Zimmertür ging einen Spalt auf, und Lea streckte den Kopf herein. »Schön, dass du so was für die Flamme deines Freundes tust, jetzt tu's auch noch für deine eigene Flamme, dann sind alle hier zufrieden.« Lea zog den Kopf ein und die Tür wieder zu.

»Sag mal, Lea, belauschst du uns?«, rief Vivien nach draußen.

»Red doch keinen Unsinn!«, dröhnte Leas Stimme vom Flur herein.

»Willst du bei uns einsteigen, oder wie?« Freddy grinste.

Vivien antwortete nicht.

»Ist doch gar keine schlechte Idee«, sagte Freddy. »Wir suchen für den Herbst sowieso noch einen Azubi. Oder eben eine Azubine.«

»Wenn du meinst.« Vivien zuckte in aller Lässigkeit mit den Schultern und lächelte.

»Geht doch«, rief Lea von draußen. »Ich bin wieder in der Küche, ihr kommt ja jetzt klar, ne?« Dann hörte man Leas Pumps davonklacken.

»Und was ist jetzt mit uns beiden?« Freddy ging auf Vivien zu.

»Ich hab einen anerkannten Knacks.«

»Ich weiß.«

»Das ist kein Witz, Freddy, mindestens zu fünfzig Prozent bin ich total kaputt.«

»Vielleicht habe ich mich ja grade in deine kaputte Hälfte verschossen.« Freddy blickte Vivien an. »Darf ich dich küssen?«

»Wenn du vorher fragst, ist es total uncool.«

Freddy lachte. »Guck mal«, er zeigte aus dem Fenster zum Balkon, wo Tine und Thomas engumschlungen standen.

»Schon gesehen.«

»Jetzt fehlt nur noch Lea, dann können wir spießige WG-Pärchenabende machen«, sagte Freddy.

»Mit Brettspielen und Raclette.«

»An den Brettspielen hängt's nicht.«

»Woran dann?«

»Wie willst du Lea verkuppeln?« Freddy nahm Vivien in den Arm.

»Ich hab da was ausgeheckt.«

»Kommt mal bitte alle raus!« Lea riss die Tür auf und beugte sich kopfüber ins Zimmer. »Wir haben was für den Heiratsantrag vorbereitet.«

Freddy blickte Vivien an. Sie drückte ihm einen Kuss auf die Wange, dann folgten sie Lea ins Wohnzimmer. Es war mittlerweile voll geworden, die Musik war laut, und überall standen Grüppchen von Leuten. Die Luft war stickig vom Zigarettenqualm.

»Tine hat irgendwas mit 'nem Liedtext vor«, erklärte Lea den beiden, während sie sich wieder um den Esstisch versammelten. »Sie kommt gleich.«

»Da kommt Skully«, rief Christian und wandte sich ihr direkt zu. »Skully, Mann, kommste klar? Dumme Sau, die Abhängigkeitsstörung, dumme Sau.«

»Ja, Mann, dumme Sau.« Skully nickte und griff nach ihrer Bierflasche auf dem Tisch. »Aber ich komm klar.«

»He, ich bin auch ein Psycho«, sagte Lea. »Jeden Tag beim Therapeuten! Was hast du denn für 'ne Störung?«

»Es is kompliziert, weißte?«, antwortete Skully. »Die Störung is nur das Symptom, verstehste? Die Ursache liegt immer woanders, Mann, immer.«

»So isses bei mir auch. Und was ist bei dir die Ursache?«

»Es is kompliziert, weißte? Die ganze Welt ist voll unfriedlich, verstehste? Und ich leide da total drunter. Total.«

»Oh.« Lea hatte keine Idee, was Skully meinen könnte.

»Sind alle Metaller depressive Hippies?«, flüsterte Vivien. Lea zuckte mit den Schultern und wandte sich an Andreas: »Findest du die Flasche hier halb voll oder halb leer?« Sie zeigte auf sein Bier.

»Versteh die Frage nicht.« Er zeigte auf die Küche. »Ob halb leer oder halb voll, ist doch piiiepegal, solange drei volle Kästen nur zwei Meter weit weg stehen.«

»Stimmt irgendwie.«

»Wir bräuchten mal eure Hilfe, ihr seid doch musikalisch«, sagte Tine, die mit einem Arm voller ausgedruckter Textzettel auf die Gruppe zukam.

»Ja«, sagte Andreas.

»Musikalisch«, wiederholte Christian.

»Wir helfen gerne«, sagte Skully, »Menschen helfen sich viel zu wenig gegenseitig. Ich helfe grundsätzlich jedem, dem ich helfen kann. Mein Therapeut sagt, ich habe ein Helfersyndrom. Aber ich finde eben, die Menschen sollten viel mehr Wert darauf legen, sich gegenseitig ...«

»Super Einstellung«, unterbrach Tine sie.

»Und Toleranz!« Skully hielt einen knochigen Zeigefinger hoch.

»Ich bin ganz deiner Meinung.« Tine nickte und zeigte

auf Clemens, der in der Küche kurz hintereinander zwei Schnapsgläser austrank, die Uli ihm eingegossen hatte. »Jedenfalls möchte dieser nette Mann da drüben seiner Freundin einen Heiratsantrag machen. Wenn danach alle geklatscht haben, würde ich gerne mit euch und noch ein paar anderen live und mehrstimmig *When a man loves a woman* singen. Das wäre sein Wunsch. Seid ihr dabei?«

Skully räusperte sich. »Bin zwar Bassistin, aber das krieg ich hin.«

»Was ist mit euch?«, fragte Tine die anderen.

Andreas und Christian blickten sich an. Christian zog die Achseln nach oben, Andreas die Mundwinkel nach unten. Für die beiden schien *Sido*, zu dem Uli gerade mit Henry im Arm schunkelte, bereits die Grenze des Ertragbaren zu sein. Tine verteilte dennoch die Zettel mit dem Text. »Schön, dass ihr alle mitmacht«, sagte sie. Auch Vivien, Lea und Freddy bekamen den Text.

»Und du?« Tine wandte sich an Thorsten. Er blickte sie nur an.

»Schweigegelübde«, sagte Andreas. »Der spricht erst zu Weihnachten wieder.«

»Also kann er auch nicht singen oder wie?«

»Wieso tut er so was?«, fragte Vivien. »Ist er religiös?«

»Nö. Er will die Stille in sich selbst finden«, antwortete Andreas.

»Und? Hat er sie schon gefunden?« Tine war interessiert.

»Woher sollen sie das wissen, wenn er nix sagt?«, flüsterte Lea.

»Und wie macht ihr das dann mit der Musik?«, fragte Vivien.

»Wir verstehen uns ohne Worte«, sagte Christian. »Metal ist für uns ja keine Musik, sondern eine Lebenseinstellung.«

»Aha?« Lea blickte auf. »Und was für eine?«

»Na, Metal eben.«

»Ah.«

»Wir ham jetzt übrigens auch 'ne Kündigung vom Brandt bekommen«, sagte Lea zu Christian.

»Echt jetzt? Unsere hat er wieder zurückgenommen. Da kam ein neues Schreiben, in dem stand, dass es wohl ein bürokratischer Fehler war.«

»Bitte, was?« Lea ließ beinahe ihren Bowle-Becher fallen. »Wieso das denn? Also nicht, dass ich es euch nicht gönne, dass ihr hierbleiben dürft, aber warum ...«

»Wann kam denn das neue Schreiben?«, fragte Vivien und drückte allen vieren eine geöffnete Bierflasche in die Hand.

»Mittwoch«, antwortete Andreas.

»Und Mittwoch haben wir unsere Kündigung bekommen.« Tine blickte zu Lea und Vivien.

»Sieht ganz so aus, als hätte er sich umentschieden«, sagte Vivien.

»Ja, aber warum?«, fragte Lea. »Warum kündigt er lieber drei harmlosen Mädels als einer Death-Metall-Band? Nichts gegen euch.«

»Schon okay.« Andreas hob die Schultern.

»Ich hätte nicht mal gedacht, dass er überhaupt eine Death-Metall-Band einziehen lässt.« Tine blickte zu Andreas. »Sorry.«

»Schon okay.«

»Außerdem sind wir ja nicht als Band eingezogen«, sagte Christian. »Das hat sich über die Jahre so entwickelt. Erst waren's nur Skully und ich mit anderen Mitbewohnern. Der Rest kam nach und nach.«

»Außerdem merkt's ja keiner.« Skully nestelte an ihrer toupierten Frisur. »Wir proben ja nich zu Hause.«

»Tut mir echt leid für euch«, sagte Andreas.

»Tja«, sagte Lea. »Diese blöde Wohnungskündigung macht mich schon die ganze Woche fertig. Aber wahrscheinlich müssen wir's einfach akzeptieren. Wenn wir jetzt die Ruhe verlieren, ist auch keinem geholfen.«

»Dein Therapeut kann ja doch zaubern«, sagte Vivien.

»Welche Wohnungskündigung?«, rief Lukas von der Couchecke herüber und schob die Taucherbrille, die er zum Schutz beim Abstauben von Klotzi aufgesetzt hatte, nach hinten.

»Dein Vater wirft uns zum September raus«, rief Lea zurück. »Angeblich wegen Eigenbedarf.«

»O nein!« Lukas setzte die Taucherbrille ab und kam zum Esstisch herüber. »Das ist wegen mir.«

»Was?« Lea, Tine und Vivien blickten ihn an.

»Ich soll eine der Wohnungen im Haus zum Geburtstag bekommen«, sagte Lukas. »Weil meine Schwester auch eine bekommen hat, als Geschenk zur Geburt von den Drillingen. Meine Schwester hat Drillinge! Und ich kriege jetzt auch eine Wohnung, damit es gerecht ist, weil bei mir braucht man nicht drauf warten, bis ich Nachwuchs kriege, sagt meine Mutter, das kann man vergessen, sagt sie.« Lukas räusperte sich. »Mein Vater sagt das aber auch. Und dass ich dann bei ihnen ausziehen kann. Na endlich.«

»Äh ...«, begann Lea.

»Aber ich wundere mich«, sagte Lukas. »Eigentlich wollte er mir die Wohnung im fünften geben.«

»Von den Jungs und Mädels hier?«, fragte Lea und zeigte auf Christian und Konsorten.

»Genau«, antwortete Lukas. »Keine Ahnung, warum er sich jetzt für eure entschieden hat.«

Vivien und Lea blickten sich an. »Wir hatten das Gefühl,

dass er uns loswerden will«, sagte Lea. »Als er mitbekommen hat, dass wir in Therapie sind.«

»Kann gut sein«, gab Lukas zurück. »Mein Vater hasst Leute, die nicht normal funktionieren. Mich zum Beispiel. Ich wusste gar nicht, dass ihr auch nicht ganz auf der Höhe seid.«

»Wir merken ja noch nicht mal, dass ein als Gitarrenverstärker getarnter Kühlschrank aussieht wie ein Gitarrenverstärker«, erwiderte Lea.

»Geschweige denn, dass wir draufkommen, dass es ein Kühlschrank ist«, sagte Vivien.

»Das tut mir wirklich leid für euch«, sagte Lukas. »Aber ehrlich gesagt, freue ich mich wirklich sehr drauf, endlich auszuziehen. Mein Vater macht uns alle wahnsinnig. Er brüllt ständig rum. Ihr habt ja keine Ahnung, wie es ist, mit einem Choleriker zusammenzuwohnen.«

»Doch«, sagten Tine und Vivien gleichzeitig.

»Jetzt lasst den armen Jungen doch mal ausreden!«, herrschte Lea sie an.

»Eigentlich würde ich ja lieber in die WG zu meinen Freunden ziehen«, fuhr Lukas fort. »Die haben ein Zimmer frei, aber dafür hab ich nicht genug Geld. Die wohnen in der Mombacher Straße. Die kenne ich vom Live-Rollenspiel-Forum. Und die haben ein Zimmer frei. Ein WG-Zimmer. In der Mombacher Straße.«

»Ja, WGs sind cool«, sagte Tine.

Lukas nickte.

Thorsten tippte Lukas an, zeigte auf ihn, dann auf Lea, Vivien und Tine und machte ein paar undefinierte Gesten.

»Was?«

»Er will uns was mitteilen.«

»Ja, aber was?«

Thorsten zeigte noch einmal auf Lukas, dann nach draußen. Anschließend zeigte er auf Lea, Vivien und Tine und stampfte mit einem Fuß fest auf den Boden.

»Hä?«

»Scheißdreck noch mal!«, schrie Thorsten. Lea und Vivien schreckten zusammen, Tine fuhr zu ihm herum. »Jetzt muss ich mein Schweigegelübde brechen, weil ihr zu doof seid, um auf das Naheliegendste zu kommen!«

»Was ist das Naheliegendste?«

»Ihr zieht einfach nicht aus!«

»Das wäre zwar das Naheliegendste, aber nicht sonderlich legal, wenn man eine Eigenbedarfskündigung bekommen hat.«

Thorsten seufzte und wandte sich an Lukas. »Wenn du doch verdammt noch mal die ganze Wohnung bekommst, kannst du sie doch auch den Mädels hier vermieten und von dem Geld in die WG mit deinen Freunden ziehen! Dann hast du sogar noch was übrig!«

Lukas blickte Thorsten lange an. »Stimmt.«

Vivien und Lea sahen sich an.

»Da bin ich gar nicht draufgekommen«, sagte Lukas.

»Ich bin nur von Vollidioten umgeben!« Thorsten griff nach seinem Bier.

»Das Gefühl kenn ich«, sagte Lea.

»Warum hast du uns deinen Vorschlag nicht einfach auf einen Zettel geschrieben?«, fragte Tine. »Dann hättest du dein Gelübde nicht brechen müssen.«

Thorsten hielt inne.

»Selber nicht auf das Naheliegendste gekommen, gelle?«, sagte Vivien.

»Bin noch nicht so geübt. Schweige erst seit 'nem halben Tag. Und schon verkackt.«

»Das macht gar nichts.« Tine drückte Thorsten einen Textzettel in die Hand. »Jetzt kannst du nämlich mitsingen.«

Thorsten verzog den Mund, nahm den Zettel aber entgegen.

»Würdest du das echt machen, Lukas?«, fragte Lea. »Also uns hier wohnen lassen?«

Lukas nickte.

»Meinst du, das ist für deinen Vater okay?«, fragte Tine, während Vivien sich und Lea Sekt nachschenkte.

»Nee, aber er könnte ja nichts dagegen tun.«

»Das wäre wirklich großartig!« Vivien riss die Arme in die Luft, so dass ihre Bowle überschwappte, und fiel Lukas um den Hals. Lukas bekam feuerrote Ohren.

»Und du würdest uns ja dann nie rausschmeißen?«, fragte Lea und nahm ihr gefülltes Sektglas von Vivien entgegen.

»Nö.« Lukas schob sich die Taucherbrille wieder auf die Nase. »Stehen die Mädels eigentlich auf euch?«, fragte er Christian. »Ihr seid doch Musiker.«

»Noch nicht«, antwortete Christian. »Aber wenn uns endlich mal jemand auftreten lassen würde, hätten wir sofort den Durchbruch.«

»Finanziell gesehen«, fügte Andreas an.

»Und frauentechnisch natürlich.« Christian nickte.

Lukas nickte und wandte sich wieder Klotzi zu. »Gleich könnt ihr euren Kühlschrank einräumen.«

Die ersten Akkorde von *Paranoid* von Black Sabbath ertönten.

»Oh.« Lea zog ihr Handy aus der Hosentasche. Christian und Andreas wippten mit den Füßen.

»Eine SMS von Philipp!«, rief Lea, hüpfte kurz hoch und strahlte.

»Oh, seid ihr schon beim Vornamen?« Vivien grinste breit, Tine lächelte.

»Dein Schwarm, he?«, fragte Andreas.

Lea kontrollierte mit merklicher Anstrengung ihre Gesichtszüge und blickte auf das Handydisplay.

»Er hat mir ein Foto von meinem neuen Büro geschickt.« Lea hielt das Handy in die Runde. »Ich würde am liebsten gleich hinfahren und selbst gucken.«

»Und das liegt nicht etwa daran, dass Herr Weidmann noch dort ist?« Vivien zwinkerte.

»Nein!«

»Natürlich nicht.« Vivien schaute betont ernst auf das Handyfoto. »Fahr doch einfach kurz vorbei.«

»Ich hab den ganzen Tag getrunken!«

»Ich auch«, sagte Vivien.

»Und wie soll ich dann hinkommen?« Lea blickte in die Runde.

»Ich hab keen Führerschein.« Andreas zog die Schultern nach oben.

»Ich hab auch getrunken.« Christian hielt seine Bierflasche hoch.

»Ich bin gegen Autos«, sagte Skully.

»Tine kann dich fahren«, warf Vivien ein. »Sie hat 'nen Führerschein, ein Auto und verweigert schon den ganzen Tag Alkohol, obwohl sie Geburtstag hat.«

»Ich will meinen Triumph unbenebelt genießen.«

»Geht auf keinen Fall«, antwortete Lea. »Wenn die mich in ihrem gewohnten Tempo dahinfährt, raste ich aus und muss wieder ein Scheißbaumdiagramm malen.«

»Wie wäre es dann mal mit *Nichtausrasten*?« Tine presste die Lippen aufeinander. »Zumindest der Versuch wäre eine gute Übung, du kleiner schnulzenfilmguckender Berserker!«

Lea riss den Kopf herum und blickte Tine an. Eine Weile sagte sie nichts. Als müsse sie nachdenken. Dann griff sie nach ihrer Weste auf der Kommode. »Herausforderung angenommen. Müsste ich hinkriegen. Habe schließlich aufgehört, meine inneren Dämonen zu bekämpfen.«

»Wie bitte?«

»Wir sind jetzt auf einer Seite.«

»Ich hab's befürchtet.«

* * *

»Und das soll jetzt groß sein?«, fragte Vivien.

Lea, Tine und Vivien standen auf dem Balkon von Leas neuem Büro. Sie hatten Freddy und Thomas die Verantwortung für die Party übertragen. Uli hatte die Anweisung erhalten, die Textzettel zu Ende zu verteilen, ohne dass Henry etwas mitbekommt.

»Jap.« Lea blickte ein etwa fünfzehn Quadratmeter großes Büro mit Schreibtisch und TV-Ecke. »Hättet ihr mal den Mäusekäfig gesehen, den ich vorher hatte. Und den ich noch mit dem Produktionspraktikanten teilen musste.«

»Hm.«

»Beim Fernsehen sind immer zu wenig Finanzmittel«, sagte Lea. »Und zu viele Profilneurosen.«

»Ich find's schön«, sagte Tine. »Wenn ich überhaupt irgendwo ein eigenes Büro hätte, würde ich platzen vor Stolz.«

»Danke, Tinchen«, sagte Lea. »Du bist ja auf dem besten Weg da hin.«

Vivien zündete sich eine Zigarette an. »Wer hat jetzt eigentlich die Psycho-Battle gewonnen?«

»Ist das noch wichtig?«, fragte Tine.

Vivien schüttelte den Kopf. »Eigentlich nicht.«

»Gib's zu, du hast drauf spekuliert, dass er noch hier ist«, sagte Tine, als Lea zum wiederholten Mal den Hals ins Innere des Büros reckte und durch die offene Tür in den Flur blickte.

»Neiiin«, sagte Vivien. »Sie kann sich nur nicht am eleganten Billig-PVC im Flur sattsehen.«

»Hört jetzt auf mit der Kinderkacke.«

Vivien zwinkerte Tine zu. Tine nickte.

»Was habt ihr?«

»Gar nichts.«

»Ach denkt doch, was ihr wollt.« Lea atmete lange aus. »Heute kann mir keiner was. Ich hab meinen Job und meine Wohnung wieder, ich liebe die ganze Welt. Menschen, Tiere, Dinge, Feinde, Exfreunde. Und wenn ich jetzt noch was von unserer selbstgemachten Bowle trinke, vielleicht sogar den Papst.«

»Gott bewahre.« Vivien lehnte sich an die Wand und schaute auf die Lichter der Stadt.

»Findet ihr es nicht auch irgendwie unrealistisch, wie sich auf einen Schlag alles zum Guten gewendet hat?« Tine nahm Vivien die Zigarette aus der Hand und zog daran.

»Seit wann hat die Realität einen Platz in unserem Leben?«, fragte Lea.

»Sie steht einsam in der Ecke und schluchzt leise«, sagte Vivien.

»Seit wir eingezogen sind.« Lea blickte verstohlen nach drinnen.

»Trotzdem seltsam, wie wir das alles geschafft haben.« Tine hüstelte vom Zigarettenqualm.

»Mit vereinten Kräften«, sagte Vivien.

»Eben! Ich hätte eher gedacht, dass sich drei Psychos gegenseitig runterziehen.«

»Das ist der umgekehrte Dominoeffekt«, sagte Lea.

»Und dann noch die Sache, dass sich jedes unserer Probleme genau am letzten Tag aufgelöst hat.« Tine drückte ihre Zigarette am Balkongeländer aus. »Wie in einem Frauenroman.«

»In einem Frauenroman hätten wir aber keine Psychoschäden«, entgegnete Lea. »Da wäre unser einziges Problem gewesen, dass wir keinen reichen und gutaussehenden Mann haben.«

»Adlig«, sagte Vivien.

»Was?«

»Reich, gutaussehend und adlig sind die Männer in den Frauenromanen immer«, sagte Vivien. »Oder sie entspringen zumindest irgendeiner stinkreichen Unternehmerdynastie.«

»Und am Anfang ist er ein zwielichtiger, unsympathischer Typ«, sagte Lea. »Aber das ist nur ein Missverständnis. Und es stellt sich raus, dass er ...«

»Reich, gutaussehend und adlig ist.« Vivien steckte sich eine neue Zigarette an.

»Und der allererste Mensch auf der Welt, der die Frau so liebt, wie sie ist.« Lea verdrehte die Augen.

»Und dann ist der Roman zu Ende«, setzte Vivien hinzu.

»Ich muss dann immer weinen.« Tine stützte sich auf das Balkongeländer.

»Das ist ja auch zum Weinen«, sagte Lea. »Außerdem, wenn wir Romanfiguren wären, hätte mindestens eine von uns mit elementaren Gewichtsproblemen zu kämpfen.«

»Also mein Hintern könnte schon ein bisschen ...«, begann Tine.

»Halt die Klappe!«

»Wir müssen los.« Vivien sah auf die Uhr. »Noch eine halbe Stunde, bis Clemens den Antrag machen will.«

»Ich glaub's immer noch nicht«, sagte Tine, als die drei wieder im Auto saßen. »Ich habe ein Auto.«

»Ich glaub's immer noch nicht, dass man beim Verschließen den Fahrergriff festhalten muss«, sagte Vivien, die auf dem Beifahrersitz saß. »Wie vor dreißig Jahren.«

»Aber es ist ein Auto! Und ich habe endlich verstanden, wie das Radio angeht.« Tine drehte die Musik laut. »Außerdem bin ich immer noch davon überwältigt, dass ich überhaupt fahre!«

»Zu Fuß wären wir schneller«, murmelte Lea vom Rücksitz.

»Was?«

»Du machst das ganz toll«, brüllte Lea.

»Danke. Ich hab in einer Woche mehr gegen meine Ängste getan als in zehn Jahren Therapie.«

»Das ist tatsächlich bemerkenswert.« Vivien nickte.

»Und!« Tine hielt einen Zeigefinger in die Luft. »Ich bin nicht mehr Single!«

»Ich auch nicht«, sagte Vivien.

»Und bei Lea dauert's nicht mehr lange.« Tine strahlte.

»*Was?*« Leas Stimme klang schrill.

Vivien stieß Tine vom Beifahrersitz aus in die Seite.

»Aua!«

»Und ich brauche nur noch einen Scheidungsanwalt, dann hab ich alles wieder im Griff«, wechselte Vivien das Thema.

»Frag Tine«, rief Lea nach vorn. »Sie hat doch immer irgendeinen Onkel oder Vetter, der ...«

»Schau mal hier in meinem Portemonnaie.« Tine nickte in Richtung der Mittelkonsole. »Da ist 'ne Visitenkarte drin.«

»Du kennst echt 'nen Scheidungsanwalt?« Vivien öffnete Tines Portemonnaie.

»Kennen ist zu viel gesagt, ich hab sein Auto geschrottet. Er ist zwar ein Arschloch, aber wenn er auf deiner Seite ist, kann das ja nur nützlich sein.«

»... und wenn sie keine passenden Familienmitglieder zur Hand hat, fährt sie eben jemanden über den Haufen«, vollendete Lea ihren Satz.

»Danke, Tinchen.« Vivien hatte die Visitenkarte gefunden und steckte sie ein.

»Wir sind da.« Tines und Viviens Blick kreuzten sich, und Vivien zog eine rote Geschenkbox aus der Westentasche und reichte sie Lea nach hinten. »Für dich.«

»Was?« Lea beugte sich nach vorn. »Aber ich hab doch gar nicht Geburtstag?«

»Richtig, Tinchen hat Geburtstag.« Vivien blickte zu Tine, während Lea das Päckchen entgegennahm.

»Aber mein Geburtstagsgeschenk von Vivien bekommst du auch noch obendrauf«, sagte Tine.

»Ist alles da drin«, sagte Vivien.

Lea riss den Deckel der Geschenkbox auf.

»Eine Kette?«, fragte sie.

»Von mir«, sagte Vivien.

»Und Ohrringe?«

»Die waren für mich, passen aber so schön zur Kette«, sagte Tine.

»Mein Gott, sind die schön!« Lea blickte Vivien mit offenem Mund an, dann sah sie auf das Kästchen herab und faltete einen kleinen Zettel auseinander.

»Du schenkst mir den halben Schmuck von Herrn Friede?«

»Gern geschehen«, antwortete Vivien.

»Wir wollten, dass du auch was von seinem Erbe hast.«

»Das müsst ihr doch nicht!«

»Wir wollen aber.«

Lea strich mit den Fingern über die Ohrringe. »Vielen Dank!«

»Ich würde es aber jetzt bei der Party nicht irgendwo rumliegen lassen.« Vivien stieg aus dem Auto.

»Natürlich nicht, ich bring es gleich in mein Schmuckkästchen.«

Vivien und Tine nickten sich unbemerkt zu.

»Warum hast du eigentlich deinen neuen Kollegen nicht eingeladen?«, fragte Vivien, als die drei in ihrem Stockwerk aus dem Aufzug stiegen. Die Musik und lautes Gemurmel aus ihrer Wohnung waren bis ins Treppenhaus zu hören. Tine schloss die Wohnungstür auf.

»Ahhh, der Ehrengast ist wieder dahhaaaaa!« Ulis beleibter Körper schaukelte hin und her. Tine winkte ihm zu.

»Wieso sollte ich ihn einladen?« Lea bahnte sich einen Weg durch die Grüppchen an Partygästen in Richtung Flur. Den Schmuck, den sie in ihr Zimmer bringen wollte, hielt sie fest umklammert.

»Ich bin bereit.« Clemens tauchte neben den dreien auf und blickte sich nach Henry um, die in der Küche weit genug weg stand. »So in einer Viertelstunde kann's losgehen. Das Hochzeitsantrags-Panik-Serum hat tatsächlich gewirkt!«

»Ja.« Tine grinste. »Es ist ein Wunder.«

»Na, weil ich denke, er steht auf dich«, antwortete Vivien, während sie Freddy und Thomas zuwinkte, die sich offenbar angefreundet hatten.

»Ach was.«

»Na, dann halt nicht.« Vivien und Tine folgten Lea in

den Flur. »Aber mal ehrlich, stehst du wirklich nicht auf ihn? Nicht mal ein klitzekleines bisschen?«

»Nerv mich nicht.«

»Er scheint echt nett zu sein«, sagte Tine.

»Und er sieht doch toll aus, der Weidmann, findest du nicht?«, fragte Vivien.

»Weiß nicht. Müsste man nackt sehen.« Lea betrat ihr Zimmer durch die bereits offene Tür und verfiel in Schockstarre. Philipp Weidmann saß auf ihrem Bett. Er hielt einen Textzettel in der Hand und grinste. »Soll ich mich schon mal ausziehen?«

»Ich hab, äh, nicht ...«, Lea räusperte sich. »Nicht, äh, *Sie* gemeint.«

»Oje«, flüsterte Vivien.

»Sondern, äh, einen anderen Kollegen, der, äh, genauso heißt wie Sie.« Lea lief rot an. »Äh, ich muss draußen gehen, äh, draußen hingehen, also nach draußen gehen, äh, da is 'ne Party.« Sie stolperte aus ihrem Zimmer und schlug die Tür hinter sich zu.

»Mit euch beiden rede ich heute *kein* Wort mehr! *Kein* einziges Wort!«, zischelte sie Vivien und Tine zu. Lea rannte beinahe Skully über den Haufen, die mit ihrem Text neben dem Badezimmer auf und ab lief. »Ich sag's ja, die ganze Welt is voll unfriedlich«, murmelte Skully, während Lea auch noch die Tür zum Wohnraum zuschlug.

Vivien blickte Tine von der Seite an. »Warum grinst du so?«

»Ach, nichts. Alles wie immer.« Tine lehnte sich an die Wand und atmete lange aus. »Das Leben ist schön.«

Dank

Ein Dankeschön geht an alle, die direkt oder indirekt dazu beigetragen haben, dass dieses Buch entstanden ist und seinen Weg zum Leser gefunden hat.

Insbesondere an

... Lea, Tine und Vivien, es war eine fabelhafte Zeit mit euch!

... meine Lektorin Marion Vazquez für ihr Vertrauen und ihre hilfreichen Ideen.

... meine Agentin und Freundin Anna Mechler für ihre engagierte und herzliche Art.

... meine Eltern Pia und Friedel Bentz für alles.

... meinen Sohn John Lavey für seine pure Existenz.

Käthe Lachmann

Ich bin nur noch hier, weil du auf mir liegst

Roman.
Taschenbuch.
Auch als E-Book erhältlich.
www.ullstein-buchverlage.de

Ann fällt ständig auf die falschen Männer rein. Ihre Freundin Caro versucht deshalb, sie mit einer »Beziehungsabschiedsfeier« auf der Reeperbahn von ihrer Sucht zu heilen. Einen langfristigen Therapieansatz hat sie auch schon: Sie will Ann mit ihrem Kumpel Tim verkuppeln. Doch das ist gar nicht so einfach, denn Ann hat sich schon ein neues Prachtexemplar ausgesucht: Yves hat zwar nur einen Hoden, aber dafür einen gesteigerten Geltungsdrang und akute Rechthaberitis. Da kann Tim nicht mithalten – oder vielleicht doch?

Heike Wanner
WEIBERSOMMER
Roman

Drei unge-
wöhnliche
Frauen und ein
schicksalhaftes
Erbe

ISBN 978-3-548-28471-2

Die drei Cousinen Lisa-Marie, Marie-Luise und Anne-Marie haben nicht viel gemeinsam – nur den Namen Marie, den sie von ihrer geliebten Großmutter bekommen haben. Doch als sie einen Bauernhof im Allgäu erben, machen sich die drei Frauen in einem alten VW-Käfer auf den Weg und merken bald: Ein Bauernhof macht noch keine drei Freundinnen. Erst ein kleines Bündel Briefe, die von einer außergewöhnlichen Liebe erzählen, zeigt den drei Maries, wie schön so eine »Familienbande« sein kann, und offenbart ein streng gehütetes Familiengeheimnis.

www.ullstein-buchverlage.de